NO WAY BACK

Biographie

Chloe Wilkox démontre roman après roman son talent pour écrire des histoires d'amour aussi douloureuses qu'enivrantes. Dotée d'une imagination riche et d'une plume tout en finesse, elle sait faire passer les émotions intenses qui donnent leur âme à ses récits.

De la même autrice aux éditions Addictives

Demi-frère
Fire & Hell - tome 1
Fire & Hell - tome 2

CHLOE WILKOX

NO WAY BACK

addictives

« Je t'aime comme l'on aime certaines choses obscures,
De façon secrète, entre l'ombre et l'âme. »
Sonnet 17, Pablo Neruda

« Ça marche pas c'est pas vrai, on n'y arrive jamais
Et c'est ça qui est magique et c'est ça qui est tragique
Et c'est ça la cata et c'est ça qui est génial.
Et pourquoi on est là ?
Et pourquoi pas ? »
« Big Bang », Cœur *feat.* Tracy De Sá

Celui-ci est pour Bibs.

1

Quinn

Stephen Northon
Avec un peu de retard, bonne année, chère cousine ! Que souhaiter à l'électron libre du clan Northon ? Toujours plus d'indépendance et de créativité ?

Un soupçon de stabilité, je n'aurais rien contre, pensé-je tout en pianotant la réponse sur mon clavier.

Quinn Northon
Merci, cousin. Bonne année à toi aussi. Comment se porte Washington ?

Stephen Northon
La ville m'ennuie, la politique me désespère et pourtant, mon travail au Congrès me passionne : comment tu expliques ça ? Je passe à New York à la fin du mois prochain, je vous emmène dîner, David et toi. On rattrapera le temps perdu.

Quinn Northon
Ça va être compliqué...

Pour que mon cousin Stephen comprenne la nature de la complication, je lui envoie une photo du paysage. Sable blanc, eau translucide, ponton monumental qui s'enfonce dans l'océan. Quelques personnes se baignent ou surfent çà et là – pas beaucoup, on sent que la reprise des cours approche et que les gens désertent la plage pour préparer la rentrée.

Stephen Northon
Sublime, je t'envie.
Où es-tu, cette fois-ci, la globe-trotteuse ?

Quinn Northon
Littéralement à l'autre bout du monde.

Un bout du monde où même le calendrier est différent. Où l'été tombe au beau milieu de ce qui, pour l'Américaine que je suis, est normalement l'hiver. Où la période des fêtes coïncide avec les grandes vacances. Et où les établissements scolaires rouvrent fin janvier.

– Non, Jax, baisse ton bras et lance le boomerang à 30 degrés dans les airs. Oui, comme ça ! Il revient... Attends... C'est pour moi, j'attrape !

Mais également un bout du monde où les locaux parlent anglais – certes, avec un accent des bas-fonds de Londres au XVIIIe siècle ; qu'importe, ça reste de l'anglais. Difficile, dans ces conditions, de se sentir dépaysée. Et donc de réaliser pleinement que j'ai, une bonne fois pour toutes, laissé New York derrière moi.

Je tourne la tête en direction de l'éclat de voix qui a achevé de ruiner ma contemplation matinale de l'océan Indien, juste à temps pour voir un géant au teint mat plonger au sol et rattraper ledit boomerang. Le grand brun baraqué se redresse, projectile à la main, du sable plein ses dents blanches. Ses yeux félins brillent d'une lueur amusée. Du revers de la main, il essuie sa bouche et lance :

– Je vais me venger, rhaaaaa !

Puis il se met à poursuivre un petit gars qui doit avoir environ 3 ans. Le bout de chou s'enfuit sur ses minuscules jambes, les bras raides comme deux bâtons, en poussant des cris entre terreur et ravissement.

Si je les observe, ce n'est pas parce que j'aime particulièrement les nains de jardin (même si, je l'admets, celui-ci est mignon). Ni parce que le papa du gosse, avec sa belle gueule, ses cheveux ondulés, sa barbe de trois jours, ses tatouages et ses abdos parfaits, a un physique à poser pour une célèbre marque de boxer (quand bien même, un mec foutu comme ça fait toujours plaisir aux yeux). Non, si je me mets à les fixer un long moment, c'est à cause de l'âge du père, qui m'interpelle. Il doit avoir, quoi ? 20 ans ? 21 ans à tout casser ? À peine adulte et déjà parent. C'est soit courageux, soit idiot, j'hésite. À 20 ans, je ne pensais qu'à entrer dans des clubs selects, m'enticher d'artistes torturés et fumer comme un pot d'échappement.

Parce que, c'est sûr, la Quinn de 27 ans est teeeeeellement différente...

Agacée par la petite voix intérieure qui passe son temps à me rabaisser, je pose mon téléphone sur ma serviette et sors de mon short, coupé dans un vieux Levi's, ma plaquette de gommes à la nicotine. J'en fourre une dans ma bouche et la mâche rageusement.

OK, petite voix dépréciative, je n'ai peut-être pas fait de transformation complète, je n'ai pas *glow up* comme une youtubeuse accro au fitness. Je suis toujours incapable de tenir un bullet journal ou d'avaler un avocat en guise de petit déj'. Et même si l'on découvrait un moyen de photographier les métamorphoses de l'âme, personne ne s'extasierait sur mon « avant/après »... Mais j'ai accompli des choses, ces dernières années. J'ai arrêté de faire la fête (pour le dire poliment) et je me suis reprise en main. J'ai radicalement changé de carrière. J'ai repris des études afin d'exercer un métier qui ait une répercussion positive sur le monde. Quand j'ai appris la vérité sur Jason, j'ai immédiatement rompu avec lui. Et lorsque j'ai compris qu'en continuant de le côtoyer tous les jours, je risquais de réatterrir dans son lit, j'ai mis dix-sept mille kilomètres entre nous.

Tiens, quand on parle du loup…

Une notification mail se fait entendre. À cette heure-ci – huit heures ici, seize heures trente à New York –, c'est sûrement Jason, qui m'envoie un pavé avant de rejoindre sa femme. Six semaines après une rupture pourtant spectaculaire, il ne lâche toujours pas l'affaire. Résignée, j'attrape le smartphone posé entre mes jambes, sur ma serviette, et tourne l'écran vers moi. C'est à chaque fois un moment que j'appréhende, car je ne sais jamais si je vais tomber sur une déclaration d'amour épique ou une salve d'injures. Mais ce matin, ce ne sera ni l'un ni l'autre.

Avec un certain soulagement, je constate que le message n'est pas de lui.

Je reste un instant à contempler l'objet du mail, sans cliquer dessus. Quand je l'ouvrirai, je saurai si cette journée commence bien ou mal. Pas pressée de connaître la réponse, je lève les yeux.

De son côté, Papa Canon a enfin mis un terme à la course-poursuite. De ses larges mains, il attrape son nain de jardin sous les aisselles et le soulève pour le faire tournoyer dans les airs. Le gosse rit en dansant une ronde avec le soleil. Puis son père le ramène doucement contre sa poitrine brune, sur laquelle s'étend un impressionnant tatouage de serpent qui sinue jusque dans son cou, et le rire se transforme en soupir d'aise. D'une voix claire, avec une frappe aussi précise qu'un métronome, Papa Canon se met à rapper :

« *Keep yo head high, young Jax,*
this world ain't ready
(Garde la tête haute, p'tit Jax,

le monde n'est pas prêt)
Make me damn proud, you're my little baby
(Fais en sorte que je sois fier, tu es mon petit bébé)
I love you like a son, thou I'm not your daddy…
(Bien que je ne sois pas ton papa,
je t'aime comme un fils…) »

Moi, je retourne à mon téléphone, enfin prête à affronter le verdict.

De : tanya@jonesrealestate.com
À : quinnnorthon@gmail.com
Objet : F2 sur Union Street.

Chère Madame Northon,

Après étude de votre dossier, nous sommes au regret de vous informer que nous avons sélectionné un autre locataire pour le deux-pièces d'Union Street.
Nous aurons bientôt d'autres deux-pièces disponibles à la location, n'hésitez pas à revenir vers nous dès que vous aurez à votre disposition des fiches de salaire…

Et bla-bla-bla. J'arrête ici de lire, je connais la suite. C'est mon sixième refus en quinze jours, toujours pour la même raison. Comment suis-je censée produire une feuille de paye alors que je ne démarre le boulot que lundi ? Je leur ai pourtant fourni un duplicata de mon contrat de travail, merde ! Je vais faire quoi ? Être SDF jusqu'à fin février ?

Au loin, Papa Canon continue de rapper ce morceau qui ne me dit rien – mais, à mon âge vénérable, on commence à être dépassés par ce qu'écoute la Gen Z.

« *… Ghetto walls can't contain*
the hunger in your soul,
(… Ne laisse pas les murs du ghetto
limiter ta soif de découverte,)

You gotta chase that sense that makes a spirit whole
(Développe ta conscience, deviens un être complet)
Be unstoppable – no chains to hold you down,
(Un être inarrêtable – aucune chaîne
pour t'entraver,)
Any setback's just a setup for wearin' that crown…
(À chaque obstacle, prends de l'élan
et bondis vers ton trône…) »

Allez, le concert est fini. Je me relève et m'époussette. Je dois filer si je veux avoir le temps de repasser au motel avant la réunion de prérentrée. Car, contrairement à ce que semblent penser les agences immobilières du sud de l'Australie, mon boulot n'est pas juste un moyen d'accéder à un logement, non : me retrouver devant une salle de classe, j'attends ça depuis dix-huit mois. Même si mon histoire avec Jason a failli foutre en l'air cette vocation tardive. Or, je doute qu'arriver au lycée pour faire la connaissance de mes collègues vêtue d'un short et d'un haut de bikini, du sable plein les fesses, soit du meilleur effet…

2

Quinn

Avec l'adrénaline, le stress, mes sens sont décuplés ; je perçois tout avec une acuité accrue. Le bruit de mes talons dans le couloir désert. Le poids du cartable en cuir brun au bout de mon bras. Le froissement de mon pantalon en lin.

Je croise mon reflet dans une armoire vitrée où sont exposés trophées et prix remportés par les petits prodiges qui étudient ici. Je m'arrête, le temps de rajuster le foulard que j'ai noué autour de mon cou et de coincer derrière mon oreille une mèche blond foncé qui s'est échappée de mon chignon. Après un froncement de sourcils, j'estompe au doigt mon rouge à lèvres, un peu trop voyant sur ma bouche trop large.

Merde, Quinn, il faut toujours que tu en fasses trop.

Puis je reprends ma course.

J'ai toujours aimé m'habiller, je tiens ça de ma mère. À l'époque où elle était encore en état de travailler, elle gérait une boutique de vêtements d'occasion dans Greenwich Village. C'était avant que le quartier ne devienne cool, puis gentrifié, puis carrément bourgeois. Le samedi, elle bossait, et comme elle n'avait personne pour nous garder, Davey et moi, on l'accompagnait.

Mes souvenirs d'enfance sont des souvenirs d'étoffes. La douceur de l'organza. Les reflets moirés de la panne de velours. Le crissement du tulle. Il y a aussi, dans le désordre, l'odeur du papier d'Arménie. Les groupes de rock Y2K en fond sonore – The Strokes, Arctic Monkeys, The White Stripes. Les clientes charismatiques, branchées, plongeant dans les bacs d'articles bradés comme on fouille une épave, avant de remonter à la surface avec un trésor – sequins, cuir d'agneau, cent pour cent mohair.

Ado, j'avais déjà intégré que les vêtements sont au choix une armure ou un camouflage. J'ai longtemps choisi l'amure, décidée à m'engager dans la vie comme un soldat dans la bataille. Mais, en grandissant, on apprend aussi les vertus du camouflage.

La Quinn Northon qui avance dans les couloirs de la Heathford Academy porte un costume, non par manque de sincérité ou par goût de la dissimulation, mais par désir de se fondre dans le décor.

Et le décor, ici, vaut le détour. La Heathford Academy est installée dans un ancien immeuble industriel du centre d'Adélaïde. J'ai toujours aimé les architectures industrielles – leurs lignes épurées, leurs briques, leurs grandes fenêtres majestueuses.

Cette école privée sous contrat, financée par l'État, mais gérée de façon autonome, est un projet pilote de la ville. Un établissement pour tous les élèves qui, pour une raison ou une autre, ont besoin d'un volume de cours restreint concentré sur une demi-journée. Ce peut être des élèves qui sont atteints de phobie scolaire, par exemple. Ou d'autres qui ont été hospitalisés longuement et qui se refamiliarisent avec le cadre du lycée. Des ados neuroatypiques. Des étudiants en sport-étude, qui ont un programme d'entraînement chargé l'après-midi. Des prodiges du violon qui bénéficient d'une bourse du conservatoire.

Derrière ces profils a priori variés, une constante, cependant : l'argent. Les frais d'inscriptions ne sont pas exorbitants, si l'on compare avec le pensionnat huppé que j'ai fréquenté plus jeune et dont je n'ai malgré tous mes efforts jamais réussi à me faire virer. Mais neuf mille dollars l'année, ça reste une somme. Si par miracle j'ai été embauchée, bien que je n'aie pas validé mon master, c'est parce que j'ai moi-même un « profil artistique et atypique », comme l'a joliment formulé le proviseur de Heathford, Lee Walker, durant la dernière étape du processus de recrutement par visio.

– Ah ! Madame Northon, vous voilà, s'exclame d'ailleurs ce dernier lorsque je fais mon entrée en salle de réunion. Je vous demande à tous de faire un chaleureux accueil à notre nouvelle recrue, qui s'occupera de dispenser les cours de littérature des terminales 2 et 6, des premières 3 et 4 et de la seconde 3.

Durant l'heure qui suit, mes collègues discutent programme, objectifs, composition des classes. Moi, je reste silencieuse et j'observe. J'écoute. Je flippe également, en songeant que, dans soixante-douze heures, tout ça va devenir concret. Bien sûr, j'ai l'habitude de me tenir devant une salle de classe ; j'ai accompli mes neuf cent dix heures de stage, et, à l'époque où je vivais de la photo, une partie de mes revenus provenait d'ateliers que je menais en milieu scolaire… Mais là, ça va être différent. Je percevrai un salaire – plutôt correct, pour une débutante. J'aurai à établir mon propre programme. Je vais même être professeure principale d'une de mes deux classes de term. Nul doute que Walker va garder un œil sur mes résultats. Mais bon, j'ai fait un de mes stages dans le Bronx, un autre dans East Harlem, dans des lycées au pied de cités délabrées où les élèves étaient trente-cinq … Je devrais pouvoir gérer une vingtaine de gosses de riches, non ?

– Ah, putain, pas Leo Nguyen en terminale 2 ! râle un prof de maths qui ressemble à un lanceur de poids professionnel. Je sais que c'est LA star de TikTok mes couilles, mais franchement, il est con comme un balai, ce gosse. Et avec Harper Machin-chose qui ne pense qu'à son maquillage et à ses reprises de Lady Gaga, en plus. Et McKenzie ! Qu'est-ce qu'il fout encore là, lui ? Pourquoi on l'a autorisé à redoubler ?

Puis il lève la tête de son emploi du temps.

– C'est qui, le pépé des term 2 ?

J'ouvre la bouche, la referme, hésite. Pépé, je ne sais pas ce que ça veut dire, mais si j'en crois les documents qu'on m'a distribués… Oui, c'est bien ça : il s'agit de la classe dont je suis prof principale.

P.P. OK, je viens de comprendre.

Je me racle la gorge.

– C'est moi, je crois.

Le prof de maths me dévisage puis lève les yeux au ciel. Sympa. Je sens qu'on va bien s'entendre, lui et moi.

– Super, on a refilé les débiles mentaux à la nouvelle… Bon, ma jolie, tu les mates d'entrée de jeu, hein ? Surtout McKenzie, là. C'est un petit con. Ça n'aurait tenu qu'à moi, après qu'il a raté son bac, on s'en serait débarrassé.

La jolie, elle peut te dire d'aller bien te faire cuire le cul ?

Bien sûr que non. La jolie sourit d'un air gêné, la jolie connaît sa place. Elle sait qu'on ne se rebiffe pas le premier jour de boulot face à un gros macho, sous peine qu'il ne vous lâche pas de l'année. Tant pis si le macho en question vous traite en potiche, qualifie les élèves de « débiles » ou parle de s'en « débarrasser » comme de vulgaires déchets.

Pas de pot, mon grand, c'est justement ceux que tu détestes qui m'intéressent.

Ceux qui galèrent. Les éclopés, les abîmés, les trop sensibles. Ou, comme moi à leur âge, les trop en colère.

Fort heureusement, une voix s'élève et capte l'attention de l'audience, me permettant de ravaler tranquillement la mienne, de colère.

– McKenzie a perdu son père il y a deux ans, son cousin est incarcéré depuis la fin de l'année dernière… On peut peut-être se montrer un peu compréhensifs, non ? Perso, je trouve ça déjà bien qu'il n'ait pas totalement décroché et qu'il accepte de revenir pour un an.

Ma tête se tourne vers le nouvel intervenant : à peu près mon âge, barbe courte, chemisette à carreaux.

– Il *a* décroché, Kalvin. Il fait seulement acte de présence pour garder sa bourse du conservatoire et les allocs de sa mère, ce guignol, lance le prof de maths, très content de lui.

– Qu'importent les raisons de sa présence, Christian : il fait son job, qui est de se pointer chaque matin. À nous de faire le nôtre, qui est de l'aider à progresser. En plus, ajoute le fameux Kalvin, concernant McKenzie, je doute que « guignol » soit le bon qualificatif…

– Ah oui ? Il a fini l'année avec quatre de moyenne en philo, huit en maths, à peine dix en histoire-géo. Et il a trouvé le moyen de rater son bac dans un établissement où le taux de réussite à l'examen est normalement de cent pour cent ! Alors c'est quoi ? Encore l'un de ces HPI à ce point brillants qu'ils en deviennent nuls ? lance Christian – qui, décidément, ne va pas être mon meilleur copain cette année.

– Vu ses capacités au piano, on peut s'interroger, en tout cas, rétorque Kalvin. Et puis, avant cette petite contre-performance, McKenzie a toujours été bosseur. Avec des résultats inégaux, certes, mais pas catastrophiques. Alors, ton acharnement, là, ça pose un peu question. À se demander si le véritable problème ne serait pas, au fond, le fait qu'il appartienne à un certain groupe ethnique…

– Attends, je rêve, Kal, tu es en train de me traiter de raciste ?

Ambiance…

Ça se met à s'engueuler dans tous les sens, à se postillonner dessus, à se balancer d'anciens griefs, à brandir des bulletins de notes ou des directives ministérielles comme autant de preuves irréfutables… Je commence à saisir que tout n'est pas rose, à la Heathford Academy. Que le corps enseignant est loin d'être parfaitement uni. Que le corps étudiant n'est peut-être pas aussi homogène que je me l'étais figuré. Et que certains élèves peuvent être victimes de discrimination, ici comme partout ailleurs.

Afin de calmer le pugilat, Lee Walker intervient et apaise les esprits, rappelant avec clarté notre mission : accompagner ces gosses jusqu'à leur examen final sans se soucier du reste.

– De toute façon, les élèves de sport-étude et art-étude ont une carrière toute tracée dans leur domaine, temporise le proviseur.

En d'autres termes, notre job, avec ceux-là, c'est de faire du baby-sitting et ne rien espérer de plus qu'un dix de moyenne. Ça fait rêver.

– Bon, conclut-il, je crois qu'on a couvert l'essentiel. Vous avez vos classes, votre emploi du temps. Pour le reste, comme d'habitude : on serre la vis dès le premier jour, tolérance zéro pour les problèmes de discipline. À la moindre incartade, vous les envoyez dans mon bureau, afin de donner le « la ».

Tout en fouillant dans mon cartable, je jette un coup d'œil circulaire à l'assemblée. Mon regard accroche celui du prof qui est monté au créneau, Kalvin. Je suis en veine : il me sourit, attrape sa besace, approche.

– Ça va ? Pas trop refroidie par l'ambiance ?

– Ça ? C'est rien du tout, réponds-je en haussant les épaules. Tu verrais ma famille à Thanksgiving...

Kalvin laisse échapper un petit rire – je n'en demandais pas tant. Puis mon nouveau collègue s'adosse à la table et croise ses bras musclés.

– Et pour lundi, tu ne stresses pas trop ?

Maintenant qu'il est debout, je me rends compte qu'il est petit, sans doute moins d'un mètre soixante-dix. Avec ses grands yeux bleus candides et son sourire malicieux, il ressemble à Daniel Radcliffe. Et comme moi aussi, je suis petite avec les yeux bleus, je me dis que ça nous fait déjà deux points communs, à Kalvin et moi.

– Si, admets-je avec un demi-sourire, c'est ma première rentrée et je suis terrifiée.

– Tu vas voir, ça va bien se passer. Ça fait trois ans que j'enseigne la littérature ici et...

– Oh, tu es prof d'anglais, toi aussi ?

– P.P. de terminale 1, confirme-t-il. La crème de la crème des sportifs. Et toi, tu as les artistes, alors ?

– Euh... Si tu le dis.

– Tu vas voir, poursuit-il, ils sont intéressants, ces gosses.

– Au risque de te laisser penser que je ne possède qu'une seule réponse, qui plus est préenregistrée : si tu le dis...

Kalvin m'offre un sourire amusé.

– Ne t'en fais pas, ça va bien se passer. De toute façon, il n'y a que trois règles à respecter. Ne jamais prendre leur manière de te tester de façon personnelle. Ne jamais te montrer humiliante avec eux. Et ne jamais ô grand jamais les nourrir après minuit.

C'est à mon tour de rire. Des Gremlins, c'est tout à fait comme ça que je me figure mes futurs élèves. Puis je trouve enfin ce que je cherchais dans mon cartable : mes gommes à la nicotine.

– Ça, il y a peu de chance, fais-je en mâchant avec vigueur. Les seuls en-cas que j'ai toujours sur moi sont des capsules de café et ces trucs. Je sais, ajouté-je, mieux vaudrait du granola fait maison et du thé vert. Que veux-tu ? J'ai une hygiène de vie déplorable.

Il penche la tête sur le côté et me jette un regard intrigué.

– Cool, ton accent, relève-t-il. Tu viens d'où ?

Je me retiens de lui rétorquer que c'est lui, qui a un accent. Celui d'un duc scélérat dans une romance victorienne.

– Manhattan.

– C'est pas la porte à côté, ça.

– J'ai dû… abréger mon master de sciences de l'éducation. Il me restait encore un semestre avant d'obtenir mon diplôme. Et comme chez nous, la rentrée a eu lieu au mois de septembre, j'ai cherché où je pourrais venir enseigner. Il s'avère qu'il existe peu de pays où la population parle anglais et où les grandes vacances se terminent fin janvier.

– Attends, tu faisais un master de sciences de l'éducation à New York ? m'interroge Kalvin en clignant les paupières.

Merde. J'espérais qu'en le noyant sous un flot de détails, il ne rebondirait pas sur cette histoire de master abandonné. J'imagine que, maintenant, il va me demander pourquoi…

– Barnard ? enchaîne-t-il. Columbia ?

Ouf ! ce ne sont pas les raisons de ma désertion qui l'intéressent, mais mon parcours académique.

– New York University.

– Tu as fait le MSE de NYU ? répète-t-il avant de pousser un sifflement admiratif. Impressionnant. Et avant ça, tu faisais quoi ?

– Attends, tu sous-entends que je n'ai pas l'air d'avoir

passé mon bac il y a cinq ans, c'est ça ? demandé-je en faisant mine de me vexer.

– Ne le prends pas mal, mais soit tu approches de la trentaine, soit tu as *vraiment* une hygiène de vie déplorable…

Je lui lance un regard qui signifie, *Ça, tu vas le payer*, tout en lui donnant un coup de coude, qu'il esquive. Décidément, j'aime son rire et son énergie. Solaires.

– OK, OK, je retire… fait-il en levant les mains en signe de reddition. De toute façon, ça ne se fait pas de demander son âge à une dame. Mais au moins, dis-moi comment on passe d'un master d'enseignement d'une des meilleures facs des États-Unis à un poste à l'autre bout du monde, dans une école où obtenir de bons résultats en anglais compte moins que sa capacité à manier le ballon ovale ?

Pile la question à laquelle je préférerais ne pas répondre…

Une bouffée de honte me submerge quand je repense à ce que j'ai fait.

– C'est une longue histoire, soupiré-je en espérant dissuader Kalvin de continuer à m'interroger.

– Tu me la racontes autour d'un verre ? On va sûrement aller déjeuner au pub avec les autres. C'est notre tradition à chaque réunion de prérentrée. Pour apaiser les tensions avant le coup d'envoi de lundi.

– Ça marche ? Le *fish and chips*, pour se réconcilier avec ses collègues un tantinet…

– … beaufs et racistes ? complète-t-il. Non, mais la bière aide à noyer son désarroi.

Je soupire.

– J'aurais adoré noyer mon désarroi avec toi, mais la cause de mon désarroi requiert hélas que j'y consacre mon après-midi. Je dois absolument trouver un appartement dans les… oui, c'est ça : dans les prochaines quarante-huit heures, dis-je en consultant une montre imaginaire à mon poignet. Et comme ça fait quinze jours que je suis sur le coup…

– Hein ? Comment ça ? Mais… tu vis où, pour le moment ?

– Dans un motel. Qui est en train d'engloutir mes modestes

économies. Crois-moi, j'aurais préféré dépenser mes sous durement gagnés avec toi au pub.

– Oublie le pub, décrète Kalvin en passant la lanière de sa besace par-dessus la tête. De toute façon, l'alcool aidant, Christian et moi en serions sans doute venus aux mains. Et puis, on ne va quand même pas te laisser dormir sous les ponts ! Suis-moi.

– Mais… où est-ce qu'on va ? protesté-je tout en lui emboîtant le pas.

– Chez quelqu'un qui est à même de régler ton problème, rétorque Kalvin en avançant dans le couloir à grandes enjambées. Malheureusement pour toi, il s'agit aussi de la personne la plus acariâtre que je connaisse. Une véritable chieuse, cynique, grincheuse, et agressive avec ça !

– Charmant, maugréé-je. Je crois que je préférais l'idée d'une cuite au pub…

– Eh oh ! Ne râle pas, hein. Et sens-toi honorée, ajoute-t-il en se retournant vers moi. Ce n'est pas tous les jours que j'accepte de présenter une collègue de travail à ma meilleure amie.

3

Quinn

Je regarde une dernière fois par la fenêtre de la chambre, qui donne sur la rue. Une succession de maisons blanches sur deux ou trois étages, l'air pas très solides. Des terrasses en bois peint. Et, à chaque niveau, une famille différente. Nous sommes à Bolivar, banlieue nord, à trente minutes en voiture de la Heathford Academy. Une chose à savoir, sur Adélaïde : le centre-ville est vraiment minuscule (les deux rues principales, perpendiculaires, font chacune un kilomètre et demi), et l'agglomération est tentaculaire.

La vilaine moquette sous mes pieds exhale une odeur de sel et d'algues. Au moins, Bolivar, noté 1,2 étoile sur Homely, a comme vertu d'être en bord de mer. Au loin, on entend le ressac, détail qui finit par me décider, même si j'avais prévu de vivre dans plus grand et, soyons honnêtes, moins pourri.

– OK, j'accepte, fais-je en me retournant vers Kalvin.

– Dis-lui que c'est non, déso ! crie une voix féminine depuis le salon. Cette chambre n'est pas à louer !

Je choisis de faire confiance à Kalvin et, surtout, de l'imiter en ignorant les protestations de Neelam. De toute façon, c'est ma seule option : je ne peux plus rester sans logement.

– À combien s'élève le montant de la caution, déjà ?

– Trois mois de loyer, cash.

– C'est envisageable d'avoir une réduction en cas de travaux ?

– Ça dépend des travaux.

– Hé, mais vous êtes pas possible, tous les deux… râle Neelam avant d'apparaître.

Elle pousse son fauteuil dans la chambre – je veux dire : *ma* chambre.

– Ça ne vous dérange pas de décider de tout sans me consulter ? J'ai un handicap moteur, pas mental, que je sache ! Et jusqu'à preuve du contraire, tu n'es pas mon tuteur, Kalvin !

– Non, mais je suis ton meilleur ami, et si tu ne trouves pas rapidement quelqu'un pour payer la moitié de ton crédit, la banque va te retirer l'appart, objecte ce dernier en s'adressant enfin à la propriétaire des lieux.

– Stacy va revenir.

– Stacy ne va *pas* revenir : elle s'est barrée avec une DJette du Mylk Bar qui ressemble à Kristen Stewart sous stéroïdes. Même toi, à sa place, tu ne reviendrais pas. Et puis, Stacy est une loseuse.

– Ce n'est pas une loseuse !

– Elle passe ses journées à regarder *The Ultimatum : Queer Love* en fumant des joints.

– C'est toujours mieux que *RuPaul's Drag Race* en prenant du *poppers*…

– UNE fois ! J'ai fait ça une fois, et c'est parce que je n'ai pas osé dire non aux gens avec qui j'étais…

– C'est ça, ton problème : tu es incapable de dire non. C'est comme avec ta nouvelle BFF, là, ajoute Neelam en me désignant d'un doigt accusateur. Tu ne pouvais pas lui dire « désolé pour toi, dur dur, bon courage », au lieu d'essayer de me la refourguer ?

– Si je puis me permettre… interviens-je. Il ne s'agit pas de me « refourguer » non plus, hein. Je ne cherche pas une baby-sitter.

– Moi non plus ! Contrairement à ce que Kalvin pense, je n'ai besoin d'aucune aide.

– Eh bien, si ce n'est que ça, je te jure de ne t'être d'aucune aide ! répliqué-je en roulant les yeux. Tu veux que je sorte la poubelle ? Oublie. Que je range derrière moi ? Dans tes rêves. Que je fasse la vaisselle ? Plutôt crever.

– Tu vois ? insiste Kalvin en entrant dans mon jeu. Quinn

promet d'être un véritable boulet.

– En plus, tu ne peux pas t'en rendre compte avec ce chignon, mais j'ai les cheveux épais comme du crin et je ne les retire jamais de la bonde de la douche.

– Puis il y a ta passion, là. Pour les…

– … les furets ! Bien sûr, où avais-je la tête ! J'allais oublier de te parler des furets… Je compte en adopter au moins trois. Et ne jamais changer leur litière.

Kalvin me regarde, perplexe, et me demande, la bouche sur le côté, comme un mauvais ventriloque :

– Ça fait dans une litière, les furets ?

– Aucune idée, admets-je à voix basse.

– OK, ça va, ça va ! Vous pouvez arrêter votre petit numéro, Heckle et Jeckle, j'ai compris le message. Mais on ne m'ôtera pas de l'idée qu'il y a quelque chose qui cloche avec Miss America, ajoute Neelam en grommelant. À peine arrivée, elle devient cul et chemise avec un homme trans, insiste pour emménager chez une lesbienne asiatique en fauteuil roulant et décide de retaper un appartement pourri ?

Mes sourcils se haussent ; Neelam capte tout de suite mon air étonné et, quand elle comprend l'objet de ma surprise, elle jubile. On dirait le chat du Cheshire.

– Quoi ? Tu ignorais que j'étais Indienne, peut-être ? me titille-t-elle, ravie de me mettre sur la sellette.

– Non, c'est le détail du fauteuil qui m'avait échappé, rétorqué-je du tac au tac pour ne pas montrer que je suis déstabilisée.

OK, je l'admets : je ne me doutais pas du tout que Kalvin était transgenre.

Ce n'était sans doute pas une raison pour vanner Neelam sur son fauteuil… Même si elle n'a pas l'air de considérer le sujet tabou.

D'ailleurs, au lieu de me fusiller du regard ou de me rouler sur le pied, elle sourit furtivement. Pas un sourire sadique, contrairement à celui qu'elle affichait il y a encore deux secondes, non : un sourire *amusé*. Qu'elle tente aussitôt de me cacher en faisant demi-tour.

– Quand tu parlais de travaux, tout à l'heure… J'espère que ça ne voulait pas dire que tu comptes transformer mon salon en foutue bonbonnière ?

Je la suis en hallucinant. Alors c'était ça, le secret, pour se la mettre dans la poche ? L'envoyer chier ? Faire des réflexions douteuses sur son handicap ?

– Ça veut dire que j'ai l'appart ? demandé-je en clignant les paupières.

– Ça veut dire que tu as *la moitié* de l'appart.

– Dans ce cas, c'est *notre* salon… Et non, je ne compte pas le transformer en foutue bonbonnière. Par contre, quelle est ton opinion concernant le bleu paon ?

Dans le salon ouvert sur la cuisine, Neelam avance jusqu'au frigo, en sort un pack de bière qu'elle pose sur ses genoux et revient vers la table basse.

– Tant que tu ne te mets pas en tête d'adopter un véritable paon…

– Je te l'ai dit : je préfère les furets.

– Je suppose que nous avons un deal, alors, ponctue-t-elle en me tendant une bière. Bienvenue chez toi, Miss America.

4

Targan

Je recompte les billets tendus par le gars et les fourre avec le reste dans ma chaussette. Le client ne me dit ni merde ni merci : il retourne direct à sa console, non sans avoir jeté le sachet de *weed* et les extas sur les genoux de la nana à côté de lui. Cette dernière ne réagit pas, elle continue de fixer l'écran en laissant une clope se consumer entre ses doigts. Je connais cet air absent : opioïdes. Je serre les dents. Même si ce n'est pas moi qui leur ai vendu de l'oxy, du fentanyl, ou n'importe quelle autre substance à laquelle ces deux-là carburent, je me déteste.

Heureusement que lundi, c'est la rentrée ; notre accord avec Ryder va pouvoir reprendre son cours. À moins que tous ses coursiers soient en livraison et qu'il n'ait pas d'autre solution que de faire appel à moi (ce qui peut arriver certains vendredis et samedis soir), j'écoule sa marchandise uniquement dans l'enceinte de Heathford. Et pas question de vendre un produit qui crée une quelconque dépendance physique : j'ai trop vu les ravages de l'héro ou du crack sur ma communauté.

Bien entendu, aucun risque de croiser un autre Kaurna[1] à Heathford. Ou même dans ce quartier. Il a beau être vraiment merdique, c'est plutôt un repère de *white trash*[2] que de natifs australiens.

En parlant de white trash…

---

1. Le peuple Kaurna est un peuple aborigène d'Australie méridionale.
2. Littéralement « déchet blanc ». Terme d'argot très courant dans les pays anglo-saxons, qui désigne les populations blanches et pauvres.

Après avoir pris la porte, depuis le palier du deuxième, j'aperçois une Blanche avec un cul tout à fait correct. Elle est penchée à l'intérieur d'une portière de bagnole, dont elle sort un carton d'où dépassent une lampe de chevet et une plante verte. Je descends quelques marches. Elle se redresse et, de nouveau, sa minirobe de plage en macramé noir couvre le bas de son bikini. À vue de nez, je dirais que ses seins tiennent dans ma main. Je remarque aussi qu'elle a des tatouages un peu partout – pied, haut de la cuisse, clavicule. Discrets. Des citations, des floraux, des petits motifs de meuf branchée. J'arrive au premier : elle se mordille la lèvre inférieure, l'air anxieux. Sa bouche est trop grande pour son visage. Enfin, quand j'atteins le rez-de-chaussée, elle tourne vers moi ses yeux graves et perçants, sans me voir. Une blonde. Je n'aime pas les blondes, même celles qui ont un beau cul.

Ce que j'aime, en revanche, c'est les voitures. Et notamment la Ford Fairmont du début des années 1980 que Blondie conduit. J'avoue, c'est sexy, une fille qui sait manier un levier de vitesse. Celle-ci se dirige, carton sous le bras, vers l'entrée de l'appartement en rez-de-jardin, au seuil duquel l'attend une nana en fauteuil. Elle passe sans me calculer.

Comme un loser, j'enfourche mon vélo.

De toute façon, qu'est-ce que je ferais d'une caisse voyante comme ça ? Ça attirerait l'attention des keufs. Les flics ont déjà tendance à me surveiller, avec ma tête de basané sorti tout droit du bush… Sauf, bien sûr, quand je porte l'uniforme de l'académie. Non, au moins, à vélo, je passe à travers. À condition de respecter le Code de la route, je ne risque pas vraiment de contrôle d'identité. Un métis de plus dans ce pays, un quart écossais, un quart irlandais et moitié autochtone. Dont personne n'a rien à foutre.

Je pédale jusque chez Chelsea. Elle est d'ascendance Kaurna, comme Derain, comme moi – comme la plupart des gens qu'on fréquente. Quand Jax m'entend freiner sur le bitume, avant que j'aie eu le temps d'attacher mon vélo, il fonce sur moi. Il est rapide pour son âge, mais bon, à 3 ans, il reste un bébé.

– Tonton !

Je me baisse pour le cueillir. Jaxen fait ce sourire, son sourire de canaille. À chaque fois, pendant une fraction de seconde, c'est comme si l'espace-temps se lacérait : j'ai l'impression de revoir Derain quand il était gosse.

– Tu m'emmènes à la plage ? me demande-t-il de sa voix pointue et pleine d'espoir.

– Pas aujourd'hui, non. Je viens voir ta maman, réponds-je en me dirigeant vers le pavillon délabré.

– Demain ?

– Arf… Je crois que je vais profiter de mon dimanche matin pour dormir, bonhomme.

– Alors lundi ?

– Je reprends les cours, fais-je en le reposant dans le salon. Ce qui veut dire…

Bon sang. Je déteste ce qui va suivre.

– … que je ne pourrai plus te rendre visite aussi souvent que ces derniers temps.

La réaction ne tarde pas. D'abord un refus, crié, puis des roulades par terre, des poings serrés, des larmes. Depuis que son père s'est fait coffrer, Jax a vraiment du mal avec la séparation.

– Eh, eh, eh ! gueule Chelsea en sortant de la salle de bains. Pas de caprices, Jaxen !

Elle avance vers moi en traînant les pieds, le visage fermé et la main tendue. Je récupère le fric dans ma chaussette et le lui remets.

– J'ai rajouté cinquante dollars, j'ai vu que ses chaussures devenaient trop petites.

– Merci, répond-elle en rangeant l'argent.

– J'ai rendu visite à Derain. Il m'a demandé quand tu comptais amener son fils au parloir. Il dit qu'il ne l'a pas vu depuis un mois.

– Le parloir, le parloir… T'en as de bonnes, toi ! s'emporte Chelsea tout en mettant de l'eau à chauffer. Le centre pénitentiaire est à deux heures de route !

– Et ? C'est pas comme si tu bossais, Chels, m'agacé-je.

– Comment je ferais, hein, pour bosser, Targan ? Tu sais combien ça coûte, une nounou ?

– Ça va, je sais... On ne va pas avoir une énième fois cette conversation. Tout ce que je dis, c'est que je fais en sorte – *Derain* fait en sorte – de subvenir à vos besoins, au gamin et à toi. Alors, un peu de reconnaissance, ce serait pas mal.

Chelsea, qui me tourne le dos, s'agrippe à l'évier comme si elle espérait broyer la cuve d'inox de ses mains. Puis, après avoir respiré un grand coup, elle fait volte-face.

– Écoute, Tee, tu te sens coupable parce que Derain s'est fait serrer, très bien. Tu veux te débarrasser de cette culpabilité en t'occupant de la famille de ton cousin : ça tombe bien, ça m'arrange. Mais si tu comptes me dire comment élever Jaxen, alors, je t'arrête tout de suite...

– C'est moi qui t'arrête, Chels : un gosse a besoin de son père.

– Pas quand c'est un père de merde, non, et tu le sais mieux que quiconque ! Quant à Derain, il est aussi utile à cette famille qu'un trou du cul au bout du coude.

– Un trou du cul qui paye le loyer, les factures, la bouffe...

– *Tu* payes le loyer.

– Les Kingz Brown[3] payent le loyer. Moi, je ne suis que l'intermédiaire. Ça t'arrange bien, hein, de te dire ça ?

Chelsea me regarde, elle a l'air sincèrement désolée.

– Tu n'es pas un intermédiaire, Tee, tu es un soldat. Un bon petit soldat, comme Rain avant toi. Et si tu ne fais pas gaffe, tu vas finir comme lui. Ce qui me désole. Parce que Derain a toujours été une petite frappe. Mais toi, toi...

Chelsea pose une main compatissante, presque maternelle sur ma joue. Avec ses quatre ans de plus que moi, on peut dire qu'elle m'a vu grandir. Passer d'avorton à... ça. Un soldat, comme elle dit. Au service de Ryder. D'un des

---

3. Le nom « Kingz Brown » est emprunté au *king brown*, ou serpent de la Mulga, une espèce venimeuse extrêmement commune en Australie et repérable à sa taille impressionnante. Mais « Brown » désigne aussi, dans les langues anglo-saxonnes, les personnes racialisées qui n'entrent pas dans les catégories blanches ou noires.

gangs les plus brutaux d'Adélaïde.

Mais je crois que, quand elle me regarde, c'est encore l'avorton qu'elle voit.

– … tu as un vrai talent, poursuit-elle. Tu pourrais t'en sortir. Comme RedBack, tu as vu ? Il a signé avec un label, il a quitté le quartier.

– Ça, c'est des rêves de gamin, Chels, je réponds d'un ton que j'aurais voulu moins amer. Pour un RedBack, il y en a combien, des mecs qui ont un flow et savent faire un peu de son ? Qui se bercent d'illusions ? Et puis, quitter mes sœurs ou Jax ? ajouté-je en couvant tendrement le gamin du regard. Pas question.

– Il n'empêche… Tu devrais arrêter, avec les Kingz Brown, tant qu'il est encore temps.

– Ah oui ? Et comment on ferait, hein ? De toute façon, ce n'est pas comme si j'avais le choix.

Je ne sais pas comment Chels, après avoir traîné avec les Kingz quasiment toute sa vie, peut se montrer si naïve : Ryder me tient. Cette vie, désormais, c'est ma vie.

5

Quinn

« *All the things she said,*
(Tout ce qu'elle m'a dit,)
All the things she said,
(Tout ce qu'elle m'a dit,)
Running through my head,
(Tourne dans ma tête,)
Running through my head,
(Tourne dans ma tête,)
All the things she said
(Tout ce qu'elle m'a dit) »[1]

J'arrête un instant de suspendre mes fringues dans le minuscule placard et regarde en direction du plafond, comme si j'interrogeais le ciel. Argh ! Alors, c'est à ce genre de cohabitation à laquelle je dois m'attendre ? Marrant comme, a priori, je n'aurais pas envisagé Neelam s'enjailler toute seule dans le salon un samedi à l'heure de l'apéro. En revanche, j'ai beaucoup moins de mal à l'imaginer mettre de la musique à fond dans l'unique but de me rendre dingue…

En représailles, je vais peut-être fixer au mur les deux cadres que j'ai achetés au magasin de bricolage cet aprèm. Même s'ils sont encore vides.

Ou alors, j'arrête de faire ma rabat-joie et je rejoins ma nouvelle coloc ? Après tout, ce n'est pas comme si j'avais mené une vie sociale trépidante, ces deux dernières semaines.

1. « All the Things She Said », t.A.T.u.

Pour tout dire, si l'on exclut la réunion de prérentrée, les seules interactions humaines que j'ai eues ont été les messages de mon petit frère. Et puis, l'intro de « I Like the Way You Kiss Me[2] » vient me chatouiller les oreilles : il est des chansons auxquelles j'ai du mal à résister, même quand des pots de peinture et de sous-couche me font les gros yeux pour me rappeler quel était censé être mon programme de la soirée. Déso, pinceaux, perceuse, appliques et clous, mais ce sera sans moi : le son m'a déjà emportée et je sautille en tournant sur moi-même.

« *I like the way you kiss me*
(J'aime quand tu m'embrasses comme ça)
I can tell you miss me
(Je sens que je t'ai manqué)
I can tell it hits (hits, hits, hits)
(Que je te rends accro [cro, cro, cro]) »

Sans même réfléchir, j'ouvre la porte, pour tomber sur Neelam qui fait tournoyer son fauteuil comme si ça ne lui demandait aucun effort, tout en dessinant des arabesques dans l'air de sa main disponible. Kalvin est là, lui aussi. En chemise hawaïenne ouverte, en train de faire des mouvements de… mime français ? Ah, non, OK : c'était une tentative de *voguing*.

Je m'appuie sur le chambranle, bras croisés. Quand enfin Kalvin remarque ma présence et mon sourire en coin, je lui lance, fort, pour couvrir la sono :

– Kal, les années 1980 viennent d'appeler, elles veulent que tu leur rendes leur chemise.

Il se fige, un peu embarrassé, et commence à reboutonner maladroitement sa chemisette, par laquelle j'ai entraperçu deux cicatrices symétriques au niveau des pectoraux. Et soudain, c'est à mon tour d'être gênée : se sent-il obligé de se rhabiller à cause de ma plaisanterie ? Ou parce qu'il croit devoir dissimuler qui il est devant moi ?

2. « I Like the Way You Kiss Me », Artemas.

En ce cas, je connais une excellente façon de le mettre à l'aise.

« Not tryna be romantic
(J'vais pas m'la jouer *lover*)
I'll hit it from the back
(Plutôt te prendre par-derrière)
Just so you don't get attached
('tached, 'tached, 'tached)
(Pour pas que tu t'attaches ['taches, 'taches, 'taches]) »

Avec une sélection de mes meilleurs et pires mouvements, je les rejoins au centre du salon. À mon tour de m'essayer au mime. Aux claquettes. Aux squats. Aux *dabs*. Tout pour que Kal intègre que, si quelqu'un doit se cacher dans cette pièce, c'est bien moi. Neelam m'observe, morte de rire : je lui lance une ligne de pêche imaginaire et commence à l'attirer vers moi. Elle approche, marquant le tempo avec son fauteuil, balançant avec grâce et précision le haut de son corps.

– OK, Miss America, tu m'impressionnes. Ce soir, tu viens avec nous.

Je me fige et la regarde, essoufflée. Hygiène de vie déplorable, je l'ai déjà dit.

– Je viens ? Mais où ça ?

– En boîte. Pourquoi tu crois que j'ai mis mes plus beaux gants de protection ?

Neelam brandit une main pour me montrer ses mitaines courtes, en cuir beige avec de la résille dorée. *LE* détail qui tue ? Elles sont assorties à son combishort beige et son fard à paupières doré. Pour la première fois, je la vois les cheveux lâchés. Un long carré épais, noir, ondulé.

– Je ne suis pas assez habillée pour aller en boîte, fais-je remarquer.

– Et tu n'es pas assez bourrée non plus, mais ce sont deux problèmes qu'on peut régler, rétorque-t-elle en me tendant un verre à shot.

– De toute façon, le club où on va est plutôt décontracté, renchérit Kalvin. Ta robe de plage passera très bien.

– Et pour mes cheveux crades de déménageuse, on fait comment ?

– « Déménageuse », c'est tout à fait dans l'esprit du lieu, réplique Neelam.

Mais Kalvin détrompe sa meilleure amie.

– Désolé de te décevoir, bébé, mais ce soir, on ne va pas au Sugar. Ni dans aucun autre club lesbien.

– *Comment* ? Mais… c'est samedi ! On va toujours au Sugar, le samedi !

Neelam a l'air aussi déçu qu'une enfant à qui l'on vient d'annoncer qu'on avait annulé Noël. Et aussi accommodante que le Grinch.

– Pas de clubs LGBTQ+ pour toi tant que tu n'auras pas oublié Stacy. Si tu la croises avec sa nouvelle meuf, ça va partir en vrille. En plus, j'aimerais bien avoir l'occasion de rencontrer des filles qui ne soient *pas* lesbiennes, pour une fois. Moi aussi, j'ai besoin d'amour !

Voilà comment on se retrouve sur le *rooftop* d'hétéroland, dixit Neelam, aka le Beatz, une boîte pas loin de la plage. Histoire de ne pas avoir non plus l'air de revenir de ma leçon de surf, j'ai enfilé un shorty et un crop-top noirs sous ma mini-robe de plage en crochet de la même couleur. J'ai plaqué mes cheveux crades en arrière, avec du gel effet mouillé, pour cacher la misère. La paille de mon deuxième mojito est couverte de traces de rouge à lèvres carmin. Neelam et moi avons bien trop fière allure pour faire tapisserie… Hélas ! C'est pourtant le cas. Kalvin ne prête aucune attention à nous, tout occupé qu'il est à faire rire la jolie rousse de la table d'à côté. Et, vu les blagues Carambar qu'il lui sort, ce n'est sans doute pas son humour qui fait craquer la rouquine, mais bien son sourire.

– Normalement, c'est le moment où j'interviens pour lui casser son coup, me confie Neelam en se penchant vers moi. Je me fais passer pour son date paraplégique qu'il a délaissé pour aller draguer une autre. Tu n'imagines pas la sale image que ça donne de lui.

J'éclate de rire.

– Tu es machiavélique ! dis-je en jouant avec la glace pilée de mon verre.

– Je suis la cadette d'une fratrie de cinq, j'ai dû très tôt apprendre à régner par la terreur. Bon, j'en ai assez de boire autant qu'une plante verte. On va danser !

– Si tu veux. Mais je ne peux pas te garantir que je ne vais pas te refaire le coup de la canne à pêche…

– T'inquiète, j'ai assez de style sur la piste pour deux.

On adresse un signe à Kalvin et l'on rentre. La moiteur des lieux m'arrive dessus comme une tempête tropicale. Les basses vibrent autant que le tonnerre. Sur la piste, le Beatz n'a rien à envier aux meilleurs clubs de New York. Je remise ma canne à pêche imaginaire au débarras et me laisse emporter par la musique. Travis Scott, Megan Thee Stallion, Cardi B s'enchaînent… Jusqu'à ce que le morceau de la rappeuse du Bronx soit coupé en plein milieu, sans aucun ménagement, par le DJ qui prend le micro.

– Yo, yo, yoooo le Beatz ! On a un invité de marque ce soir dans le carré VIP…

Neelam en profite pour me faire signe qu'elle a de nouveau soif comme une plante verte en pleine canicule. On se dirige vers le bar pendant que la foule pousse des hourras pour le fameux VIP qui avance vers la cabine du DJ.

– Tu danses mieux que ta performance à l'appartement ne le laissait supposer, me lance Neelam, visiblement soulagée, pendant que je tente d'attirer l'attention du barman pour lui demander deux bières.

– Je suis New-Yorkaise, je te rappelle. J'ai fréquenté le Rooftop 3 dès l'âge de mon premier soutien-gorge.

– Soutien-gorge ? Mais pourquoi vouloir enfermer ces deux adorables nichons, qui m'ont l'air tout à fait capables de défier la gravité ? me lance-t-elle avec un regard effronté.

– Je te préviens, si ton projet est d'oublier Stacy dans mes bras, ça n'arrivera pas. Je ne mélange pas colocation et plaisir, l'avertis-je.

– Moi non plus, je te rassure. Je suis juste une incorrigible séductrice. Et aussi, j'ai la fâcheuse manie de toujours dire ce que je pense. Là-dessus, on est pareilles, non ?

– Pas exactement.

Nos bières glissent sur le comptoir. Le DJ continue d'éructer dans le micro pendant que la foule l'acclame.

– … J'ai plutôt essayé, ces dernières années, d'arrêter de dire tout ce qui me passe par la tête. Ou de faire ce qui me passe par la tête. Crois-moi, ça vaut mieux pour tout le monde.

Puis, consciente que mes névroses ne sont peut-être pas un sujet de conversation approprié à une soirée en boîte, j'attrape les deux bouteilles. Je tends la sienne à ma nouvelle coloc – et peut-être future amie.

– Faites du bruit pour le meilleur rappeur d'Adélaïde, j'ai nommé M ! K ! Z !

Machinalement, je tourne les yeux vers la cabine du DJ, où un type immense dont je devine à peine la silhouette se penche vers la console. Il branche ce qui doit être une clef USB, s'empare du micro. Voix grave.

– Bonsoir le Beatz, montrez-moi que vous êtes chauds !

– Ouaaaaaais !

– Montrez-moi que vous êtes *vraiment* chauds !

– OUAAAAAIS !

Et, sur une instru de cuivres au rythme syncopé, le fameux « meilleur rappeur d'Adélaïde » se met à rapper. À la vitesse d'une fusée.

Cette précision de mitraillette.

Cette façon de déchirer les mots pour en faire des confettis.

La salle rugit alors que les rimes frappent comme des gants de boxe.

« Keep yo head high, young Jax,
this world ain't ready
Make me damn proud, you're my little baby »

Je me retourne et regarde vers le podium. L'homme qui performe est élancé, baraqué, ténébreux. Avec de hautes pommettes tout en ombres et lumière, une tignasse sombre et bouclée. Il rappe, cette fois sans trace d'accent, en occupant l'espace scénique avec aisance. Il semble posséder le public, la boîte, la ville entière.

– Eh ! Mais je le connais.

– Tu le connais ? répète Neelam, étonnée, tout en tendant le cou pour contempler la charismatique silhouette.

Au pied du podium, les bras se sont levés et se balancent dans les airs ; les têtes marquent le tempo.

– Enfin, je le connais… Je l'ai aperçu hier matin sur la plage.

Neelam fronce les sourcils et me jette un regard interrogatif, du genre : « Qu'est-ce qu'elle raconte, celle-là ? » Je sens mes joues s'échauffer. Je poursuis en bafouillant.

– Ou plutôt, je l'ai entendu. Rapper. Ce morceau-là. C'est comme ça que je l'ai reconnu.

C'est la stricte vérité. Alors, pourquoi est-ce que j'ai l'impression de mentir en la disant ?

– Tu ne vas quand même pas me lâcher pour aller draguer, toi aussi ? me questionne Neelam d'un air suspicieux. Je comprends que vous, les hétéros, soyez sur votre terrain de chasse ce soir, mais la personne qui traverse une atroce rupture, c'est moi, je vous signa…

– Je ne vais pas aller le draguer ! protesté-je avec véhémence tout en me demandant pourquoi mes joues s'embrasent comme ça.

Foutus shots. Foutues températures estivales.

– D'une, les mecs, je préfère vraiment éviter en ce moment. De deux, je les choisis généralement un peu plus âgés…

Un euphémisme, quand on pense à Jason et à ses 45 ans. Bien que… si c'était à refaire, le moins qu'on puisse dire, c'est que je m'abstiendrais.

Je relève la tête et jette un coup d'œil au « meilleur rappeur d'Adélaïde ». À cette distance, on ne distingue bien entendu pas ses traits. À peine devine-t-on qu'il a le visage anguleux, une bouche pleine et le nez légèrement pointu. Ses cheveux bruns ondoient sur son front. On peut aussi se rendre compte qu'il est complètement habité par les paroles qu'il scande. Et qu'il ne ressemble pas tout à fait au rappeur lambda, plutôt à une rock star. Jean noir, Vans montantes noires, bagues en argent, tee-shirt d'un groupe (noir également) non identifié, par lequel s'échappent deux bras puissants couverts de tatouages… Je l'avais trouvé beau sur la plage, maintenant je le trouve beau ET stylé. Même si les mecs plus jeunes ne sont pas mon genre, il faut bien admettre que lui serait le genre de n'importe quelle meuf sensée.

Je suis traversée, un quart de seconde, par un souvenir de lui sur la plage – ses longues jambes, ses abdos dessinés, ses épaules carrées, ses yeux perçants. Je sens une bouffée de désir m'électriser le corps.

Une nouvelle fois : foutus shots.

– Ouais, enfin, c'est pas comme si celui-ci sortait du jardin d'enfants, non plus, lance Neelam.

De quoi on parlait, déjà ? Ah, oui, c'est vrai : de l'âge vénérable de mes précédentes conquêtes.

– Il doit avoir, quoi ? ajoute-t-elle. 24, 25 ans ?

– Plutôt 20, vu de près. Et, détail qui tue, il a un gosse.

– T'aimes pas les gosses ?

– Pas le dimanche matin au réveil après une sortie en boîte, non.

– Un point pour toi.

– … Et puis, je ne suis pas prof de bio, je te l'accorde, mais quelque chose me dit qu'il ne l'a pas fait tout seul, ce gosse. Donc, si je pouvais éviter de foutre la merde dans un jeune couple…

– Deux points pour toi.

Neelam m'adresse un sourire en coin, puis jette un coup d'œil à son téléphone. Ses sourcils se froncent.

– Non, mais c'est pas vrai, quel lâcheur !

Elle brandit l'écran, sur lequel je peux lire.

Kalvin Sachs
Je raccompagne la charmante Mona chez elle 😌 Ne m'en veux pas trop, ma petite boule de seum.

– J'imagine que Mona, c'est la rouquine ?

– Je refuse d'apprendre son nom.

– Même s'il finit par l'épouser ?

– Dans ce cas, on avisera, promis.

– T'es toujours aussi jalouse ?

– Je ne suis pas jalouse, je suis… protectrice de mes amitiés.

Je souris. Neelam a un foutu caractère, mais elle est à n'en point douter plus intéressante que quatre-vingt-dix-neuf pour cent des êtres humains qui se trouvent dans ce club. Et je sens que je vais adorer m'engueuler avec elle chaque jour que Dieu fait.

– Il a raison de t'appeler sa « petite boule de seum ». Mais si tu fais gaffe…

Je tourne la tête vers la piste.

– … à six heures, la fille avec les tresses. Elle cherche ton regard depuis bien dix minutes.

– Tresses ? Six heures ? Où ç… Oh. Oh, oui. Bordel, elle est jolie. Je fais quoi ? Je vais lui parler ? J'ai l'air de quoi ? Mon haleine, ça va ?

– Tu vas lui parler, oui. Ou danser. Ou ce que tu veux. Mais tu dégages de là, l'encouragé-je d'un ton bourru. Et pas question que je te respire l'intérieur de la bouche ! On vit peut-être ensemble, mais on se connaît depuis à peine plus de vingt-quatre heures, je te rappelle.

– Dire que je comptais sur toi pour remplacer mon ex-meilleur ami, ce gros lâcheur de Kalvin… ronchonne-t-elle en poussant son fauteuil.

Au même moment, Papa Canon termine son morceau. La foule éructe, siffle, applaudit. La lumière stroboscopique se met à clignoter au rythme d'un nouveau tube.

Ce serait le moment idéal pour aller fumer dehors.

Sauf que je ne fume plus.

Alors, je me retrouve devant le club, à mâcher une gomme à la nicotine, tout en checkant mon Insta, où tous les malheurs du monde s'affichent entre deux recettes véganes et trois pubs pour des crèmes de jour à la compo prétendument clean. Et comme tous les malheurs du monde ne suffisent apparemment pas…

Jason Miller
Tu me manques.

Je vérifie l'heure. Une heure du matin ici, neuf heures trente chez lui.

Chez eux, corrigé-je mentalement.

L'heure du petit déjeuner en famille, et apparemment du *love bombing*.

J'hésite entre répondre « Toi aussi » et « Lâche-moi, connard ». Ç'a été mon problème, quasiment d'entrée de jeu, avec Jason. Le fait de ne pas parvenir à décider si je l'aime ou si je le hais. Si, entre nous, c'est de la passion ou de l'emprise. Si, tout au long de ces quatre mois, c'est lui qui m'a menée en bateau, ou bien moi qui me suis raconté des histoires. Alors, j'efface mon amorce de message qui ne savait pas où il allait. Les trois points de suspension ont dû disparaître de son écran. Pile le genre de trucs qui le fait disjoncter.

Jason Miller
J'ai vu que tu avais
lu mon message.
Réponds.

Tu me manques.
Tu me dévastes.

Quinn, arrête de te
comporter comme
une gamine et
réponds, s'il te plaît.

De toute façon, je suis déjà avec une autre. Je t'ai oubliée.

Tu as gâché ma vie et brisé mon cœur. Je te prenais pour un vent de liberté, mais en réalité, tu es une tempête dévastatrice.

Une tempête. Waouh, quel scoop ! Comme si je l'ignorais.

Je lève les yeux de mon écran, renonçant à ouvrir la suite de cette avalanche de textos qui m'ébranlent plus que je ne le voudrais, puis je regarde autour de moi. Les clients du club qui titubent. Qui échangent discrètement quelques billets contre des sachets de cocaïnes ou des petites pilules multicolores, près des voitures. Des jeunes adultes, des gens comme moi. J'ai été à la place de cette fille qui est à deux doigts de vomir et qui, pourtant, rit à gorge déployée alors que sa copine l'aide à marcher. J'ai été à la place de ce mec qui gobe nerveusement une gélule avec sa bière, priant pour qu'aucun agent de sécurité ne l'ait remarqué et pour que son dealer ne l'ait pas arnaqué. J'ai été à la place de cette nana qui allume sa nouvelle cigarette avec celle qu'elle n'a même pas encore écrasée. Jason a raison, je ne suis vraiment pas un modèle de calme et d'équilibre.

Je suis une tempête.

Mais lui est une tornade.

À cause de lui, j'ai tout perdu : ma vie, mes amis, le peu d'estime et de crédit que ma famille m'accordait. J'ai perdu près de deux années, passées à préparer un diplôme que je ne validerai jamais. Et me voilà, à 27 ans, paumée comme à 18. Une éternelle gamine, immature chronique. Une tempête, oui, mais c'est bien envers moi que je suis la plus dévastatrice.

Oh ! Seigneur.

Comment ai-je pu croire un instant que je pourrais être une bonne prof ? Comment ai-je pu croire que moi, Quinn Northon, serais capable d'éduquer et de structurer des adolescents ?

Je continue d'observer mon environnement, me sentant soudain complètement déphasée. Pas uniquement dans cette ville, que je connais à peine : dans la vie en général.

Un mec de mon âge, mignon sans plus, avec un style BCBG qui n'est pas ma came, attire mon regard. Il me sourit. Il essaye d'avoir l'air gentil et inoffensif, mais ses yeux disent le contraire. Un regard insistant. Lubrique. Qui me jauge et me déshabille.

Je repense au meilleur rappeur d'Adélaïde, rien qu'une seconde. À son grand corps baraqué. À son charisme. À la bouffée de désir qui m'a traversée en le revoyant. À la tension que ça a installée en moi. Dans mes reins, mon ventre, mes cuisses. Et cette envie que je ressens de la décharger.

Je décide de soutenir le regard de l'inconnu BCBG. J'ai besoin de ça, ce soir. D'un corps sur le mien pour m'oublier, d'une peau contre la mienne pour faire diversion. Oublier que, lundi, je commence une nouvelle existence pour laquelle je ne suis pas prête. Pour laquelle je ne suis pas, ô surprise, à la hauteur.

Le type me sourit et, résolue, je fais un pas vers lui. Il baisse les yeux, probablement pour cacher son expression victorieuse à la perspective de me sauter. Puis, pour se donner une contenance, il dégaine une clope de la poche poitrine de sa chemise. Et tout à coup, quelque chose en moi dit non. Quelque chose en moi dit stop.

Marche arrière, toute : je dévie de ma trajectoire et me dirige vers l'entrée du club en esquivant son regard. Convaincue, soudain, que j'ai trop lutté pour en arriver là.

Là, dans une vie qui ne me ressemble pas. Là, à dix-sept mille kilomètres de chez moi.

J'ai trop lutté pour arrêter la clope, faire de la merde et tout ça.

6

Quinn

Mais c'est pas vrai, comment font les autres profs ? Ils se collent des serviettes hygiéniques sous les bras ? Ils se font enlever les glandes sudoripares ?

Il fait 33 degrés en ce jour de rentrée, probablement 40 degrés dans cette salle de cours. Et quand la bande d'ados surchauffés va débarquer, ça va grimper à combien ?

Ma chemisette en coton me laisse à peu près tranquille, mais ce pantalon acheté la semaine dernière va avoir ma peau ! Je ne sais pas si c'est sa couleur noire, qui attire les rayons du soleil, le tissu synthétique, qui transforme chaque jambe en sauna, la taille ultra haute, qui m'empêche de respirer, mais le moins qu'on puisse dire c'est que je me suis déjà sentie mieux dans ma peau. Je voulais faire prof, faire pro, en imposer ? J'ai surtout l'air en nage et mal à l'aise.

Comme Hulk, j'aimerais pouvoir arracher mes vêtements en rugissant. J'aimerais courir jusqu'à la première fontaine venue et me jeter dedans. Mais au lieu de ça…

Ça y est, pas de marche arrière possible.

La cloche vient de sonner. Tandis que mon estomac fait un looping, je me lève, le souffle court, et vais mécaniquement me poster près de la porte, pour étrenner la technique apprise dans mon cours de psychologie de l'éducation. L'objectif étant, par ma présence au seuil de la classe, d'inciter les élèves à se calmer en entrant, à se taire plutôt qu'avancer comme un troupeau excité.

Force est de constater que c'est un fiasco. La nuée d'adolescents passe sans me calculer, en me bousculant presque.

Les garçons font quasiment tous une tête de plus que moi. Les filles ont l'air d'avoir mon âge et de mieux maîtriser l'art du *contouring*. Assommée par le brouhaha, j'observe, hypnotisée, le flot ininterrompu de vestes d'uniformes, de sacs à dos de toutes les couleurs, de sacs à main, d'ongles aux teintes pastel, de créoles, de casquettes, et de bulles de chewing-gum qui claquent. Éclats de rire. Fragments d'anecdotes. Bribes de chants. Tous ces gosses se fondent pour moi en une sorte de halo… jusqu'à ce qu'il devienne, durant une fraction de seconde, d'une netteté totale, comme après une brusque mise au point.

Qu'est-ce qu'il fout ici, lui ?

Le meilleur rappeur d'Adélaïde entre dans ma salle de classe, du haut de son mètre quatre-vingt-dix. Certes, il a rasé sa barbe de trois jours et, contrairement aux autres fois où je l'ai vu, il porte un polo agrémenté de l'écusson d'Heathford… Mais je le reconnais instantanément – ses pommettes hautes, sa bouche généreuse, son regard félin.

OK, donc j'ai des darons comme élèves ?

Je lève des yeux écarquillés de surprise. Du coup, lui, baisse les siens. Et la scène se met à se dérouler au ralenti. Comme dans un documentaire animalier, quand le lion passe à côté de l'antilope en faisant mine de ne pas la voir et que le suspense est à son comble. Mon lion possède lui aussi des muscles qui roulent – on les devine sous sa peau brune aux nuances dorées. Mon lion aussi a une crinière ; une crinière sombre et ondulée, dont quelques boucles tombent sur son front. Mon lion aussi a le regard acéré – non pas jaune, mais gris fumée, souligné d'une longue frange de cils noirs et d'un minuscule grain de beauté foncé en haut de sa pommette gauche.

Me revient en mémoire ce moment, au Beatz. Oui, *LE* moment. Celui où je l'ai maté en pensant… en ressentant… Je vire cramoisie. Sans doute que Papa Canon le remarque, car, au moment de me doubler, il pose les yeux sur moi. Et il les garde braqués dans ma direction, même après m'avoir dépassée. *Oh, bordel.* Est-ce qu'il m'a reconnue ? Qu'il m'a vue, moi aussi, dans le club, avec ma robe ras les fesses et transparente ? Ou, pire encore, sur la plage, où je portais, je le rappelle, un *maillot de bain* ?

Je suffoque, et cette fois, ce n'est pas à cause de la chaleur. Panique. Code rouge, code rouge.

À la vitesse de l'éclair, je détourne le regard pour le poser sur les élèves qui ont pris place. Enfin… qui se sont posés, par grappe de deux ou trois, certains carrément sur les tables, et qui continuent de parler comme si je n'existais pas. Deux filles – une blonde spectaculaire dont rien que le balayage doit valoir un mois de mon salaire et une brune aux boucles sauvages – dansent au beau milieu de l'allée en se partageant des AirPods. Trois gars, littéralement *perchés* – l'un sur le dossier de sa chaise, les deux autres sur leur bureau – rappent au son d'un téléphone portable qui crache du Kendrick Lamar. Au bout du deuxième rang, un gringalet à casquette joue à lancer une balle dans les airs et à la rattraper. À côté de lui, une fille au décolleté pigeonnant s'entraîne à faire des ronds de fumée avec sa maxi puff.

– Installez-vous dans le calme, s'il vous plaît…

Apparemment, à cause du vacarme, personne ne m'entend. Je hausse le ton.

– S'il vous plaît, chacun à sa place !

Aucun effet. Je suis invisible ou quoi ?

Le temps de me reprendre, je me tourne vers le tableau noir et écris mon nom : ça me fait gagner à peine trois secondes, et quand je fais de nouveau face à la salle de classe, rien n'a changé. Ah, si : Kendrick Lamar est devenu Travis Scott.

– On s'installe, j'ai dit !

Cette fois, j'ai quasiment crié, sans effet. Je jette un coup d'œil autour de moi, désemparée. Je croise le regard de l'élève du dernier rang à gauche, braqué sur moi. Gris foncé. Ironique. Impitoyable. Apparemment, mon désarroi amuse beaucoup le meilleur rappeur d'Adélaïde. Et ça, ça me met soudain en rage. Alors, sans réfléchir, je lève la main vers le tableau et fais crisser mes ongles vermillon contre l'ardoise. Lentement.

Les dents se serrent. Les paumes se pressent sur les oreilles. Les visages se tournent vers moi, haineux ou outrés. Au moins, à présent, ils se taisent.

– OK, c'est déjà mieux, clamé-je d'une voix forte et assurée. Mais je suis certaine qu'on peut encore faire quelques améliorations. Toi, avec le Eastpak vert : va à ta place. Les trois devant, pareil : vous choisissez une table et vous posez vos fesses. *Sur une chaise.* Toi, tu me vires cette casquette. Et arrête de lancer cette balle. T'es quoi ? Un foutu labrador ?

Par miracle, tout se met en branle. Dans un silence *presque* parfait. Seul le petit gringalet n'obtempère pas.

– M'dame Northon, c'est ça ? demande la crevette, couvre-chef toujours vissé sur la tête, coude sur le dossier de sa chaise dans une posture arrogante, en lançant sa baballe dans les airs. Je peux pas m'arrêter, m'dame, ça m'aide à me concentrer.

– Ah oui ?

Au diable les cours de psychologie de l'éducation : ça y est, je suis vénère. Ils veulent me donner du fil à retordre ? Ils me prennent pour qui ? C'est MOI qui ai inventé le concept de rébellion quand j'avais leur âge. J'avance vers la crevette et, d'un geste vif, attrape sa balle au vol. Puis je me mets moi aussi à la lancer, l'air complètement absorbé, avant de m'exclamer :

– HÉ ! Mais t'as raison, ça marche trop bien, ton truc, pour la concentration.

– Je peux ravoir ma balle, m'dame ?

– Attends, je ne t'entends pas, je ne suis pas encore assez concentrée…

Gloussement amusé dans l'assemblée, à peine un frémissement. Allez, un demi-point pour Quinn.

– Madame…

– Attends, je te dis ! Je tente quelque chose…

Je lance à nouveau sa balle. En priant pour ne pas me

planter, et en remerciant le ciel d'avoir été capitaine de l'équipe de foot féminine de mon école privée de l'Upper East Side, je tente un blocage nuque. Je réalise que j'ai réussi quand un *WOW* admiratif s'élève de l'ensemble de la classe. Puis je laisse la balle rouler de ma nuque à ma main et recommence à la lancer dans les airs. Maintenant, j'ai toute leur attention; je sens les vingt-trois paires d'yeux braqués sur moi, suspendues à ce que je vais faire ou dire ensuite. Moi, je ne les regarde pas. Je continue de *freestyler* avec la balle, la faisant atterrir sur le dos de ma main avant de la relancer et de la récupérer avec l'autre main, tout en parlant et en revenant à ma place, devant le tableau.

– Alors, la terminale 2, askip on aime jouer? Surtout avec les nerfs des profs, hein? Super, j'adore les jeux moi aussi.

Vive comme l'éclair, je me retourne vers une fille que j'ai repérée au premier rang, une rousse pulpeuse avec un épais trait de khôl qui souligne de grands yeux candides. Calme, en retrait, toute mimi. Je lui envoie la balle en criant «Réflexe!» et je prie pour avoir choisi la bonne complice. Par chance, la rouquine réceptionne mon lancer.

– Toi, comment tu t'appelles?

– Moi? Euh... Paloma, m'dame. Paloma Simmons.

– Dis-moi trois trucs sur toi, Paloma. Les trois premiers qui te viennent. De préférence les plus débiles.

– Euh...

– Attends, je t'aide. Moi, c'est Quinn Northon. J'ai 27 ans, et bien que j'aie arrêté de fumer il y a plus de deux ans, je reste accro aux chewing-gums à la nicotine. Je déteste les sauces, toutes les sauces – ça inclut le ketchup, la mayo, la moutarde, mais aussi des sauces plus clivantes, comme celles au roquefort ou à la menthe, et OUI! même la sauce du plus célèbre burger au monde. J'ai une cicatrice de varicelle au niveau du sourcil qui a vaguement la forme de l'Illinois. Tu vois? C'était vraiment très intéressant. À toi.

– Euh... Euh... OK. Paloma, donc. 17 ans. Et, euh... Mes cheveux normalement, ils sont pas auburn: c'est une teinture. J'ai été appelée Paloma en hommage à ma grand-mère. Et j'ai encore une dent de lait, là, regardez.

Je tends le cou pour admirer la quenotte qu'elle pointe du doigt, puis lui fais signe de me renvoyer la balle. Elle s'exécute, pendant que je la remercie.

– Pas mal, Paloma, merci.

L'intéressée glousse de plaisir. Autour d'elles, ses camarades ont le regard qui pétille. Ça y est : ils me trouvent cool. Ils ont du bon sens, ces gamins : je SUIS cool.

– Le voisin ! Réflexe !

De nouveau, je lance la balle, en surveillant du coin de l'œil la crevette, qui se tient à présent droit sur sa chaise, mains sagement croisées. Et sans casquette.

– Moi, c'est Connor Colton, lance le voisin de Paloma de bon cœur. J'aime les jeux vidéo, dessiner, traîner avec mes potes, et si vous fouillez bien dans les entrailles du deepweb, vous retrouverez peut-être la chaîne YouTube de gaming que j'ai animée de mes 9 à mes 10 ans…

Les élèves se tournent vers Colton avec des « ayaaaan » et autres « c'pas vrai ? », le charrient un peu, demandent sans obtenir de réponse le nom de la chaîne… Puis le tour de classe se poursuit. Durant dix minutes, les gosses rivalisent de créativité pour livrer de façon spirituelle trois détails qui dressent un portrait d'eux – animal de compagnie, manies rigolotes, passion ringarde, signe astrologique avec ascendant, préférences alimentaires pointues ou étranges. J'apprends que les trois fans de Kendrick Lamar sont respectivement champion de Grand Theft Auto, expert en *finger* skate et grand gagnant 2022 du concours de mangeurs de bâtonnets de crabes du Opal Holiday Park de Brisbane. La blonde au balayage, qui porte des créoles en or, un pendentif en diamant et qui ressemble à Sydney Sweeney, s'appelle Harper Thompson : elle joue du violon depuis qu'elle a 3 ans, de la guitare depuis ses 8 ans, et elle espère devenir chanteuse. Sa camarade aux bouclettes s'appelle, je vous le donne en mille, Curly. Curly Patterson. Et elle a une page Insta consacrée aux soins des cheveux texturés. La crevette, c'est Leo Nguyen, à la tête d'un compte humoristique aux cent quarante-cinq mille abonnés sur TikTok. Pour finir arrive le tour du meilleur rappeur d'Adélaïde.

– Au fond, là ! Réflexe !

La balle vole à travers la salle. Il lève à peine la main et sans qu'il ait d'autre effort à fournir que de l'ouvrir, mon projectile se loge pile dedans. Comme par magnétisme. Un tel coup de chance, même lui, ça l'étonne, et, durant un quart de seconde, nos regards s'accrochent. Il faut dire que ce minuscule grain de beauté sous son œil gauche, rien qu'un petit ovale brun parfaitement dessiné, fonctionne comme un hameçon.

– Je m'appelle Targan McKenzie, 18 ans. Je suis né le 21 juin – le premier jour de l'hiver.

À ce nom, le coin de ma bouche tressaute, comme si j'avais reçu une décharge de courant. Voilà donc le fameux McKenzie, redoublant, pianiste virtuose, terreur de Heathford… Et objet des pires cauchemars de Christian-le-prof-de-maths – un bon point pour lui.

– Et… ?

– Et quoi ? répond l'élève dans un style laconique.

– Ton âge, ta date de naissance, ça fait deux infos. Il en manque une dernière.

Au hasard : je redouble. Je fais du rap. Je monte sur les scènes des clubs les plus branchés de la ville. J'ai un enfant. Un grain de beauté unique en son genre.

Il y aurait matière à dire… Mais le grand brun à la peau mordorée et à la voix profonde ne répond rien. Il se contente de me fixer. Ce qui m'indique qu'il n'est pas franchement en train de se creuser la tête.

Allez, Quinn. Plus qu'un à se mettre dans la poche, et tu auras la paix pour l'année. Tu peux le faire.

– Ça peut être n'importe quoi, l'encouragé-je. Ça n'a même pas besoin d'être original ou passionnant ! Juste… vrai.

Dans ses yeux gris en amande, beaucoup trop intenses pour ne pas avoir l'air de scruter jusqu'à votre âme, je me vois soudain. Ou plutôt, je me revois, au lycée, quand un prof voulait à tout prix que je réponde à sa question dont je n'avais rien à foutre. Que je n'avais même pas écoutée.

Je voulais devenir adulte ? Me voilà adulte. Avec des auréoles sous les bras, un pantalon en synthétique qui menace de fusionner avec mes cuisses, et l'élève probablement considéré comme le roi du bahut qui me regarde avec une forme de mépris teinté de gêne.

Salut c'est moi, Quinn Northon, votre nouvelle prof bad gênante !

L'instant s'étire péniblement tandis que je cherche comment faire marche arrière, arrêter ce jeu qui n'a que trop duré, passer à la suite. Sans perdre la face. Ni sembler accorder un traitement de faveur à McKenzie alors que tous ses camarades ont participé sans rechigner. Enfin, le roi des terminales se décide à ouvrir la bouche. Miracle, je suis sauvée ; il va parler. Il va...

– De manière générale, les adultes qui jouent à des jeux, je trouve ça *cringe*.

Voilà, je la voulais ? Je l'ai eue, ma troisième info. Je ne sais pas ce qui m'atomise le plus : la façon posée dont il a énoncé sa sentence, sa voix profonde, son accent aux relents britanniques qui pare tout ce qu'il dit d'un nimbe de sarcasme.

Personne ne moufte. Pourtant, il y a comme une énergie amusée, une sorte de courant électrique qui parcourt la classe. J'essaye de ne pas laisser paraître que je suis déstabilisée, malgré tout, je le suis : j'étais tellement heureuse d'avoir réussi à trouver un moyen de m'imposer ! La chute est d'autant plus rude. Je déglutis, essayant de faire passer la petite boule coincée dans ma gorge. Puis je me rappelle le conseil de Kalvin. *Ne jamais prendre leur manière de te tester de façon personnelle.* Ce n'est pas à moi que McKenzie s'adresse, mais à la figure d'autorité. Je le sais. Je le sais. Alors pourquoi est-ce que j'ai autant honte ?

– Allez, déclaré-je en reprenant le dessus, sortez tous une copie double. On va faire une petite évaluation.

Un murmure de protestation s'élève – *Ah ben super. Non*

mais sérieux, dès le premier jour ? Moi qui la trouvais cool... Des reproches fusent – *Putain, McKenzie, tu pouvais pas la fermer, ta grande gueule ?* Je comprends que mon éval est en train d'être prise pour une vengeance minable. Or, ce n'est pas parce que je n'ai pas réussi à me mettre Targan McKenzie dans la poche que j'ai envie de me mettre les autres gamins à dos !

– Calmez-vous, calmez-vous : ce n'est PAS un exercice noté. C'est juste pour me faire une idée de votre niveau...

– Bah alors, pourquoi on s'emmerderait à le faire, si c'est pas noté ? me demande Grand Theft Auto.

– Mais ta bouche, toi ! lui lance Curly Patterson.

– Non, non, il n'a pas tort, interviens-je. Tout travail mérite salaire. Voilà ce que je vous propose, vous me dites si ça vous paraît réglo : je ne compterai la note que si elle fait remonter votre moyenne à la fin du trimestre. Deal ?

Ils me jaugent, comme si c'était trop beau pour être vrai, comme s'ils flairaient l'arnaque. Puis ils se consultent entre eux, en silence, par un échange de regards.

– Deal, répond Nguyen pour la classe.

Je ravale mon sourire, heureuse d'avoir réussi à regagner leur confiance.

– OK, je vous explique l'exercice, dis-je en me tournant vers le tableau pour noter la consigne. Vous allez choisir une œuvre qui vous a marqué. Ça peut être un livre, bien sûr. Mais aussi un film, une peinture, un poème...

– Genre on lit des poèmes. Nan mais m'dame, on est au XXIe siècle, quoi !

Je ris avec eux, contente de me faire chambrer dans la bonne humeur.

– ... Vous m'avez comprise : une œuvre d'art, tous domaines confondus ! Et vous allez me rédiger trois paragraphes dessus. L'un qui présente l'œuvre. L'autre qui explicite ses enjeux.

– C'est quoi, « enjeux » ?

– Ce que l'artiste a voulu exprimer à travers sa création. Ce peut être quelque chose qu'il dénonce... Ou un sentiment qu'il veut faire naître… Une question de société qu'il soulève… Et dans votre dernier paragraphe, vous allez m'expliquer en quoi cette œuvre vous touche, vous personnellement. Pourquoi vous l'avez choisie. Pourquoi elle vous parle.

Sans plus de protestation, les élèves s'exécutent et fouillent dans leur sac pour sortir une copie double, un stylo, du brouillon. Moi, je continue d'écrire à la craie l'énoncé détaillé au tableau. Bref, tout le monde se met au boulot… Sauf, évidemment, Targan McKenzie, qui reste là, ostensiblement immobile, à me fixer de ses yeux gris troublants.

7

Quinn

Si, établissement privé oblige, la Heathford Academy a plutôt fière allure, la salle des profs, elle, mériterait un bon coup de peinture. Voilà sûrement pourquoi elle est presque vide.

Assise à une table, Kalvin face à moi, je parcours les copies de la classe dont je suis professeure principale – je veux dire P.P. (j'apprends vite). Je sens bien que mon ami, lui, frétille. Il brûle probablement de me raconter sa fin de soirée avec Mona. C'est en tout cas comme ça que j'interprète sa façon de scroller l'Insta de la demoiselle, son écran quasiment tourné vers moi, en laissant de temps à autre échapper un petit rire attendri. Je suis bien entendu partante pour lui poser toutes les questions du monde et recueillir ses confidences, mais pas ici. J'aimerais conserver un semblant de professionnalisme, au moins durant la première semaine. Et puis, la copie de Paloma accapare toute mon attention. Elle a choisi de parler de *Twilight* – un bon point pour elle, j'ai une passion coupable pour *Twilight*. Son commentaire est diablement intelligent, avec juste ce qu'il faut de maladresse pour que ce soit adorable.

Elle est là, sous mes yeux, la raison pour laquelle j'ai eu envie de changer de trajectoire et devenir enseignante. Il n'y a rien de plus pur, de plus beau que cette période de la vie, où la pensée bouillonne et où tout, absolument tout, aussi bien un micro-événement à la récré que le spectacle de fin d'année, revêt une importance cruciale. Ce qu'explique d'ailleurs parfaitement la copie de Paloma.

– Kalvin, écoute ça : « Les sens aiguisé des vampires, s'est selon moi une métaphore de la façon dont on peux tout ressentir plus fore à l'adolescence. Edward a tous vu tous vécu, pourtant la vieillesse n'a pas de prise sur lui : ce n'est pas seulement son aparence physique qui est intacte, mais sa capacité à aimé comme on aime qu'à dix-sept ans. » C'est tellement vrai ! Et tellement profond !

– C'est de qui ?

– Paloma Simmons, tu l'as déjà eue ?

– Ah ! Paloma… Un poème. L'adjectif « attachiante » a été inventé pour elle.

– Non mais ils sont trop craquants, ces mômes. Regarde cette copie ! « J'aie choisi un tablau d'un peintre viénois nommé Egon Schiele. Egon Schiele été un peintre viénois de la fin du XIXe siècle. Et le tablau dont je vai vous parlé a présent, il s'agi d'un otoportrait de l'artiste, se qui m'a toujour étonné parsque quan je le regarde, j'ai l'impretion de me voir moi. » Ils sortent d'où, ces gosses ? Ils sont tous HPI et hypersensibles ou quoi ?

– Ouais, mais ils ont des progrès à faire en syntaxe et en orthographe, quand même.

– Tu exagères ! Pour l'orthographe, OK, mais pour le reste, à part deux ou trois lourdeurs, c'est plutôt bien écrit.

– Et la copie blanche que j'ai vue passer, là, c'est l'œuvre de qui ?

Je soupire bruyamment. Peut-être même un peu théâtralement. Comme si j'auditionnais pour le rôle de la jeune prof exaspérée.

– Targan McKenzie. En même temps, c'est pas comme si on ne m'avait pas prévenue… Enfin, au moins, il a écrit son nom. J'imagine que, vu le morceau, je devrais m'estimer heureuse.

– Hé, oh, on croirait entendre Christian, là ! T'as pas fini de faire ta blasée ? Tu n'es prof que depuis trois heures, je te signale : c'est un peu tôt pour jeter l'éponge.

OK… apparemment, j'ai pris mon rôle un tantinet trop à cœur. N'empêche, Kalvin a raison. Je ne sais pas pourquoi j'ai à tout prix tenu à jouer les profs aigries. Enfin, si, peut-être que j'ai une idée : peut-être que je ne m'attendais pas à tomber, parmi mes élèves, sur un mec que j'ai déjà maté deux fois éhontément la semaine dernière. Je me sens tellement embarrassée et tellement coupable ! J'essaye de contrebalancer comme je peux. Mais bon, je suppose que ce n'est pas entièrement ma faute : après tout, Neelam aussi l'a cru plus âgé qu'il ne l'est.

– Je vais te dire un truc, sur Targan McKenzie, poursuit Kalvin. Non, mieux, je vais te montrer…

Mon collègue et seul candidat valable au poste de *work husband*[1] qui est à pourvoir en ce moment, ouvre sa sacoche et en sort un véritable fouillis – trousse, feuilles volantes, deux gros bouquins types manuels scolaires, un trieur. Il commence à chercher dans ce dernier.

– Ah, la voilà !

Il me tend une copie photocopiée.

– Je garde toujours les compositions qui m'ont vraiment mis du baume au cœur. Pour les relire quand je ne comprends plus tout à fait ce que je fous là ou pourquoi je me donne autant de mal. Tu devrais faire pareil, d'ailleurs. Je t'assure que ça aide à surmonter pas mal de crises existentielles.

Je déchiffre l'en-tête de la page qu'il me tend, et qui est recouverte d'une écriture précise et nerveuse qui me rappelle celle du poète Jim Carroll.

Targan McKenzie, seconde 5. Analyse linéaire. *N'entre pas docilement dans cette douce nuit*, Dylan Thomas. A+

Eh merde ! Fait chier. J'ai aussi une passion coupable pour Dylan Thomas. C'est un excellent, Dylan. Il fait partie de mon top 3 des Dylan, avec Bob Dylan et Dylan Sprouse.

– Kal, je ne veux pas insulter ton intelligence, dis-je après avoir lu en diagonale les trois premiers paragraphes, mais tu es certain qu'il ne s'agit pas d'un plagiat ?

– C'était un devoir sur table.

1. Littéralement : « le mari de mon lieu de travail ». Terme anglo-saxon désignant un collègue avec qui la relation platonique, mais privilégiée, se compare, de manière humoristique, à une union conjugale.

Je poursuis ma lecture, yeux plissés, en faisant cette fois davantage attention aux détails.

– Il a très bien pu pomper en utilisant son smartphone…

– Je récupère leurs téléphones au début de chaque DS, tu m'as pris pour un bleu ou quoi ?

Quand je lis la phrase « l'usage de la villanelle, forme empruntée à la poésie pastorale, prouve que pour Dylan Thomas, la mort n'est qu'une partie de la vie », je repose la copie.

– Mais enfin, Kalvin, cette analyse est du niveau d'un élève de terminale, et un bon ! Tu vois bien que c'est tout bonnement impossible.

– En es-tu bien sûre ? Peux-tu me garantir qu'il a triché ? Tu étais là, peut-être ? Si oui, alors, dis-moi comment il s'y est pris, parce que moi, je suis passé entre les rangs durant quatre heures et je n'ai rien vu.

En secouant la tête, j'attrape le trieur de Kalvin pour y ranger son trophée, convaincue de la naïveté de mon collègue, quand un détail attire mon attention. La photo en quatrième de couverture de l'un de ses deux gros manuels. Celle d'un homme aux cheveux poivre et sel, aux yeux sombres, au sourire énigmatique. Un sourire barré d'une discrète cicatrice, souvenir d'un bec-de-lièvre qui, à en croire ses dires, a complètement sapé sa confiance en lui dès sa plus tendre enfance.

L'homme qu'il est devenu exsude pourtant l'assurance. Il a quelque chose de sauvage, d'ailleurs, il ressemble à un loup. Il est beau, indiscutablement beau. Un air d'Orlando Bloom, me souviens-je avoir pensé en appuyant sur l'obturateur, ce jour-là, à Montauk.

Kalvin suit mon regard, braqué sur son livre, et s'en empare.

– *Les neurosciences au service de l'éducation*. Tu en as entendu parler ? Ça vient de sortir. Je n'en suis qu'au début, mais c'est déjà passionnant.

Puis il me tend le bouquin, pour m'inviter à le feuilleter. Je suis incapable de m'en saisir. Tout ce que je peux faire, c'est fixer la photo, qui me fixe en retour d'un air malicieux – un air de Joconde. Puis je lis et relis, sans la comprendre, la courte biographie qui l'accompagne.

« Jason Miller est diplômé de neuropsychologie et de sciences sociales, enseignant et directeur de recherche à l'université de NYU en sciences de l'éducation et directeur de la collection "Les Argonautes" chez l'éditeur scolaire Novem Academic Publishing. Il a été conseiller du secrétaire de l'Éducation entre 2008 et 2011. Ses thèses novatrices sur la pédagogie ont trouvé un large écho au niveau international.

Jason Miller vit près d'Albany, dans le nord de l'État de New York, avec sa femme et ses deux enfants. »

Je ne comprends pas. Comme si ces derniers mots ne pouvaient tout bonnement pas coexister avec l'image.

Comme s'il était impossible qu'il soit fait mention de l'épouse, juste à côté d'un portrait pris par la maîtresse.

Comment Jason a-t-il osé ? Comment a-t-il pu utiliser ce cliché que j'ai réalisé lors d'une escapade romantique ? Comment a-t-il osé mettre *mon* nom en copyright à côté d'une mention de sa *femme* ? Il a des tonnes de photos de presse à disposition, bordel ! Et si aucune ne lui plaisait, il pouvait largement se payer un shooting ! Alors quel est l'intérêt, si ce n'est de jouer à nouveau un petit jeu tordu ?

– Ah ! Mais c'est vrai, percute Kalvin, il intervient dans ton master. Tu l'as eu comme prof, je suppose ?

Un silence s'étire, long, très long, pendant lequel j'évalue ce que je pourrais répondre. Parmi les options possibles, l'amère *C'est lui qui m'a bien eue*. La salace *Oh, que oui, il s'est même montré comme un enseignant* très impliqué *à mon égard*. La didactique *Tu vois, cette photo ? Il m'a demandé de lui en céder les droits pour illustrer son prochain ouvrage alors que nous avions une liaison. C'était l'époque où j'ignorais que, en plus de contrevenir au code de déontologie de la faculté, Jason Miller était également en train de bafouer le serment qu'il avait fait… Car il avait soigneusement omis de m'informer qu'il était marié et père de deux enfants !*

Non, je ne peux pas dire ça. Chaque fois que je tente d'expliquer que, durant près d'un semestre, j'ai couché avec mon professeur dans sa garçonnière new-yorkaise, en ignorant totalement qu'il était non seulement marié, mais aussi *père de famille*, je suis perçue comme une opportuniste, doublée soit d'une menteuse soit d'une conne.

– Je préfère ne pas en parler, si ça te va, réponds-je à Kalvin alors que le coin de ma bouche tremble.

Pitié, faites que ces sinus qui me piquent ne soient pas annonciateurs d'un débordement de larmes. Pas ici, pas au boulot, pas le premier jour. Pas alors que le prof de sport et la prof de bio flirtent près de la machine à café.

C'est pile pour échapper à ce genre de situation que je suis partie le plus loin possible. Mais la distance ne se calcule pas en kilomètres, quand on s'est fait piéger comme moi dans une relation dont on ne voulait pas. Quand on s'est fait manipuler, pour commettre un acte qu'on réprouve fondamentalement : celui de tromper une autre femme. Non, pour les situations telles que la mienne, la distance se mesure en unités d'indifférence. Or, vu comme ma joue tressaute, je n'y suis pas encore.

Kalvin m'observe et, si au début il semble un peu surpris, il prend rapidement un profond air d'entendement. Il faut dire que mon visage est un livre ouvert : je suis l'image même de la femme bafouée.

– C'est lui, la fameuse « longue histoire » que tu devais me raconter autour d'un *fish and chips* ?

– Je ne comptais pas te la raconter : j'ai brillamment esquivé, tu te souviens ? Je suis prête à recommencer si nécessaire.

Kalvin opine. Aucune trace de jugement sur son visage, aucune curiosité déplacée, aucune malveillance dans ses yeux. Mon instinct ne m'a pas trompé, Kalvin est un être rare et précieux.

– Kal, ajouté-je, juste une chose… Quoi que tu t'imagines, ça ne s'est pas passé comme ça. Tu n'as aucune raison de me croire ou de me faire confiance ; après tout, on se connaît à peine… Mais je ne suis pas cette fille-là. Il y a assez de poisson dans l'océan pour que je n'aille pas pêcher dans les mêmes eaux qu'une autre.

Une nouvelle fois, Kalvin acquiesce. Puis il a ce geste, qui signifie plus que tout en cet instant : il prend ma main dans la sienne et la serre.

– Je n'imagine rien. J'attends simplement que tu me racontes. Quand tu te sentiras prête, OK ?

Et juste comme ça, notre petite *bromance* vient de se transformer en une véritable amitié. À la vie, à la mort. Je suis à ça de lui proposer qu'on se fasse tatouer ensemble le symbole « infini ». À la place, j'opine et lui retire ma main.

– OK.

8

Quinn

J'ai patienté, j'ai rongé mon frein durant cette dernière heure, décidée, moi aussi, à suivre, pour des raisons d'équité, la règle de l'établissement qui impose aux élèves de ne pas faire usage de leur téléphone portable dans l'enceinte du lycée… Mais là, sur le parking à treize heures quarante, alors que la cloche a sonné depuis dix minutes, je laisse libre cours à ma colère et pianote à toute allure.

Quinn Northon
Tu as utilisé une des photos que j'ai prises à Montauk ? Mais qu'est-ce qui ne va pas, chez toi ?

Jason Miller
Tu m'y as autorisé, Quinn. Tu veux que je te renvoie le mail où tu me cèdes les droits ?

Quinn Northon
Bien sûr que je t'y ai autorisé à l'époque ! Seulement, la situation a changé, au cas où tu ne l'aurais pas remarqué.

Jason Miller
Parce qu'on n'est plus ensemble ?

Parce que tu es un connard manipulateur, infidèle, qui, chaque année, drague une nouvelle étudiante qui a la bêtise de se croire l'élue. Parce que tu es tellement tordu que tu peux confier sur l'oreiller à la première venue que tu n'as pas d'enfants, mais que tu rêves d'en avoir, alors que tu as deux fils qui dorment à une centaine de kilomètres de là !

Non, je laisse tomber. Pas la peine d'essayer d'argumenter, avec Jason. Il trouve toujours un moyen de déformer la réalité à son avantage, et même quand je sais que j'ai raison, il réussit à me donner l'impression que j'ai tort. Que je suis trop jeune, trop immature, trop emportée. Que je ne comprends rien à rien.

J'opte pour une réponse froide, mais dépourvue d'agressivité.

Quinn Northon
Ça me semble une bonne raison, non ?

Jason répond bien sûr du tac au tac. Je ne sais pas comment ce type fait pour taper autant de mots à la seconde, le tout sans faute de frappe, mais tant d'expertise dans l'engueulade par textos, franchement, ça frise la psychopathie.

Jason Miller
Dans ce cas, tu aurais dû me le dire clairement. Je ne peux pas deviner ce que tu as en tête, Quinn. Surtout quand tu t'obstines à refuser de me parler depuis des semaines.

Aaaaargh ! Qu'est-ce que je disais ? On ne peut jamais gagner, avec lui, il tourne tout à son avantage. Si je m'écoutais, je piétinerais ma carte SIM et passerais mon téléphone au micro-ondes, pour couper le dernier lien qui nous unit et auquel j'ai trop de mal à renoncer.

C'est maintenant, Quinn. Maintenant.

Au lieu de céder à de telles extrémités, je vais dans le menu « Paramètres » de mon iPhone et choisis « bloquer ce numéro ». Contrairement à ce que j'appréhendais depuis cette nuit atroce où j'ai découvert la vérité, où mon cœur a volé en éclats et où, la mort dans l'âme, j'ai quitté celui dont j'étais tombée amoureuse, ça fait un bien fou d'enfin couper totalement le cordon. Et comme je ne compte pas m'arrêter en si bon chemin, j'enchaîne en me rendant sur tous mes réseaux sociaux pour faire pareil. Bloqué. Bloqué. Bloqué.

C'est fini, je ne le laisserai plus faire. Je ne le laisserai plus me culpabiliser, me pathologiser, quand c'est sa faute si je suis ici, avec le nez qui brille, un chignon échevelé, une tenace odeur de transpiration et la perspective de passer l'après-midi à corriger des copies dans un appartement merdique que je n'ai pas encore pris le temps de repeindre et qui a des relents de vase ! Alors que ce dont j'aurais besoin, au fond, c'est d'une sortie entre amis.

Au lieu de quoi, je suis seule.

Rageusement, j'enfourne dans ma bouche une gomme à la nicotine. Puis j'ouvre la porte de la vieille Ford que j'ai rachetée à un papy de la banlieue d'Adélaïde. Elle va probablement me coûter bonbon en essence et en réparations, mais elle était beaucoup trop stylée : j'ai eu le coup de foudre. En bonne citadine issue d'une mégalopole, je n'avais jamais possédé de voiture. Et comme je n'ai jamais su résister à un accessoire vintage…

Alors que je m'apprête à grimper dans mon tas de boue, je vois McKenzie sortir du bâtiment. Malgré son uniforme BCBG, grâce à ses tatouages et ses lunettes de soleil, le rebelle d'Heathford a quand même l'air d'une rock star. Il se dirige vers le garage à vélos. Ce gamin est peut-être brillant, comme le croit Kalvin. Tout du moins malin, comme je le suppute. C'est en tout cas un fieffé emmerdeur et, sur ce point au moins, tout le monde s'accorde.

Soudain, je décide que cette journée n'est pas encore finie. Qu'elle peut déboucher sur quelque chose de positif. Que je ne vais pas subir ma nouvelle existence comme un exil douloureux. Qu'être ici, c'est aussi une fantastique occasion de me réinventer. Gonflée à bloc, j'interpelle le rebelle de service. En sifflant entre mes doigts, parce que, pourquoi pas ?

– Hé, toi ! Oui, toi. Viens voir un peu.

Targan McKenzie se fige, mais il ne prend même pas la peine de jeter un regard alentour afin de s'assurer que c'est bien à lui que je m'adresse : comme tous les branleurs passés maîtres dans l'art de rendre les adultes autour d'eux complètement chèvre, il sait bien que, depuis ce matin, il a toute mon attention.

Il ne bouge pas.

Je l'observe.

Il m'observe – d'un air vaguement perplexe et dégoûté. Comme si j'étais une vieille cinglée en train d'essayer de lui vendre un poème contre une pièce ou un ticket resto.

Puis il se détourne et recommence à avancer vers son vélo.

Le petit con.

– Oui, toi, là, avec le sac bordeaux… Taylor McKenzie, c'est ça ?

OK, écorcher son prénom volontairement, c'est un peu mesquin. Mais j'ai besoin que le bad boy descende un peu de son piédestal.

J'ai besoin qu'il m'écoute.

J'ai besoin d'une victoire.

Il soupire en laissant tranquille son antivol, puis il avance dans ma direction.

– C'est Targan, lance-t-il de sa voix nonchalante en arrivant à mon niveau.

– Si tu veux. On peut savoir pourquoi tu as rendu copie blanche, aujourd'hui ?

Il voulait de la confrontation, il va en avoir. De toute façon, ce n'est pas comme si se montrer sympa avec lui fonctionnait.

Targan me jauge. M'évalue. Soupèse ses options. Puis, finalement, il répond, laconique :

– Je n'avais rien à dire sur le sujet.

Bon sang, cet accent…

Harry Styles, Andrew Scott, Jude Law, allez vous rhabiller : la Grande-Bretagne entière ne fait pas le poids.

– D'une, je doute sincèrement qu'il t'arrive de n'avoir rien à dire sur quelque sujet que ce soit : tu m'as l'air d'être quelqu'un qui a de nombreuses opinions et qui aime les faire savoir. De deux : ne te fous pas de moi, le sujet était libre.

– Je ne l'ai pas compris comme ça, réplique-t-il en essayant de retenir un sourire provocateur.

Un sourire qui, assurément, cause des ravages. Brise des cœurs. Et, pour l'heure, me casse les couilles.

– « Une œuvre d'art de votre choix », c'était dans la consigne. Ce n'est pas assez libre pour toi, peut-être ?

– Ça m'a paru une connerie de prof, surtout.

Il redresse la tête, défiant, mais je sens qu'il est sur le qui-vive. Il a conscience que le juron était peut-être de trop. Vais-je le coller tous les samedis pour le reste de sa vie ? se demande-t-il. L'envoyer dans le bureau de Walker ?

– Vas-y, développe. Ça m'intéresse.

Je croise les bras, m'adosse à la voiture et savoure mon effet : le rebelle n'avait apparemment pas envisagé un scénario où je ne sortirais pas de mes gonds.

– Sérieux ? Vous me jurez que je ne vais pas finir convoqué chez Walker ou expulsé si vous n'aimez pas ce que j'ai à dire ?

C'est troublant, cette voix profonde, masculine, qui contraste si fort avec ces préoccupations lycéennes – se faire virer trois jours, se faire engueuler par le dirlo. C'est troublant, cet âge où pas mal d'enfants n'en sont plus vraiment. Où ce qui les maintient dans l'adolescence, c'est uniquement le cadre dans lequel ils évoluent.

Si Targan avait eu son bac l'année dernière, il serait à la

fac à l'heure qu'il est : débattre avec une prof d'égal à égal, sans craindre les sanctions, ferait partie de son quotidien.

– Je pense que tu risques fortement de finir expulsé si tu continues comme ça, mais je jure que ce ne sera pas de mon fait. Du moins, pas aujourd'hui. Vas-y. Développe.

– OK. Je crois que vous avez dit « une œuvre au choix », mais que c'est un piège. Une manière de voir si on est plutôt branchés Hemingway ou… *Euphoria*.

– Tu m'as percée à jour, acquiescé-je. J'adore *Euphoria*.

– Je crois également, poursuit-il en fronçant les sourcils d'un air irrité, que de ce choix dépendra la façon dont vous allez nous cataloguer. Et donc les notes que vous allez nous donner dans le futur. Ou les lettres de recommandation que vous allez ou non nous écrire pour la fac. Or, ça ne m'intéresse pas de me prêter à ce genre de profilage. Je refuse de laisser une tenante du « bon » goût ou de la « bonne » culture estimer si l'art qui me touche est oui ou non digne d'intérêt.

OK, Kalvin a peut-être vu juste : ce garçon a de la substance. Du vocabulaire. Il sait écrire – ou du moins, faire des rimes et du rythme, comme j'ai déjà pu le constater.

– Qu'est-ce qui te fait croire que je n'aime pas le hip-hop ?

– Qu'est-ce qui vous fait croire que j'aime le hip-hop ?

Je n'arrive pas à retenir mon demi-sourire. J'apprécie, dans une petite joute verbale, avoir un atout dans ma manche pour déstabiliser l'adversaire.

– Je t'ai entendu, ce week-end, au Beatz.

Traduction : je suis la prof la plus cool que tu aies jamais vue et je traîne dans les mêmes endroits que toi.

J'ai réussi mon effet, Targan McKenzie a l'air désarçonné. Peut-être même un peu gêné que j'aie cet avantage sur lui – avoir pu l'observer dans le civil sans que lui me voie. Pour se donner une contenance, il passe la main dans ses épais cheveux foncés. Visage levé vers le sien (ce qui risque, à force, de me donner un torticolis), je choisis de porter le coup de grâce. En espérant que ce dernier, au lieu de le braquer, parviendra à percer sa carapace.

– Moi aussi, j'ai une théorie. Tu veux la connaître ?

– Allez-y, je vous écoute.

– Tu es certain ? Je ne vais pas finir sur ta liste noire des profs à rendre chèvre si d'aventure tu n'aimes pas ce que j'ai à dire ? rétorqué-je avec un demi-sourire, reprenant à ma sauce les mots qu'il a prononcés plus tôt. Très bien. Je crois que ce que tu n'as pas supporté, c'est que je décide de vous tester, tes camarades et toi. Alors, en représailles, tu as trouvé un moyen de *me* tester. Mais là où tu t'es trompé, ajouté-je, c'est que je ne voulais pas vous tester : seulement apprendre à vous connaître. Savoir ce qui vous tient à cœur quand on vous laisse libre de vous exprimer. C'est dommage, dis-je avec un soupir exagéré tout en posant mes fesses sur le siège conducteur de ma Ford. J'aurais adoré bénéficier de tes lumières sur… Tiens, de quoi aurais-tu parlé, au fait, si tu avais daigné te prêter à l'exercice ?

Je rentre mes jambes dans l'habitacle.

– Bien tenté, commente Targan McKenzie, une main sur ma portière, avec une étincelle amusée dans les yeux.

Puis, dans un claquement, il la referme pour moi.

– Ce n'est pas grave, j'imagine que je finirai par le savoir en lisant ta copie, lancé-je, paupières plissées, en soutenant son regard subjuguant. Celle que tu vas m'apporter d'ici vendredi, sous peine d'avoir moins deux points au prochain devoir.

Joueuse.

– Ce n'était pas ce qui était convenu, fait-il en se penchant à ma vitre pour que nos visages soient au même niveau. Pas noté sauf si ça fait grimper la moyenne : c'est ce que vous avez dit, vous vous souvenez ?

Joueur.

– S'il y a bien quelque chose que je commence à comprendre, et ce, en partie grâce à toi, McKenzie, c'est que les règles sont faites pour être brisées. Alors, ajouté-je en mettant le contact, on est d'accord ? Vendredi au plus tard ?

Le bad boy frappe deux fois sur le montant de la portière, comme pour me donner la permission de circuler.

– Qui vivra verra, j'imagine.

Ouaip. Qui vivra verra. En opinant, je démarre et m'éloigne en marche arrière. Sans la victoire que j'espérais remporter, certes. Mais avec quelque chose de plus important que ça.

Avec un objectif.

Avec, dans le collimateur, une grande gueule qui me fait penser à moi à son âge.

Et que je peux peut-être aider.

9

Quinn

Lorsque je termine de corriger mes copies, Neelam est dans sa chambre, en train de bosser – je l'entends parler, depuis notre pièce à vivre. Elle manage une équipe sur un plateau d'appels, job qu'elle peut occasionnellement pratiquer à distance depuis le poste de travail qu'elle s'est aménagé dans ses quartiers. Elle officie le midi, le soir, les samedis – bref, aux horaires auxquels les quarante téléprospecteurs qu'elle encadre peuvent aisément joindre les gens.

En parlant de joindre les gens…

L'horloge dans la cuisine affiche vingt-deux heures trente, soit sept heures à New York. L'heure à laquelle mon petit frère David patiente dans le Starbucks situé en face du cabinet d'avocats, où il est collaborateur, qu'on termine de préparer son *Hazelnut Oatmilk Shaken Espresso*. Je lance FaceTime, un peu à reculons. Qu'on s'entende : j'adore mon frère. C'est seulement que je ne suis pas certaine d'être sa personne préférée au monde, en ce moment.

– Tu sais quel jour on est, Davey ? lancé-je dès qu'il décroche, sans préambule.

– Lundi, me répond-il dans son style parfaitement sobre, efficace et télégraphique d'avocat prometteur et débordé.

– Lundi, oui. Jour, je te le rappelle – même si je suis sûre que tu n'as pas oublié parce que tu m'aimes trop pour ça –, de ma toute première rentrée scolaire !

– C'est ta façon à toi de m'annoncer que tu comptes tout me raconter dans les moindres détails, sans même un bonjour et sans faire mine de prendre de mes nouvelles ? Je te reconnais bien là, ma grande sœur narcissique adorée.

– Oh ! Davey, réponds-je en affectant un air blessé. Je m'investis dans cette relation, je veille à ce qu'on ne devienne pas des étrangers l'un pour l'autre, et, tout de suite, tu me prêtes de mauvaises intentions…

– Danny Horton, lance une voix à l'arrière-plan. Danny Horton !

– Oui, c'est moi, répond David exaspéré au serveur du Starbucks avant de grommeler. Je suis sûr que c'est dans leur contrat de travail : *obligation* d'écorcher le nom des clients.

– Ah là là, vous, les New-Yorkais, êtes tellement ronchons…

– C'est surtout vous les Australiens qui êtes un poil trop relax, rétorque-t-il du tac au tac. À la limite du je-m'en-foutisme…

Je décide d'ignorer ce que cette vanne apparemment anodine révèle de ce que David pense de moi : je veux garder la conversation légère. Oui, nous sommes lundi soir et je vais de ce pas m'ouvrir une petite bière dans mon nouvel appartement, pour fêter la fin de mon tout premier paquet de copies ! Entêtée, je continue donc à déblatérer pendant au moins deux minutes.

– Tu n'imagines pas comme ces gosses sont chou, à une ou deux exceptions près…

– Quinn, m'arrête enfin David, je suis désolé, mais je n'ai pas le temps d'écouter, là. J'ai une *conf call* dans une heure avec un gros client, et avant, je dois rappeler l'hôpital Bellevue pour discuter des ajustements qu'ils veulent apporter au traitement de maman.

Son ton agacé ne m'échappe évidemment pas, mais je laisse pisser. D'une, je le comprends. De deux…

– Des ajustements ? Quels ajustements ?

David pousse un profond soupir, tout en éloignant la caméra de son visage, pour me signifier que je l'exaspère au point qu'il ne peut même pas me regarder en face en cet instant. J'ai donc momentanément droit à un plan-séquence des trottoirs bondés, des New-Yorkais pressés, des écharpes et gants de toutes les couleurs, des bouches d'égout qui fument entre les congères.

– Mais rien, Quinn ! Ils veulent simplement la remettre sous quétiapine, le temps que son épisode passe.

– Elle est de nouveau en phase maniaque ?

Je suis inquiète, oui. Mais davantage pour Davey que pour ma mère. La manie, c'est le meilleur aspect de la maladie pour maman, le moment où elle se croit invincible et n'est même plus capable de se rendre compte qu'elle souffre. C'est pour ses proches que c'est le plus dur. Parce que c'est aussi le moment où elle est le plus difficile à gérer. Là où l'existence devient une course épuisante pour éteindre mille départs d'incendies, tandis que l'incendiaire, même si elle l'ignore, se vide lentement de son énergie, aussi sûrement qu'elle vide les autres… Avant de retomber dans la plus noire des mélancolies.

– Tu sais quoi, Quinn ? Si tu veux un brief complet, tu peux peut-être appeler Bellevue toi-même ? Après tout, ce serait un bon moyen de te faire pardonner ta fuite.

C'est à mon tour de soupirer et d'éloigner la caméra de mon visage : je ne souhaite pas montrer à Davey à quel point sa remarque me met en colère. Lui ne sait pas ce que c'est. Il est le benjamin. La maladie de maman, avant que le diagnostic de bipolarité ne soit posé et qu'elle soit prise en charge, c'est moi qui l'ai subie de plein fouet, en veillant constamment à l'en protéger. De même, c'est moi qui ai subi la froideur de papa lorsqu'on lui a confié notre garde. Parce que c'est moi, et moi uniquement, qui ai la tare de lui rappeler son ex. Cette folledingue de Gemma, avec qui Gavin Northon a vécu trois ans de passion dévastatrice et fait deux gosses quand il n'était encore qu'un étudiant rebelle décidé à faire chier sa riche famille.

– Je n'ai pas fui, Dave. J'ai seulement essayé de faire le bon choix, pour une fois, réponds-je, agacée.

– Le bon choix, ç'aurait été de ne pas coucher avec ton directeur de recherche. Ton directeur de recherche *marié*.

– Mais combien de fois faudra-t-il que je te le répète ?

Le geste, les mots de Kalvin me reviennent en mémoire. «*Je n'imagine rien, j'attends simplement que tu me racontes.*»

– Il ne m'a pas dit qu'il était marié, tu comprends? Il m'a menée en bateau!

Comment se fait-il que mon propre frère ne me croie pas?

Parce qu'il te connaît, lance la petite voix familière dans ma tête.

– Il n'empêche! s'agace David. On ne couche pas avec ses profs, Quinn! Surtout quand ceux-ci sont des tableaux cliniques sur pattes pour la perversion narcissique!

– Oui, eh bien, excuse-moi, mais je n'ai apparemment pas ton expertise en psychologie, ironisé-je.

– C'est pourtant facile, Quinn, contre-attaque David. Si un mec te plaît, tu peux partir du principe qu'il a de sérieux problèmes émotionnels. Tu aurais pu le comprendre, depuis le temps!

C'est un coup bas, très bas – un uppercut en plein dans l'estomac. Je ne dis rien, mais, cette fois, je place la caméra de mon iPhone bien devant mon visage, pour que Davey soit obligé de faire face aux conséquences de ses paroles. Immédiatement, mon petit frère rétropédale.

– Quinn, je suis désolé, je...

– Laisse tomber, Dave. Et laisse tomber le coup de fil à l'hôpital Bellevue, je m'en charge: c'est la moindre des choses, en effet.

Je renonce à enchaîner, comme je l'avais prévu, en lui demandant des nouvelles de notre père: je m'en suis pris assez dans la tronche pour un lundi. Je n'ai pas besoin d'entendre de la bouche de mon frère que notre géniteur est encore plus ulcéré que lui par ma énième «manifestation d'instabilité émotionnelle».

– Parle-moi plutôt de ce nouveau client, poursuis-je. C'est le gros bonnet qui te fera enfin passer associé?

– Peut-être, se radoucit mon petit frère. Je l'espère en tout cas. Parce que j'en ai assez que tout ce stress pour être promu me pousse à me comporter comme un connard avec ma grande sœur adorée...

Une branche d'olivier. Je prends.

– C'est qui, cette grande sœur adorée ? plaisanté-je. D'où elle sort ? Je devrais être jalouse et lui casser la gueule ?

– Tu vas avoir du mal : elle habite en Australie, rétorque David. Et elle a exactement sept minutes avant que je ne raccroche pour me montrer son nouvel appartement et pour me raconter ce que ça fait d'être *mademoiselle Northon* devant une bande de merdeux incultes.

– *Madame* Northon, le corrigé-je. Je suis une femme moderne, je n'ai pas besoin qu'on me passe la bague au doigt pour me sentir adulte.

Sept minutes ? Ça devrait suffire à faire le tour de notre trois-pièces et à résumer ma première journée. À condition de ne pas m'étendre sur le problème McKenzie…

10

Targan

– Hé, McKenzie, ne t'endors pas sur le joint !

Je jette à Angus un regard morne. Sa remarque se passe de commentaire. MA beuh, MON *spliff*. Je tire une nouvelle taffe, puis recrache la fumée dans sa direction avec une tête de petit con. Il commence à se vénère, alors je lance le pochon sur ses genoux.

– Tiens, il y a au moins vingt grammes là-dedans. Tu peux taper. Oh ! C'est vrai, j'avais oublié, tu ne sais pas rouler…

Anita, la brune Anita qu'on connaît tous depuis qu'on est gamins et sur qui l'on s'est tous paluchés au moins une fois dans notre vie, tourne la tête vers Angus en riant. Alors, elle se lève du canapé et, lentement, s'approche de la console de son à laquelle je suis installé. Elle ondule juste ce qu'il faut pour que tous les mecs présents se taisent et observent, hypnotisés, le mouvement de ses hanches. Puis elle me retire le bédo de la bouche.

– Moi, je ne sais pas rouler, Targan, mais j'aimerais bien apprendre.

Puis, sans m'avoir demandé la permission, elle fait pivoter ma chaise de bureau et pose son fantastique cul sur mes cuisses. En veillant au passage à le remuer un peu, histoire de tendre la situation dans mon boxer.

Je remets mon casque audio.

– On peut savoir qui t'a donné l'autorisation de t'asseoir ?

– Personne. Moi, quand quelque chose me plaît, je prends, McKenzie. Tu devrais en faire autant. Peut-être même que je pourrais aimer ça…

Je l'ignore, parce que c'est le meilleur moyen de rendre dingue une fille qui, comme elle, a tous les gars du monde à ses pieds. Puis j'appuie sur l'intercom de la console, afin de communiquer avec Ca$h en cabine.

– Tu me refais une prise, steup ? Et fais gaffe à tes dentales, ce coup-ci.

Anita, vexée que je ne lui prête aucune attention malgré la chaleur de son corps contre le mien, tente une nouvelle intervention, cette fois à mon oreille.

– Si tu n'aimes pas qu'on mette les dents, Tee, tu devrais t'adresser à la bonne personne…

Puis elle fait remonter son index et son majeur le long de ma poitrine, comme les jambes d'un alpiniste miniature.

Je ne lui dis pas qu'elle surestime sa technique et que, la dernière fois qu'elle m'a fait une gâterie, j'ai dû ensuite me passer la bite à l'eau froide durant quinze bonnes minutes : je suis peut-être un connard, mais j'ai du respect pour les filles de bonne volonté. Et Anita s'est toujours montrée *très* désireuse de me faire plaisir.

– Tu bouges, s'il te plaît, BLG ? On a encore du taf sur ce son et on a le studio jusqu'à vingt-deux heures seulement.

Ensuite, comme chaque soir, le concierge du conservatoire de Wingfield nous foutra à la porte malgré nos tentatives de négociation. Déjà que Tchango est bien sympa de me laisser l'utiliser avec des gens de l'extérieur… Il risque gros, en tant que prof : à la moindre connerie de notre part, il sera tenu pour responsable.

Ma rencontre avec Tchango ressemble au pitch de tous les films hollywoodiens sur les jeunes du ghetto. Un vieil enseignant désabusé à quelques années du départ à la retraite (lui) entend par hasard un jeune autodidacte des quartiers faire de la musique (moi) et, décidé à retrouver la foi en l'humanité tout en sauvant un gamin de la violence et de la criminalité, il lui ouvre la porte d'une prestigieuse institution.

Bon, OK : peut-être que le conservatoire de Wingfield n'est pas à proprement parler prestigieux… C'est l'un de ces bâtiments flambant neuf qu'on installe dans les banlieues pauvres en espérant que ça fera par miracle baisser la criminalité.

Mais j'y ai appris à *vraiment* jouer du piano – et non plus seulement à m'amuser sur celui de Mme Harris, notre ancienne voisine qui me gardait gamin. Je m'y suis initié à la batterie. À la guitare, à la basse. J'ai appris à utiliser un vrai studio, à faire des prises, à les mixer… J'ai même tâté un peu des cuivres, bien que je ne sois pas du tout au point de ce côté-là. Et puis, surtout, Wingfield, en m'octroyant une bourse d'études pour son programme à horaires aménagés, m'a ouvert les portes de Heathford.

Si un jour on écrit un film sur Tchango et moi, voilà ce qu'on y racontera : rentré à la Heathford Academy, notre jeune délinquant se trouve, malgré tous les efforts de son mentor, embarqué dans une histoire de cambriolage qui tourne mal. Par miracle, il évite de se retrouver derrière les barreaux. C'est alors l'électrochoc qui lui manquait pour enfin reprendre sa vie en main et tout donner. BOUM, *happy end.*

Mais les films ne sont pas la vraie vie. Il ne suffit pas d'échapper à la prison pour être libre. En tout cas, pas quand on vient d'où je viens. Pas quand on a fait ce que j'ai fait.

D'humeur soudainement sombre, je repousse Anita, puis rappuie sur le bouton et envoie l'instru.

– Ca$h, c'est à toi. Ne merde pas.

Trente minutes plus tard, c'est à mon tour d'être en cabine. Je dégaine mon téléphone où sont inscrits mes lyrics. Gonflé à bloc par les bédos et par la tise, j'attaque mon couplet. Mais comme c'est Angus qui gère la console de son de l'autre côté de la cabine insonorisée, évidemment, ça merde.

Je lui fais des signes, qu'il ne comprend pas.

– Angus, j'ai besoin de plus de retour dans mon casque, bordel ! Pour me parler, appuie sur le bouton rouge en bas à gauche !

Je suis à deux doigts de devenir mime professionnel quand, enfin, mon pote trouve le bouton de l'intercom.

– Ça vient de la piste de l'instru, elle est sous-mixée. Et je n'arrive pas à trouver la bonne…

Je m'agace.

– Comment ça, t'arrives pas à trouver la bonne ? Elle est dans un dossier au nom du morceau, sur le bureau de l'ordi. *Legacy*. Ça s'écrit L-E-G-A…

– Ça va, ça va, calme-toi, je vais trouver ! C'est juste que l'informatique c'est pas mon truc… maugrée-t-il.

Je lève les yeux au ciel et pose mon téléphone à plat sur un clavier. Après m'être assuré que le concierge n'est pas dans les parages, je fais tomber un peu de speed sur la vitre de l'écran, me roule une paille avec un billet de dix, tape. Le speed me met une petite claque, je sens la pression familière juste entre les deux sourcils. L'impression que mes pensées, pour une fois, sont cohérentes et rassemblées. Que je suis enfin au présent.

– C'en est où ? je gueule en redressant la tête et en passant mon pouce sous ma narine anesthésiée.

– Ça vient, ça vient, me lance-t-il de derrière la vitre.

Anita en profite pour m'adresser un sourire de mante religieuse. Un truc qui se veut sexy, et qu'elle a dû choper dans un porno. Je ne sais pas comment lui dire, mais, pour une fois, je n'ai pas la tête à ça. Et puis, apparemment, j'ai des devoirs à faire. Elle va devoir rentrer seule. Ou avec Angus, ou Ca$h, pour ce que j'en ai à foutre. Histoire d'esquiver son regard, je checke machinalement mon téléphone et, sans même y penser, je me retrouve à taper un nom au hasard dans la barre de recherche.

Ou peut-être, j'admets, pas vraiment par hasard. Peut-être en y pensant un peu.

Northon, Quinn. Valider.

Quand j'ai débarqué en cours ce matin, je n'ai pas compris tout de suite. Cette Mme Northon me disait bien quelque chose, mais il m'a fallu du temps pour que je fasse coïncider l'image de la blonde en robe de plage du taudis de Bolivar avec cette daronne en chemisette et pantalon. Enfin, daronne… Plutôt MILF, pour être honnête.

Du coup, ça m'a perturbé tout le cours et mes pensées n'ont pas arrêté de partir dans tous les sens. C'était un tel brouillard, là-haut, que je n'ai même pas réussi à comprendre les consignes de son putain de jeu ou à écrire une ligne pour le devoir qu'elle veut que je rattrape.

Une série d'images apparaît dans le moteur de recherche. Des paysages. Des portraits. Une station essence en pleine nuit. Une plage où brûle un feu de camp. Deux adolescents qui s'embrassent en boîte. Mais à force de scroller, je trouve enfin Quinn Northon. Enfin… Je crois que c'est elle.

Je clique sur l'image pour l'agrandir, ce qui a pour effet d'ouvrir un lien. Vers un blog. J'émets un ricanement : un blog. C'est bien un truc de daronne, ça. La page qui s'affiche est celle d'un organisateur de soirées et l'article, lui, date d'il y a six ans. Je me mets à parcourir le carrousel d'image… jusqu'à retomber sur cette photo de Northon, cette fois plus grande.

Mes yeux s'écarquillent. Dessus, elle danse en soutien-gorge noir, jean, pieds nus. En sueur, des paillettes plein la gueule, le maquillage qui coule légèrement. Les yeux fermés. Comme si le monde n'existait pas. Ou, mieux, comme si elle n'en avait rien à foutre qu'il existe.

J'hallucine complètement de voir une prof de Heathford, visiblement déchirée, danser à moitié à poil dans une soirée. Une prof jeune et bandante et tatouée. Non, mieux que bandante : belle. Avec une peau pâle aux nuances dorées qu'on a envie de toucher. Un nombril ovale qu'on a envie de lécher. Une crinière épaisse qu'on a envie de tirer. Et, putain, c'est peut-être l'effet du speed, mais je suis incapable de détacher mes yeux de cette image ou de modérer l'effet qu'elle me fait. Comme un préado qui serait tombé sur la collection de *Penthouse* de son père. Sans réfléchir, je fais une capture d'écran.

Heureusement, la douche froide se présente sous forme d'un nom qui s'affiche sur mon écran. Il masque le cliché de Northon et, rien qu'à le lire, me colle la migraine.

Harper Thompson
Urgent ! Cherche Corine et Molly. On part sr 2- 8. Tu px passer ché moi ce soir pr m'aider à lé trouver ?

Traduction : besoin urgent de deux grammes de cocaïne et de huit paras de MDMA. Bah oui, l'été a été long, les réserves sont finies et la médaillée d'or du concours *Fine Masters* de violon aimerait que je vienne lui refaire son stock à domicile, alors qu'elle aurait très bien pu me passer commande en cours.

Je sais pertinemment pourquoi.

Pour exercer son pouvoir de riche héritière sur un pauvre petit basané comme moi.

Pour étaler devant moi sa vie parfaite, sa sublime villa avec piscine et savourer mon seum.

Pour essayer, également, de m'attirer dans sa chambre à coucher.

Harper a passé sa première année à Heathford à me courir après, et elle a bien failli parvenir à ses fins… Mais lorsqu'on s'est retrouvés au lit, cette conne a murmuré un truc qui se voulait sexy à propos des « mecs aborigènes qui sont toujours de vraies bêtes au pieu ». Comme le veut l'adage, un trou est un trou et une bite n'a pas d'œil… Mais la mienne, elle a des oreilles, et il se trouve que la fétichisation raciale la fait débander. Aussi, je me suis cassé fissa, laissant la médaille d'or des connasses à moitié à poil et totalement frustrée. Je dirais qu'elle a conservé de cette mésaventure un fort désir de revanche. Moi, j'en ai gardé une aversion pour les blondes.

Targan McKenzie
OK. Te bip à la grille.
Ds 2 h ?

– Ah ! s'écrie Angus dans l'intercom. Ça y est, McKenzie, j'ai trouvé, t'es prêt ?

Je ferme ma messagerie cryptée, rouvre les notes de mon smartphone, puis remets le casque sur mes oreilles. Et, après m'être fait craquer la nuque, je m'avance vers le micro.

11

Targan

C'est enfin vendredi, dernier jour de cours avant le week-end – cours auxquels je suis forcé d'aller, sinon, on perdra ma bourse d'études. Puis l'assistance sociale supprimera les allocations à ma mère. Et je ne parle même pas de la réaction de Ryder ! Il me massacrerait, si je me faisais virer. Laisser mes sœurs pâtir de mes conneries ? Plutôt crever. Ces deux adorables pestes de 12 et 7 ans sont la lumière de ma vie. Même s'il est hors de question que je le leur dise un jour.

– Mia, magne-toi de finir ton chocolat, le bus scolaire arrive dans dix minutes. Tarni ! Si tu n'es pas sortie de la douche à temps, tant pis, tu pourras toujours te brosser pour que je te dépose.

– Tu crois que j'ai envie de monter sur ton porte-bagages ? lance la plus âgée des deux en ouvrant enfin la porte accordéon qui sépare la salle de bains du reste de la caravane. Tu conduis encore plus mal que Mia sur son tricycle.

– Hé ! proteste l'intéressée, c'est PAS un tricycle. C'est un vélo.

– … Avec des petites roues.

– Maman a dit qu'on allait bientôt les enlever ! Il faut juste qu'elle trouve le temps.

Je suis toujours stupéfait de la facilité avec laquelle ma mère fait des promesses qu'elle ne pourra pas tenir. Ou par sa propension à oublier la pilule, ce qui l'a amenée à avoir trois gosses dont elle est matériellement incapable de s'occuper, étalés sur dix ans, et pourtant toujours avec le même tocard. On dirait qu'elle a volontairement cherché à prendre perpète.

Si j'ai l'air de juger durement ma mère, il faut savoir que ce n'est pas le cas. C'est une guerrière, ma daronne. Veuve depuis ses 41 ans, cheffe de famille depuis toujours, femme de chambre dans un hôtel de luxe le jour et dame pipi dans une boîte select trois nuits par semaine pour tenter de joindre les deux bouts. On ne se voit quasiment jamais, mais, chaque fois que je la croise, j'essaye de lui faire sentir que je suis fier d'elle. Qu'elle fait ce qu'il faut pour nous.

Sauf que ce n'est pas tout à fait le cas.

D'une, Jannali McKenzie, née Bungaree, n'a jamais pu se résoudre à quitter notre père. Il a fallu attendre qu'il crève, ce bâtard. Et je suis content que ses deux paquets de clopes par jour aient causé l'AVC qui a eu raison de lui, parce qu'il aurait probablement fini par me buter avant que je n'aie terminé ma croissance. De deux, bien qu'elle se décarcasse, le frigo est toujours vide et le courant souvent coupé. Du moins, c'était le cas avant que je prenne les choses en main.

J'ai toujours traîné avec des mecs des Kingz Brown : dans le quartier, c'est une fatalité. Quand on grandit ici, ils sont comme des grands frères. Ils vous refilent des bonbecs, du cash, des clopes, de la bouffe. Mais, je ne sais pas pourquoi, j'ai eu la naïveté de croire que je ne finirais pas dans leurs rangs. Sans doute que Derain a raison, j'ai toujours pensé que je valais mieux que les autres, je me la suis toujours pétée pour rien. Peut-être à cause de Mme Harris, qui m'a constamment dit que j'étais intelligent et doué. Peut-être à cause de Tchango, qui a voulu me voir comme sa bonne cause. Ou de Heathford et de ma bourse d'études. Peut-être à cause du comportement que les meufs adoptent en ma présence depuis que j'ai 13 ans. Même les copines officielles des *thugs* de mon quartier. Même les daronnes de mes potes.

Toujours est-il que, quand Angus et Ca$h ont fait leur initiation, j'ai pensé que ça y est, nos routes allaient se séparer… Pendant deux ans, même si l'on a continué à faire du son ensemble, je les ai un peu pris de haut.

Puis Ryder a trouvé le moyen de faire de moi son soldat. Ou plutôt, je n'ai plus eu d'autre choix que de le supplier de me laisser devenir un soldat. De mendier le droit de vendre pour cinq mille dollars de marchandise par semaine, avec un bénéfice net de trois mille sept cents pour lui, sur lesquels il me refile dix pour cent. Ceux qui pensent que dealer rapporte ont trop regardé *Narcos*. Moi, je suis plutôt le clochard de *The Wire*. Avec beaucoup trop de monde à charge – ma famille, celle de Rain. Mais c'est comme ça, je refuse de vendre plus. Opérer au sein de mon lycée, auprès de gamins privilégiés qui veulent juste s'éclater le samedi soir, je suis d'accord – dans tous les cas, avec ou sans moi, ils trouveraient un moyen de se défoncer, et mieux vaut qu'ils traitent avec moi qui suis réglo qu'avec un autre membre des Kingz ou de n'importe quel gang. En revanche, refourguer de la merde coupée au fentanyl à des mères célibataires qui ont des enfants à charge, ça non. Pas question non plus d'avoir recours à la violence. De toute façon, je n'en ai pas besoin. C'est sans doute grâce à mon mètre quatre-vingt-douze, et c'est peut-être aussi parce que je suis doué pour savoir à qui je peux vendre ou non, mais aucun client n'a encore essayé de me la faire à l'envers.

– Tee, je peux avoir de l'argent pour le déjeuner ? me demande Mia avec de grands yeux craintifs.

Trop souvent au cours de sa minuscule existence, la réponse a été non. Essayez donc de vivre ça. D'annoncer à votre petite sœur de 5 ans, 6 ans, qu'elle va devoir sauter une fois de plus un repas. Prenez-la dans vos bras alors qu'elle sanglote, non parce qu'on se moque d'elle à l'école ou qu'elle a eu une mauvaise note, mais parce qu'elle sait qu'elle va encore avoir *faim*. Tout l'après-midi, faim. À ne pas pouvoir écouter ce que dit le maître en classe. À avoir l'impression que son estomac est en train de se digérer lui-même.

Essayez, et vous verrez si vous pouvez juger mes choix.

– Tiens, fais-je en sortant une liasse. Et bois ton lait, ce midi, d'accord ?

Mia acquiesce, puis Tarni et elle disparaissent.

Moi, j'ouvre mon sac à dos pour vérifier que j'ai assez de matos dans le double-fond. Mes yeux se posent sur l'enveloppe qui contient la clef USB. J'ai fini le mixage mardi soir et, depuis, elle y traîne, parce que, comme je n'ai pas de cerveau, j'ai oublié hier et avant-hier de la glisser dans le casier de Northon. Du coup, pour être bien sûr qu'elle l'ait avant le week-end, pas le choix : je dois passer la voir dans sa salle avant le début des cours.

« Pas le choix. » C'est ça, ouais.

Quinze minutes plus tôt que d'habitude, j'enfourche donc mon vélo pour aller retrouver Northon. Northon et sa bouche trop grande, Northon et ses yeux bleu délavé. Northon, visiblement déchirée, qui danse les paupières closes comme si elle voulait annuler le monde.

Northon, que j'ai eu envie de mettre au défi de prouver qu'elle est bien celle qu'elle prétend être. Dont je n'ai toujours pas décidé ce que j'allais faire. Mais pour qui je pédale, pressé de la retrouver.

Northon qui, à mon corps défendant, m'a redonné quelque chose à attendre de mes journées.

12

Quinn

– Papa… Papa, non. Tu arrêtes et tu m'écoutes, s'il te plaît.

Mais Gavin Northon, comme à son habitude, n'obéit pas. Jamais. À personne. On ne devient pas PDG d'une des plus grandes banques d'affaires au monde en écoutant ce que les autres ont à dire.

– Papa… Papa ! finis-je presque par crier.

Je m'en rends compte parce que ma voix a résonné dans la salle de classe vide, avant de se répercuter dans le couloir désert.

Enfin, au moins, ça l'a arrêté dans sa boucle, et je peux en caser une.

Je recommence à faire les cent pas.

– Je ne peux *pas* rentrer uniquement pour ça, je suis désolée.

– « Ça », c'est l'anniversaire de ta grand-mère, je te signale.

– Tu m'as très bien comprise. Je ne peux pas rentrer uniquement pour un week-end, pas avec vingt et une heures de vol. Tu vois bien que c'est mathématiquement impossible !

– Tu ne peux pas prendre deux ou trois jours de congé ?

– Ce n'est pas exactement comme ça que fonctionnent les vacances scolaires, non.

Un silence au bout du fil. Je peux presque visualiser les rouages de son cerveau qui tournent. Peut-être qu'il commence enfin à entendre raison.

– Écoute, voilà ce qu'on va faire. Je te verse un an de salaire, comme ça, tu peux continuer le boulot jusqu'à fin mars, puis démissionner et revenir pour l'anniversaire de ta grand-mère. Ça te donnera la latitude de te retourner.

D'un autre côté, je ne sais pas pourquoi je persiste à croire qu'un jour il va me prendre au sérieux. D'après Albert Einstein, la folie, c'est s'entêter à faire la même chose en espérant à chaque fois un résultat différent. Peut-être que mon père a raison, que je suis aussi cinglée que ma mère.

On n'a jamais réussi à communiquer, lui et moi. Quand nous étions petits avec Davey, lorsque Gavin proposait régulièrement à Gemma de nous prendre pour les vacances, je refusais systématiquement. Il me faisait peur, je crois. Il me faisait encore peur, quand maman a fini par être institutionnalisée après une crise monumentale et qu'un juge des affaires familiales a décidé de lui confier notre garde.

Par ailleurs, sa proposition de me payer est d'autant plus malvenue que je n'ai pas accepté un cent de sa part depuis que j'ai quitté la maison à 19 ans.

– Bon, papa, je vais raccrocher. Tu ne peux pas sincèrement penser que je vais accepter de démissionner juste pour ne pas rater une fête. Même pour Grams. Et même si tu me verses soixante-dix-huit mille dollars pour me « dédommager ». On se reparlera quand tu auras décidé de prendre ma carrière au sérieux.

– Parce que c'est moi, peut-être, qui ai décidé de ne pas prendre ta carrière au sérieux? Ma petite chérie, dois-je te rappeler que tu as, sans absolument aucune raison, choisi d'arrêter tes études à seulement quatre mois de ton diplôme? Si quelqu'un ne prend pas sa « carrière » au sérieux, ici, c'est toi.

Je serre les dents et réponds froidement:

– J'avais mes raisons, Père. Crois-moi, j'aurais moi aussi préféré le valider, ce diplôme pour lequel j'ai donné dix-huit mois de ma vie et sans lequel je n'ai quasiment aucun espoir de trouver un poste aux États-Unis.

– … Tout comme tu avais sûrement tes raisons de décider du jour au lendemain de laisser tomber la photo pour te lancer dans l'enseignement.

Je reprends mes cent pas entre les rangées, en pestant.

– Une incapacité de travail d'une durée de deux mois, quand votre assurance ne prend pas en charge les arrêts maladie, me semble une excellente raison, oui.

– Ah ? Aucun autre artiste ne s'est donc jamais fait de fracture avant toi ? Tu es la seule au monde, peut-être ? ironise-t-il.

– C'était une *double* fracture. Des poignets. Qui m'a coûté mes piges à *National Geographic* et qui m'a contrainte à annuler une expo que je préparais depuis deux ans, je te rappelle.

– Il fallait peut-être y penser avant de décider d'aller faire du patin à glace sans protections. Et puis, ce n'est pas comme si je ne t'avais pas proposé mon aide pour passer ce cap difficile…

L'aide, c'est quelque chose de gratuit. Alors qu'avec toi, papa, je paye tout, tout le temps. Et plutôt cher.

Ce que Gavin ne comprend pas, c'est que, durant deux mois, confinée chez moi, incapable de me faire à manger ou même de me laver seule, j'ai compris que ma carrière me plaçait dans une situation de vulnérabilité et de dépendance absolue.

Ce que j'ai toujours voulu, avant tout, c'est être libre. Mais peut-on l'être réellement, quand on est à ce point précaire ?

– Tu ne peux quand même pas me reprocher d'avoir souhaité trouver un boulot plus stab… *Aïe !*

Je m'interromps et baisse les yeux vers le vieux clou rouillé dépassant de l'une des tables qui vient de m'entailler le haut de la cuisse – et de filer mon collant couleur chair, par la même occasion.

– Merde, grincé-je.

La cloche va sonner dans approximativement quinze minutes, ma classe de seconde va débarquer et je n'ai pas le temps pour ça. Pas l'énergie non plus. Ce n'est pas le moment de laisser mon géniteur me faire me sentir une fois de plus comme la plus grosse blague que la terre ait jamais portée.

– Je te rappellerai, Père. Et surtout, j'appellerai Grams. Je te laisse.

Et je raccroche, avant que Gavin Northon, Taureau ascendant Capricorne, n'ait trouvé le moyen de me faire céder une fois de plus.

Je fonce ensuite vers mon bureau, fouille dans mon sac et sors le vernis carmin qui traîne dans une poche. J'en dépose une couche généreuse sur la déchirure – une vieille astuce pour empêcher le nylon de se filer. Je serre les dents en sentant les solvants entrer en contact avec ma coupure. Puis je regarde le résultat : c'est dégueu. L'accroc dépasse de ma jupe trapèze noire. On voit le vernis. Et un filet de sang poisseux a coulé tout le long de ma jambe.

Je n'ai pas franchement le choix : je pose mes fesses sur le bureau, jette un coup d'œil à l'horloge. Plus que dix minutes. À la hâte, je vire mes escarpins plats, remonte ma jupe au niveau de ma taille et enlève mon collant. Le nylon glisse sur mes jambes, termine en boule dans ma main. Je place mes pieds à plat sur le plateau de la table et balance mon 20 deniers directement dans la corbeille en métal près de la porte d'entrée. Je fouille dans mon sac à main, sors un mouchoir, le mouille avec ma gourde d'eau et me mets à tamponner l'estafilade en priant pour avoir bien pensé à faire mon dernier rappel antitétanique en date – ce dont je doute fort, me connaissant. Avec l'ongle de mon pouce, je gratte le vernis qui a taché ma peau.

Bon.

Je suppose que je vais devoir faire cours, jambes nues.

Ce qui n'est pas absurde, étant donné la chaleur.

C'est seulement que le collant me donnait l'impression d'être plus habillée. Et qu'il atténuait un peu la visibilité des tatouages sur mes cuisses.

Un bruit me fait sursauter, un grand choc métallique. Je relève la tête et vois la poubelle en métal renversée… Mais surtout, je le vois, lui. Celui dont j'ai attendu et espéré des nouvelles toute la semaine. Celui à propos duquel je me suis renseignée discrètement à la vie scolaire (allocataire social, titulaire d'une bourse du conservatoire… par contre, pas d'enfant, contrairement à ce que j'ai cru ; le gamin sur la plage n'était pas le sien). Le détenteur de ma victoire ou de ma défaite se tient dans l'encadrement de la porte. Ses yeux gris fumée. Son grain de beauté. Sa bouche généreuse, ses boucles brunes. Sa petite gueule d'emmerdeur prêt à briser des cœurs et à me rendre dingue.

Puis je réalise soudain que je suis en mauvaise posture, assise sur la table, jupe à moitié relevée. En rougissant, je saute de mon perchoir.

– Ah, Targan… lancé-je comme si de rien n'était. Vas-y, entre. On n'a pas cours ensemble ce matin, si ? J'imagine que si tu es là, c'est que tu as quelque chose pour moi…

Professionnelle, professionnelle, professionnelle.

Son grand corps aux larges épaules pousse la porte entrebâillée et entre dans la pièce. McKenzie avance vers moi en me fixant droit dans les yeux… Sauf durant cette fraction de seconde où il baisse nerveusement le regard en direction de l'ourlet de ma jupe. Je rougis de plus belle. Je me sens à poil. Est-ce qu'il a aperçu mes tatouages ? Ou, pire, ma culotte ?

– Alors ? répété-je pour me donner une contenance. Tu as quelque chose pour moi ?

Cette fois, son regard se pose sur mes pieds. Nus. On ne se rend pas compte, au fond, à quel point c'est intime, les pieds. Je me dandine sur le gauche, puis le droit. Avant d'avancer, nuque rentrée entre mes épaules, et de les glisser dans mes escarpins.

Nous nous faisons maintenant face, à un mètre de distance. Dans sa main pleine de bagues en argent, sur le dos de laquelle est tatoué un gros X à l'encre noire, il tient une enveloppe. Une enveloppe standard, en papier kraft. Pas assez grande pour contenir une copie, réalisé-je avec une pointe de déception. Et autour de laquelle ses doigts sont crispés. Il n'a toujours pas prononcé un mot, mais à la tension dans son corps, je commence à reconnaître l'émotion qui l'anime.

Il est en colère. Très en colère.

– Est-ce que… est-ce que tout va bien ? m'enquiers-je, sincèrement inquiète pour lui. Tu veux qu'on en parle ?

– Pas la peine, non.

Enfin, sa voix s'est fait entendre. Non pas profonde et nonchalante comme d'habitude, mais glaciale. Cassante. Ce n'est pas le garçon avec qui j'ai discuté lundi sur le parking ou que j'ai eu mercredi en cours. Celui dont j'avais réussi, un peu, à percer la carapace. Non, c'est un jeune homme baraqué et furieux, avec un tatouage en forme de serpent qui dépasse de l'encolure de sa chemise d'uniforme, et un accent qui fait définitivement bad boy. Le fait qu'il vienne se planter face à moi et qu'il me force à lever les yeux vers lui pour soutenir son regard n'arrange rien. Je frissonne.

– Je suis simplement venu vous dire que je ne ferai pas votre évaluation. J'ai bien réfléchi et je campe sur ma position : je refuse de jouer votre jeu et de devenir l'élève à problèmes qu'on va sauver en le faisant écrire sur le hip-hop. Tout ça, c'est vos fantasmes de petite bourge, de fille à papa qui se prétend légitime à enseigner alors qu'elle n'a même pas de diplôme.

Ma bouche s'ouvre, béante, en comprenant que Targan a entendu toute ma conversation. Qu'il me le fasse savoir de cette manière n'a rien d'anodin.

Sa colère est dirigée contre moi.

Je m'éclaircis la gorge, tente de ne pas montrer à quel point je suis déstabilisée.

– Très bien, déclaré-je d'une voix enrouée. Comme tu veux. Tu connais la conséquence : moins deux points au prochain devoir…

Étant donné la conversation qu'il a surprise entre Gavin et moi, je comprends qu'il soit déçu et qu'il me prenne pour une hypocrite – une fille à papa sans aucune légitimité pour lui enseigner quoi que ce soit de la vie. Mais si je laisse paraître la moindre faille, si je lui donne raison, je m'embarque dans une relation ingérable qui risque de me pourrir l'année entière.

– Pas de souci, répond-il, flegmatique.

– Ce sera tout ? répliqué-je sur le même mode.

Je croise les bras, sans me laisser démonter. Un sourire en coin étire l'une de ses commissures et ses yeux gris étincellent soudain d'une lueur qui n'augure rien de bon.

– Presque. Je voulais aussi vous montrer ça…

Il sort son téléphone de l'arrière de sa poche et me le tend, allumé. Prise d'un pressentiment, je m'en empare d'un geste brusque. Et me découvre, moi – putain de moi –, dans toute ma splendeur : Quinnie, 22 ans, déchirée aux extas dans une rave, en train de danser à moitié à poil.

– Ce serait dommage que cette image tombe entre de mauvaises mains, ajoute McKenzie.

Il essaye de masquer son sourire triomphant, mais il n'y parvient pas très bien. Et moi, je reçois sa menace cinq sur cinq : soit je laisse couler cette histoire de copie blanche, soit il se sert de cette image pour me discréditer auprès de tous ses camarades. De tout l'établissement.

Ce qu'il croit savoir à propos de ma famille ou de mon absence de diplôme passe encore : je peux gérer. Mais cette photo qui a échappé à ma vigilance ? Ça la fout vraiment mal. Pas juste auprès des élèves, mais de Walker, aussi.

Je suis coincée. Acculée par un môme de 18 ans qui n'a visiblement peur de rien.

– Où tu as trouvé ça ? demandé-je d'un ton sec.

J'ai des kilomètres et des kilomètres d'images me concernant, sur Internet. Plutôt logique, pour une meuf qui a passé le début de sa vie d'adulte à prendre des photos. Mais il s'agit soit de mes œuvres, soit de clichés de moi illustrant des notices biographiques ou des interviews ! Tout ce qui touche à ma vie privée, en revanche, a été soigneusement mis sous clef quand je suis entrée en master à NYU. J'ai passé tous mes réseaux sociaux en privé. Je me suis détaguée systématiquement de toute publication Insta et Facebook. J'ai même fermé mon compte Twitter !

– Internet, vous avez entendu parler ? ironise-t-il.

En représailles, j'efface rageusement la photo avant de lui tendre son foutu téléphone.

– Vous savez comment fonctionne Internet, au moins ?

poursuit-il sur le même ton. Vous êtes au courant que je peux la retrouver, cette image ?

Je le regarde en plissant les yeux et je réfléchis très soigneusement à ce que je vais dire ensuite. Très, *très* soigneusement. Mais, avant que j'aie eu le temps de formuler ma réponse, de choisir si je me couche ou si je relance dans cette partie de poker où je n'ai aucun jeu, la cloche qui sonne le début des cours déchire le silence. Le son strident s'étire, s'étire, alors qu'une marée humaine fait irruption dans la salle, apparemment insensible à la tension qui règne dans la pièce.

– S'lut, madame Northon !

– S'lut, m'dame.

– Madaaaaame, j'ai oublié mon manuel chez ma mère. Je vous jure que c'est pas ma faute ! Normalement, je suis chez elle en semaine A, mais là je…

Je détache mes yeux plissés de ceux de Targan pour me tourner vers Ellory, puis, comme si je me réveillais d'un long et lourd sommeil, je lâche d'une voix hébétée :

– Va t'asseoir à ta place. On en parlera quand tout le monde sera installé.

J'ai beau ne plus le regarder, je sens que Targan me fixe encore. Qu'il continue de savourer sa victoire par K.-O. Puis, enfin, il met son grand corps baraqué en mouvement. Il fait volte-face, se dirige vers la sortie, balançant au passage l'enveloppe qu'il tenait dans la corbeille à papier. Cette même corbeille dans laquelle, un peu plus tôt, il a shooté par accident, alors qu'il m'épiait pour percer à jour tous mes petits secrets.

13

Quinn

La portière de ma voiture claque, étouffant du même coup les piaillements des élèves qui s'élancent, insouciants, dans ce tout premier week-end de l'année.

Quelle atroce matinée…

Par où commencer ? Par mon père, qui m'a une fois de plus montré son manque de considération à mon égard ? Par mon collant filé avant le deuxième café ? Par le bordel qu'ont mis mes secondes pendant tout le cours, sentant bien que j'étais complètement ailleurs ? Par le fait que je vais devoir passer l'après-midi au dispensaire local, à attendre une piqûre antitétanique ? Par Targan McKenzie, que je pourrais étrangler ? Ou par moi, à qui je foutrais des tartes si je le pouvais ?

Sur le siège à côté de moi, l'enveloppe de Targan que j'ai récupérée à la fin de la première période. En espérant, naïvement sans doute, que son contenu me donnerait des armes pour reprendre la main.

Non, pas exactement.

En *pressentant* que Targan s'en était débarrassé sous mon nez pour une raison précise. Peut-être pas consciente, mais calculée. Il devait savoir que je ne pourrais pas résister, que je serais obligée de la prendre, de l'ouvrir.

À moins qu'il ne s'agisse d'un nouveau test. Une nouvelle alternative impossible.

Si tu n'examines pas son contenu, tu passes à côté du message que j'ai voulu te faire passer. Si tu l'examines, tu violes mon intimité.

Seulement, Targan n'a pas à connaître ma décision, décrété-je en déchirant le papier jaune. Le laisser dans l'ignorance et l'incertitude peut aussi être une façon de reprendre le contrôle.

Je sors ce que j'avais pris, à travers le papier, pour un petit jouet, et qui s'avère être une clef USB. Quelles sont les chances pour que ce soit un piège ? Un virus informatique qui me vole le contenu de mon ordi et de mon cloud, nudes compris, afin de pousser un peu plus loin le chantage ?

Eh bien, au moins, si c'est ça, la police se chargera de régler la question ! En plus, pas de pot pour Targan, comme pour la retouche photo j'ai toujours besoin d'un ordi super puissant, donc super lourd, je me suis acheté une tablette réservée aux cours.

Impatiente – fébrile, même –, je la sors de mon sac et branche la clef. Je clique sur l'icône : elle ne contient rien, sinon un fichier audio. Pour un musicien, ça n'a rien d'anodin. Et ça me fait me demander si je ne serais pas en train de me planter sur toute la ligne… Si vraiment, je suis censée écouter ça.

D'un autre côté, ce n'est pas exactement comme si McKenzie m'avait laissé le choix.

Je glisse mes AirPods dans mes oreilles, puis lance la piste. Monte le son.

Un silence. Un peu de bruit, sur la bande – un chuintement discret. Puis la voix de Targan, que je connais maintenant intimement. Non pas celle, dure, qu'il avait ce matin avant les cours. Mais sa belle voix profonde, légèrement voilée, et mâtinée d'un accent qui prend ses racines dans les colonies pénitentiaires britanniques.

« *You may write me down in history*
With your bitter, twisted lies,
You may trod me in the very dirt,
But still, like dust, I'll rise. »
(Tu peux me faire passer à l'Histoire)
(Avec tes mensonges pervers,)

(Et me traîner dans la poussière,)
(Mais, comme elle, je me soulèverai.)[1]

Il lit, sans empressement, un poème que je reconnais instantanément : *Still I Rise*, de Maya Angelou. L'une des écrivaines américaines les plus importantes du XXe siècle, figure du mouvement pour les droits civiques dans mon pays et porte-voix des opprimées partout dans le monde. Il lit, sans précipitation, d'une voix calme et déterminée. Douce, mais inflexible. Sa langue déplie les mots, claque parfois discrètement, avale un peu de salive. Comme si Targan me murmurait un secret.

« *Did you want to see me broken ?*
Bowed head and lowered eyes ?
Shoulders falling down like teardrops,
Weakened by my soulful cries ? »
(Voulais-tu me voir brisée ?)
(La tête courbée les yeux baissés ?)
(Mes épaules tombant comme des larmes,)
(Par mon âme en pleurs, diminuées ?)

Je tends l'oreille, comme subjuguée par cette lecture que je ne comprends pas. Dont je ne saisis pas la raison, dont je ne connais pas le destinataire. Je tends l'oreille, captive, oui. Et, malgré moi, malgré la colère que McKenzie m'inspire en cet instant, je sens un léger picotement partir de ma nuque et se répandre jusqu'au bout de mes doigts.

« *I rise*
Bringing the gifts that my ancestors gave,
I am the dream and the hope of the slave. »
(Je m'élève)
(Apportant les cadeaux offerts par mes aïeux,)
(Je suis le rêve et l'espoir de l'esclave.)

---

1. Maya Angelou, *Et pourtant je m'élève*, édition bilingue, traduit de l'anglais (États-Unis) par Santiago Artozqui, Paris, Seghers, 2022.

Silence. Le poème est fini. Je tends la main pour retirer mes écouteurs, perplexe… Mais, à ma grande surprise, la piste se poursuit ; avant que je n'aie eu le temps de la couper, des claquements se font entendre. Plein de mains, qui battent le tempo, comme dans une chorale de gospel. Un chœur entre et se met à fredonner, bouche fermée. Des accords de piano sont plaqués d'une main sûre. Enfin, la voix de Targan s'élève. Un peu cassée, chaude, souple. Cette fois, elle chante. Cette fois, elle a perdu son accent puisqu'elle chante le poème. Et quand, sur « I'll rise », le chœur le rejoint pour harmoniser – chœur, qui, je m'en rends compte, est composé de la voix de Targan démultipliée – alors je suis carrément saisie de frissons.

« Does my haughtiness offend you ?
Don't you take it awful hard
'Cause I laugh like I've got gold mines
Diggin' in my own backyard. »
(Est-ce mon dédain qui t'offense ?)
(Tu peines vraiment à l'accepter ?)
(Car je ris comme si des mines d'or)
(Dans mon jardin étaient creusées.)

Je ressens cette exaltation que provoque la bonne musique, celle qui se saisit de tout le corps. Je ressens de l'admiration aussi, consciente que cette composition habile est exécutée de façon magistrale. Et quand, au dernier couplet, un sample de la voix de Maya Angelou elle-même, puissante, guerrière, vient se superposer à celle de Targan, mes yeux se ferment dans un frisson d'extase.

Mais Targan n'en a pas encore fini avec moi. Après seulement trois secondes de silence, un beat se fait entendre. Une instru, minimaliste. Chaloupée. Et encore une fois, le texte reprend. Pas lu ou chanté, cette fois-ci, mais rappé. Avec dextérité, hargne, minutie.

« You may shoot me with your words,
You may cut me with your eyes,
You may kill me with your hatefulness,
But still, like air, I'll rise. »
(Tire-moi dessus avec tes mots,)
(Saigne-moi donc avec tes yeux,)
(Tue-moi avec ta haine, mais)
(Pourtant, comme l'air, je m'élèverai.)

Chaque mot qui jaillit cogne comme un uppercut. Et mes yeux s'écarquillent, parce que je comprends enfin ce que je suis en train d'entendre. Pas juste de la super musique. Pas juste un hommage puissant à l'une des plus grandes poétesses anglo-saxonnes de sa génération, non : ce que j'écoute, c'est la réponse à la consigne que j'avais donnée.

Première lecture : présentation de l'œuvre. Deuxième lecture : contextualisation de l'œuvre. Troisième lecture : pourquoi l'œuvre en question vous a touché.

Il s'agit d'un poème, aurait tout aussi bien pu m'écrire Targan. *Mais il s'agit aussi du chant d'une personne qui résiste à l'oppression. Et c'est dans cette écriture que se trouve l'origine du hip-hop.* Seulement, au lieu de me coucher ça sur le papier, il a décidé de me le faire entendre.

Ce que je suis en train d'écouter, c'est le devoir que McKenzie m'a assuré qu'il ne ferait pas. Un travail qui m'était destiné, adressé même, avant que Targan m'estime indigne d'en être la dépositaire. Avant qu'il ne trouve cette photo de moi qui a dû m'ôter tout crédit et toute autorité à ses yeux. Avant qu'il ne surprenne une conversation qui m'a, en prime, fait passer pour une hypocrite.

Alors, tandis que la piste se termine enfin, je laisse mon front frapper le volant quatre fois. Décidément désespérée par la tournure qu'a prise cette journée.

14

Quinn

– Waouuuh, regarde-moi ça ! m'exclamé-je en sortant une enveloppe de mon casier, en salle des profs. On dirait bien que j'ai un admirateur secret. Et pile à l'heure pour la Saint-Valentin, en plus. Je me demande qui ça peut bien être…

J'en rajoute des caisses, puis prends l'air choqué lorsque j'examine le contenu pourtant prévisible.

– Kalvin ! fais-je mine de m'émouvoir, la main sur le cœur. Bien sûr que je serai ta cavalière pour la parade du Gay and Lesbian Mardi Gras de Sydney !

Je sors les tickets de l'enveloppe et les brandis.

Kal roule les yeux devant mon numéro.

– Oui, eh bien, quand tu auras fini ton cirque, tu me feras un Venmo pour le Airbnb : c'est deux cents dollars par tête.

– C'est pas cher, remarqué-je. Un bon point. Mais du coup, j'imagine qu'il n'y a pas de jacuzzi…

Kal s'esclaffe.

– C'est même carrément miteux ! Mais au moins, c'est en rez-de-jardin, donc accessible pour Neelam.

– Que dois-je emporter dans ma valise ? Je veux dire, en dehors de ce qui tombe sous le sens, mes paillettes, mes boots en vinyle rose et mon *strap on* ?

– Je le savais ! Tu possèdes un *strap on*. Je l'ai senti dès le premier jour. J'ai senti la queer en Quinn.

– Si seulement, ça m'éviterait les emmerdes… Non, je pense surtout qu'à trop traîner avec Neelam et toi, je suis en train de réveiller la Queen en Quinn.

– Tu devrais peut-être songer à fréquenter un ou deux

hétéros. Sinon, à ce rythme, tu vas finir comme le « A » de « LGBTQIA+ ». Il faut qu'on s'occupe de ta vie sentimentale, ma grande. Ou, a minima, de ta vie sexuelle. On déjeune ensemble, après les cours, pour établir un plan d'action ?

– Si je survis à mes deux fois deux heures avec les terminales 2 et 4…

Je râle, je râle, mais la vérité, c'est que ça se passe bien – avec ces deux classes comme avec les autres. Près d'un mois après la rentrée, je me suis forgé une réputation de prof pas trop ringarde et à l'écoute. Et, parce que j'ai foutu une paix relative à McKenzie, il m'a rendu la pareille – à savoir qu'il n'a pour le moment pas balancé la photo de moi en soutien-gorge sur Snap, sinon j'en aurais entendu parler. Non, il se contente de se montrer mutique, ou insolent, ou bien d'arriver tout le temps en retard à mon cours – ce que j'évite de signaler à la vie scolaire.

Qu'on s'entende : quinze jours après son coup d'éclat, ce n'est pas par peur des représailles que je le caresse dans le sens du poil. Je l'ai dit, je bénéficie désormais d'une certaine aura et, même s'il serait mortifiant de voir cette photo tourner entre les élèves ou de devoir m'en expliquer avec ma hiérarchie, je crois qu'elle ne remettrait pas en cause mon avenir au sein de l'établissement. Certes, les élèves ressortiraient cette histoire quand ils auraient envie de me pousser à bout… Et certes, Walker ne serait pas enchanté… Mais, comme le fameux cliché a depuis disparu de Google Images (il a suffi pour ça d'envoyer un message, via le formulaire de contact du blog qui l'avait publié), le proviseur ne peut rien me reprocher.

Pourquoi, donc, montrer tant d'indulgence au sale petit con qui s'est permis de me faire du chantage ?

Parce que je crois que je le comprends. Je comprends ce qui s'est produit. Je comprends sa réaction. Après tout, il avait fait son travail, et brillamment en plus. J'imagine donc qu'en surprenant la conversation avec mon très cher père, il s'est braqué. Je me suis repassé le film une vingtaine de fois, essayant de me souvenir ce qui s'est dit précisément durant cet échange, de retrouver mot pour mot les paroles que j'ai prononcées, et ma conclusion est la suivante : Targan a dû me percevoir soudain comme une incompétente sans diplôme née avec une cuillère en argent dans la bouche. En ce qui concerne la première partie, je dirais qu'il se trompe (j'ai des diplômes, juste pas mon master, et je ne suis *pas* incompétente). Mais concernant la deuxième, je ne peux pas lui donner tort, car, même si j'ai rarement vu Gavin durant mon enfance, il a toujours payé la pension alimentaire en temps et en heure. Or, McKenzie est allocataire social. Du coup, je comprends qu'entendre « Père » me proposer l'équivalent d'un an de salaire juste pour que je me pointe à une fête de famille lui ait foutu la rage.

Seulement, il y a un ou deux détails qui coincent, avec cette hypothèse. Par exemple : si Targan n'était pas décidé d'entrée de jeu à me menacer, pourquoi s'est-il donné tant de mal pour trouver cette photo de moi ? Et pourquoi en a-t-il fait une capture d'écran ?

– Leo, s'il te plaît, tu veux bien enlever ta casquette ? Je ne vais quand même pas le dire tous les jours jusqu'à novembre prochain ? Ah, McKenzie, merci de te joindre à nous !

Quoi qu'il en soit, comme je ne peux au fond pas savoir ce qu'il avait en tête, j'ai choisi pour l'heure de me concentrer sur les élèves qui font des efforts. Curly, par exemple, qui galère à comprendre ce qu'on attend d'elle, mais qui essaye dur. Ou Paloma, incroyablement douée, mais fragile, et avec qui ses camarades ne sont pas franchement tendres.

– Bon, alors, ces trois derniers chapitres de *L'Attrape-cœurs* ? Vous les avez trouvés comment ? Pas trop claqués au sol ?

– Wesh madame, pourquoi vous parlez toujours comme ça ?

– Comme quoi ?

– Chépa, comme une jeune, quoi. Ça fait pas très prof d'anglais…

– Ta question, Leo, c'est : pourquoi j'use de différents registres de langue ? Pourquoi je vais parfois piocher dans l'argot ? Je vais te dire : j'adore l'argot. Tu sais qui d'autre adorait l'argot ? Jack Kerouac. Hunter S. Thompson. Charles Bukowski. L'argot, c'est ce qui garde une langue vivante. Libre. Créative. Et, en parlant de créativité…

Je brandis *L'Attrape-cœurs* dans les airs.

– … cette fin ? Vous en avez pensé quoi ?

– Trop guez, Madame.

– Alors Aronson, certes j'aime l'argot, mais je te rappelle que je suis une vieille personne. Donc, si jamais tu pouvais me faire une phrase que je suis en mesure de comprendre…

– Parbleu, chère professeure, cette fin d'ouvrage est vraiment très pourrie.

La classe rigole aux pitreries de Mike Aronson et Paloma, encouragée par l'ambiance bon enfant qui règne, prend la parole.

– Moi, franchement, j'ai adoré, commente-t-elle en exhibant son exemplaire tout corné. Alors que normalement, j'aime pas trop les livres pouet pouet qu'on nous force à lire au bahut.

Une fois de plus, sa façon de s'exprimer fait partir ses camarades d'un grand rire – et pas un rire complice ou bienveillant. À moins que ce soit le seul fait qu'elle ose s'exprimer qui déclenche l'hilarité de la classe ? Paloma est trop impressionnable, facilement affectée par ce que pensent les autres. Elle essaye désespérément de plaire, elle prend tout à cœur. Le fait qu'elle soit belle, avec un corps qui ne rentre pas dans les normes, un corps dans lequel elle est visiblement mal à l'aise, fait de rondeurs à la fois enfantines et indéniablement féminines, déchaîne la cruauté des garçons. Ils la désirent, oui, mais ce désir se renverse en agressivité. Ils commentent ses décolletés, la bave aux lèvres, comme si elle était un simple objet, et se réjouissent de la voir se ratatiner. Puis ils retournent renifler les fesses de Harper (que je surnomme en cachette la Reine des Plastics), comme de bons petits chiens-chiens.

Harper, qui est présentement pliée de rire sur sa table, et tape frénétiquement le plateau en répétant « pouet pouet ».

– Harper, puisque tu sembles d'humeur radieuse, voudrais-tu, s'il te plaît, nous livrer ton avis sur le roman, que tu as à n'en point douter lu de A à Z ?

La spectaculaire blonde se redresse et prend cet air supérieur qui, à mon avis, est à l'origine de sa cote de popularité. On sent qu'il est impossible de l'ébranler, que ça ne vaut même pas le coup d'essayer.

– Moi, j'ai totalement crushé sur le personnage, répond-elle, tapotant une de ses boots à plateforme contre le pied de la table telle une Britney Spears circa 2000. Holden Caulfield, c'est le mec idéal. Déjà, il est beau. Ensuite, il est rebelle, intelligent, hypersensible…

Cette fois, c'est Harper qui se fait couper par un rire. Pas un rire collectif ; pas non plus un rire enfantin et un peu bête, non. Un rire qui ressemble plus à un reniflement méprisant, venu du fond de la salle.

– On peut savoir ce qui t'amuse, Tee ? contre-attaque instantanément Harper.

Oui, on peut savoir ?

Premier degré, ça m'intéresse. Depuis deux semaines, on entend à peine le son de sa voix.

– Rien, répond ce dernier. Continuez, c'est bon, pas de souci.

Décidée à ne pas laisser passer une opportunité pareille, je saute au contraire sur l'occasion et réplique, avec une pointe d'ironie :

– C'est très généreux à toi, Targan. Cependant, j'avoue que je serais curieuse de savoir ce que tu penses de Holden Caulfield…

Si tu as lu le roman, bien entendu, pensé-je en posant une fesse sur le plateau de mon bureau et en croisant les bras. Ce serait si bien qu'il l'ait lu ! Je crois que ça pourrait lui plaire. Après tout, comme l'a dit Harper, Holden Caulfield est rebelle, intelligent, sensible et très beau. J'en connais un qui pourrait s'identifier.

– Ce que j'en pense, c'est que ton crush est à sens unique, Harper. Même avec un bâton, Holden Caulfield ne te toucherait pas.

– Non mais tu peux parler ! s'indigne la Reine des Plastics. Tu t'es vu, le cassos ?

Targan se contente de lui sourire, et ce sourire est… Eh bien, il est parfait, si le but est de faire sortir Harper de ses gonds.

– McKenzie, si tu n'as rien à dire sur le livre, merci de retourner à ton mutisme et de ne pas déranger le cours pour injurier les gens à tout va, déclaré-je d'un ton ferme. Harper, surveille ton langage, je commence à en avoir assez de ta façon de t'adresser à tes camardes.

– Oh, j'ai des choses à dire sur le livre, réplique McKenzie avec son habituelle désinvolture. J'en ai même beaucoup. Peut-être pas, en revanche, en utilisant des termes sortis tout droit de *La Psychologie pour les nuls.*

– Targan… l'avertis-je en fronçant les sourcils.

Mais, imperturbable, le bad boy poursuit. En braquant son regard gris troublant sur Harper, avec une colère si évidente, une envie si claire d'en découdre, que je commence à me demander s'il n'y aurait pas une histoire entre ces deux-là. Une histoire interdite aux moins de 18 ans, impliquant de la nudité, un lit, quelques nuits blanches et une rupture mal digérée.

Bien entendu : la Reine des Plastics et le Prince des Ténèbres. Je m'attendais à quoi ? À rien, certes, mais je suis quand même déçue.

– Déjà, Harper, reprend Targan, étant donné que la sensibilité te paraît une si belle qualité, j'aimerais savoir pourquoi toi et tes sbires n'en faites pas un minimum preuve. Par exemple, tu pourrais arrêter de terroriser Paloma dès que les profs ont le dos tourné ? Ensuite, j'en ai assez de tous ces petits bourges qui se disent « hypersensibles » ou qui sous-entendent qu'ils le sont, quand on sait pertinemment que c'est juste un euphémisme pour affirmer qu'ils sont uniques. Enfin, Harper, pour ta gouverne, tu apprendras que l'hypersensibilité, c'est pas une qualité morale : c'est une incapacité à gérer correctement ses putains d'émotions. Ce qu'illustre parfaitement ce bouquin, qui n'est qu'un ramassis de jérémiades d'un ado privilégié qui passe son temps à juger les autres et se croire supérieur !

En parlant de difficulté à gérer ses émotions...

Durant toute sa diatribe, McKenzie a gardé ses longs bras posés sur son étroite table, mais il ne m'a pas échappé qu'il s'est mis à serrer la bordure du plateau. À en avoir les jointures blanches. Je commence à me demander comment je vais calmer cette situation explosive. Et à me dire que j'en ai assez, que Targan McKenzie soit comme une grenade dégoupillée.

– Madame, est-ce que vous pouvez, s'il vous plaît, dire à Tee que ça sert à rien de faire genre il a lu le livre ? Allez, l'abo, personne te juge ici : c'est pas comme si l'anglais était ta *vraie* langue...

– Putain, ferme-la grosse bouffonne, sinon je jure que je te...

– Targan ! le coupé-je. Tu te rassois tout de suite s'il te plaît.

Le bad boy a déployé son mètre quatre-vingt-dix pour toiser la petite peste de ses yeux gris froids comme de l'acier. D'instinct, je me suis glissée entre eux, tout contre lui, pour faire barrage avec mon corps. Mon corps minuscule en comparaison du sien. Qu'il pourrait dégager sans effort. Aussi, je lève la tête pour soutenir son regard, espérant que mon statut de prof suffira à le dissuader – malgré la piètre estime qu'il a de moi. Nos yeux s'accrochent. Dans ses yeux où danse une rage terrible, s'allume aussi autre chose. Une meurtrissure. Un sentiment d'injustice. Targan soutient mon regard, non pour me provoquer, mais pour que j'*entende* un truc qui m'a jusque-là échappé.

Et soudain, j'entends. Pour la première fois depuis que j'ai débarqué en Australie il y a environ un mois et demi, je prends conscience d'une réalité qui m'était totalement passée au-dessus de la tête.

Chez moi, les victimes de racisme sont en majorité les Noirs, depuis quelques décennies les Arabes. Mais ici, dans ce pays où Noirs et Arabes représentent moins de deux pour cent de la population, les personnes qui subissent le plus de discriminations et sont perçues comme « différentes », « étrangères » ou « inférieures », ce sont les aborigènes.

« Allez, l'abo, c'est pas comme si l'anglais c'était ta vraie langue… »

Ceux qui ont la même origine, la même culture que Targan. Qu'ils soient comme lui métis, ou non. Eux que moi, avec ma vision d'Américaine et mes référents culturels *made in USA*, je perçois souvent comme des Blancs.

Mes yeux s'écarquillent, mais ne lâchent pas les siens. Son ciel orageux. Mes deux étendues bleues suppliantes. *Rassieds-toi. Je comprends ta colère, mais si tu cèdes à la violence, c'est toi qui es en tort.* Et, après plusieurs secondes, je sens ses muscles se décontracter, ses poings se desserrer, son visage se détendre. Je pense que la tempête est en train de passer. Quant à moi, avec l'adrénaline qui reflue, j'ai soudain les jambes qui tremblent et l'envie de m'affaler sur une chaise.

Malheureusement, c'est le moment que choisit Mme Bayram, la CPE, pour entrer dans ma classe afin de distribuer les convocations pour la visite médicale. Nous voyant ainsi, face à face, elle demande :

– Tout va bien, madame Northon ?

Harper exulte.

– Oui ça va, elle essayait juste d'empêcher une agression violente au sein de la classe. C'est le problème, avec cette école : elle est de plus en plus mal fréquentée…

– Harper, boucle-la, lancé-je sans réfléchir.

Mais c'est peine perdue, je le sais. Au regard de la CPE, je comprends que la Reine des Karen a gagné.

– Targan, tu passeras nous voir à la vie scolaire, à la fin des cours, s'il te plaît.

Les prunelles du bad boy, qui ont continué à s'attacher aux miennes depuis tout ce temps, comme pour y puiser l'énergie de redevenir calme, sont de nouveau envahies de colère. Je le comprends. Lui qui est déjà sur la corde raide, l'injustice est flagrante.

Alors, cette fois, pour l'aider à se contenir, j'engage plus que mon corps, j'engage plus que des promesses silencieuses faites à coups d'œillades. J'engage mes mots, j'engage ma parole. Et, en effleurant le bout de ses doigts pour qu'il sente que je suis à ses côtés, j'articule sans un bruit :

– Fais-moi confiance, ça va aller.

15

Targan

Pour que Walker, cet abruti, ne voie pas mon expression rageuse, je baisse la tête. Je baisse la tête et je respire par le ventre. Je baisse la tête et j'entreprends de me calmer, parce que c'est vital. Parce que je ne peux pas risquer le conseil de discipline – cinq enseignants et huit parents d'élèves fortunés, tous Blancs et tous dotés du pouvoir de m'expulser ? Hors de question que je leur fasse ce cadeau.

J'ai besoin d'être ici.

Tout mon accord avec Ryder dépend du fait que je sois ici.

Au milieu d'une clientèle abondante, qui paye cash pour passer le week-end à se défoncer.

Si jamais je suis viré, je n'aurai plus qu'à aller vendre dans la rue, comme n'importe quel soldat des Kingz. Là où je serai à la merci des flics. Et alors, s'agissant de mon avenir, ne pas avoir mon bac sera le cadet de mes soucis.

Oui, je me calme… Parce qu'il le faut. Mais aussi parce que Northon est à côté de moi. Avec, contre toute attente, le projet de plaider ma cause.

Je ne sais pas ce qui l'a décidée, étant donné qu'on n'est pas franchement en bons termes elle et moi depuis mon petit coup d'éclat de la rentrée. Peut-être qu'elle veut m'amadouer pour s'assurer que je ne fasse jamais fuiter la photo. Peut-être que c'est l'une de ces belles âmes qui passe son temps sur Twitter à essayer d'éduquer les fachos et à prôner la révolution. Ça ne m'étonnerait pas de découvrir que la fille à papa a décidé qu'être prof et tatouée n'était pas assez, comme rébellion. Qu'il fallait aussi qu'elle s'occupe de tous les cas désespérés.

– Vous n'avez pas répondu à ma question, McKenzie. Pourquoi devrais-je vous garder au sein de mon établissement ? Pourquoi ne pas tout bonnement vous exclure, puisqu'apparemment vous ne prenez ni l'autorité de vos enseignants ni votre éducation et votre avenir au sérieux ?

J'essaye, j'essaye vraiment du plus fort que je peux d'avoir l'air d'un enfant de chœur, mais tout ce qui sort de ma bouche est un sifflement rageur.

– Je *prends* mon avenir au sérieux.

– Je vous demande pardon ?

Discrètement, la main dissimulée par le bureau du proviseur, Northon effleure ma main, qui repose sur mon genou, pour me signifier de me calmer. Ça me surprend tellement que j'en oublie un instant l'existence de Walker, relève la tête et la tourne vers elle. Son petit truc a fonctionné : je suis trop étonné pour être en colère. Alors, je reviens à Walker et reprends, cette fois d'une voix posée :

– Je prends mon éducation et mon avenir au sérieux, je vous l'assure, monsieur. C'est simplement que c'est parfois difficile d'être issu d'une minorité, de connaître une situation économique précaire, tout en étudiant dans…

– Épargnez-moi les violons, voulez-vous ? Les bourses d'élites qu'accordent les institutions de cet État sont une chance autant qu'un honneur, et, pour le moment, j'ai du mal à voir en quoi vous en êtes digne. Par le passé, vous avez eu des résultats corrects, mais à l'heure actuelle, je vois vraiment mal quelles sont vos perspectives. Êtes-vous en mesure de me dire quels sont vos projets, une fois votre diplôme d'études secondaires en poche ?

– Ils n'ont pas changé depuis mon entrée dans cet établissement, réponds-je du tac au tac avec ma plus belle voix de faux cul. Je veux intégrer l'Australian College of the Arts dans la section « production musicale ».

C'est évidemment un mytho. Oui, j'ai eu ce projet par le passé – quand Tchango m'a branché dessus… Mais j'avais 13, 14 ans. Depuis, j'ai grandi. Mon père est mort, il a laissé ma mère sans ressources. Derain est en taule par ma faute. Comment, dans ces conditions, quitter Adélaïde, abandonner Jax et mes sœurs ? C'est con, parce que me barrer loin d'ici serait la plus sûre façon d'échapper à Ryder. De retourner à une vie réglo.

– C'est bien gentil, tout ça, mais, même si par miracle vos notes remontaient pour atteindre un niveau *bien* supérieur à celui que vous avez eu par le passé, je doute qu'un établissement aussi prestigieux que Collarts vous ouvre ses portes. C'est une université sérieuse, et vous… Eh bien, j'ai entendu parler de votre petit hobby : le hip-hop. Ce n'est pas franchement de la composition…

Je serre les poings : ce n'est pas parce que j'ai sorti cette histoire de Collarts pour les amadouer que je n'ai pas envie de casser la gueule de Walker. De lui faire passer son envie de me prendre de haut. J'imagine le bruit satisfaisant que feraient ses os en craquant, j'imagine la sensation de ses dents qui sautent une à une… quand Northon me tire de ma rêverie en sortant un truc complètement inattendu.

– Je l'ai pourtant entendu, et je vous assure qu'il est extrêmement talentueux.

Northon me trouve… talentueux ? Est-ce que c'est pour ça qu'elle est là, malgré le coup de chien que je lui ai fait ?

– … Si le problème de Targan, c'est ses notes, je peux l'aider à remonter la pente. Le mentorer jusqu'à ce que ça aille mieux. Après tout, c'est aussi mon rôle, en tant que prof principale, non ? Accorder une attention spécifique à mes élèves ?

Hein ? Quoi ? Non ! « Mentorat », ça signifie « heures sup' », et ça, c'est non.

– C'est une proposition très généreuse de votre part, madame Northon, mais…

– Oui, dis-je en coupant presque Walker, c'est très généreux, mais je ne peux pas accepter. Si j'ai décroché depuis l'année dernière, c'est ma faute, et je dois m'en sortir seul, par un travail assidu, mais aussi en prenant conscience de la chance que j'ai d'être dans cet établissement…

… Et du fait que Ryder va me tirer une balle dans le genou si je me fais virer. Et que Derain me finira à coups de clef anglaise.

Mais rien ne sert de jouer les enfants de chœur avec le roi des connards : Walker voit tout de suite clair dans mon jeu. Il sourit, à la manière d'un gros chat repu après un bol de lait : il a trouvé une manière simple et efficace de me punir, sans se mouiller, tout en se donnant le beau rôle.

– Vous savez quoi ? Ce n'est finalement pas une si mauvaise idée. C'est certes peu orthodoxe, mais…

Il braque sur moi un regard sadique.

– … mais je suis sûr que consacrer un ou deux après-midi par semaine à son travail scolaire, surtout encadré par une enseignante investie, aidera vite monsieur McKenzie à redresser la barre et à comprendre qu'ici, on ne veut que son bien. N'est-ce pas, McKenzie ?

Enfoiré.

Gros connard de tas de fumier.

– J'en dis que c'est super, réponds-je en ne faisant aucun effort pour masquer mon air dégoûté. J'ai hâte de commencer.

***

Arrivé au *trailer park*, je ne rentre pas tout de suite dans ma caravane : je passe d'abord par celle de Derain, dont j'ai les clefs et que je squatte régulièrement depuis qu'il est incarcéré. J'y ai foutu mon clavier, mes machines, ma table de mixage, l'ordi préhistorique sur lequel j'enregistre… Et puis, bien sûr, le matos de Ryder. Hors de question que je laisse traîner ça à la maison, où Mia et Tarni risqueraient de tomber dessus.

Je me mets sur le son pendant trente minutes, mais je n'ai pas la tête à ça. Je me demande comment je vais gérer mon nouvel emploi du temps. J'ai réussi à limiter le soutien scolaire à un après-midi par semaine, en arguant que le conservatoire me prenait les deux autres et en m'inventant un job dans un fast-food le reste du temps… Mais pour le vendredi aprèm, je suis baisé.

Sur les coups de quinze heures, mon téléphone sonne.

Une voix robotique m'informe qu'un détenu de la prison de Mobilong cherche à me joindre, est-ce que j'accepte l'appel? Oui, je l'accepte, et après un rapide échange de banalités, *ça-va-et-toi-wesh-t'as-vu*, Derain entre dans le vif du sujet.

– Mon avocat va déposer une demande de libération anticipée, il est confiant. Mais le jour de l'audition, il faut que Chelsea arrête de faire la pute et qu'elle se pointe avec le petit, mec!

– Je sais, gros, je sais… Je fais déjà ce que je peux pour la convaincre de venir te rendre visite avant…

– Ouais? Eh bén, ça marche pas fort. Tu sais depuis combien de temps je n'ai pas vu mon fils?

– Je sais bien, Rain. Elle gère comme elle peut, tu sais…

– Bah dis-lui de gérer mieux, sinon je lui coupe les vivres.

Ça, mec, ce n'est pas vraiment en ton pouvoir.

Jamais je ne priverais Chelsea et Jax de quoi que ce soit.

– En parlant de vivres… J'ai vu Ryder au parloir, il m'a dit que tu tenais le rythme, mais que, selon lui, tu pouvais accélérer la cadence.

– Et comment, hein? En rendant les gens de mon bahut accro à l'héroïne pour faire plus de chiffre?

– En vendant au conservatoire, mec. T'es là-bas au moins deux fois par semaine.

Un silence.

– Pas question, Rain. Je peux pas. Pas là-bas.

Pas moyen que je foute en l'air la seule chose qui me tient à cœur dans cette putain de vie.

– Alors faut que tu trouves un truc, Tee! Je vais avoir besoin de fric pour me réinstaller, quand je sortirai.

Ah ouais? Ton problème, pas le mien, ai-je envie de répondre. À la place de quoi, je dis:

– Tu vas trouver un taf, mec. Je me disais même qu'on pourrait bosser ensemble. Sur les docks. Ou faire une formation… Mécanicien, serrurier. Des jobs réglos qui payent bien.

– Et avec quoi je fais bouffer ma famille, pendant que je suis en formation, tête de nœud? Putain, Targan, je te jure… Tu me fais quoi, là? Tu me laisses tomber? Tu te souviens que c'est à cause de toi que je suis là ?

Je serre les dents. Derain n'a pas besoin de me le rappeler, bien sûr. Je repense tout le temps à cette nuit-là.

Mes poumons qui brûlent. Le bruit des sirènes. La lumière des gyrophares sur mes talons.

La peur. La peur qui m'a fait faire un truc impardonnable. La peur, qui fait que j'en suis là.

– Écoute, vendre au sein de Wingfield, pas question. Mais si t'as besoin que je rogne un peu sur ma part pour mettre de côté pour ta sortie… quatre cents dollars par mois, ça t'irait ?

Je fais un rapide calcul. En zappant le petit déj, ma mère et moi, et en limitant la viande à une fois par semaine, ça peut le faire.

– J'imagine que c'est mieux que rien, soupire Rain.

16

Quinn

Mon déjeuner avec Kalvin ayant sauté pour cause de rendez-vous impromptu chez le proviseur, lui et Neelam passent à l'attaque le soir même. Le thème ? Mon absence de vie sentimentale. Le décor ? Notre salle de bains, où Neelam se maquille avant de retrouver une fille qu'elle a rencontrée au Sugar. Kalvin, lui, boit une bière en la regardant faire, assis sur les W.-C. à la lunette fermée, tout en attendant des news de Tess, l'une de ses ex.

– On a rompu bien avant ma transition – avant même que je ne conscientise que j'étais un mec, en fait. Ce qui a fini par nous éloigner, c'est que je la faisais sans cesse chier sur sa bisexualité. J'étais un vrai con, à l'époque.

– Comment ça, tu la faisais chier sur sa bisexualité ?

Kalvin soupire, avant d'avouer honteux :

– Je ne supportais pas l'idée qu'elle ait couché avec des mecs, avant. À mes yeux, ça la diminuait. J'étais extrêmement misandre.

– Comme quoi, tout change, plaisanté-je.

– Ah ! non, je le suis toujours. La plupart des mecs sont des gros cons. J'espère juste ne pas faire partie de leur rang.

– Sois honnête, Kal, intervient Neelam en se mettant du crayon à lèvres. Tu étais surtout biphobe. Et toi et Tess ne vous êtes pas « éloignés » : elle t'a plaqué, et tu ne l'avais pas volé.

Après cette incursion dans le passé sentimental de Kalvin, c'est à moi d'être sur le gril. Mon crime ? N'avoir pas eu, depuis que j'ai emménagé avec Neelam, une seule aventure, un seul date. J'objecte qu'un mois, c'est un peu tôt pour décréter que je suis en train de me transformer en bonne sœur, mais ils ne veulent rien entendre, et pour cause : je leur ai raconté mon histoire avec Jason. Non seulement ils m'ont crue d'entrée de jeu (soulagement !), mais ils ont décidé que mon ex était l'homme à abattre. Sans l'avoir rencontré, ils le haïssent et le surnomment Le Cafard.

– Du coup, si je comprends bien, vous voulez que je couche avec quelqu'un pour mettre de la distance entre Jason et moi ? Dix-sept mille kilomètres, ce n'est pas assez à votre goût ?

– On ne veut rien, à part te voir heureuse.

– Parle pour toi ! proteste Neelam. Moi, je veux être certaine que jamais Le Cafard ne débarquera sur le pas de ma porte avec comme objectif de la reconquérir. On ne sait jamais, avec ce genre de spécimen. Les voies des pervers narcissiques sont impénétrables.

– Il n'a aucun moyen de connaître mon adresse actuelle, la tranquillisé-je. Je l'ai bloqué de partout.

– Certes, c'est déjà ça… Mais je continue à penser que tu devrais prévenir sa femme.

Ce que soulève Kalvin est une question que je me suis souvent posée. Pour tout dire, avant d'opter pour un déménagement à l'autre bout du monde, j'ai d'abord envisagé de faire un signalement à l'administration de NYU. D'autant que j'avais découvert que je n'étais pas la première étudiante à tomber dans le panneau. J'ai pensé aux futures Quinn, bien sûr. Aux jeunes femmes qui débarqueraient à la rentrée suivante et qu'il faudrait protéger de la prédation de Jason Miller.

Puis j'ai pensé à cette femme.

Non, j'ai fait plus qu'y penser : je suis devenue obsédée. Je l'ai espionnée sur tous les réseaux sociaux possibles et imaginables. J'ai remonté huit pages de Google Search pour me faire une idée d'elle. Sans parvenir à répondre aux questions les plus importantes. Est-ce qu'elle sait quel genre d'homme est son mari ? Est-ce qu'elle tomberait de haut si je le lui disais ? Désirerait-elle, alors, le quitter ? En a-t-elle les moyens ? Jason ne chercherait-il pas à la détruire, si d'aventure elle prenait cette décision ? À instrumentaliser les enfants ? Il est imprévisible. Comme tous les gens avec une personnalité aussi clivée – j'ai appris ce terme de mon psy. D'après ce brave Dr Hamond, ce genre de personnalités narcissiques et pathologiques peuvent sombrer dans la violence quand elles se sentent acculées. Et je ne veux pas prendre ce risque.

Au fond, je m'en rends de plus en plus compte que j'ai *peur* de Jason.

Je trouve ce qu'il a fait, s'inventer une vie, me mentir tout ce temps sans jamais culpabiliser, vraiment inquiétant.

Mais après le départ de mes amis à leur date respectif, je me mets à douter. J'ouvre mon ordinateur et commence à rédiger un brouillon de mail, juste pour voir l'effet que ça fait.

Chère Madame Miller,

Vous ne me connaissez pas, mais moi je vous connais. Je me présente, Quinn Northon. Je me permets de vous écrire, car j'ai des informations concernant votre mari, je suis une ancienne étudiante de votre mari et

... Et c'est tout, rien d'autre ne me vient, bien que je fixe l'écran pendant vingt bonnes minutes. Comme toujours avec Jason, je suis face à une alternative impossible : faire exploser une famille que je ne connais pas ou laisser une autre femme dans l'ignorance des agissements de son mari. Rentrer dans la vie de Jason une dernière fois, alors que j'ai tout fait pour en sortir.

Une des choses qui me manque vraiment, à propos de New York ? Mon psy.

Mais, à défaut de ce bon Dr Hamond, mon petit frère fera l'affaire.

– Allô, le vermisseau ?

– Allô, la bêcheuse ?

Davey est une fois de plus la voix de la sagesse. Il me fait remarquer que je suis sans doute la moins bien placée pour contacter Grace Miller.

– D'une, si jamais elle veut te voir pour discuter, ce sera impossible. Or, si tu fais voler sa vie en éclats, le moins que tu puisses faire, c'est assurer le service après-vente.

Là, il marque un point.

– De deux… Ne le prends pas mal, Quinn, mais j'ai l'impression que cette histoire t'a quand même bien traumatisée. Or, je ne suis pas sûr que réactiver ce trauma soit bon pour toi.

– Je ne suis pas non plus traumatisée ! Tu exagères !

– Ah oui ? Partir à l'autre bout du monde, ça te paraît une réponse appropriée à une rupture ? Ou encore, renoncer aux hommes ? Ça fait combien de temps que tu n'as pas… ?

– Mais c'est pas vrai, qu'est-ce que vous avez tous avec ça ? Je peux quand même m'abstenir de coucher pendant quelques semaines *sans* que ce soit le signe d'un profond désarroi psychique de ma part !

– Ouais, enfin, bon. Tu aimes les hommes, Quinn. Tu aimes plaire. Et tu aimes le sexe.

– Beurk. Petit frère, par pitié, n'évoque plus jamais ma vie sexuelle : c'est trop *cringe*.

– Aucun risque, puisque tu n'as *pas* de vie sexuelle…

Voilà comment je me trouve, à vingt-trois heures, heure locale, à réactiver mon Tinder, réécrire ma bio, changer mes photos puis *swiper*, le tout sous la tutelle de Davey. Ce qui s'avère vite follement divertissant, surtout quand on commente les profils des gars ensemble et que David les atomise d'une réflexion acerbe parfaitement placée.

« Laisse tomber : "aime les cigares, les films de Christopher Nolan et Nickelback", ça fait trois red flags. »

« Non, Quinn, non ! Tu as envie de baiser, mais peut-être pas au point de te transformer en œuvre de charité… »

« Attends, c'est pas ce Youtubeur, là ? Mais siiiii : celui qui soulève de la fonte tout en exposant des théories conspirationnistes ! »

« Wahou ! Mesdames et messieurs, après "Christian Grey", j'ai l'honneur de vous présenter "Christian Gay" ! Qui lui dit que Jésus est mort pour *ses* péchés ? »

Un truc à savoir, à propos de mon frère ? Il a plus l'habitude des applis de rencontre que moi, d'où sa sélection impitoyable : il traîne sur Grindr depuis qu'il a 15 ans.

En d'autres termes : je ne suis pas la seule à aimer les hommes dans la famille.

Même si ça, mon père est toujours à mille lieues de s'en douter. Et Davey, à mille lieues de le lui dire.

– Hé, attends, il est pas mal, lui. T'en penses quoi ?

– Mmm, mignon. Peut-être pas assez bien sapé ?

– David, franchement, tu exagères !

– Que veux-tu ? Mon idéal masculin, c'est n'importe quel client de chez Prada. Bon, lis-moi sa bio.

– « J'aime : les fruits de mer, les randos, surfer, essayer de prendre des cours de n'importe quoi juste pour l'expérience, me lever tôt pour avoir une longue journée devant moi, la tourte à la viande de ma maman. Je n'aime pas : les araignées, la *real TV*, tourner le dos à une expérience, dire du mal des gens, entendre dire du mal des gens, avoir trop peur pour oser (même si ça m'arrive). Et je n'aime pas lire, mais j'aime bien qu'on me fasse la lecture ;). »

– OK, il est *cute*, je valide.

– Il n'aime pas lire.

– Toi non plus, avoue ! Tu racontes juste ça pour fayoter auprès de Grams.

Sur ce point, il a tort : la lecture me vient de Gemma, notre mère, et des samedis après-midi passés dans sa boutique pendant qu'elle travaillait. Je m'étonne que Davey ne se souvienne pas que c'est là où je lui ai lu à voix haute tout Roald Dahl, parce que je suis une super grande sœur.

– Il est sportif, objecté-je.

– Le surf n'est pas un sport, c'est une tradition locale pittoresque et charmante.

– Il aime vivre « des expériences » !

– Ma très chère sœur, te fréquenter est une expérience à part entière.

– Je swipe à droite, alors ?

– Tu swipes à droite. Et, Quinn, si jamais il s'avère être tout ce que sa bio le suggère – gentil, solaire, enthousiaste –, ne le disqualifie pas pour autant. Un mec bien, c'est peut-être ce qu'il te faut.

C'est sûrement ce qu'il me faut, même. Mais, seigneur, un *surfeur* ?

17

Targan

– Non, plus légère ta main gauche ! Mais tu m'écoutes, à la fin ?

Exaspéré, Tchango vient s'installer à côté de moi, sur le tabouret, pour me faire une démonstration. Il enchaîne : *si* bémol majeur 7, *mi* bémol mixolydien, *la* bémol mixolydien, *do* majeur 9. Ses doigts écartés ressemblent à des algues qui ondoient dans le courant.

– Tu comprends, ce morceau parle de sexe… D'un homme qui est complètement subjugué par une femme. Et toi, tu le joues comme un gros bourrin !

Gros bourrin ? Non, mais pour qui il me prend ? Je n'ai jamais eu de réclamations de ce côté-là. Et c'est bien la première fois qu'on se plaint de mon doigté !

– Je peux le jouer comme je veux, non ? Je suis pas obligé d'imiter une vieille interprétation, même si c'est ta préférée ?

– Certes, mais quand tu fais un contresens, c'est mon job de te le dire, gamin.

Je croise les bras et souris en coin.

– Qui te dis que c'est moi qui fais un contresens, Tchango ? Ça parle de baise ; pas d'un pique-nique au milieu d'un champ de pâquerette. Mais peut-être qu'à ton grand âge, tu as oublié comment c'était censé se passer…

Mon vieux prof a lui aussi le regard qui s'illumine de malice.

– Y a qu'à te voir pour piger que tu ne comprends rien au sexe, McKenzie.

– J'ai quand même deux ou trois notions, je te rassure.

– Oui ? Et à quand remonte la dernière fois que tu as

connu bibliquement plusieurs fois une même jeune fille ? Tu ne connais rien au sexe, parce que tu ne connais rien aux femmes. Tu ne les approches que de façon superficielle, tu les zappes avant de les découvrir, tu ne fais que les effleurer… contrairement à ces touches, ajoute-t-il en partant d'un de ses gros éclats de rire.

Je lève les yeux au ciel. Tchango peut se permettre à peu près tout ce qu'il veut avec moi et il en joue. Il a l'âge d'être mon grand-père : je ne m'énerve pas contre les grands-pères.

– Bon, on arrête là avec *Witchcraft*, décrète-t-il. Tu avais quelque chose à me faire écouter, je crois ?

Je me racle la gorge, m'agite nerveusement sur mon tabouret, me fais craquer les doigts – une manie que Tchango déteste. Puis, après avoir rassemblé mon courage, je me lance. Je plaque les premiers accords de « Lord Grant Me » – un morceau de rap gospel qui fait partie de la série que j'ai commencé à composer depuis la rentrée. Il faut croire que j'ai été inspiré par mon travail sur Maya Angelou : cette incursion dans la musique spiritual, au départ réalisée pour mon cours d'anglais, m'a donné envie d'explorer ce terrain. Je me prends même, certains soirs, à rêver d'un set piano, batterie, voix. Un truc classe, intimiste. Mais pour ça, encore faudrait-il que j'arrive à trouver un batteur assez carré, ce qui a peu de chances d'être le cas.

Je sais bien que, si je leur exposais l'idée, Ca$h et Angus se foutraient de ma gueule pendant des mois. Ils ont tendance à vanner mon côté cérébral. C'est justement pour ça que je veux l'opinion de Tchango : après tout, c'est une légende vivante du jazz.

Alors, je joue mon morceau, sans artifice et sans aucun autre beat que celui des mots. J'évite de lever les yeux du clavier, de croiser le regard de Tchango, tellement j'appréhende son jugement. Quand j'ai fini, il y a un silence… finalement rompu par le bruit de ses mains, qui applaudissent, au ralenti, quatre fois.

– Putain gamin… T'as failli me faire chialer. C'était magnifique. Quelque part entre du Kendrick Lamar des débuts et du Mac Miller, mais avec un truc nouveau, un truc en plus. Plus contemporain, plus radical… Qu'est-ce qui t'a mis sur cette voie ?

Je ne veux pas le lui dire, parce que la réponse c'est : Northon. Et je ne veux surtout pas songer à elle – pas alors qu'elle occupe toutes mes pensées depuis mon engueulade avec Harper et mon passage dans le bureau de Walker ; pas alors que je n'arrête pas de me remémorer ses yeux suppliants, son corps menu posté devant le mien, ses doigts effleurant mes doigts. Pour un peu, j'aurais honte, putain. C'est plutôt cliché, non ? Fantasmer sur sa prof ?

Peut-être que Tchango a raison, je ne comprends rien au cul.

Toujours est-il que demain, c'est vendredi, et qu'on va se retrouver pour la première fois à bosser. Seul à seul. Pendant des heures. Alors ouais, il faut vite que je me la sorte de la tête. Parce que, pour l'instant, putain…

Pour l'instant, je ne pense qu'à la toucher à mon tour.

***

Lorsque j'arrive à la maison, il est déjà vingt heures. Ma mère va partir pour le boulot dans trente minutes, c'est à moi de prendre le relais avec les filles.

– Je suis désolée, je n'ai pas eu le temps de leur faire à manger…

– Pas grave, je réponds en haussant les épaules.

Puis j'ajoute :

– Les filles, ça vous dirait des pizzas ?

Ma suggestion est accueillie par un « Ouaiiiiis » enthousiaste, qui laisse vite place à un conflit nucléaire : va-t-on manger devant *La Reine des neiges*, comme le veut Mia, ou devant *Freaky Friday*, comme le réclame Tarni ? Pendant ce temps, ma mère me fusille du regard, puis profite de l'inattention des filles pour me demander, à voix basse.

– Des pizzas ? Et où donc as-tu trouvé l'argent pour des pizzas, Targan ?

– T'occupes, je lui réponds d'un ton sec.

Je sens tout son corps se raidir. Ma mère n'est pas dupe – elle l'est d'autant moins que dépasse de mon tee-shirt une tête de serpent de la Mulga, signe distinctif des Kingz. Ryder m'a forcé à me le faire tatouer de façon bien visible, durant mon initiation. Une manière de s'assurer de ma soumission et de ma fidélité. Ce serpent, c'est un constant rappel du chef à ses soldats : une fois entré dans le gang, on ne cesse plus jamais d'être un Kingz Brown.

– Tee…

Je me tourne pour accrocher le regard réprobateur de ma daronne. Putain, ça me fout en rogne.

– Quoi ? Tu as quelque chose à dire, peut-être ?

Parce que moi, oui. Par exemple, que ce n'est pas moi qui ai choisi cette vie. Cette caravane, ce père rempli de haine, cette mère incapable de payer les factures et ces deux petites sœurs adorables qui n'ont jamais ce qu'elles veulent.

Ma daronne m'attrape par le bras.

– Tu vas continuer combien de temps, comme ça ? chuchote-t-elle entre ses dents.

– Aussi longtemps que nécessaire, rétorqué-je sur le même mode. À moins que tu n'aies une solution pour nous faire vivre ET faire vivre Chelsea et Jax ? Ou même Derain, depuis sa cellule ?

– Non, je n'en ai pas. Mais sa mère, ma grande sœur adorée, pourrait en trouver une : après tout, ton cousin est *son* fils !

Mais ma mère ne comprend pas. Personne ne peut comprendre.

J'étais là, la nuit où Derain s'est fait serrer. C'est par ma faute que c'est arrivé.

– Ni toi ni Yoola n'avez à vous prendre la tête avec ça, OK ? Je gère.

– Tee…

Ma mère pose une main sur mon bras et me regarde, désespérée.

– Je t'aime, mon fils. Et je ne veux pas que tu finisses à

ton tour derrière les barreaux.

– Ah ouais ? Alors, comment tu veux que je finisse, hein ? Banquier, médecin, avocat ? Dis-moi, Jannali : tu le vois comment, l'avenir de ton fiston chéri ?

Je m'en veux instantanément de lui avoir parlé comme ça. Je sais que ma mère fait comme elle peut pour nous maintenir à flot, même si ça ne fonctionne pas. Et puis, contrairement à moi, elle n'est pour rien dans l'arrestation de Derain.

Ma culpabilité redouble quand Mia, l'air buté, me demande :

– Pourquoi vous vous disputez ?

Ma plus petite sœur n'a jamais peur de mettre les pieds dans le plat. Elle a vraiment de l'aplomb et un caractère en acier trempé.

– Parce que maman a voté pour *Freaky Friday* et moi, pour *La Reine des neiges*. Mais comme c'est moi qui paye les pizzas, c'est moi qui décide ! ajouté-je en fonçant sur elle et en la soulevant comme si elle ne pesait rien.

Mia rit, enchantée. Tarni ronchonne. Jannali ravale ses angoisses et ses sermons vains, puis file au travail. Et moi, je rentre les identifiants Disney+ de la mère d'Angus sur mon téléphone avant de le connecter à la télé.

18

Quinn

– C'est juste pas possible, je suis désolée.

Je le pense : je veux bien donner mon temps, sacrifier mes vendredis après-midi, accorder une attention particulière à Targan McKenzie, trouver un moyen qui lui convienne de bosser… Mais ça ? Une nouvelle fois, je fais tourner sous mon pouce toutes les pages de l'épais cahier.

– Tu ne peux pas prendre TOUS tes cours dans un même cahier ! poursuis-je d'un ton outré. Ça n'a aucun sens !

– Si, ça en a un, me répond le rebelle.

Avachi sur la table, il porte ses habits civils – jean noir, tee-shirt noir roulé sur les épaules. Son bras tatoué est plié afin que sa paume accueille sa joue, posture qui fait saillir son biceps. Il m'adresse un de ses sourires de sale gosse conçus pour faire craquer son monde.

– Ça a le sens chronologique, ajoute-t-il en se pensant très malin.

Le pire ? C'est que je dois me retenir de ne pas sourire.

– Mais enfin, McKenzie, tout est mélangé !

– Mais non, qu'est-ce que vous racontez ? À chaque cours, je prends une nouvelle page.

– Je parlais des matières…

– Au moins, comme ça, j'ai toujours tout sur moi. Et, bonus, je ne perds rien.

– À quoi ça sert de ne pas perdre tes cours, si tu ne peux pas t'y retrouver ? Regarde ça ! insisté-je en faisant défiler les pages pour démontrer mon propos. Tout est fragmenté ! Ici, un bout de maths. Là, un peu d'anglais.

Ici, un morceau de socio. Et là…

Je tourne une nouvelle page et, machinalement, me mets à lire. Avant de me rendre compte que, cette fois, ce n'est pas un cours que j'ai sous les yeux.

«The black sun of mel/an/cho/li/a
(Le noir soleil de la mélancolie)
Making me sound like a ba/so/li/a
(Transforme en mélopée tout ce que je dis)
My heart is a wilt mag/no/li/a
(Mon cœur est un magnolia flétri)
~~To this she answers: «I feel ya»~~ Dead as Fezco in Eu/pho/ri/a
(~~Ce à quoi elle répond: OK ouais j'ai compris~~ Fezco est mort, il n'y a plus d'Euphorie)
Each At night I get these suicidal dreams
(Chaque nuit je rêve que je me supprime)
Waking up I just wanna scream.
(C'est me réveiller qui me déprime)
Through memories, each moment's a ghost
(Mes sentiments, aussi glacés que des fantômes,)

chasing the warmth, ~~but I'm numb to the most~~ host? coast? post?

(Sont les cadavres ~~des souvenirs qu'on embaume~~ atome? chrome? symptôme?) »

Targan se rend compte en même temps que moi que je suis en train de lire un brouillon de texte qui ne m'était pas destiné.

– Hé! Vous permettez?

Il m'arrache le cahier des mains. Je croise les bras d'un air triomphant et m'enfonce dans mon siège.

– Tu vois? C'est mieux de ne pas tout mélanger.

– C'est ça, foutez-vous de moi…

Il repose le cahier sur la table, visiblement irrité. C'est vraiment la caricature du BG du lycée. Jordan Catalano, Pacey Witter, Tim Riggins, Ryan Atwood, Jughead Jones, Nano García Domínguez. Chaque génération a le sien. Et malgré tout, la formule fait encore recette; aucune lassitude du public (majoritairement féminin) à l'horizon.

– Je ne me fous pas de toi, McKenzie, soupiré-je en décroisant les bras avant de me pencher vers lui par-dessus la table de la salle de perm'. En tout cas, pas par rapport à ton écriture.

Il me regarde par en dessous d'un air sceptique.

– Je t'assure que c'est vrai! ris-je en espérant le détendre. Je pensais ce que j'ai dit, dans le bureau de Walker: je te trouve talentueux. «Mon cœur est un magnolia flétri»… C'est une image magnifique. Tout comme celle où tu compares tes souvenirs à des fantômes.

– Vous ne pouvez pas juger de mon «talent» en ne m'ayant vu qu'une fois sur un morceau au Beatz.

Il a dessiné les guillemets dans les airs pendant que j'observais, fascinée, ses biceps tatoués se contracter. Je détourne les yeux et secoue la tête. Depuis ce pugilat avec Harper en début de semaine et ce contact de nos doigts dans ma salle de classe, j'ai tendance à laisser mon regard s'attarder un peu trop fréquemment sur lui. Depuis le début de l'année, j'étais pourtant parvenue à faire fi de son physique… Mais ce contact, la façon dont ses yeux ont plongé dans les miens, dont j'ai eu l'impression que nous étions connectés durant cet instant et que je pouvais entendre ce qu'il pensait… J'avoue que ça m'a laissée troublée.

Ça va passer. C'est déjà arrivé avant la rentrée, et c'est passé.

Je commence à rassembler mes papiers, histoire de me donner une contenance durant l'aveu qui va suivre.

– Tu sais, ton devoir sur Maya Angelou, la première semaine ? dis-je sans me départir de mon air affairé. Je l'ai récupéré et je l'ai écouté.

– Vous avez fait mes poubelles ?

Son ton est incrédule et, quand mes yeux se posent sur lui, je constate que sa lèvre supérieure forme un pli dégoûté.

– Techniquement, c'est MA poubelle.

– Techniquement, c'est celle de la classe. Là où Colton jette ses mouchoirs, madame ! Vous vous rendez compte ?

Je ris : je me rends tout à fait compte. D'autant que Colton souffre d'une redoutable allergie au pollen qui le fait constamment renifler de manière répugnante.

– Oui ? Eh bien, la prochaine fois, tu laisseras tes travaux dans mon casier, comme tout le monde. Allez, on commence par quoi ? Histoire ? Anglais ? Sciences-éco ?

Mais Targan ne répond rien : il s'enfonce dans sa chaise, bras croisés, et étend ses grandes jambes sous la table, tout en m'observant avec un sourire en coin. Après un silence, il lance enfin :

– Vous en avez pensé quoi ?

– Ah ! Non. Si tu voulais mon avis sur ton travail, il fallait me le rendre par les canaux officiels, mon petit pote.

– Allez… insiste-t-il en poussant mon pied avec son pied. Vous en avez pensé quoi ?

Je lâche un soupir exagéré, sens ma nuque et mes oreilles devenir étrangement chaudes, lève les yeux au ciel, remonte mes manches et me penche sur son agenda.

– On est là, non ? lancé-je en évitant de le regarder. Malgré toutes les façons ingénieuses dont tu m'as pourri la vie depuis un mois ?

Une nouvelle fois, son pied pousse le mien.

– Vous ne répondez pas à la question.

Je redresse la tête et plonge dans son regard joueur. Cette couleur. Ce grain de beauté. Ce sourire insolent. Je ne sais même pas comment je parviens à articuler, finalement calme et placide :

– Disons qu'il est regrettable que, officiellement, tu ne me l'aies pas rendu, ce devoir. Parce qu'il aurait fait sacrément remonter ta moyenne, McKenzie.

19

Quinn

La fin du trimestre est arrivée en un claquement de doigts, et avec elle, les vacances scolaires. Tranquillement, l'automne s'est installé. Notre virée en groupe à Sydney m'a permis de faire une première coupure salutaire et de mieux connaître les amis de Neelam et Kalvin, que décidément j'adore. Ils se connaissent depuis des années, ont traversé un nombre incalculable d'épreuves – de celles qui forgent les vraies amitiés : coming out parfois douloureux, ruptures familiales, agressions anti-LGBTQIA+ – ainsi que de grandes joies –, militer, faire la fête, organiser des soirées dans des cabarets queer ; sans compter ce concert de Britney apparemment légendaire, impliquant un faux passe VIP, un *kigurumi* raton laveur et une nuit en garde à vue. Bref, avec eux, je me sens parfois la pièce rapportée, ce qui ne fait que souligner la solitude de mon exil volontaire.

C'est pourquoi j'ai décidé d'employer les quinze jours de vacances à essayer de tirer le meilleur parti de ma nouvelle ville, de ma nouvelle vie. J'ai visité les jardins botaniques. Le musée de la ville. La sublime bibliothèque nationale. Je suis partie en excursion sur Kangaroo Island et m'initier au kayak dans le sanctuaire des Dauphins. Et puis, j'ai fait comme Davey me l'a recommandé : j'ai *swipé* à droite. J'ai échangé des messages, j'ai eu des dates – même si je n'ai toujours pas couché avec un autre homme que Jason. Sur ce point, je me suis d'ailleurs permis de mentir à mon frère et à mes amis, des États-Unis comme d'Australie, parce que, comme eux, je commence à me demander si ce ne serait pas le signe que quelque chose cloche. Que Jason a détraqué ma capacité à faire confiance et à me laisser aller.

Voilà comment je me retrouve dans ce restaurant, un samedi soir de mai, trois semaines après la rentrée, avec Liam. Liam et moi, c'est la quatrième fois que nous nous voyons. Ce qui veut dire que ce soir, statistiquement, nous risquons de conclure. Après tout, pourquoi pas ? Liam est mignon, cultivé, prévenant. Il est, à 34 ans, à la tête de sa propre agence de communication. On n'a pas forcément les mêmes goûts, mais il est curieux et ouvert d'esprit. Et il a ses entrées dans les restaurants les plus réputés de la ville. Par exemple, le Dandelion où nous profitons présentement d'une bouteille de chablis, d'un menu dégustation en six étapes incluant une huître chaude avec une glace au camembert et d'une ambiance supra méga guindée.

Heureusement, à l'arrivée du crumble tonka-figue de la taille d'un dé à coudre, Liam laisse échapper un rire communicatif.

– J'ai un peu merdé sur la réservation, ce soir, non ?

Je pouffe moi aussi. Et, vu les regards désapprobateurs que cela nous vaut de la part des tablées alentour, ça se transforme vite en fou rire. Un de ces fous rires qui impliquent des larmes et un hoquet. Morts d'embarras, sans toucher à notre dessert minuscule, nous nous rendons à la caisse pour régler et nous exfiltrons sans même avoir remis nos manteaux. Au pas de course, nous nous éloignons de cet enfer bistronomique. Lorsqu'enfin nous tournons à l'angle, Liam m'enlace et me plaque contre le mur.

– Je suis sincèrement désolé, dit-il en riant encore tout en enfouissant son visage dans mon cou. Tu me pardonnes ?

– Moi, oui. Mon estomac, en revanche… gloussé-je.

– Laisse-moi me rattraper, déclare-t-il solennellement en saisissant ma main et en s'écartant pour me regarder dans les yeux. Il est tôt. Des amis à moi sont à une fête apparemment incroyable, à l'est de la ville.

Liam me vend le lieu où se déroule la soirée, comme LE spot alternatif d'Adélaïde, ouvert il y a quelques semaines à peine. Je me retiens de lui demander s'il y aura des desserts de taille réglementaire et je lui emboîte le pas. L'un des rares avantages, quand on vit dans une ville dont le centre est minuscule, c'est qu'on peut tout faire à pied. Il suffit de laisser sa voiture dans l'un des parkings, comme je l'ai fait ce soir.

Après vingt minutes de marche dans la fraîcheur revigorante de la nuit, qui me permettent d'oublier cette malencontreuse histoire de glace au camembert, nous arrivons au pied d'un immeuble de style Art déco. De chaque étage s'échappent de la musique et des lumières différentes. Liam et moi confions nos manteaux au vestiaire, puis nous retrouvons ses collègues au deuxième, près du bar. Je salue tout le monde, commande un whisky, écoute d'une oreille distraite les discussions de boulot… J'observe les lieux. Liam a vu juste, cette fois-ci : c'est tout à fait le genre d'endroits que j'aime. Face à nous, il y a un stand de burgers ; un peu plus loin, une piste de roller disco. J'entends des rumeurs concernant un karaoké qui se déroulerait au dernier étage et supplie Liam de venir pousser la chansonnette avec moi. Devant son refus catégorique, j'annonce que je pars explorer les environs.

Après une pause toilette pour me refaire une beauté, je décide de monter, en quête de ce fameux karaoké. Je découvre avec tristesse que l'activité ne reprendra qu'à vingt-trois heures. Déterminée à tuer les trente minutes qui me séparent de mon vibrant hommage à mon idole de toujours, Lana Del Rey, je descends au premier. Dans une salle se déroule une *silent disco*, un événement où les danseurs portent un casque. Heureusement, à distance me parviennent de vraies basses ; de celles qui remplissent l'air et font trembler les murs. Je prends la seule décision qui s'impose : les suivre. Plus je me rapproche, plus la musique se précise – un peu brouillonne ; sûrement *live*.

Un concert. Depuis combien de temps n'ai-je pas été à un concert ?

J'entre dans la salle pour découvrir un public plutôt clairsemé – je dirais soixante, soixante-dix personnes – encerclant un rappeur qui éructe au centre de l'arène alors que, en retrait, un DJ fait tourner un disque. À sa manière de faire rimer « average » avec « no leverage » et « lack courage »[1], je comprends que je viens de faire irruption au beau milieu d'une battle. Cette fois, l'incident de l'huître au camembert est définitivement oublié et Liam est tout pardonné.

J'ai assisté à un nombre incalculable de battles, au cours de ma vie. Même si j'ai rarement du rap dans mes écouteurs, New York est une ville dont l'âme est résolument hip-hop. Cette musique est présente partout, dans les salles de concert, les bars, les clubs, les soirées en appart. Bref, en allant prendre ma place dans le cercle, j'ai un instant le sentiment d'être chez moi. L'artiste au centre – latino, environ cent quarante kilos, dont vingt de chaînes en or et cent de muscles – se désole des frissons qu'il cause chez son adversaire qu'il va bientôt mettre à mort afin de remporter le prix de la compétition.

« *Sorry for the chill*
(Désolé pour la frousse)
I'm in for the kill
(Je suis la Mort à tes trousses)
I came with a buck and i leave with the skrill…
(Avec une mise d'un dollar au poker j'te détrousse…) »

C'est alors que je vois l'adversaire en question, danser d'un pied sur l'autre et marquer le beat avec sa tête, ce qui, à chaque fois, fait rebondir ses boucles brunes. Il porte un jean noir, ses Vans noires, un hoodie noir sur lequel est dessiné un pentacle blanc. Il tient dans ses mains, croisées devant lui, un micro. Bien qu'il garde le visage tourné vers le sol, son sourire narquois ne m'échappe pas.

C'est le sourire qui a le don d'exaspérer tous ceux qu'il défie. Le sourire qu'il arbore en classe quand il s'apprête à mordre à la jugulaire. Le sourire qu'il m'adresse parfois, le vendredi

1. Respectivement « médiocre », « sans pouvoir aucun » et « dépourvu de courage ».

après-midi, quand il est déterminé à me rendre chèvre.

Le DJ arrête le son. Un maître de cérémonie vient féliciter Dirty Juantastic pour sa prestation et présenter le prochain concurrent d'un laconique :

– MKZ, c'est à toi.

Aussitôt, le beat repart, et McKenzie avance au centre de l'arène. Sa démarche assurée, sa présence charismatique font d'entrée de jeu reculer Dirty Juantastic pour le renvoyer dans les cordes.

« *OK, hear me out, I'm comin' with a claime:*
(OK, tends l'oreille, j'ai un truc à te dire :)
With those weak bars,
Juan, you're the joke of the game,
(Devant tes barres de rap,
Juan, on s'tape des barres de rire,)
Talkin' big, fat man, but you ain't got no flame,
(T'as une grande bouche, kho,
mais elle manque d'esprit,)
I'm the pharaoh of rap, you just a pyramid scheme
(Je suis le pharaon d'un art
dont t'es la pyramide de Ponzi)
Hey Juan, what's the plan?
Gettin' roasted like a ham?
(Hé, Juan, j'vois que tu rames,
c'est tragique un vrai drame)
You the king of the flop, ten likes on Instagram
(T'es le « rat » dans « raté », dix likes sur Instagram)
IRL too, Dirty Juan, seems you been shadowbanned
(IRL aussi, Juan, on t'a shadowban)
And I'm coming for you and your four TikTok Fans
(Même ta daronne follow pas :
elle fait partie de mes fans)
You think you're a slayer, but it's all just a joke,
(Tu te prends pour un caïd, mais t'es rien qu'une blague,)
Swag on zero, yeah, we all know you ain't woke,
(Dans les rues d'Adélaïde, voilà le roi des schlags,)

Rockin' flip-flops with socks, we all know it's true,
(En claquettes-chaussettes, téma un peu le swag,)
It's like you're lost in the past, stuck in 92.
(Là où tu vois du style, je vois des red flags.)
Drop the mic, it's a wrap, put your dreams on ice,
(Coupez le son, c'est plié, préparez le brancard,)
Juan's a ghost, now. Look! I just had him sliced,
(Juan n'est plus qu'un fantôme, il sort de l'abattoir,)
I'm the real deal here, authentic and clear,
(C'est moi le King, l'authentique, le tangible, le vrai,)
You'll remember my name
and you'll tremble with fear.
(Targan est mon nom : à présent, tremblez.) »

C'est un massacre, dont Dirty Juantastic est la triste victime. Le rappeur latino s'est fait trucider ; le public est en feu, en liesse ; il hurle son adulation tandis que Targan est donné vainqueur par K.-O. En nage, McKenzie enlève son hoodie, ce qui manque d'emporter au passage son tee-shirt. Mes yeux clignent, subjugués par l'apparition de ses abdominaux luisants de sueur. Fair-play, son adversaire le salue. Ils se font une accolade virile suivie d'un check élaboré, puis Targan s'empare de la bouteille d'eau qu'une personne de l'auditoire lui tend. Le MC avance vers lui et lui demande s'il est prêt à enchaîner. Il acquiesce et, cette fois, enlève bel et bien son tee-shirt pour se tamponner le front. Les filles dans l'audience frémissent et murmurent : elles ont devant elles un mètre quatre-vingt-dix de muscles bandés, de concentration et de tatouages. Sa présence est totalement animale. Mes yeux se posent sur l'immense crâne qui recouvre son flanc et dont les orbites creusées sont deux roses noires.

On annonce le nouveau concurrent, un petit gars nerveux répondant au nom de Drake the Snake[2]. Je comprends rapidement que, cette fois, c'est à McKenzie d'ouvrir les hostilités. Quand une nouvelle instru part, le rappeur

2. Drake le Serpent.

commence à faire des tours sur lui-même, testant le micro à coups de raclements de gorge et s'imprégnant du beat. Mais soudain, il m'aperçoit, glissée entre deux corps, au premier rang, où je me suis faufilée lors du round précédent. Ses sourcils se froncent, comme si, dans ce contexte étrange, il lui fallait un instant pour me remettre. Puis, de façon complètement inattendue, sans me lâcher des yeux, Targan se redresse, se déploie et crache les premiers lyrics comme s'ils étaient adressés à moi seule.

« *Yo, let me take you back where the stars collide,*
(Petit retour en arrière, que je t'explique
comment naissent les stars,)
The heart of the Outback, where the wild ones ride,
(Elles prennent vie dans l'Outback,
puis elles font l'Histoire,)
MKZ's the name, an aussie rapper's tale,
(MKZ, c'est le nom d'une légende locale,)
Raised in a trailer park, where we learned to prevail.
(Sur un gosse des trailer parks devenu une étoile.)
Out here in the dust, where the dreams get torn,
(Fils de la poussière, aux rêves torpillés,)
Strumming on a six-string while
the sun greets the morn',
(À la main une guitare dès le soleil levé,)
Got Kaurna roots running deep in my soul,
(Mes racines Kaurna plantées au plus profond de moi,)
Born under the Southern Cross, but destined for gold.
(J'ai beau être né sous la Croix du Sud,
le ciel entier me tend les bras.) »

Sa poésie – visuelle, honnête, brute – me donne l'impression de soudain *voir* d'où vient Targan. Qui il est. Un être majestueux, né de l'arrière-pays australien. Rongée par une ambition dévorante autant que par une créativité sans limite. Pendant qu'il me toise, une large portion de l'assistance se tourne vers moi, curieuse de voir qui le compétiteur fixe ainsi. Les regards curieux, pleins de spéculations, s'accompagnent parfois de murmures. Puis, à la fin du deuxième couplet, Targan oublie ma présence et se tourne vers son adversaire :

« *Eyes on the prize, lil' Snake, lemme set the scene,*
(Alors reste focus, ver de terre,
viens j'te donne une leçon,)
Unleash the beast, buckle up, I'm raw, I'm mean,
(Sur comment être le Roi plutôt qu'un bouffon,)
Your rhymes like a quicksand,
sinking without a chance,
(Tes rimes qui riment à rien, va les poser ailleurs,)
Another wannabe G, but you can't do the dance,
(Tu sais tu fais pitié plus que tu ne fais peur,)
I'm carving through the beef, with my lyrical knife,
(Mes mots, comme une batte, te réduisent en bouillie,)
You disrespect my craft ? That'll cost you your life,
(Tu veux jouer au grand ? Tu vas y perdre la vie,)
Snakes don't fly, but I'm taking you to the sky,
(Les serpents ne volent pas, qu'importe,
je t'expédie au ciel,)
Rake up your ego, Drake,
and watch your empire die.
(RIP, petite couleuvre : je te présente ta stèle.) »

À ce stade, l'hystérie est complète. Les mains se balancent dans les airs, les voix hurlent leurs encouragements. C'est désormais en faisant des tours de piste pour s'adresser à chacun que Targan met le coup de grâce :

« *So listen close, I'm the voice of the real,*
(N'oublie pas : c'est moi le détenteur de la flamme,)
Breaking every chain, making my enemies squeal
(Je brise chaque chaîne,
même mes ennemis m'acclament) »

Son corps tout entier est engagé dans les mots qu'il crache, jusqu'à la rime finale :

« You're a flash in the pan, while I'm forging the steel,
This freestyle's a ritual : with my power I heal. »

Et alors que le MC avance pour s'emparer du bras de Targan et le brandir dans les airs, je répète à voix basse ses quatre dernières barres, comme une formule magique, pour tester leur effet sur ma langue :

« Tu n'es qu'un feu de paille,
je suis le magma de la terre,
Cette impro est un rite purificateur :
mon pouvoir me libère. »

20

Targan

Je passe les trois rounds suivants, qui me séparent de la victoire et du prix d'un montant de sept cents dollars, dans un état de fièvre et de furie. La savoir dans le public ne fait que décupler ma rage de vaincre ; je crois que jamais les rimes ne me sont venues aussi aisément. Je dégage mes concurrents un à un, boosté à l'adrénaline. Je n'avais pas réalisé à quel point je désirais qu'elle me voie rapper. D'une part, parce qu'elle représente Heathford, cette institution qui m'a si souvent méprisé. D'autre part, parce qu'elle est la seule prof que je respecte réellement – celle qui, trois fois par semaine plus le vendredi, essaye de me fourrer un peu de poésie dans le crâne.

Bien évidemment, il y a une troisième raison, moins avouable. Je ne suis pas con, je sais qu'elle me fait de l'effet. Je vois bien que je ne contrôle pas mes yeux quand elle est là. Que, malgré moi, ils s'attardent sur ses clavicules. Sur la ligne de son cou. Sur la frange qu'elle s'est coupée durant les vacances et qui donne à son regard mélancolique un côté plus mystérieux encore. Mais je sais aussi que l'effet n'est pas réciproque : j'ai suffisamment l'habitude de plaire aux femmes pour me rendre compte quand ce n'est pas le cas. D'une certaine façon, ça m'arrange : je sentirais la moindre ouverture avec elle, je crois que, débile comme je suis, je ne pourrais pas m'empêcher d'y aller.

Or, se taper sa prof, c'est vraiment une idée de merde. Un bon moyen de voir ses notes chuter un peu plus à la moindre prise de tête. Sans compter que Northon est pour le moment la seule personne de tout Heathford apparemment disposée à me faire une lettre de recommandation, si un jour j'en ai besoin.

– Faites du bruit pour notre grand vainqueur ce soir : M – K – ZZZZZZ !

Néanmoins, c'est à la va-vite que je salue l'audience, obsédé par l'idée de ne pas perdre Northon dans la foule. L'occasion de lui parler en dehors du lycée est trop belle. J'attrape mes fringues sans prendre la peine de les renfiler, ignorant les spectateurs qui veulent tchatcher, les groupies qui se sont attardées. Je me faufile entre les gens. Soulagé, je l'aperçois. Accoudée au bar, un verre à whisky vide devant elle, elle croise mon regard. Un peu nerveux, intimidé soudainement, je remets mon tee-shirt. J'approche et adresse un signe de tête au barman, tout en montrant mon bracelet « artiste » : une bière pour moi, une autre tournée de ce qu'elle buvait pour elle. Il y a un silence, le temps qu'on nous serve. J'attrape ma boisson et elle la sienne.

– C'est marrant, ton accent disparaît complètement quand tu rappes, fait-elle finalement remarquer.

J'étouffe mon sourire contre le goulot de ma bouteille. C'est *elle* qui a un accent. Avec des « r » avalés, des voyelles allongées, des dentales franches. Comme Cardi. Tupac. Nas.

– Ce que je trouve marrant, c'est que c'est la deuxième fois que vous me voyez performer. Sans mentionner que vous faites mes poubelles… C'est moi ou vous me pistez ?

Bon, OK, apparemment, je ne peux pas m'empêcher de flirter. Je suis ridicule. Pitié, qu'on m'achève.

– Je devrais peut-être, déclare-t-elle avec un haussement d'épaules et un sourire détaché. Visiblement, dans cette ville, tu es l'artiste à suivre.

C'est le moment où Angus et Ca$h décident de débarquer pour me foutre la honte.

– Mec, putain, comment t'as géré DE OUF ! Eh, mais c'est qu'on est en charmante compagnie ! Je comprends mieux pourquoi t'étais en feu, ce soir. T'as un petit nom, chérie ?

Je rougis jusqu'aux oreilles – ce qui est toujours un peu

ridicule, quand on est bâti comme un joueur de basketball. Ça n'échappe pas à Northon, qui tend la main à Ca$h avec un sourire satisfait.

– Quinn. Et toi, chéri ?

Évidemment, Angus part d'un gros rire gras, pendant que je sens un coin de ma bouche s'étirer.

– Les gars, je vous présente ma prof d'anglais. Tenez-vous, s'il vous plaît.

J'ignore la dizaine de commentaires plus que limite qui suivent. À propos de Heathford et de la qualité de son *corps* enseignant. Ou du plaisir que Ca$h et Angus auraient à travailler avec une équipe pédagogique aussi *stimulante*. Je ronge mon frein pendant qu'ils se renseignent sur la possibilité de *cours particuliers*. J'attends le bon moment pour leur demander de la boucler et se casser.

Comprenant que je ne plaisante pas, mes deux meilleurs potes s'exécutent.

– Excusez-les. Enfin, non, d'ailleurs, ne les excusez pas, ils sont débiles.

Heureusement pour moi, Northon rit.

– Ça va, j'ai l'habitude. Aussi fou que ça puisse paraître à mes élèves, je me fais souvent draguer, dans le civil.

Je me retiens de répondre que ça ne me semble pas fou du tout, non. À la place, je lance une conversation appropriée, pas spécialement passionnante, mais qui au moins a le mérite de retenir Northon. Avec qui est-elle venue ? (Un « ami ».) Qu'a-t-elle pensé de la battle ? (Elle m'a trouvé « ahurissant » et juge mes rimes « aussi calibrées que des balles ».) Est-ce qu'elle est partie, pendant les vacances ? (Pas vraiment, elle a exploré les environs.) Encouragée par mes questions, Northon détaille en quoi a consisté cette « exploration » : orgie de nourriture, virée en bord de mer, visites de monuments et d'expos. Qu'a-t-elle vu ? (Majoritairement des artistes émergents.) Toute discipline confondue ? (Surtout de la photo.)

– J'ai l'impression que c'est le moment idéal pour vous avouer que j'ai déjà vu les vôtres, de photos.

La main de Northon se resserre imperceptiblement autour de son verre et je me demande soudain si je ne suis pas allé trop loin, avec ma curiosité à peine masquée. Mais non, là n'est pas la cause de son air crispé.

– Je sais, me répond-elle après un bref silence. Je me souviens que tu as fait une… une enquête assez fouillée sur moi, en début d'année.

Me revient ce jour où, en classe, comme un gros con, je l'ai menacée avec cette capture d'écran. J'ai du mal à croire que c'était il y a seulement trois mois. Ça semble si loin ! Penaud, je me ratatine.

– Je voudrais m'excuser. Pour ça.

Décidément, à mes heures, je suis le roi de l'éloquence. Le fils spirituel de Shakespeare et Jay-Z. Quinn fait tourner, en le fixant, le liquide ambré dans son verre en cristal.

– Pas la peine de t'excuser. C'est derrière nous, non ? De l'eau a coulé sous les ponts.

Vraiment ? Alors pourquoi est-ce qu'elle évite de me regarder ?

– En tout cas, je voulais vous dire qu'elles me plaisent. Vos photos.

Northon relève sans préavis ses yeux outremer pour les planter dans les miens. En moi, quelque chose chavire.

– Ah oui ? Et qu'est-ce qui te plaît, dans ces images ? Explique-moi.

J'essaye de ne pas me laisser déstabiliser – par son regard, par son ton plein de défi, comme si elle cherchait à me tester. Je repense aux clichés que j'ai vus, la plupart en noir et blanc. Des adolescentes en tenues de *cheerleaders* en train de fumer autour d'un feu de camp. Deux petites filles qui se battent pour une poupée à moitié déchiquetée. Une femme enceinte jusqu'aux yeux qui plonge, nue, dans un torrent.

– Elles sont… intransigeantes, lâché-je enfin. Franches. On n'a pas besoin de tout un bla-bla conceptuel pour les comprendre. Vous montrez ce qu'il y a à voir, point. Quand je les regarde… je ne sais pas. Je vois des gens libres. Et ça me fait réfléchir à ma propre liberté. Ou plutôt, à son absence. Ça fait sens ?

– Ça fait sens, oui.

Quinn, apparemment radoucie, sourit.

– C'est même l'une des choses les plus sensées que j'aie entendues sur mon travail depuis longtemps.

Puis elle ajoute, avec un rire presque tragique :

– Tiens, pour un peu, ça me donnerait presque envie de reprendre.

Je tique.

– Pourquoi, « reprendre » ? Vous n'en faites plus ?

– Plus que très occasionnellement, pour être honnête.

Je l'observe en clignant des yeux. Je savais, pour l'avoir entendue en parler au téléphone avec son daron, qu'elle avait levé le pied… Mais de là à abandonner ? Après tout, comme me l'a appris sa page Wikipédia, elle a publié dans des tas de magazines, monté des expos, obtenu des prix et des bourses. Elle a effectué des résidences au Japon, en Europe…

– Qu'est-ce qu'il s'est passé ?

Une nouvelle fois, le regard bleu jean de Quinn tombe dans son whisky.

– Les circonstances ont changé. *J'ai* changé.

Je me tais, espérant que mon silence la poussera à développer – ce qui, après une inconfortable minute, s'avère une stratégie payante.

– Un accident idiot, explique-t-elle en relevant les yeux. Je devais partir faire un reportage en Namibie pour *National Geographic*, puis j'avais ma première expo solo qui approchait… Et je me suis fait une double fracture des poignets, en tombant comme une conne. Deux mois d'incapacité de travail, au pire moment possible. Deux mois sans aucun revenu. Je me suis retrouvée coincée chez moi, à regarder ma vie, mes projets, tout ce pour quoi j'avais bossé si dur se casser la gueule. Et j'ai compris que je n'avais pas les épaules. Que si je devais revivre ça un jour, ça me tuerait. Alors je me suis demandé : qu'est-ce que je pourrais faire ?

Qu'est-ce qui pourrait m'apporter un peu de stabilité et me coûterait moins ? J'avais un *Bachelor degree* en art, alors je me suis dit : prof…

J'acquiesce. Je n'ai pas besoin d'en entendre plus. À un moment ou un autre, on doit tous bouffer – je sais ce que c'est. Et il y existe des façons moins honorables de gagner sa vie que l'enseignement – ça aussi, je le sais.

Par ailleurs, une part de moi est soulagée de découvrir qu'elle a déjà traversé une galère ou deux. Qu'elle n'est pas juste cette fille débarquée des États-Unis à qui son daron propose un an de salaire pour qu'elle prenne un billet retour.

– Pourquoi la littérature, alors ? m'enquiers-je. Pourquoi pas…

Elle grimace d'un air douloureux et complète :

– … Les arts plastiques ?

Oui, confirmé-je d'un hochement de tête.

– Parce que ça m'aurait fait trop mal. Devenir l'incarnation de cet adage, tu sais ? « Ceux qui ne peuvent pas produire enseignent. »

Son honnêteté totale me désarme. Je baisse les yeux, incapable de répondre quoi que ce soit. Je sais pourtant ce que je voudrais lui dire – que ça n'est pas son cas, que ça ne pourra jamais l'être ; que je pensais sincèrement ce que j'ai dit sur son travail ; qu'elle doit s'y remettre, que je serais ravi de lui servir de guide dans le bush pour qu'elle prenne des photos. Mais ce serait me prendre pour qui, lui balancer ça ? On n'est pas potes, on n'est pas collègues. Je ne suis rien qu'un élève. Qui pose un peu trop de questions et se sent un peu trop à son aise, là.

En relevant la tête, je scrute. Ses maxillaires serrés. Son cou dont les tendons saillent.

– Désolé si je vous ai mise en colère, avec mon interrogatoire.

Les yeux de Quinn s'écarquillent, candides soudain, et elle place sa main sur la mienne. Un geste qui se veut probablement rassurant, presque maternel, mais qui déclenche une décharge d'électricité dans tout mon corps.

– Je ne suis pas en colère, Targan, me réconforte-t-elle d'une voix douce.

Elle ment. Elle l'est. Peut-être pas contre moi ; peut-être contre la vie, qui a la fâcheuse manie de ne jamais se dérouler comme prévu. Contre les rêves, qu'il faut toujours enterrer.

– Si, vous êtes en colère, affirmé-je. Pas la peine de prétendre le contraire. La colère, je connais.

Les pupilles de Quinn se dilatent d'abord... Puis elle penche la tête sur le côté et me toise en plissant les paupières, avec une sorte de curiosité. J'ai l'impression d'être un animal étrange qu'elle voit pour la première fois. Je serais bien incapable d'analyser ce que signifie ce regard, ce qu'il recouvre, obnubilé que je suis par sa main toujours sur la mienne. Par son pouce sur mon poignet. Une part de moi ne peut s'empêcher d'espérer que ce contact, qui commence à se prolonger au-delà de ce que la décence n'autorise, n'a en vérité rien de maternel. Ce simple espoir fait faire un looping à mon estomac. Je plonge dans les yeux de Quinn, avec une question muette. Est-ce qu'elle ressent aussi cette électricité dans l'air ? Ou est-ce que je suis en train de me faire un film ? Je suis tellement absorbé par ce qui, j'ai l'impression, circule entre nous, que je ne vois pas d'où arrive le type qui surgit pour l'enlacer par-derrière. Son irruption me fait presque sursauter. Immédiatement, comme si elle voulait éviter une flamme, la main de Quinn se retire. Elle se détourne et embrasse – certes sur la joue, mais d'une façon sans équivoque – le nouvel arrivant.

– Ah ! Liam, tu es là. Regarde sur qui je suis tombée... Un élève à moi ! Targan, je te présente Liam Broker. Liam, voici Targan, un de mes élèves de terminale.

Je prends une seconde pour me composer un sourire d'étudiant modèle. Un sourire de gars inoffensif, qui n'a surtout pas envie de serrer ta meuf, Liam. Puis je me tourne vers ce gros boloss avec sa veste de daron. Je lui tends la main et, quand il s'en empare, veille à soigneusement me contrôler pour ne pas broyer la sienne.

– Targan McKenzie. Enchanté.

21

Quinn

– Bon, je pose la question une dernière fois, et si personne ne répond, je jure que c'est l'interro écrite : que veut dire le vers 5 ? Allez, j'attends une hypothèse qui se tienne !

En temps normal, je ne menace pas mes élèves d'interro surprise. Mais en temps normal, quand je donne à mes term un tout petit poème de rien du tout auquel réfléchir durant le week-end, ils le font. Quitte à aller pomper leur analyse sur Internet !

Puis, en temps normal, je ne suis pas d'humeur massacrante dès le lundi. Mais il faut dire qu'en temps normal, je ne passe pas mon dimanche au lit avec un homme que je ne suis même pas certaine de désirer.

Enfin… Si, en temps normal, ça peut m'arriver. C'est justement ce qui m'exaspère. Je pensais être entrée dans une nouvelle ère de ma vie : je viens de découvrir que je suis finalement encore capable de baiser par politesse. Car c'est bien de cela qu'il s'agissait, quand je suis rentrée avec Liam, samedi soir : de la politesse. Quand Targan nous a laissés, après dix minutes de conversation à trois extrêmement inconfortable, j'ai songé que Liam et moi en étions déjà à notre quatrième rendez-vous. Que le dîner au Dandelion avait dû lui coûter une fortune. Que je venais de le délaisser pendant une heure pour parler avec un autre. Avec lequel il m'a surprise, lui tenant la main – certes, en tout bien tout honneur… Du moins, du côté de Targan. Du mien, rien n'est moins sûr.

Qu'est-ce qui m'a pris, putain ? Lorsque je me repasse le film de la soirée, je vois bien que tout est déconnant. Ma façon de le bouffer des yeux durant sa prestation, comme une groupie qui n'a jamais vu de tablettes de chocolat de sa vie. Le verre que j'ai accepté, ensuite – un verre d'alcool ! Offert par un élève ! L'étrange fluidité de notre discussion. Puis la troublante intensité qui s'est invitée lorsque nous avons abordé mes photos, mon passé, mes renoncements. La curiosité brûlante qui m'a poussée, terrifiée, à poser la main sur la sienne, rien que pour voir l'effet que ça ferait. Et le magnétisme qui m'a ensuite empêchée de l'enlever.

C'est toute cette culpabilité qui m'a poussée à dire « oui » à Liam quand tout mon corps rugissait « non », et j'en porte ce matin les stigmates. Le sentiment d'être dégueulasse. À la fois sale et souillée.

– « Je t'aime comme la plante qui ne fleurit pas / Et porte en soi, cachée, la lumière de ces fleurs », répété-je une ultime fois.

– Il veut dire que leur amour est stérile ? propose Leo. Ou même mort ?

– Non, bon sang, non ! Mais enfin, lisez en entier, lisez dans le contexte ! Bon, allez, j'en ai assez : sortez une copie double…

– Neruda veut au contraire dire qu'il aime cette femme pour tout ce qu'elle est, et pas juste pour les fleurs dont elle pourrait s'habiller, lance soudain une voix grave venue du fond de la classe. C'est un amour entier, organique, un peu monstrueux, qui concentre « l'arôme obscur et concentré de la terre ». Un amour qui vient des profondeurs – l'inverse de l'amour céleste et éthéré qu'on célèbre habituellement dans les sonnets.

Je me tournerais volontiers vers la personne qui vient de livrer cette analyse d'une justesse incroyable pour lâcher, extatique : « Oui ! C'est tout à fait ça ! » Seulement, j'en suis incapable.

J'en suis incapable, parce qu'en entendant sa voix, mon estomac a fait une chute libre. Et que, honnêtement, ça m'aurait arrangée qu'il sorte une ânerie, plutôt qu'un commentaire qui me donne envie de l'inviter à « poursuivre la discussion sur Neruda autour d'un verre dans mon bureau », comme une grosse pointeuse.

J'en suis incapable, contrairement aux vingt-deux élèves qui se tournent vers Targan McKenzie. Ce dernier s'en rend compte et se tasse sur son siège d'écolier qui le fait paraître encore plus grand qu'il ne l'est.

– Mais alors, du coup, ça veut dire quoi, le début ? demande Paloma en se tournant vers son camarade. « Je t'aime comme l'on aime certaines choses obscures / De façon secrète, entre l'ombre et l'âme ? »

– Que leur amour est interdit, répond Curly, coupant l'herbe sous le pied de Targan.

– Je n'en suis pas certain, la détrompe le bad boy. Je crois surtout que l'auteur cherche à souligner le paradoxe du sexe. C'est à ça que sert l'antithèse du vers 4.

Il me semble que Curly et Paloma déglutissent en entendant le « BG des term » prononcer le mot « sexe ». Moi, en tout cas, je déglutis. Une première, puis une deuxième fois quand Targan relève vers moi ses deux flèches grises qui me transpercent.

– … Le sexe est une chose à la fois stellaire comme l'âme, et obscure comme l'ombre. C'est une des vraies seules possibilités de transcendance qu'on a sur cette terre, mais c'est aussi un moyen d'accéder à nos recoins les plus sombres.

Rejetant toutes les images qui me viennent – ma langue en train de lécher deux roses noires, mes hanches se plaquant contre d'autres hanches, mes doigts suivant le tracé d'un serpent avant de s'enrouler autour d'une gorge –, je me racle la gorge et détourne la tête.

– Bon. Vous pouvez tous remercier votre camarade, qui vient de vous épargner un zéro sur vingt pour commencer la semaine. Beau travail de réflexion, Targan.

22

Targan

La concentration n'a jamais été mon fort. Et me concentrer, alors que Northon est assise à côté de moi, penchée sur ma copie, et qu'à chacun de ses mouvements son corps frôle le mien, n'a jamais été un exercice facile. Mais aujourd'hui, c'est une torture. Une torture particulièrement sophistiquée. Un *lap dance* qui durerait des semaines. Un marathon YouPorn avec les mains attachées dans le dos.

Généralement, quand elle me sent distrait, Northon trouve des parades. Me faire visionner un documentaire sur le sujet qu'on a étudié. Ou mettre un podcast et m'interroger toutes les dix minutes pour savoir ce que j'en ai retenu. Mais aujourd'hui, elle semble avoir elle aussi la bougeotte. De toute façon, elle a été d'une humeur de merde toute la semaine. Moi aussi, je serais de mauvais poil, si je me tapais un bouffon comme Liam Broker.

Toujours est-il qu'après vingt-cinq minutes à supporter mon effaceur qui tapote, mon genou qui tressaute, mon regard qui devient vitreux parce que j'ai encore perdu le fil, elle craque.

– Bon, ça suffit, décrète-t-elle. On y va.

– Ça y est, c'est l'heure ? Le supplice est fini ?

– Il le sera quand tu seras capable de m'expliquer clairement les enjeux de la première révolution industrielle.

– Autant dire qu'on va passer le week-end ici… grommelé-je en attrapant mon blouson pour la suivre.

J'ai l'habitude qu'elle nous conduise dans la salle média. Ou dans la cour pour que je me grille une clope en scred.

Mais c'est la première fois, alors qu'il n'est même pas seize heures, qu'elle m'entraîne hors de l'établissement. Sans ses affaires et sans les miennes, qui sont restées à Heathford.

Après avoir franchi le seuil de l'académie, nous traversons Victoria Square. Passons devant pas moins de trois églises, une façade dans le style Art déco, une autre moderniste. Nous tournons vers Central Market, où Northon achète deux cafés à emporter. Nous remontons Franklin Street et diverses rues tout aussi aérées. Sur Parliament se déroule un vide-grenier : Northon s'arrête aux stands, fouille dans des bacs, négocie en deux secondes une ristourne sur un jeu d'échecs en ébène et une paire d'escarpins vernis rouges taille 37. Puis nous entrons dans la bibliothèque nationale, dont nous nous faisons aussitôt virer, et pour cause : Quinn, son jeu d'échecs sous le bras, ses escarpins pendus à son index et son majeur, n'arrête pas de parler. Depuis que nous avons quitté l'académie il y a trente minutes, elle soliloque à propos de ses romans favoris du XIXe siècle et de tout ce qu'ils lui ont appris sur la révolution industrielle. Le contexte, les progrès scientifiques, l'essor économique, les bouleversements sociétaux, la production artistique… J'écoute, car, soudain, ce n'est plus abstrait – une série de dates et d'événements qui tombent comme un cheveu sur la soupe. Tout est lié, tout s'articule. L'histoire du XIXe siècle devient vivante.

En tant que prof, c'est un superpouvoir que Northon possède, et je ne sais même pas si elle s'en rend compte.

Avec *Oliver Twist*, je m'indigne du sort des enfants exploités dans les usines et enfermés le soir dans des asiles. Avec *Mary Barton*, je découvre la condition féminine et la façon dont le mariage d'amour et l'idéal romantique ont été utilisés pour asservir les femmes. Avec T. S. Eliot, je contemple des paysages industriels désolés. Avec *Tom Sawyer*, je m'émerveille au contraire de la possibilité d'embarquer sur une locomotive à vapeur pour voir le monde.

Au bout de quatre-vingt-dix minutes, Quinn Northon finit par s'écrouler sur un banc, hors d'haleine. Moi, je m'assieds à ses côtés et prends une gorgée de mon café devenu froid – j'étais tellement absorbé par son cours magistral d'un genre particulier que j'en ai oublié de le boire. Je dégaine mon paquet de Lucky souple et en sors une avec les dents.

– Tu sais qu'à chaque fois que tu fumes sous mon nez, tu m'assassines ?

– Chacun son poison. J'ai choisi les substances cancérogènes, vous avez choisi l'abstinence.

Je tire une taffe, veillant à recracher la fumée ailleurs que dans sa direction, mais le vent ne joue pas en ma faveur. Northon ferme les yeux, renverse la tête en arrière, inhale à pleins poumons, avant de gémir d'un air d'extase.

Mes yeux se posent sur son cou. Cette ligne parfaite de chair dorée qui disparaît sous son gros pull en laine.

– Vous êtes bien prof de littérature, non ? Vous devez connaître la citation ? « Le meilleur moyen de se délivrer d'une tentation, c'est d'y céder. »

– Oscar Wilde, complète-t-elle. *Le Portrait de Dorian Gray*.

– *Temptation Island*, pour ma part. Chacun ses sources.

Elle laisse échapper un rire rauque. Spontané et sauvage, comme elle. Puis Quinn Northon rouvre ses grands yeux bleus, qui, par hasard, trouvent directement les miens. Bon, peut-être pas par hasard. Peut-être parce que je la fixais. Peut-être parce qu'il est facile, ai-je récemment découvert, d'oublier qu'elle est une prof et de ne voir en elle que la meuf canon que j'aime écouter et regarder dès que possible.

Je ris aussi, tout en détournant le regard vers l'horizon, et je reprends une gorgée de café.

– Merci, déclaré-je après un silence.

– Pourquoi ?

J'ai beau lui présenter mon profil, je sens ses yeux toujours sur moi.

– Pour aujourd'hui. Ou pour ces deux derniers mois, je ne sais pas. Quand je suis avec vous, j'ai presque l'impression que…

– … Oui… ? m'encourage-t-elle.

– Qu'il y a un monde, en dehors de l'endroit pourri où je vis, et que je pourrais m'y faire une place.

– Ça ressemble à quoi, précisément, l'endroit où tu vis ? demande-t-elle après un silence méditatif.

Je ne sens plus ses yeux, à présent. Je crois qu'on regarde dans la même direction, droit devant. Je laisse échapper un rire un peu caustique, un peu amer.

– Ça, vous n'en saurez jamais rien.

– Parce que tu ne me le diras jamais ?

– Parce que, réponds-je, agacé. Que vous le vouliez ou non, il y a une frontière entre nos deux mondes. Riche, pauvre. Blanche, abo.

– … Prof, élève, complète-t-elle. Oui. Je sais tout ça. Et je sais que, pour être là chaque vendredi, avec moi, tu te bats, ajoute-t-elle. Alors à toi aussi, merci.

En disant cela, elle esquisse un geste pour poser une main sur mon bras… Puis elle se ravise. Je l'aperçois du coin de l'œil, et pivote vers elle. Elle réalise que je l'ai remarqué. Évidemment, mon cerveau se met à carburer à mille à l'heure et à émettre toute sorte d'hypothèses pour s'arrêter sur celle qui m'arrange :

Elle a peur de me toucher.

Or, samedi, elle n'en avait pas encore peur.

Peut-être qu'elle l'a senti, elle aussi. Ce truc entre nous. Qu'elle flippe. Qu'elle cherche un moyen de garder ses distances. De se dérober. Je devrais la laisser se dérober, je le devrais franchement, mais…

– Je peux vous emmener quelque part ? lancé-je, sans même réfléchir à ce que ça implique.

Je suis seulement obsédé par l'idée de prolonger ce moment. De continuer à abolir, ne serait-ce que pour encore une heure, toutes les frontières que je viens d'évoquer.

– Mon endroit préféré en ville, précisé-je. Pour vous remercier.

Je la fixe, pour ne pas rater sa réaction à ma proposition. Je la sens sur la réserve. Je tente de chasser la tension par une vanne.

– … Parce que, vu le parcours complètement aléatoire que vous venez de faire, il est clair que vous ne connaissez *rien* à Adélaïde. La révolution industrielle, ça oui, mais pour le reste…

Elle rit, lumineuse, puis secoue la tête, avant de céder.

– D'accord, Targan McKenzie. Je serais ravie de découvrir ton endroit préféré de la ville.

23

Quinn

– Je serais ravie de découvrir ton endroit préféré de la ville.

… *à défaut de découvrir où et comment tu vis.*

Je sais : ce n'est peut-être pas orthodoxe de traîner avec l'un de ses élèves un vendredi passé dix-sept heures trente. Pas plus qu'il n'est orthodoxe de le laisser fumer dans la cour du lycée quand il n'y a plus personne, ou d'aller le voir performer lors d'une battle, ou de déambuler en sa compagnie dans le centre-ville en parlant de Mark Twain.

Je ne suis pas orthodoxe.

Je ne me suis jamais imaginée devenir une prof orthodoxe.

Ce que je voulais, c'est être le genre de prof qui change des vies.

Et Targan McKenzie est l'incarnation parfaite de l'élève qui mérite qu'on change sa vie. Pour tout dire, je n'espérais certainement pas tomber sur quelqu'un d'aussi fin et doué durant ma première année d'enseignement. Alors, tant pis si, avec sa gueule d'ange, il me trouble. Tant pis si je ressens cette drôle d'électricité en sa présence. La différence entre les humains et les animaux ? On est capable de maîtriser nos pulsions.

La seule chose qui m'inquiète, à la rigueur, c'est qu'il finisse par se rendre compte de l'effet qu'il me fait. Mais même ça, je n'y crois pas vraiment. Je me souviens de la façon dont je percevais, en terminale, Mme Barnett, ma professeure de littérature, avec ses chignons et ses hauts à col lavallière. Je l'appelais la Fouetteuse ou la Vieille

Fille. J'admettais qu'elle n'était pas vilaine, dans le genre Dominatrix périmée. Mme Barnett devait avoir 25 ou 26 ans.

Tout ça pour dire que, les profs, dans l'imaginaire des élèves, sont des antiquités poussiéreuses, dépourvues de corps, de vie intime, d'affects. Ils ne sont pas incarnés. Il n'y a que dans les films que, quand arrive une jeune remplaçante sexy, les garçons de la classe la draguent ou lui font des réflexions salaces. Dans la vraie vie, les enseignants font à peu près autant rêver qu'un bol de porridge froid ou une commode Louis XVI. Et je suis cent pour cent certaine que Targan, comme tous ses camarades, me perçoit comme une créature sympathique, mais surannée, parfois drôle et souvent gênante, dépourvue de libido... Ce qui, en l'occurrence, m'arrange.

Aussi, après que nous sommes repassés à Heathford récupérer nos affaires, je grimpe sur le porte-bagages de McKenzie, qui entreprend de gravir l'une des collines de la ville. Il pédale dur. Il pédale, et moi, je l'encourage. Bon, soyons honnêtes, je le charrie aussi un peu.

Il galère tellement, le pauvre que, le temps que nous arrivions à destination, le jour a sérieusement décliné.

– Pile au bon moment, lance McKenzie hors d'haleine.

Je comprends instantanément pourquoi : au loin, le soleil commence à disparaître dans la mer. Le point de vue est imprenable. Sur le belvédère, un food truck avec une terrasse intimiste permet de s'installer pour profiter du spectacle.

Je tire une chaise, subjuguée par la vue panoramique, pendant que Targan commande à boire. Il revient avec deux Three Monkeys. Je lui jette un coup d'œil réprobateur, n'oubliant pas à quel point je me suis sentie coupable d'avoir trinqué avec lui après sa battle.

– J'ai l'âge légal, ici, on n'est pas dans votre pays de facho, lance-t-il avec un haussement d'épaules désinvolte. Et puis, c'était soit ça, soit une caïpirinha. Ils n'ont rien d'autre, ici.

En guise de justification, il pointe le drapeau brésilien qui décore le flanc du food truck. J'attrape ma bière et la choque contre la sienne.

– Je suis allée au Brésil, une fois. Pour la Biennale d'art de São Paulo.

– Évidemment…

C'est une moquerie douce. Une manière de me rappeler qu'il n'est pas dupe des différences entre nous. Riche. Pauvre. Je prends mon courage à deux mains et ose enfin aborder le sujet qui me préoccupe depuis deux semaines.

– Tu le pensais sincèrement, tout à l'heure ? Quand tu as dit que tu commençais à réfléchir à ta place dans le monde ?

– Je n'ai pas dit que je commençais à y réfléchir, me corrige-t-il. J'y réfléchis depuis longtemps. J'ai dit que je commençais à y croire.

– Alors, qu'est-ce que tu dirais si je t'avouais que je… euh… Qu'après t'avoir entendu le week-end dernier, je me suis renseignée, à propos de Collarts ? Concernant les modalités d'inscription et le genre de candidats qu'ils recherchent ? Quand j'ai parlé de ton profil au bureau des admissions, ils ont dit qu'ils seraient intéressés pour te rencontrer avant le dépôt des dossiers. Ils proposent un rendez-vous le 4 juillet, pendant les vacances d'hiver. Tu serais disponible ?

J'ai comme l'impression que j'ai bien fait de prendre mon temps et des pincettes. Car Targan ne saute pas au plafond, loin de là. Au contraire, il semble se raidir.

– C'est vraiment aimable à vous, madame Northon, mais il ne fallait pas.

– Il fallait, si ! protesté-je. Ce genre d'école est sélective sur le plan académique, mais ils cherchent aussi des profils atypiques. Seulement, pour ça, tu dois te positionner le plus tôt possible. Leur prouver que tu en veux, que c'est toi et pas un autre !

– Je ne peux pas me rendre à Melbourne, Quinn, me coupe carrément Targan, agacé.

Tellement agacé que, pour la première fois depuis que nous avons commencé les cours de soutien, il m'appelle par mon prénom. Peut-être l'ai-je énervé au point de lui faire oublier l'étiquette. Peut-être que, m'étant montrée trop intrusive à son goût, il a décidé de me bousculer pour souligner la réalité : nous ne sommes pas amis, sans doute pas égaux, car dans la bouche d'un ami, d'un égal, mon prénom ne serait pas si choquant.

– Je ne peux pas me rendre à Melbourne, se radoucit-il, parce que je n'en ai pas les moyens. Pas pour une simple rencontre informelle. Comment je vais payer le transport ? Où est-ce que je vais dormir ? C'est très gentil à vous, mais…

– Je te conduirai ! Le lycée prendra en charge les frais ! Ils doivent bien avoir un budget pour faire visiter les campus universitaires aux élèves de terminale…

– Et s'ils ne l'ont pas ?

– Eh bien… je paierai moi-même ! Ce sera ma contribution à ta réussite. J'espère que tu ne m'oublieras pas, quand tu seras riche et célèbre. J'ai toujours rêvé d'entendre mon nom parmi la liste des remerciés, lors d'un discours aux Grammys.

Targan rit en secouant la tête. Il a cette façon de rire, typiquement masculine, qui me trouble à chaque fois : il ne fait pas de bruit, pas réellement. Son rire est une vibration silencieuse qui fait étinceler ses yeux et agite discrètement sa pomme d'Adam. Quand il rit de cette façon, son regard s'illumine comme la surface de l'océan dans la nuit, et le petit grain de beauté sous son œil semble une énième étoile.

Targan relève la tête et rejette ses ondulations brunes en arrière.

– Célèbre ou pas, je ne crois pas que je vous oublierai, non.

La façon qu'il a de dire cela me provoque une drôle de sensation dans le ventre. Chaude, liquide. Défendue. Heureusement, je n'ai pas le temps de m'attarder dessus : Targan détourne le regard pour le braquer sur un point derrière mon épaule.

– Ah, ça y est, le spectacle commence.

Je tourne les yeux dans la direction qu'il observe et constate qu'un groupe se réunit aux abords de la terrasse. Un guitariste, un joueur de maracas, un autre de percussions. Ils s'installent et se mettent à jouer de la bossa-nova. On écoute un premier morceau en entier, attentifs et respectueux, puis le début d'un deuxième, puis, sans que je sache trop comment notre concentration se dissipe ni qui de nous deux se remet à parler le premier, nous parlons. Des instruments et chants traditionnels du peuple Kaurna – son peuple. De São Paulo et de mes autres voyages. Des dix meilleurs albums de rap de tous les temps. De ce qu'on ferait, s'il ne nous restait que vingt-quatre heures avant la fin du monde.

– Allez ! Ne me dis pas que tu resterais seul avec ton piano et tes machines !

– Pas seul, non. Je voudrais que mes sœurs et Jax, mon neveu, soient avec moi. Mais oui, faire du son, en écouter – j'imagine que c'est ce que je ferais. Vous ne prendriez pas de photo, vous ?

– À quoi ça sert ? réponds-je en haussant les épaules. Les photos sont là pour laisser une trace des instants disparus. Sans personne pour les regarder, elles sont inutiles. Non, ajouté-je, je crois que... Je crois que je fumerais une cartouche de clopes, je boirais un whisky d'au moins cinquante ans d'âge...

– Ouais, ouais, me coupe-t-il. « Et je ferais l'amour une dernière fois. » Vous croyez que je ne connais pas le couplet ? Tout le monde répond plus ou moins la même chose, c'est désespérant.

– Qui a parlé de ça ? le détrompé-je, vexée comme un pou. Vraiment, tu me sous-estimes : je n'ai pas besoin d'un homme pour passer une dernière bonne soirée sur terre. Non, je prendrais mes clopes, mon whisky de luxe, et je danserais jusqu'au bout de la nuit.

– Avec qui ?

J'ai malgré moi un sourire un peu douloureux.

– Ça, je n'en sais rien... Seule, sans doute ? Ou avec ma coloc, si le programme la tente ? Tous mes proches sont à New York et je ne voudrais pas passer dix-neuf heures sur les vingt-quatre dernières du monde dans l'avion pour les retrouver.

– Pas avec Liam Broker, donc ? me demande-t-il en levant un sourcil, surpris.

Qu'est-ce que je disais ? Pour les élèves, nous sommes des créatures tellement conventionnelles et sans histoires, nous autres, profs, que la possibilité que je connaisse en réalité à peine Liam n'effleure pas Targan. Pour ce dernier, si je fréquente un homme, c'est que je suis quasiment mariée. J'essaye de ravaler mon sourire en prenant une nouvelle gorgée de Three Monkeys.

– Pas avec Liam Broker, non. Mais tu soulèves un bon point : il faut que je songe sérieusement à construire de solides amitiés ici avant l'apocalypse, blagué-je pour botter en touche.

Les deux bières deviennent quatre, et les quatre bouteilles font place à deux caïpis. Des *empadãos*, des *pastels*, des *acarajés* font leur apparition sur la table, sans que je sois même certaine que Targan les ait commandés. J'ai plutôt l'impression que la nourriture vient à nous, que des gens la déposent comme une offrande tout en le saluant d'une main sur l'épaule. Le couchant a été remplacé par des guirlandes lumineuses colorées. Des parasols chauffants ont été allumés entre les tables et quelqu'un distribue des plaids. Je resserre mon écharpe autour du cou, Targan sort un bonnet de sa poche intérieure. Des musiciens s'en vont, d'autres prennent le relais. Parmi les nouveaux, l'un appelle Targan, qui s'assure du regard que je suis d'accord pour rester seule un instant. Puis, après que j'ai acquiescé, il se lève pour aller jouer des percussions sur un morceau au rythme endiablé. La bossa-nova est devenue samba. Des couples dansent. Je les observe en riant, étourdie, puis je fixe Targan en secouant la tête : je le savais pianiste, je l'ai entendu rapper… Mais quoi, il sait tout jouer ? Il croise mon regard, sourit en coin, hausse les épaules comme pour dire, *C'est rien, ça*, tandis que ses mains tatouées bougent à toute allure sur la surface tendue du tambourin. Malgré son absence, on continue de m'apporter à manger, à boire, et maintenant, je comprends mieux pourquoi : il fait partie de la bande. Ce food truck sur les hauteurs de la ville, c'est bien plus que son endroit préféré : c'est un fragment de son univers.

Après deux morceaux, Targan revient à table. Il n'a pas le temps de s'asseoir que je lui lance :

– Tu vois, tu es obligé de m'accompagner à Collarts. Tu es trop doué.

– Et vous, vous êtes obligée de danser.

– Tu ne m'avais pas prévenu que l'apocalypse avait lieu ce soir, blagué-je pour esquiver.

– Ce n'est pas l'apocalypse, c'est la plus élémentaire des politesses. Ça fait trois heures que vous êtes là, le cul vissé à cette chaise : Renata, la patronne, va finir par mal le prendre.

Il me tend la main. Je le regarde en hésitant, je proteste que j'ai bien trop mangé pour danser la samba. Puis je tourne les yeux vers ladite Renata, qui, par la fenêtre de son food truck, me toise d'un air pas commode. Alors je cède, et attrape la main de McKenzie, mon véritable hôte en ces lieux. Mais l'étrangeté de la situation ne m'échappe pas pour autant. Je me sens raide, incapable de bouger avec naturel. Moi qui suis d'ordinaire plutôt à l'aise avec mon corps, j'ai l'impression ce soir d'avoir deux pieds gauches. Heureusement, Targan sait bouger, il sait conduire. Or, dans les bras d'un bon cavalier, on peut presque tout danser : il suffit de se connecter à l'autre. Alors, je rive mon regard au sien et m'en remets à lui, à ses pas, à ce que ses mains attendent de moi. Je m'approche quand il se rapproche. Je recule quand il s'éloigne. Je le laisse m'attraper, me faire tournoyer, me repousser puis me récupérer au vol, me faire pivoter dans un sens puis dans l'autre. Je trébuche et je ris à gorge déployée. Lui sourit. Puis, son bras gauche se déroule, s'enroule de nouveau, et j'atterris, le dos plaqué contre son torse dur. Nos deux paumes entremêlées sont nouées sur mon ventre. Sa main libre se pose sur ma hanche. Suivant le mouvement qu'il impulse, je me mets à onduler doucement du bassin. Je ne ris plus du tout. L'atmosphère est plus dense, soudain, plus lourde. Sa main droite abandonne ma hanche pour attraper ma main droite, qui repose mollement le long de mon corps, et la placer à l'arrière de sa nuque. Le visage tourné vers son cou, je me rends compte que Targan dégage une discrète odeur de sueur. Il sent également les cigarettes et la liberté. Je ferme les yeux. Il sent la nuit. L'insouciance. La légèreté.

Sur mes lèvres, positionnées juste sous son menton, je sens le léger frottement de la repousse de sa barbe. Ses doigts, autour des miens, desserrent leur étreinte ; ses phalanges s'étendent à la lisière de mon pull et frôlent mon ventre nu. Cette caresse, si infime qu'elle pourrait tout à fait être accidentelle, déclenche de violents frissons sur ma peau, ainsi qu'une décharge qui part du creux de mes reins. J'exhale et me cambre, tandis que la main droite de Targan retourne sur ma hanche, l'empoigne, pour de nouveau me plaquer contre lui. J'ai l'impression de le sentir, contre mes fesses. Dur. La sensation d'électricité dans mes reins s'intensifie. À mon tour, je tends mes doigts, posés sur sa nuque, pour attraper une de ses boucles brunes et la faire rouler entre eux…

Non ! Arrière toute, Quinn !

Je rouvre brutalement les paupières et me détache du corps de ce garçon de 18 ans. Un *lycéen*. Mon *élève*. Bon sang, qu'est-ce qui déconne chez moi ? Je me détache et je m'écarte ; je lui fais maintenant face et je devine, à la manière inquiète dont il m'observe, que j'ai l'air proprement épouvantée. Apparemment, ma terreur est contagieuse, puisque, avec un visage blême, il me demande :

– Tout va bien ?

Je brandis entre nous ma main, paume ouverte, comme pour faire barrage, puis je détourne la tête et me racle la gorge avant de déclarer, d'une voix qui reste enrouée :

– Il faut que j'y aille. Il est tard.

– OK, me répond Targan avec un regard légèrement affolé. Je vous raccompagne…

– Non, c'est bon ! aboyé-je.

Réalisant que ma panique n'aide pas, je me force à me calmer.

– Je vais prendre un Uber. Ne t'inquiète pas.

Puis j'ajoute, avant de me diriger vers notre table pour récupérer mes affaires :

– On se voit lundi.

Une manière de lui dire de ne pas s'en faire. Que tout va bien. Qu'on se verra en cours, comme d'habitude.

Ou peut-être, qui sait, une manière de me le dire à moi ?

Sans un mot, je renfile mon blouson en sherpa, attrape mon sac, et file sans me retourner commander un Uber une cinquantaine de mètres plus loin. Alors que j'attends mon chauffeur, ma terreur, c'est que Targan vienne me rejoindre. Qu'il veuille qu'on s'explique. Qu'il insiste pour mettre des mots sur ce qui vient de se passer. Ce serait pire que tout ! Si l'on nommait ce qui a eu lieu, là, il n'y aurait pas de retour en arrière.

Je tente malgré tout de me rassurer : ce n'était rien, ça n'a duré que quelques secondes, on a tous les deux un peu bu, peut-être qu'il ne s'est même pas rendu compte de ce qu'on faisait…

Puis je me raisonne : la situation a bien failli déraper. Non, qu'est-ce que je raconte : *j'ai* failli déraper ! Avec un jeune homme à peine majeur. L'un de mes étudiants qui, sentant une ouverture, a apparemment décidé de tester son pouvoir de séduction, d'explorer les limites. Et qui aurait dû en trouver, des limites.

Soudain, je me revois à cet âge – 17, 18 ans – faire pareil. Avec des adultes que j'admirais – des gens du monde de l'art, des étudiants en fac. Je *voulais* leur plaire, je *voulais* qu'ils me voient, je *voulais* qu'ils me désirent, et je faisais tout pour… Mais quand ils finissaient par me manifester l'intérêt d'ordre sexuel que j'avais voulu susciter, ça m'anéantissait. Parce que je comprenais alors que, sans la perspective d'obtenir de moi du sexe, jamais ces gens-là ne m'auraient accordé une once de leur temps ou de leur attention. Que ma valeur, aux yeux des adultes, se limitait à mon corps et à sa capacité à produire, pour quelques années encore, des doses massives de collagène.

À cause de ça, pendant des années, j'ai moi aussi cru que je ne valais pas plus que ça. Même quand j'ai trouvé un agent, même quand j'ai remporté mon premier prix de photo, eu ma première publication dans un magazine, ma première expo solo, j'ai continué à croire que mon seul intérêt, c'était mon cul.

Et je n'ai jamais compris que des adultes puissent infliger une telle blessure à l'ego d'une jeune fille sans paraître s'en préoccuper plus que ça.

C'est pourquoi jamais je n'aurais cru un jour me comporter comme eux. Me laisser tourner la tête par la beauté du diable, par la jeunesse d'un homme, par ce mélange de masculinité et d'innocence qu'on dégage quand on n'a pas 20 ans. Pire que me laisser troubler : le laisser *transparaître*.

C'est sous le choc de cette révélation que je grimpe dans la berline noire en trébuchant, tremblante et vaguement nauséeuse. Oui, jamais je n'aurais cru que je pourrais un jour devenir cette personne-là…

Et qu'on soit clair : je préfère n'être personne que cette personne-là.

24

Quinn

– Liam, arrête de m'énerver.

– Neelam, je t'assure que je vais exploser !

– Liam, tu vas finir par me vexer…

Ma colocataire tend d'un air menaçant l'assiette couverte de *jalebi* et de *ladoo* qu'elle a passé la journée à confectionner avec Uma, la fille qu'elle fréquente depuis les vacances d'automne. Je pique au passage un *jalebi*, me ressers un verre du vin sublime qu'Uma a sorti de sa cave électrique et je vole au secours de mon… comment qualifier Liam ? Mon *situationship* ? Mon nouveau plan cul ? Mon prétendant qui voudrait visiblement plus alors que je ne suis pas sûre d'être prête à plus ?

Pas encore, du moins, me corrigé-je. J'ai bon espoir que ça vienne. Encore plus après la soirée d'hier, à ce food truck brésilien. Liam est tout ce dont on peut rêver. Il est raffiné et responsable, il sait ce qu'il veut et où il va dans la vie… Bref, c'est un adulte, lui, au moins. Contrairement à Targan. Ou même, à un moindre niveau, à moi.

– Tu n'es pas obligé de céder, le rassuré-je. Elle a l'air menaçante, comme ça, mais elle ne te fera aucun mal.

– À part trop charger ton plat en piment, nuance Uma.

– D'ailleurs, rebondit Liam, comment se fait-il que Neelam et Uma organisent déjà des dîners ensemble alors que c'est à peine si j'ai le droit de rester pour le café quand je suis chez vous ?

– Tu connais la blague, non ? réplique Neelam. Qu'est-ce qu'une lesbienne apporte à un premier rendez-vous ?

Et Uma et moi de donner la réponse en chœur :

– … Un camion de déménagement !

On rit toutes les trois sous le nez d'un Liam déphasé, avant que j'ajoute :

– Je te rassure, Uma, je ne me sens pas menacée. Aucune chance que Neelam veuille un jour emménager dans ce…

Je jette un coup d'œil autour de moi. La maison de Uma, à Glenelg, est une merveille. Une hauteur sous plafond de dingue. Un adorable petit jardin. Des meubles de designers. Et même une cheminée.

– Qui donc essayé-je de leurrer ? lâché-je finalement en secouant la tête. Neelam va totalement larguer notre colocation à la première occasion pour venir vivre dans ce petit paradis.

– Ne sois pas triste, me taquine Neelam en me prenant la main d'un air compatissant. Je te laisserai une gamelle d'eau et des croquettes, et je passerai une fois par semaine changer ta litière. Bébé, ajoute-t-elle, tu ne voudrais pas rouler un joint ? Pour aider la digestion de Liam ?

– Pas de souci, bébé. Où est ta *weed* ?

– Comment ça, *ma weed* ? On l'a finie à l'apéro ! Où est la tienne ?

– La mienne, *bébé*, répond Uma en faisant mine de s'agacer, *tu* l'as finie pendant que je désossais le poulet pour le mettre dans la marinade.

– Ne me regardez pas ! interviens-je en levant mon verre. Vous savez bien que le cabernet est ma seule drogue, désormais.

– OK, très bien, très bien, soupire Uma, j'appelle mon dealer.

– Waouh, Neelam ! Ta copine a un vrai métier, un jardin, une Mazda ET un dealer ? C'est tellement… adulte ! les taquiné-je. Je veux dire : toi, tu achètes encore aux gars qui squattent le parc en bas de chez nous, comme une collégienne qui vient de découvrir le cannabis…

Neelam me tire la langue tandis qu'Uma s'empare de son portable.

– Pour tout dire, explique-t-elle, ce n'est pas vraiment mon dealer attitré. Plutôt un numéro, où je peux envoyer un SMS codé et recevoir en retour la visite d'un coursier qui change quasiment chaque fois.

– Donner son adresse à de parfaits inconnus pour qu'ils vous livrent de la drogue, quand on vit dans une baraque comme ça… Tu n'as jamais peur ? demande Liam.

– Peur de quoi ?

– Qu'ils te braquent. Ou qu'ils reviennent te cambrioler.

– Ils sont dealers, pas braqueurs ou cambrioleurs ! réponds Neelam en roulant les yeux. Tu surestimes la polyvalence de nos délinquants. Ou leur esprit d'initiative.

Je ris, avant de faire remarquer que Liam n'a pas tort. Sans m'étendre sur le sujet, surtout devant mon date, j'en ai connu, dans mes folles années, des dealers : ce ne sont pas les gens les plus rassurants ou les plus fiables au monde…

– … Bref, tu ferais peut-être mieux d'installer une alarme, Uma. Sait-on jamais ?

– T'es sûre que ce n'est pas toi qui as fumé ma *weed*, pour être parano comme ça ? me demande Neelam d'un faux air soupçonneux pour faire rire la galerie.

Ce qui fonctionne, bien sûr. Objectivement ? C'est une soirée parfaite. La nourriture était délicieuse, le vin coule à flots, Billie Eilish est la BO de nos fous rires et un feu brûle dans l'âtre – même si les températures sont plus que clémentes, au cœur de l'automne austral. D'une certaine façon, bien que je connaisse peu Uma ou même, dans une certaine mesure, Liam, ce dîner commence à ressembler… eh bien ! au dîner d'une personne qui aurait une vie. Sociale, j'entends. Peut-être même qu'une part de moi ne considère plus tout à fait mon déménagement à l'autre bout du monde comme un bannissement. Oui, pour être honnête, plus Neelam et moi nous rapprochons, plus je me mets à penser à Adélaïde comme ma maison.

Je devrais donc être d'humeur radieuse.

Sauf que je ne le suis pas, pas tout à fait. Je ne peux pas l'être. Pas quand je suis régulièrement assaillie de flashs de la soirée d'hier et de ma danse collée-serrée avec McKenzie. Qui me provoquent de telles bouffées de honte que je dois à chaque fois aller me planquer en cuisine pour attendre que ça passe. (Au moins, les restes sont en boîte et la vaisselle est faite, c'est déjà ça.)

Seulement, la destinée ne m'aide pas, car, quand, après quarante-cinq minutes, la sonnette de Uma retentit, ce n'est pas son dealer qui fait irruption dans notre petite sauterie, non : c'est Targan. *Mon* Targan. Oh. Panique. Panique. Liquéfaction et sueurs froides. Qu'est-ce qu'il vient foutre ici ? Comment il m'a trouvée ? Est-ce qu'il m'a pistée afin de parler de ce qui s'est passé hier soir ? Est-ce que, la nuit portant conseil, il a décidé de me confronter ? Et si oui, dans quel but ? Me proposer d'aller au bout de ce que j'ai initié ? Ou me menacer de dénoncer mon attitude inqualifiable à Walker ?

Blême, les jambes flageolantes, je contourne la table d'Uma et vais à sa rencontre. Lui, pâle également comme s'il avait vu un fantôme, a un mouvement de recul. Les trois autres nous fixent. Surtout Liam, qui n'a pas manqué de reconnaître l'élève que je lui ai présenté le week-end dernier. Dans un salon au silence par ailleurs morbide, Billie continue de chanter les amours saphiques, sans que plus personne ne l'écoute.

– Qu'est-ce que… ? lâchons-nous enfin, Targan et moi, quasi simultanément.

Je m'interromps. Plisse les yeux. Fixe les siens, écarquillés d'effroi. C'est alors que je comprends.

Targan ne s'attendait pas à me trouver ici.

Targan n'est pas venu pour moi, non.

Il est venu pour Uma.

***

– Je n'arrive pas à y croire. Je n'arrive pas à y croire, répété-je pendant que je fais les cent pas dans l'allée devant chez Uma.

Mes deux mains empoignent la racine de mes cheveux, comme si je comptais les arracher de mon crâne.

– Comment on peut être aussi con !

– Madame Northon… fait Targan avec un geste apaisant.

Je pile.

– Oh non, répliqué-je en levant le menton pour le regarder dans les yeux et brandir un index sous son nez. Ne me « Madame Northon » pas.

Les sourcils de Targan se froncent. Il referme sa main sur la mienne pour forcer mon doigt menaçant à se replier.

– Comme vous voudrez, *Quinn*.

Je rêve ! De quel droit se permet-il de faire de la provoc ou d'afficher un air agacé ? Il se prend pour qui ? Il se croit où ?

– Depuis combien de temps ça dure, tes conneries ? Non, attends, ne me dis rien : moins j'en sais, mieux c'est. Mais dis-moi quand même : qu'est-ce qui t'a pris de faire un choix aussi débile ?

OK, je sais, je manque de cohérence. Seulement, je crois que, de ma vie, je n'ai jamais été aussi FURIEUSE !

– Ce n'est pas un choix, crache Targan, le poing encore refermé sur ma main. Si vous me connaissiez un minimum, vous le sauriez.

– On a toujours le choix, Targan !

Je tremble de tous mes membres. Je pourrais le gifler. Je suis hors de moi.

– Est-ce que tu consommes ?

– Baissez d'un ton, m'intime-t-il entre ses dents.

Je me rends soudain compte que je gueule en pleine rue. Dans une banlieue calme et familiale, un samedi soir, alors qu'il a probablement les poches pleines de… de je ne sais même pas quoi ! Effectivement, ce n'est pas le moment de pousser un bon samaritain inquiet à appeler la police.

– Réponds-moi, reprends-je, à voix basse cette fois-ci.

Basse, mais intransigeante. Il ne se défilera pas comme ça ! On va mettre les choses au point, lui et moi.

Targan se détourne en relâchant ma main, puis soupire. Il *soupire*. Comme si j'étais une prof reloue ! Ou sa daronne !

Alors que ça fait des semaines – des *semaines* – que je me plie en quatre pour l'aider. Que je prends sur mon temps libre. Que je pense à lui constamment ! J'en étais même arrivée à le considérer (ce qui, au passage, ne m'arrangeait pas franchement) comme un égal ! Quand il n'est en réalité rien d'autre qu'une version baraquée et musclée de la petite conne que j'étais à son âge ! Moi aussi, à 18 ans, s'il y avait une connerie à faire, on pouvait être sûr que je fonçais tête baissée – surtout si elle impliquait des substances illicites.

– Je bédave, oui. Et je prends un peu de speed, par-ci par-là. Rien de bien méchant.

– Rien de bien méchant ? répété-je l'air incrédule.

– Je ne suis pas accro, quoi.

Il a un mouvement brusque des épaules, comme s'il cherchait *littéralement* à ce que je le lâche.

– Tu ne te rends vraiment pas compte, hein ? Ça va te griller le cerveau, ces merdes !

– Vous ne vous trouvez pas légèrement hypocrite, là ?

C'est à lui d'avoir la mâchoire contractée. Tout son corps, son grand corps tatoué, puissant et tellement haut qu'il se tient toujours un peu voûté, est tendu, comme s'il voulait parer un coup. Ou en donner un.

– C'est vous qui avez fait appel à mes services, ce soir.

Targan 1, Quinn 0.

– Je... euh... Ce n'est pas moi, non, bafouillé-je piteusement.

– OK, c'est l'un de vos potes alors. Vous pensez que ça fait une différence ?

– Ça fait une différence parce qu'ils n'ont pas 18 ans ! sifflé-je entre mes dents. Leurs cervelles ont fini leur croissance. Voilà sûrement pourquoi ils ne feraient jamais des choix aussi stupides que...

– Ma cervelle à moi se régénère en permanence. Du coup, les dommages se réparent au fur et à mesure. Qu'est-ce que vous trouvez à redire à ça ?

– Ne joue pas au plus malin avec moi, Tee.

– En ce cas, ne jouez pas les adultes de base avec moi, Quinn !

Mon prénom éclate entre nous comme une grenade. C'est au tour de Targan d'exploser. En m'appelant ainsi, cette fois sans aucune ironie, il me rappelle ce que nous sommes. Pas vraiment enseignant et élève. Quelque chose de plus. Quelque chose que j'ai induit, à me la jouer bonne copine, prof avec qui l'on boit des bières ou des caïpis... Au point qu'hier, ça a bien failli déraper ! Ce qui explique que je n'incarne plus à ses yeux l'autorité que je devrais. Ce qui est entièrement ma faute.

– Parce qu'on a passé deux soirées ensemble, vous croyez me connaître ? Vous ne savez rien de ma vie. Si je vends, c'est que je n'ai *pas* le choix. Et si je consomme, c'est parce que me défoncer m'aide momentanément à supporter ma vie de merde ! Mes responsabilités, dont vous n'avez aucune idée !

Il fait un pas en avant, furieux, blessé. Hors de lui, et pourtant vulnérable.

– Quand je fume, au moins, je me détends. Et quand je tape, pour une heure ou deux, ce *putain* de bruit blanc que j'ai constamment dans la tête se tait ! Je suis capable de me poser, d'être au présent, de me concentrer sur ce que j'ai à faire... D'avoir en moi un peu de silence pour composer ! Jouer. Écrire. Faire les foutues disserts que *vous* exigez de moi...

– Oh, alors, ta polytoxicomanie est de ma faute, maintenant ? De celle du système scolaire ? Du monde entier, mais surtout pas de la tienne ?

Je secoue la tête, navrée. Déçue. Inquiète. Je pose mes mains sur ma taille, baisse la tête, expire un grand coup pour me calmer. Je regarde vers le ciel. Puis vers lui, enfin.

– Tu dois arrêter tout de suite, Tee. Avant que tes activités ne s'ébruitent, avant qu'elles ne foutent en l'air tous les efforts que tu as fournis ces derniers mois. Avant que tout ça ne t'explose au visage ! Ou au mien, pour ce que j'en sais ! Tu te rends compte si on apprend que j'étais au courant et que...

Raclement de gorge dans mon dos. J'arrête dans la seconde de parler et, lentement, me tourne. Neelam est là, sur le perron. Elle fait rouler son fauteuil vers nous et se met à me parler bien en face, d'une voix qu'elle veille à garder basse.

– Toi aussi, tu dois arrêter cette discussion tout de suite, Quinn. Vous la finirez chez la psychologue scolaire, en salle de colle ou je ne sais où. Parce que, pendant que tu es ici à faire des heures sup', il y a un mec qui t'attend à l'intérieur et qui commence à se demander ce que c'est que cette grande scène dramatique. Et moi aussi, je t'avoue que je me demande pourquoi tu réagis comme si ce que fabrique ce petit con était dirigé *contre* toi. C'est sa vie, pas la tienne ! Tu n'es pas responsable des conneries de tes élèves, encore moins quand elles ont lieu en dehors de l'enceinte du lycée. Tu as peur de quoi ? Qu'il balance à toute la classe que tu fréquentes des gouines fumeuses de joints ? Étant donné la façon dont il l'a découvert, je doute qu'il soit en position de le faire, ajoute-t-elle avec un regard en biais à l'attention de McKenzie.

Je comprends soudain que, si Neelam a parlé si bas, ce n'était pas pour que Targan n'entende pas, non – il n'a pas raté un mot de ce qu'elle vient de dire. C'était pour Uma et pour Liam. Qui, eux, n'ont pas raté une seule miette de la dispute qui vient d'avoir lieu. Les éclats de voix de ma part. Les « Quinn » réprobateurs de Targan. Mes « Tee » accusateurs. La mention de « nos » deux soirées.

Ce n'est pas la seule chose qui m'a échappé.

Cette relation entière… C'est déconnant. Profondément déconnant. Il n'y a aucun cadre. Je l'ai fait sauter sans même m'en rendre compte, au fil des semaines, en me laissant peu à peu couler dans une intimité qui ne devrait pas exister entre Targan et moi. Neelam l'a perçu. Apparemment, Liam l'a perçu. Et depuis hier, je le perçois aussi.

– Tu devrais partir, Targan.

L'air épuisé et exaspéré, je me tourne vers le bad boy.

– Mon amie a raison.

Je me redresse, soucieuse d'afficher soudain un masque d'impassibilité. De revenir dans les clous. Là où il n'y a ni explosions, ni désarroi, ni sentiment irrationnel de trahison, ni passion. Là où les rôles sont définis.

– … On parlera lundi, au lycée. Pour l'heure, je retourne à mon dîner.

Puis, sans me donner le temps de regarder une dernière fois son visage, d'imprimer son expression, de tenter de la déchiffrer, je fais demi-tour. Et j'avance, la main posée entre les omoplates de Neelam dans un geste qui signifie *pardon pour le bordel* et *merci d'avoir coupé court*, vers l'intérieur de cette maison où m'attend ma vraie vie.

25

Quinn

Durant tout le cours lundi, autant par lâcheté que par colère, j'ai évité de croiser le regard de Targan. Quant à lui, ce n'est pas seulement mon regard, qu'il a esquivé : c'est toute ma personne, puisqu'il a bondi dès la sonnerie pour quitter au plus vite ma salle de classe.

De toute façon, je ne sais même pas quoi lui dire. Je lui en veux. Je m'en veux. Je suis inquiète. Pour lui, pour son avenir. Pour moi, pour ma santé mentale. Ça fait cinq jours que je me demande si je ne suis pas en train de glisser complètement. Comme ma mère avant moi : de perdre peu à peu prise avec la réalité, jusqu'à n'avoir plus aucun contrôle de mes impulsions.

Ça fait cinq jours que je me demande si ma relation avec Targan n'est pas le signe avant-coureur d'une décompensation psychotique. Que je songe que, quoi qu'il en coûte, je dois regagner la terre ferme, où les règles sont claires. Or, ce que j'ai découvert samedi soir concernant les activités de Targan est le prétexte idéal pour ça. Le fait qu'il deale, c'est ma porte de sortie.

– McKenzie, tu viendras me voir à la fin de l'heure, s'il te plaît ?

L'heure en question est si lente, si lourde, qu'elle m'écrase la poitrine. Je m'enlise dans mes explications. Les élèves s'enfoncent dans l'ennui. Ça bâille çà et là. La participation est au plus bas. Les échanges sont poussifs. Et quand la cloche sonne, une fois n'est pas coutume, ils sont vingt-deux à pousser un soupir de soulagement. McKenzie, au contraire, paraît fébrile. J'essaye d'ignorer ce que ça me fait, de le voir avancer jusqu'à ma table tandis que la salle se vide. Grand. Beau. Nerveux. J'essaye d'ignorer mon cœur qui accélère, mon sang effervescent, la chaleur dans mon ventre et à l'arrière de ma nuque. Je tente de me rassurer en me disant que ça arrive forcément à tout le monde, un vague crush, au cours d'une carrière. Il y a toujours un rapport de séduction entre prof et élèves, et parfois on se laisse dépasser. Voilà, ça m'est arrivé. Avec un homme que j'avais déjà remarqué avant la rentrée, qui plus est, je veux dire, un garçon.

Oui, j'ai trouvé McKenzie attirant avant de savoir qu'il était aussi jeune, qu'il était mon élève.

Puis j'ai appris à le connaître. Il m'a impressionnée. Il m'a touchée. Je me suis découvert des atomes crochus avec lui. Et je me suis approchée de la ligne rouge.

Mais je ne l'ai pas franchie. Il ne s'est rien passé.

« On n'est pas responsables de ses émotions », me rappelle la voix de ce brave Dr Hamond. *« On n'est responsable que de ses actes. »*

– À partir de maintenant, je voudrais qu'on établisse quelques règles, si tu le veux bien.

Je croise les bras et relève le menton.

– D'abord, nous ne mentionnerons plus ce qui s'est passé ce week-end. Sous aucun prétexte. Je ne te ferai pas la morale. Je n'essayerai plus de te convaincre de changer. Mais, en contrepartie, je veux que tu fasses une chose pour moi.

Je me mets à fouiller dans mon agenda, en sors une carte de visite, la lui tends.

– … Je veux que tu contactes ce numéro de ma part. Ils attendent ton appel.

Il déchiffre la carte, sourcils froncés.

– Dr Zulfic, unité des troubles neurodéveloppementaux de l'adulte, hôpital Queen Victoria…

Puis il s'interrompt, redresse la tête et brandit la carte sous mon nez.

– Qu'est-ce que c'est que ces conneries ?

Il est furieux et je voudrais le rassurer, lui expliquer calmement… Mais je ne le peux pas. Je dois passer la main, le concernant. D'où cette carte de visite. Et le fait que je ne cille pas.

– Ils peuvent t'aider avec le problème qu'on a évoqué samedi. Tu sais, le fait que tu as besoin de certains… stimulants pour rester concentré.

Sur le moment, quand j'ai appris qu'il prenait parfois des amphétamines – du « speed », comme on dit –, j'ai eu envie de lui arracher les yeux. Mais en y repensant à tête reposée, tout s'est mis à faire sens. Sa distraction. Son côté brouillon. Son impulsivité. Dans les troubles de l'attention, le traitement le plus efficace des symptômes, à l'heure actuelle, est la Ritaline. Autrement dit : des amphétamines sur ordonnance.

– Ça fait longtemps que, en t'observant, j'y songe, poursuis-je. Et ce que tu m'as confié sur ta consommation de stupéfiants n'a fait que confirmer ma théorie : je pense que tu souffres d'un trouble du déficit de l'attention – sans hyperactivité, ce qui fait que personne ne s'en est rendu compte plus tôt. C'est ce qui explique certaines de tes difficultés.

– Quelles difficultés ? Allez, dites-le.

– Eh bien, pour commencer, il y a la gestion de tes émotions. Ton manque d'organisation. Tes problèmes pour suivre en cours.

– Vous voulez dire que je suis débile, c'est ça ? Alors, dites-le franchement. Jouer les faux culs, ça ne vous ressemble pas.

Je retiens mon souffle. Il a l'air blessé, meurtri. Tout mon instinct me hurle de le rassurer, de l'apaiser. Mais ça ne peut plus être mon rôle – ça ne doit plus l'être.

– D'une, tu baisses d'un ton. Et tu ne me parles pas comme ça, sinon on finira cette discussion dans le bureau de M. Walker. De deux, tu n'es pas débile, je ne t'ai jamais trouvé débile, et tu le sais parfaitement.

Malgré moi, je me radoucis plus que je ne le voudrais. Je

lutte pour ne pas poser ma main sur son bras tendu, crispé, non : à la place, je croise les bras et m'assieds sur le rebord de mon bureau.

– … Si j'ai raison, si tu es passé toutes ces années entre les mailles d'un diagnostic, c'est au contraire que tu es très intelligent. Tellement, que tu arrives à compenser ton handicap. Mais il n'y a aucune raison que tu doives continuer à fournir deux fois plus d'efforts que les autres ! Il existe des traitements qui…

– Je ne suis *pas* handicapé, Quinn.

Son visage est déformé par la colère. Si je ne venais pas de lui rappeler que je suis sa prof et que tout ça peut se finir chez Walker, si nous étions dans des positions symétriques, deux personnes discutant d'égal à égal, je crois qu'il m'en foutrait une.

– C'est Mme Northon. Et non, tu n'*es* pas handicapé. Mais je crois que tu *as* un handicap. Qui ne te définit en rien, mais qui te freine et bride ton potentiel. Écoute, soupiré-je, tu fais comme tu veux. Mais si un diagnostic de TDA/H est posé, tu pourras bénéficier d'aménagements pour tes contrôles et pour ton examen de fin d'année. D'un traitement qui te soulagera de ce fameux « bruit blanc » que tu évoquais samedi. Et, cerise sur le gâteau, tu auras une bonne raison d'avoir redoublé ta terminale, que tu pourras subtilement faire savoir au service des admissions de Collarts lors de ton rendez-vous. Ce qui m'amène à mon autre nouvelle règle…

Je prends une grande inspiration.

– C'est Kalvin – M. Sachs – qui te conduira à cet entretien et passera la nuit avec toi à Melbourne. Tout est réglé, nous avons vu les détails avec la vie scolaire qui prendra en charge le trajet et l'hébergement. M. Sachs pourra aussi t'aider dans ton travail scolaire si besoin, il en est tout aussi capable que moi. Tu n'auras qu'à le solliciter quand tu as besoin d'aide.

– … Attendez, quoi ? Qu'est-ce que ça veut dire, ça ? On arrête le soutien ? me demande-t-il, halluciné.

– Tes notes sont désormais tout à fait satisfaisantes, je ne pense pas qu'il soit nécessaire de poursuivre. Et puis, comme je le disais, si jamais tu te sens en difficulté sur un sujet, tu pourras toujours nous contacter, M. Sachs ou moi, via l'ENT, et solliciter un rendez-vous.

– Mais… pourquoi ?

Parce que je dois mettre fin à tout ça avant qu'il ne soit trop tard. Avant que ça n'aille trop loin. Avant que tu ne comprennes, toi aussi, l'effet que tu me fais.

– Parce que dorénavant, je préfère que nous limitions nos interactions à ma salle de classe.

– Vous voulez dire que vous ne ferez plus appel à moi pour vos petites fêtes entre amis ? crache Targan.

C'est bas. C'est mérité. J'aurais fait pareil à sa place. Néanmoins, c'est à mon tour de froncer les sourcils. De me redresser, d'avancer le menton d'un air menaçant. Je me plante sous le nez de Targan McKenzie et lève vers lui un regard qui signifie que je ne plaisante pas.

– Tu viens déjà de faire une entorse à la règle numéro un. Ne teste pas ma patience, Targan. Je n'aurai absolument aucun scrupule à demander ton éviction de mon cours, si tu rends la vie de la classe ou la mienne ingérables.

Ses yeux se plissent, mais ce n'est plus uniquement de la fureur que j'y lis. Targan me sonde. Puis il semble trouver, dans la froideur polaire que j'affecte, la réponse qu'il cherchait.

– Non, vous n'aurez aucun souci à le faire, lâche-t-il dans un souffle. Évidemment que vous n'aurez aucun souci à le faire.

Ce que je lis sur son visage – cet écœurement, cette déception – fait mal. Mais c'est un mal nécessaire. Oui, je viens de rétrograder de Prof Cool et Inspirante à Affreux Petit Maton, mais c'est pour son bien.

C'est pour le protéger lui.

Le protéger, lui, de moi.

26

Targan

Foutue jambe qui ne veut pas s'arrêter de bouger.

Et foutu Tchango, qui regarde des *shorts* sur YouTube, sans écouteurs, en se marrant tout seul. Il fout la honte.

– Putain, Tchango, à croire que t'as jamais vu un chat de ta vie…

Mon prof de piano tourne vers moi un regard blasé.

– Tu veux vraiment m'ôter toute joie de vivre, hein ?

– Disons simplement que je ne trouve pas que ta joie de vivre soit appropriée, là…

La salle d'attente de l'unité des troubles neurodéveloppementaux de l'adulte, ce n'est pas franchement Disney World. En face de moi se trouve un homme d'une trentaine d'années en fauteuil, qui a le comportement d'un enfant de 3 ans. Sa mère, l'air las, lui demande d'une voix douce d'être patient et de se tenir tranquille. Au comptoir d'accueil, une nana avec des oreilles de chat, habillée comme dans un anime, parle avec la secrétaire médicale sans la regarder. Dans le couloir, une femme engueule son mec au téléphone, en avalant ses mots au point que je me demande comment il fait pour la comprendre.

– Monsieur McKenzie ? Targan McKenzie ?

Dr Zulfic, une jeune femme aux cheveux noirs à peine plus âgée que moi, se tient dans l'encadrement de la porte de son bureau et m'appelle sans me reconnaître. C'est pourtant la troisième fois qu'on se voit en l'espace de six semaines. Je me lève et fais signe à Tchango d'en faire autant. Son regard s'arrête sur nous. Elle sourit.

– C'est à vous.

Puis elle se décale pour me laisser passer, et encourage mon prof :

– Si vous le voulez, vous pouvez entrer aussi, monsieur. Tenez, prenez place…

Elle s'installe de l'autre côté de son bureau. Son sourire chaleureux a quelque chose de factice parfaitement assorti au parfum « fraîcheur de printemps » qui flotte dans l'hôpital. Elle ouvre mon dossier et se met à le lire à haute voix, en s'appliquant à mettre le ton.

– Bon. C'est la troisième fois qu'on se voit, et aujourd'hui, on va découvrir ensemble vos résultats. Vous êtes venu ici sur la recommandation d'une de vos enseignantes, pour une suspicion de TDA/H. Bien que majeur, vous êtes encore au lycée après avoir raté une première fois votre bac. Lors de notre première rencontre, nous avons procédé à un entretien approfondi, avec vous-même ainsi que votre maman, et avec monsieur aussi, si ma mémoire est bonne…

Elle relève la tête et adresse un grand sourire engageant à Tchango, qui opine. Elle a l'air fière de s'être souvenue de lui.

– Vous aviez également apporté vos bulletins concernant l'ensemble de votre scolarité, que j'ai ensuite examinés avec mes collègues. À la suite de quoi, nous vous avons rappelé pour fixer un deuxième rendez-vous afin de dresser un bilan neurodéveloppemental complet…

Je me racle la gorge d'un air impatient.

– Je sais tout ça. J'étais là, je vous le rappelle.

Traduction : on pourrait peut-être abréger et passer aux résultats, non ? Parce que je me doute bien que, si j'ai eu droit à une deuxième batterie de tests et que maintenant elle me fait ce petit speech plus long que la cérémonie des Golden Globes, c'est qu'il y a un truc qui déconne chez moi.

Dr Zulfic relève une nouvelle fois la tête de son dossier et croise les bras devant elle, avant de me regarder enfin dans les yeux. Elle a quitté son mode « petit robot » et me parle vraiment.

– Je préfère récapituler le dossier afin de bien mettre à

plat tous les éléments, m'explique-t-elle. Il faut que vous compreniez que le diagnostic du trouble de l'attention repose principalement sur du déclaratif. De plus, la plupart de ses symptômes sont non spécifiques – cela signifie qu'ils sont communs à de nombreux troubles. Ça rend le diagnostic complexe. Dans votre cas, on retrouve l'impulsivité, la difficulté à s'organiser, la dispersion mentale, mais cela peut tout aussi bien indiquer un trouble psychologique, par exemple la dépression. Vous avez perdu votre papa il y a un peu plus de deux ans ?

Je me raidis et ma mâchoire se contracte.

– Vous fatiguez pas, je vois où vous voulez en venir, déclaré-je entre mes dents. Et vous vous plantez en beauté. Je n'ai pas perdu mon « papa » : j'ai été miraculeusement libéré du bourreau avec qui j'étais forcé de vivre.

Dr Zulfic opine, comme si elle voyait très bien ce que je voulais dire. Mais je doute qu'elle ait été forcée de se couvrir le corps de tatouages afin de cacher les brûlures de cigarettes laissées par son géniteur.

– Il y a aussi votre consommation de stupéfiants. Le cannabis peut causer un brouillard mental et les stimulants, de l'inattention. C'est pourquoi…

– Je me suis toujours comporté comme ça, la coupé-je d'un ton sec. Bien avant de me défoncer. Même quand j'étais gosse.

– Oui, dit-elle en opinant de nouveau, vous me l'avez expliqué durant notre entretien, et je l'ai évidemment pris en compte. Même si cela n'a eu apparemment aucun retentissement au niveau scolaire, puisque, si j'en crois vos bulletins, excepté votre récent redoublement, vous n'avez jamais été dans une situation d'échec…

– OK, dis-je en repoussant ma chaise pour me lever. Donc, pour résumer, il n'y a rien qui cloche chez moi. Bon, ben tant mieux, désolé de vous avoir fait perdre votre temps…

– Rasseyez-vous, Targan, m'ordonne le médecin, d'un ton certes affable, mais qui ne souffre pas la contradiction.

Quand Tchango me tire par la manche en me regardant

comme si j'étais le dernier des petits cons, j'obtempère.

– Comme je vous le disais, c'est pour clarifier certains éléments de l'anamnèse que nous avons effectué le bilan neurodéveloppemental.

Je sens en moi comme une corde se tendre. Je n'ai pas envie d'écouter ce qui va suivre, vraiment pas. Je ne voulais même pas venir ici ! Je l'ai fait uniquement parce que, con comme je le suis, j'ai *besoin* de ce tiers temps supplémentaire aux épreuves du bac pour réussir. Je ne vais pas faire une troisième terminale à Heathford – même si ça arrangerait probablement Ryder. Qui sait ? Peut-être qu'avec le bac, je pourrais intégrer une formation. Peut-être qu'alors, je pourrais m'éloigner des Kingz.

Seulement, je sais pertinemment que j'ai un problème. Que ma cervelle n'est pas aussi performante que celle des autres. Que j'ai plus souvent de la musique que des idées dans le crâne. Que si, depuis que je suis en primaire, je préfère la poésie aux histoires, c'est parce qu'au moins c'est normal de ne pas tout comprendre quand on lit un poème.

– Ça nous a permis de comprendre là où le bât blesse. Voyez-vous, vous avez obtenu un score de cent vingt-huit à votre WAIS-IV. Vous auriez d'ailleurs pu obtenir bien plus, mais d'importantes dissymétries dans vos capacités ont été relevées, ce qui explique que vous n'ayez obtenu que cent vingt-huit…

Pas besoin d'une jeune médecin bardée de diplômes qui fait sûrement la fierté de ses parents pour m'apprendre que je suis déficient.

– … Par exemple, vous présentez des capacités hors norme en compétences verbales et en vitesse de traitement, mais vos résultats sont moins bons en raisonnement perceptif. Et quand on en vient à la mémoire de travail, vos scores sont très inférieurs – ce qui serait cohérent avec un TDA/H.

– Mais lâchez-moi, avec votre charabia ! Vous croyez que je ne sais pas que je suis plus con que la moyenne ? Que mon cerveau est une passoire ou que j'ai une mémoire de poisson rouge ? Ça fait dix-huit ans que je suis coincé avec moi-même ! Il n'y a rien que vos foutus tests puissent m'apprendre sur moi que je ne sache déjà !

Dr Zulfic me regarde, les yeux ronds, stupéfaite par cette soudaine explosion de colère. Puis elle m'adresse un regard désolé.

– Targan… le WAIS-IV sert à mesurer le quotient intellectuel. Et cent vingt-huit, c'est un très haut score, qui vous place parmi les treize pour cent de la population les plus compétents d'un point de vue cognitif. Ce qui explique que, malgré votre TDA/H, vous ayez eu toute votre vie des résultats satisfaisants à l'école et que vous soyez passé entre les mailles d'un diagnostic. Vous êtes à la frontière de ce qu'on appelle le haut potentiel intellectuel…

C'est à mon tour de la regarder d'un air stupéfait. Quoi ?

– … d'ailleurs, on peut se réjouir que vous n'ayez pas obtenu plus, ajoute-t-elle, car, si vous aviez été classé HPI, vous n'auriez pu bénéficier d'aménagements pour votre baccalauréat. Tenez, c'est ce document que vous devez transmettre au ministère pour les mettre en place…

Elle tend à Tchango une feuille, comme si je n'étais même pas là. En même temps, elle a raison : avec moi, sa foutue feuille aurait fini pliée au fond de mon Eastpak, où je l'aurais retrouvée trois mois plus tard et jetée machinalement, avant de la chercher frénétiquement dans ma chambre.

– Bien, à présent, il nous faut discuter du traitement. Avez-vous déjà entendu parler de la Ritaline ?

27

Quinn

– Liam, qu'est-ce que tu fabriques ?

Je glousse en tâchant de me dégager des bras dont il m'entoure pendant que je sers les gobelets de punch.

– J'essaye de voir si la prof n'a pas planqué une flasque de rhum dans sa jarretière, me susurre mon cavalier avec un baiser dans le cou.

Je me retourne, réajuste sa cravate.

– Au cas où vous ne l'auriez pas remarqué, monsieur Broker, ceci est mon lieu de travail. Et ce n'est pas *notre* Winter Formal : c'est celui des élèves.

– On pourrait aisément te prendre pour l'une d'entre elles, dans cette robe…

J'ai un sourire un peu tendu. Depuis cette fameuse soirée sur les hauteurs d'Adélaïde, il y a maintenant plus d'un mois, ce genre d'humour qui brouille les cartes des âges et des rôles n'a plus rien de drôle à mes yeux.

– Oui ? Eh bien, je ne suis pas une de mes petites terminales : je suis leur chaperon. Par conséquent, tu l'es aussi, ajouté-je en enlevant ses mains de ma taille.

Liam me regarde avec un air de chiot à qui l'on vient de refuser une virée au parc. Il faut dire que, depuis que je lui ai proposé de m'accompagner au bal d'hiver, il a décidé de sortir le grand jeu. Il s'est acheté un nouveau costume. Il m'a dégotté une boutonnière. Il est venu me chercher en voiture à dix-huit heures. Et il a insisté pour que Neelam prenne la traditionnelle photo de nous deux dans nos habits chics, tendrement enlacés. Avec, comme objectif, de la faire encadrer et de la placer sur le manteau de sa cheminée.

– Ça veut dire que je n'aurai même pas droit à une danse ?

Je pouffe en l'imaginant soudain essayer de bouger sur du Charli XCX. Je vois d'ici le carnage.

– Peut-être un slow en fin de soirée, le consolé-je. Si tu te tiens bien.

– Chef, oui, chef !

Il se met au garde-à-vous, avant de m'aider à servir les élèves qui s'amassent devant le stand de punch. Comme moi, il surveille qu'aucun d'entre eux n'a planqué de flasque dans le but de « pimenter » un peu le cocktail de fruits que j'ai préparé.

Il est vingt-deux heures dix. La soirée, qui s'arrêtera peu avant minuit, bat son plein. Le groupe du début a laissé place à un DJ. Les bandes de potes dansent. Les couples s'emballent. Même les ennemis jurés, pour un soir, s'adressent des marques de courtoisie lorsqu'ils se croisent sur la piste. Pour une fois, ils ne sont pas des lycéens obligés de se côtoyer dans l'enceinte d'une salle de classe, non : ils ont choisi d'être là. Pour un soir, ils sont une communauté. Ils célèbrent ensemble le solstice d'hiver. La fin du premier semestre de l'année. Le fait que, bientôt, ils entameront la dernière ligne droite avant la fin du lycée.

Étant donné que j'ai eu leur âge, je sais que certains ont réservé une suite au Mayfair Hotel, à moins d'un kilomètre de là, pour enfin « conclure », peut-être à regret – parce que ça fait déjà trois mois qu'ils sont en couple, parce que bientôt ils se sépareront pour entrer à la fac ; parce que, dans l'urgence de la jeunesse, il est toujours grand temps de sauter le pas.

Là-dessus, je n'ai pas de prise. Je peux juste espérer, par les livres que je leur fais étudier, défaire un peu les normes et autres figures imposées qui les corsètent, du haut de leurs 18 ans.

En retrait, je les regarde. Paloma, dans sa robe en tulle noir qui ferait pâlir d'envie Mercredi Addams. Leo, avec son éternelle casquette vissée sur la tête malgré sa veste de smoking. Curly, normalement simple satellite de Harper, étincelle ce soir dans les bras de Connor Colton, son crush de longue date. Je dresse moi aussi le bilan des cinq mois qui viennent de s'écouler. Les démarrages complexes. La difficulté à trouver mon ton, mon identité. À faire régner la discipline tout en instaurant une complicité. Je songe à mes succès – l'enthousiasme collectif pour Edgar Allan Poe, la moyenne de la classe qui s'est établie autour de quatorze sur vingt. Je songe à mes échecs, aussi. À Targan, à la façon dont j'ai failli faire une sortie de route qui aurait causé la ruine de ma carrière et de sa psyché.

Mais j'ai redressé la barre.

J'ai réinstauré une distance entre nous, limité nos interactions au strict nécessaire – par exemple, une heure de réunion avec la CPE pour mettre en place ses aménagements maintenant que son TDA/H a été diagnostiqué. Je n'ai aucune idée de la façon dont il vit ce diagnostic, lui qui a si mal pris que je lui suggère de consulter. Car j'ai veillé à ne pas me retrouver une seule fois avec lui, ces six dernières semaines.

À force d'entraînement, j'ai appris à ne pas laisser mon regard s'attarder sur lui. À ne pas fixer ses lèvres quand il parle. À ne pas frissonner quand j'entends sa voix grave et son accent. À ne pas lui accorder trop d'attention. J'ai appris à faire semblant.

Comme en ce moment même, où je fais remarquablement bien semblant que je ne l'ai pas repéré, adossé au mur, au fond de ce gymnase où se déroule la fête. Je mélange dans un saladier les jus de goyave, banane, ananas que Kalvin m'a rapportés de la réserve. C'est à peine si je jette à McKenzie une œillade à la dérobée. À peine si je remarque sa chemise noire retroussée aux manches, d'où s'échappent ses tatouages, son pantalon bien coupé, ses chaussures de ville. L'allure que ça lui donne. Le fait qu'il est sans conteste le plus beau de toute l'assistance.

Avec qui est-il venu, ce soir? Je ne l'ai vu danser avec aucune fille pour le moment. Seulement traîner avec deux garçons bruyants de la classe de Kalvin avec qui je l'aperçois parfois. J'ai du mal à croire qu'ils soient amis. Targan, à côté d'eux, à l'air… à part. Plus calme. Plus profond. Plus observateur. Mais c'est peut-être parce qu'il paraît plus âgé qu'il ne l'est en réalité que j'ai cette impression. Ou parce qu'il me plaît que je me cherche des excuses.

– Madame Northon, m'accorderez-vous cette danse ?

La voix de Liam me fait revenir à moi. Je détourne mon regard de quelques millimètres et vois mon cavalier de la soirée, tout sourire, me tendre la main alors que les premières notes de « Your Song », par Ellie Goulding, retentissent.

– Tu peux y aller, me lance Kalvin qui semble avoir perçu mon hésitation. Le punch et la situation sont sous contrôle.

Alors, avec un sourire un peu contraint, je prends la main que Liam me tend et je le suis sur la piste. Je laisse reposer mon front sur son épaule, je laisse ma joue caresser le revers de sa veste, heureuse pour quelques minutes de ne plus apercevoir McKenzie.

Le quart d'heure américain est de courte durée : le DJ, apparemment lassé des grands sentiments, a décidé de secouer la piste à grands coups de Rosalia, de Chappell Roan, d'Olivia Rodrigo. L'occasion pour moi de confirmer que Liam est bien le danseur le plus ringard que la terre ait jamais porté. Mais, à mi-parcours de la chanson d'Ariana Grande, je perçois le regard de détresse que Kalvin me lance et j'abandonne Liam à son exploration de la musique « de djeuns ».

– Tout va bien, Kal ?

– Apparemment pas, non. On a vu certains élèves de terminale 3 entrer dans les toilettes des mecs au premier. Et une odeur assez caractéristique flotte à présent dans les couloirs… Pour le dire de façon polie, ça sent comme la chambre de Neelam un dimanche soir.

Soit comme un *coffee shop* du centre d'Amsterdam : OK, message reçu.

– T'inquiète, j'ai la situation en main. Je vais régler cette affaire fissa.

Comme une guerrière sur mes talons dorés, je dirige mes

épaulettes en sequins vers l'escalier principal. Je réfléchis à mon arsenal : suspension des activités sportives, convocation des parents, heures de colle, exclusion temporaire. Sans compter ma tête de meuf à qui l'on ne la fait pas. C'est l'avantage de ne pas être complètement grabataire ou absolument ringarde à leurs yeux : ils savent que jamais je ne goberai leurs histoires d'encens, de CBD ou de cigarettes aux clous de girofle.

Arrivée au premier, je pousse la porte battante, prête à en découdre. J'entre dans un véritable aquarium. Une fumée épaisse est collée au plafond. Mon irruption provoque des mains qui se planquent dans le dos, des joints balancés dans les cuvettes de W.-C., des raclements de gorge, et quelques *Ah, euh, m'dame Northon, quel plaisir de vous voir* trop polis pour être honnêtes.

– On peut savoir ce que vous fabriquez, tous ?

Je toise les six garçons, poings sur les hanches, en examinant tour à tour leurs visages pour retrouver leurs noms. Il y a Erik Coughlan, le joueur star de l'équipe de Lacrosse. Denis Rochester et Vinz Kindman, qui sont toujours dans son sillage. Adam Pollard et Jon Delaine, les deux *stoners* avec qui McKenzie traîne parfois. Et bien entendu…

– … Targan, tu veux qu'on discute lundi en colle des raisons de ta présence au premier alors qu'on a clairement spécifié que les étages étaient interdits ce soir ? Ou de ce que vous faisiez juste avant mon arrivée ? Non ? Bon, dans ce cas, débarrassez-moi le plancher. Retournez au gymnase.

Les garçons baissent la tête, penauds – sauf, évidemment, mon bad boy. En file indienne, ils sortent, gamins pris en faute et déterminés à ne pas la ramener. Excepté McKenzie, qui reste perché sur son rebord de fenêtre, jambes pendant dans le vide et mains croisées.

Bien.

Le rebelle est visiblement résolu à me donner du fil à retordre. Peut-être que toute l'herbe qu'il a fumée lui a fait oublier les nouvelles règles entre nous ?

La porte battante se referme dans mon dos, avant de

rebondir une ou deux fois. Des bruits de pas et des rires me parviennent du couloir – « Putain les mecs on a eu chaud » ; « Nan, mais t'inquiète, elle a pas cramé ». Je sortirais bien leur dire que si, j'ai grave cramé, si je n'étais embarquée dans un combat de regard avec celui dont j'ai pourtant tout fait pour éviter les yeux ce soir.

– Je suppose que tu n'es pas assez stupide pour vendre au lycée, Targan ?

Celui-ci saute sur ses deux pieds et avance dans ma direction. D'instinct, je fais un pas en arrière. Il s'arrête à un mètre de moi, immense, un peu penché. Son haleine dégage une très légère odeur de vodka.

– Vous pouvez me fouiller, si vous voulez.

Il écarte les bras, comme s'il m'invitait à le palper.

– Pas la peine : je vois d'ici le *flash* de vodka dans ta poche.

Il hausse les épaules avec un sourire en coin, l'air de dire *« c'est la vie »*, puis sort une Lucky Strike de son paquet souple qu'il coince entre ses dents. D'un geste vif, je la lui arrache avant qu'il n'ait eu le temps de l'allumer.

– Vous pouvez tout simplement me le demander, si vous en voulez une, vous savez, lance-t-il avec son foutu accent australien, en se pensant sûrement très spirituel.

– Tu sais bien que je ne fume plus depuis longtemps.

– Je ne sais plus grand-chose de vous depuis un bout de temps, m'dame Northon, fait-il remarquer d'un ton un peu provoc. Qui sait ? Si ça se trouve, vous avez replongé.

Je ne sais pas s'il a fait exprès de faire subtilement référence au temps pas si lointain où, en effet, il en savait plus sur moi qu'un élève ne le devrait… En tout cas, mon pouls bat désormais un peu plus vite et je perds de ma superbe.

– Vous savez quel jour on est, aujourd'hui ? ajoute-t-il d'une voix légèrement traînante. C'est mon anniversaire.

Oui, je le sais.

J'y ai pensé en me préparant pour la soirée. En mettant mon maquillage et ma robe bleu nuit. En allant faire des provisions, la semaine dernière, et en les stockant dans le gymnase. J'y ai pensé dès que la première banderole annonçant « Winter Formal » a été accrochée dans les couloirs du lycée. J'y ai même pensé avant, lorsque j'ai validé le texte du flyer. Je me suis demandé comment Targan serait habillé – mais, même dans mes rêves les plus fous, il n'était pas aussi beau que ce soir. Je me suis demandé qui il inviterait. Je me suis demandé à quel point ça me rendrait malade de le voir avec une autre.

Ça m'a toujours paru logique que Targan soit né le jour du solstice d'hiver. Après tout, son regard est gris comme un ciel menaçant. Ce regard, toujours braqué sur moi, dont le blanc est marbré de vaisseaux rouges – pas étonnant, vu l'odeur qui règne dans les toilettes.

– Ça ne vous inspire rien ? Pas de « joyeux anniversaire » ? Pas de « quel âge ça te fait ? »

Mains dans les poches, il avance d'un pas. Il est juste assez proche à présent pour empiéter sur mon espace personnel et je dois lever le menton pour soutenir son regard.

– Je sais quel âge ça te fait, réponds-je d'un ton neutre. 19 ans. C'est ce qui explique cette petite célébration impromptue dans les toilettes des garçons ? C'est très mature de ta part.

– On ne peut pas être tous aussi adultes que votre cavalier, réplique-t-il. Avec sa veste de banquier et sa façon de danser le twist…

Targan a désormais un sourire en coin. Son sourire de quand il veut réduire le monde en cendres. Verser un *flash* de vodka dessus, puis y foutre le feu. Une veine se met à palpiter dans ma tempe. Comme un message d'alerte. Mon cœur s'accélère. Non parce que j'ai peur de lui. Mais parce que je me rends compte.

Il n'est pas juste défoncé. Il n'est pas juste déchiré à la Poliakov.

Il est *jaloux*.

Alors qu'un mois et demi est passé depuis cette soirée où j'ai dérapé, et que nous n'avons plus aucune relation personnelle depuis, me voir avec Liam le rend dingue.

Et soudain, je comprends.

Je comprends que, ce soir-là au food truck, en dansant avec moi, Targan n'a pas fait que jouer. Il n'a pas fait que me tester. Sinon, depuis, il serait passé à autre chose.

– Tu as d'autres commentaires pertinents à faire sur mes fréquentations, avant que je ne décide si je parle ou non de ta petite contre-soirée à Walker ?

C'est un coup de bluff. La tentative d'une joueuse de poker désespérée à l'idée de perdre ses derniers jetons, même si elle n'a aucune main.

Car, bien sûr, jamais je ne le dénoncerais. Pas alors que ses notes ont remonté. Pas alors qu'il ne reste qu'un trimestre avant son diplôme. Le faire, ce serait signer l'arrêt de mort de sa scolarité, de ses chances d'accéder aux études supérieures.

Mais ça, avec un peu de veine, il l'ignore.

Distraitement, je remarque que l'intro étouffée de « The Night We Met », de Lord Huron, nous parvient d'en bas.

– Aucun commentaire, non. Je voulais juste vous faire savoir…

Il tend ses doigts et les laisse remonter le long de mon avant-bras nu. Je me fige, en apparence pétrifiée – mais, sous ma peau, c'est la tempête. Tout s'agite et remue et désire et supplie. *Plus, encore, par pitié.*

– … je me tiens à votre disposition, si vous voulez un jour voir. Ce que ça fait. De danser avec un mec qui sait ce qu'il fait.

Le double sens de sa proposition ne m'échappe pas. Mais au lieu de me mettre en rage comme il le devrait, il me coupe le souffle. Comment se fait-il que ce simple contact, ces mots, la voix basse de Targan qui résonne contre le carrelage des toilettes, sa bouche qui parle près de ma bouche, soient ce que j'ai vécu de plus érotique de ma vie ? Et pourquoi son accent est-il si *foutrement* australien ? Plus aucune des résolutions que j'ai prises, aucune des limites que j'ai durement établies ces derniers temps, ne semble soudain avoir la moindre importance. Je ne peux pas penser clairement – pas quand Targan fixe ainsi mes lèvres en mordillant la sienne. Pas quand il me regarde avec cette intensité – celle qui précède n'importe quel baiser.

Non, pas n'importe quel baiser, corrigé-je mentalement. *Uniquement les baisers phénoménaux*. Les baisers où l'on pousse, on tire, on mord ; où l'on valse, où l'on s'arrache les vêtements, où l'on ondule l'un contre l'autre, où l'on gémit et soupire jusqu'à ne plus pouvoir faire autrement que céder à la fatalité et s'emboîter.

Exactement le genre de baiser que, hypnotisée, je songe à donner à Targan. Je le voudrais – oh, je le voudrais tellement ! Chaque fibre de mon être, chaque cellule de mon corps, m'ordonne d'attraper sa nuque et de me hisser sur la pointe des pieds et de laisser le reste se faire. Ça ne m'arrange pas que chaque cellule du sien semble me mettre au défi d'oser. Mon seul salut, je le sais, réside dans ma capacité à m'enfuir en courant… seulement, mes jambes refusent de m'obéir.

– J'ai déjà dansé avec toi, tu te souviens ? demandé-je d'une voix faible et enrouée. C'est l'une des raisons qui nous ont amenés là.

Targan plie ses phalanges pour caresser mon biceps avec le dos de sa main. Il tend le cou, pour parler à mon oreille, ce qui me déclenche des frissons dans tout le corps.

– Si quelques mesures de salsa nous ont menés là, imaginez ce que pourrait faire un slow entier…

Cette douce menace m'achève. Cette fois, j'ai perdu : je glisse ma main dans la sienne comme pour danser, je le laisse m'enlacer et me coller contre son corps immense et dur, je lève le menton, il baisse la tête, et…

Et un claquement métallique de casier retentit soudain, suivi de rires étouffés et de bruits de course dans le couloir. J'ai sursauté en tournant la tête vers la porte des toilettes. Targan a tressailli lui aussi et m'a relâchée. Comprenant que cette distraction est mon salut, je m'élance à la poursuite des intrus du deuxième étage, comme si ma vie en dépendait. Je pousse la porte battante et galope en talons derrière les silhouettes qui filent vers l'escalier, en criant de ma plus grosse voix :

– Eh ! Vous foutez quoi, là ?

Puis je cours, cours, jusqu'à être hors d'haleine, pour laisser derrière moi cette obscurité, ce baiser inaccompli, cette danse macabre dans laquelle j'ai entraîné Targan, et la question terrifiante : qu'est-ce que je vais faire, maintenant que je sais qu'il éprouve lui aussi quelque chose pour moi ?

28

Targan

Vendredi, 14 h 23. Une dernière clope avant d'y aller. Je la fume, nerveux, en revérifiant mon échange avec Mme Northon sur l'ENT.

Targan McKenzie
J'ai besoin de vous voir.

Quinn Northon
À quel sujet ?

Targan McKenzie
Philo
Ce vendredi ?
L'horaire habituel ?

Quinn Northon
Vendredi 14 h 30
en salle de perm.
C'est noté.

Cette histoire de philo, c'est un mytho total. J'ai trouvé un sujet sur Internet que j'ai copié dans mon agenda, histoire de faire illusion. Ce qui n'est pas un mytho, c'est que j'ai besoin de la voir. Je pense tout le temps à elle. Je croyais que la voir en cours sans pouvoir l'approcher était la pire des agonies, mais le bal d'hiver a encore aggravé mon état. Le manque. Le vide. L'obsession. Le fait de me repasser chaque seconde de notre conversation dans les toilettes. De l'imaginer avec ce Liam, cette tête de con au costume mal coupé, qui sue et grogne probablement au lit. Ou de l'imaginer avec moi. D'imaginer à quel point ce serait le paradis d'être en elle, de la sentir, de la faire jouir. Puis de nouveau avec lui. Ç'a été une forme de torture particulièrement sophistiquée.

Qu'est-ce qui m'arrive, putain ?

Et surtout, *quand* est-ce que c'est arrivé ?

Je peux bien sûr poser des jalons. La première fois que je l'ai vue. La première fois que je l'ai trouvée bandante. La première fois qu'elle m'a intrigué. La première fois qu'elle m'a surpris. La première fois qu'elle a percé ma carapace. Je peux dire : il y a eu ce cours sur Allan Poe. La fois où elle m'a parlé de ses photos, de sa carrière avortée. Le moment où j'ai remarqué ce tic qu'elle a – se mordre l'intérieur des joues quand elle réfléchit intensément à la réponse qu'elle va donner. Je peux invoquer ses yeux de la couleur de l'océan. Sa bouche trop large pour son visage. Je peux dresser la liste de ses perfections et de ses imperfections. Mais je ne peux pas dire : c'est arrivé là. C'est le moment où j'ai basculé.

J'ai l'impression d'être tombé au ralenti.

Sauf que tout le monde le sait : ce n'est pas la chute qui fait mal, c'est l'atterrissage.

C'est une prof, putain. Ta prof.

Elle a 27 ans, elle a un mec, elle a une vie. Elle se fout de la mienne. Elle me voit pour ce que je suis. Un dealer minable à qui l'on doit filer des amphètes et laisser du temps supplémentaire pour qu'il puisse finir ses exercices. Mais alors si c'est le cas…

… pourquoi elle m'a regardé comme ça, le soir du Winter Formal ?

Comme si elle me donnait l'autorisation de l'embrasser ? Non, plus que ça : de lui faire tout ce dont j'avais envie ?

C'est pour comprendre ça que je dois la voir. Seul à seul. Afin d'en avoir le cœur net.

Le filtre de la clope grésille. Je l'ai fumée jusqu'au bout, je n'ai plus d'excuses : c'est l'heure.

Mais, tandis que j'avance, nerveux et impatient, vers l'entrée du bâtiment en briques rouges, je la vois sortir précipitamment. Elle marche à grandes enjambées, l'air préoccupé, en remettant en place la lanière de son cartable en cuir. Elle tient son portable à la main et tape à toute allure, tout en se dirigeant vers le parking.

Qu'est-ce qu'elle fout ?

J'ai la réponse presque instantanément, quand mon téléphone vibre dans ma poche et que je prends Northon en flagrant délit de mensonge.

Quinn Northon
Je suis en plein entretien avec un parent d'élève. Je crains de ne pas pouvoir honorer notre RDV aujourd'hui. Tu peux contacter M. Sachs si c'est urgent.

Quinn Northon, reine des menteuses.

Énervé de me faire prendre pour un con, je fonce vers sa caisse –sans réfléchir, comme trop souvent. Ce n'est qu'au beau milieu de ma course que je me souviens : au bal, j'étais défoncé. Si ça se trouve, j'ai complètement plané et, en fait, quand je me suis approché d'elle, que je l'ai touchée, elle a flippé. Malheureusement, cet éclair de lucidité me vient trop tard ; je suis déjà au niveau de sa Ford, à lancer :

– Ça va, pas trop soûlante, votre réunion ?

Mon irruption la prend de court, parce qu'avant même d'avoir eu le temps de relever la tête, elle sursaute et laisse tomber son trousseau. Elle maugrée un bon gros *merde*, puis se baisse sans m'accorder un regard. Je me sens un peu con, d'un coup, de lui avoir foutu la trouille en sortant de nulle part, alors je m'accroupis pour l'aider à le ramasser… Mais elle se redresse, vive comme l'éclair, avec un mouvement de recul.

– Reste à ta place, McKenzie. Tu fais quoi, là ? Tu me suis ?

C'est à mon tour d'être pris de court. Je recule, chancelant. Est-ce que je lui fais peur, désormais ? Est-ce que je suis en train de me transformer, sans m'en rendre compte, en pitoyable *stalker* ?

– Je ne vous suis pas, je vous ai vue. Et ça m'a un peu surpris, étant donné…

Sans finir ma phrase, je brandis mon portable dans les airs. Apparemment, ça remet les idées de Northon en place, parce qu'elle baisse la tête, piteuse. Elle parvient enfin à introduire la clef dans sa serrure.

– Écoute, je ne suis pas fière de moi, de t'avoir menti, mais je…

Finalement, elle se redresse, et je me prends son regard bleu océan comme un vingt-huit tonnes lancé à pleine vitesse.

– … je préfère passer totalement la main à M. Sachs pour tout ce qui te concerne. C'est mieux. Voilà, tu sais tout.

Non, ce n'est pas moi qui sais tout, ai-je envie de rugir. *Apparemment, c'est vous qui savez tout. OK, vous avez compris : vous me plaisez. Je pense tout le temps à vous. On fait quoi, maintenant ? On arrête tout bonnement de se parler ?* Puis je réalise que ça fait un bout de temps qu'on ne parle plus, elle et moi. Parler, on l'a fait, pourtant. Au début, quand elle a commencé à me donner des cours de soutien. Et ça n'avait rien à voir avec ces échanges robotiques, désincarnés, qui sont les nôtres depuis ce maudit soir où elle a découvert que je vendais.

Northon me jette un dernier regard, pour s'assurer que je capte bien ce qu'elle vient de dire. Puis, constatant que je ne réponds rien, elle grimpe dans sa voiture.

Je prends conscience que, si je la laisse partir, si je la

laisse « passer la main » à Sachs, plus jamais on n'aura de contact, elle et moi. Je devrai me contenter de me pointer à ses cours et de morfler en silence, pendant quatre mois et demi. Et ça, ça me semble au-dessus de mes forces. Alors, au moment où elle démarre et s'engage vers la sortie du parking, je fais un truc de vrai *stalker* : je cours à côté de la voiture, ouvre la portière côté passager et grimpe dans le véhicule en marche. À la seconde où je le fais, je comprends que je suis vraiment dans la merde. Ouaip. Je ne suis pas juste un crétin : je suis un crétin complètement accro qui se croit dans *Mad Max Furiosa*. Un crétin avec des sentiments.

Heureusement, Quinn Northon est trop occupée à me traiter de dingue pour se rendre compte que le problème, c'est que je suis probablement dingue d'elle.

– Mais qu'est-ce que tu fous ? T'es malade ? Attends, je me gare et tu desc…

– Je ne bougerai pas avant que vous m'ayez dit pourquoi vous voulez à tout prix m'éviter.

Dis-le. Dis-le, que je confirme. Que je confirme que oui, je rêve de toi, de te tenir contre moi, d'être en toi. Que je suis obnubilé par toi.

Que tu saches, au moins, comment je pense à toi. À quel point je pense à toi.

Ses mains se resserrent sur le volant. Ses longs doigts fins sont vernis de noir pailleté, parce qu'elle ne fait jamais rien comme tout le monde, et certainement pas comme les autres profs de ce bahut de connards élitistes. Elle lève les yeux au ciel, comme si mon exigence la mettait au supplice. Puis elle se tourne un quart de seconde vers moi, la mâchoire tellement serrée que je doute que des mots puissent sortir de cette bouche. Enfin, de manière complètement inattendue, elle explose, se rangeant sur le bas-côté avant de nous expédier dans le décor :

– Mais tu ne vois pas ? Tu ne vois pas ce qu'on est en train de faire, Targan ? Tu ne vois pas les lignes qu'on a déjà franchies ? Où tout ça nous entraîne ?

Puis, à l'exacte seconde où mon cœur fait un looping, elle coupe le contact et serre le frein à main.

« Les lignes qu'on a déjà franchies. »

« Où tout ça nous entraîne. »

Non, je n'ai pas plané, le soir du Winter Formal. Enfin, du moins, il est possible que je n'aie pas plané. Et ça, il n'y a qu'une seule façon d'en avoir le cœur net… Alors, sans réfléchir – ma spécialité –, je pose mes lèvres sur les siennes.

***

Les yeux fermés, j'attends la déflagration. Le moment où je serai sûr que je viens de me foutre dans une merde noire. Où elle me repoussera et hurlera et peut-être même me giflera pour avoir osé faire ce que je viens de faire. Je l'aurai bien mérité. Au moins, j'aurai niqué mes chances d'obtenir mon diplôme pour une vraie bonne raison : les lèvres de Quinn Northon. Brûlantes, souples, suaves. J'y reconnais le goût mentholé de ses gommes à la nicotine. Également un arôme de cerise – sucette ou baume, je n'en suis pas sûr. Mon cœur cogne à tout rompre. Et, alors que je pense que je suis au max de l'adrénaline, que même un saut en parachute serait moins vertigineux, Northon entoure mon visage de ses mains.

Elle entoure mon visage de ses mains *et elle me rend mon baiser.*

Elle me le rend avec furie. Avec fièvre. Ses dents se heurtent aux miennes, puis mordent mes lèvres, puis sa bouche s'ouvre pour laisser entrer ma langue, puis ses bras bougent pour défaire sa ceinture de sécurité et, avant que je comprenne quoi que ce soit, elle est à califourchon sur moi. Nos lèvres dansent. Nos bassins se frottent. Elle sent mon érection, elle la sent pertinemment, et pourtant elle ondule sur moi, elle vient à ma rencontre, tandis que j'embrasse tout ce qui passe à portée de bouche – la sienne, encore et toujours, mais aussi son cou, ses clavicules, la naissance de ses seins. Il y a de la salive. Des halètements.

Des grognements et des dents qui raclent la peau. C'est vrai et chaud et moite et vivant. Mes doigts se perdent dans ses cheveux. Les siens s'enfoncent dans mes épaules. Mes mains migrent vers sa poitrine, qui semble avoir été faite pour mes paumes. Je la presse, la pince, la tords doucement. Je rêve de la lécher, de la mordre. Je dois lutter de toutes mes forces pour ne pas arracher les boutons de son chemisier et prendre ses mamelons dans ma bouche. Pour ne pas attraper sa main et la poser sur ma queue. Pour ne pas dézipper la braguette de mon uniforme, déchirer son collant, écarter sa culotte et la prendre là, sur le bord d'une route en plein jour, à moins d'un kilomètre du lycée. Est-ce qu'elle mouille ? Moi, j'ai l'impression de n'avoir jamais été aussi dur. De n'en avoir jamais eu autant envie. C'est la texture veloutée de sa peau, son odeur riche de figues et de musc. C'est la certitude, surtout, que deux corps qui se trouvent comme ça, ça veut dire quelque chose. Ce baiser n'est pas qu'un baiser. Ce qui se produit, là, n'est pas que du sexe. Ce que c'est, exactement ? Je l'ignore. Mais je sais que c'est assez puissant pour changer ma vie et bouleverser la sienne, que c'est le genre de tornade qui…

– Merde, putain, merde… Qu'est-ce que je fous, bordel ?

Apparemment, Northon a eu la même pensée que moi – puissance, bouleversement, tornade –, car elle s'interrompt brusquement, passe les deux mains dans ses cheveux en me regardant, l'air effaré, avant de rebasculer sur son siège. Elle fixe droit devant elle, comme un zombie.

Et soudain, c'est la douche froide. Je prends conscience de mon égoïsme, ça me coupe toute possibilité de bander.

Toutes ces semaines où j'ai cru ne penser qu'à Quinn Northon, je n'ai en réalité pas une seconde pensé à elle. À ce qu'elle aurait à perdre, si jamais il se passait quelque chose entre nous. Et pour cause : *jamais je n'ai cru, au fond, qu'il se passerait quelque chose entre nous.*

Désormais, nous y sommes, et Northon tremble de tous ses membres. Je vois sa gorge s'étrangler. Je devine que les larmes ne sont pas loin. Tout ce que je peux faire pour la soulager, c'est tendre le bras vers elle, caresser sa nuque du revers de mes doigts, prononcer son prénom d'une voix apaisante.

– Quinn…

Mais sa réaction n'est pas celle que j'escomptais.

– Descends de ma voiture.

Son ton est dur. Ces quatre mots sont sans appel.

– Vous êtes sérieuse… ?

– Targan, reprend Quinn en se remettant à serrer le volant comme si elle voulait le broyer, descends immédiatement de ma voiture.

Puis, constatant que je ne bouge pas, toujours en évitant mon regard, elle se penche par-dessus moi et déverrouille la portière. Elle me congédie comme si j'étais un moins que rien.

– On ne va même pas parler de ce qui vient de se passer ?

Je sais qu'elle éprouve la même attirance que moi. Qu'elle l'a réfrénée elle aussi depuis longtemps – sinon, elle ne m'aurait pas embrassé comme ça. Je sais qu'elle me *voit*, comme moi je la vois. Qu'elle sent ce truc entre nous. Cette… fatalité.

– Regardez-moi.

Mais elle n'obtempère pas.

– S'il vous plaît, Quinn, regardez-moi.

Ses yeux restent braqués sur la route. Son corps entier demeure en tension. J'ai l'impression que, si je la touchais à nouveau, je me prendrais un coup de jus. Enfin, après un long silence, elle prend la parole.

– Je veux que tu t'en ailles, Targan. Maintenant. Je suis ton enseignante. Tu es mon élève. Et rien de ce qui vient de se passer n'est approprié. Tu crois peut-être que c'est OK… Mais ça ne l'est pas, en aucun cas. Je veux que tu entendes, ajoute-t-elle en se tournant finalement vers moi, que *jamais* ça ne se reproduira. Tu comprends ? Tu ne me touches pas. Je ne te touche pas. Il nous reste un peu plus de quatre mois à nous supporter, et ensuite chacun part de son côté.

Le verbe « supporter » m'arrive comme une baffe en pleine gueule. Incrédule, je scrute son regard inflexible, son visage tendu. Je réalise que je me suis planté en beauté. Comme le dernier des canards qui croit avoir trouvé sa flamme jumelle.

Ce baiser n'était qu'un baiser. Ce qui s'est passé, là, rien qu'un dérapage. Et il est clair qu'à présent, Northon regrette. Qu'on est de retour au point de départ : celui où elle préférerait que je disparaisse.

– C'est bien noté, dis-je en obtempérant.

Puis, alors que je m'apprête à claquer la portière, elle m'interpelle.

– Targan…

J'arrête mon geste, soulagé. C'est sûr, elle va revenir sur ce qu'elle vient de dire, elle va s'excuser de m'avoir dégagé comme un clochard.

– … Au risque de me répéter, je préfère que désormais tu contactes M. Sachs en cas de besoin. Sache que si tu m'écris, je ne répondrai pas.

29

Quinn

Dix jours.

Dix jours que mon monde a volé en éclat.

Dix jours que je ne sais plus qui je suis. Ce que je fabrique.

Dix jours que, quand je passe devant un miroir, je ne me reconnais pas.

Avoir embrassé Targan, c'est comme un traumatisme : j'ai tout le temps des flashs qui me reviennent aux moments les plus inopinés. Ses mains dans mes cheveux. Ses dents qui mordent ma lèvre inférieure. La bosse dure de son pantalon d'uniforme qui frotte contre mon sexe. Ça m'obsède. Ça ne me lâche pas. Ça m'anéantit.

Mon bureau est jonché d'emballages de nouilles instantanées, de plaquettes de gommes de nicotine vides. Dès que je rentre chez moi, je m'enferme dans ma chambre et je mate des séries sur mon ordinateur jusque tard dans la nuit. Tout, pourvu qu'il n'y ait pas d'histoire d'amour. La moindre ébauche de romance me tord le bide. Au moindre héros qui se languit, à la moindre héroïne qui espère, l'image de Targan s'impose à moi. Penché sur son manuel d'anglais pour citer Pablo Neruda. En train de frapper sur des percussions en jetant des regards complices aux vieux musiciens brésiliens qui l'entourent. De sortir une Lucky Strike de son paquet souple en se servant de ses dents. De tourner comme un fauve dans une arène, torse nu, ses pectoraux dessinés luisants de sueur. De rire, de son rire silencieux qui lui plisse les yeux. Et, avec son image, vient la sensation que mon corps est entièrement et désespérément tendu vers le sien. Aimanté par sa présence autant que son absence.

Neelam et Kalvin attribuent mon état quasi catatonique à ma rupture avec Liam. Ils ne comprennent pas qu'une décision que j'ai prise me mette dans un tel état. Ils n'ont aucune idée, et je ne peux pas leur dire : j'ai rompu avec Liam, car je sais dorénavant que jamais je ne tomberai amoureuse de lui. Qu'il n'y aura pas d'étincelle magique, pas après trois mois de relation. Que mon étincelle…

… *c'est lui.*

Et moi, je suis le baril de poudre qui n'attend que son contact pour s'embraser.

Comment est-ce que j'ai pu me laisser aller à faire ça ? À franchir ce cap ? Quand je ne faisais qu'y penser, encore, je pouvais me raconter des histoires. Que ça arrivait d'être attiré par quelqu'un qui vous est défendu, que c'est même probablement l'interdit qui excite l'imaginaire. Que les fantasmes ne sont en soi ni bons ni mauvais : ce qui compte c'est ce que l'on en fait. Que ce n'était rien qu'une toquade. Une manière inconsciente, peut-être, de me raccrocher à ma propre jeunesse. Que c'était entre moi et moi, que Targan n'avait rien à voir là-dedans – une crise de la trentaine anticipée.

Je ne sais plus trop ce que je me racontais, à vrai dire.

Sans doute que je me disais, au fond, que j'étais plus forte que ça.

Maintenant, je ne me leurre plus. Quand je le vois, en cours, assis à sa table au fond à gauche, et que mon estomac fait des nœuds, je ne me leurre plus. Ni quand mes yeux se posent sur sa bouche, sur la jugulaire qui palpite dans son cou. Quand je fixe ses mains, que je les imagine sur moi, je ne peux pas fermer les yeux sur qui je suis et ce que je veux. Sur mon incapacité à respecter les limites et les règles.

Par exemple, je rêve, quand je passe dans les rangs, de sentir ses doigts effleurer ma jambe. De croiser ses yeux tumultueux. Je rêve, quand la cloche sonne, qu'il traîne dans la salle jusqu'à ce que tous les autres sortent. Qu'on se retrouve seuls. Qu'il m'embrasse de nouveau. Qu'il me plaque contre le mur.

Rien qu'une fois, une dernière fois, me souffle une petite voix. Je la connais, cette voix. C'est la voix de l'addiction. La voix intérieure du junkie, qui le pousse à plonger toujours plus profond. À se détruire et à détruire tous ceux qui l'entourent, pourvu qu'il ait sa dose. Heureusement qu'à chaque cours, Targan évite mes yeux, se crispe sur sa chaise alors que je passe près de lui, file dès la sonnerie.

Je sais qu'il est furieux. Je sais que je le blesse. Je sais que j'ai joué avec lui. Je sais à quel point le désir peut être intense, à son âge. À quel point il peut être confondu avec de vrais sentiments. À quel point une frustration ou un rejet peut vite se transformer en chagrin d'amour, et un chagrin d'amour en désespoir total. Plus que tout, je sais que, en abusant de ma position, je l'ai trahi. Exactement comme Jason m'a trahie, en engageant avec moi une histoire qui ne pourrait que me laisser sur le carreau. Mais, dans le cas présent, c'est encore pire. Parce que Targan est hypersensible, à fleur de peau, impulsif. Parce qu'il n'a que 19 ans. Et qu'il n'a pas d'autre choix que d'être là.

Moi, au moins, quand j'ai été dans sa position, j'ai pu prendre la décision de fuir à l'autre bout du monde.

– S'il te plaît, Kal. Arrête de te faire du souci pour moi. Je t'assure que ça va !

Mon ami m'observe, circonspect.

– Si seulement tu acceptais de me laisser t'aider ! Il s'est passé quelque chose de grave, avec Liam ? Est-ce qu'il a… Il t'a… fait du mal ?

Qu'est-ce que je disais ? Traumatisée. J'ai l'air traumatisée.

Sauf que la grande blessure dont je souffre, JE me la suis infligée.

– Liam n'a rien fait, Kalvin, soupiré-je avant de me rasseoir. Je t'ai déjà parlé de ma mère, pas vrai ? Je suppose que je suis juste… comme ça, moi aussi, à mon niveau.

C'est ce que je me dis de plus en plus, à la lumière des récents événements. Un grand *up* de n'importe quoi, suivi d'un abyssal *down*.

– Je suis dans le creux de la vague, et il n'y a rien d'autre à faire que d'attendre que ça passe. Crois-en ma vieille expérience : ça finit toujours par passer.

Ce n'est pas tout à fait exact. La bipolarité est une maladie évolutive, et le patient peut dans les premiers temps fonctionner sans traitement… Mais très vite, ça ne suffit plus.

Je repense à ma vie, à mon passé. Mes nuits entières à sortir, à ne pas dormir. Les aventures que j'ai collectionnées. Les histoires d'amour toxiques dans lesquelles je me suis lancée en balayant d'un revers de la main tous les red flags. La façon plutôt hasardeuse dont j'ai géré jusque-là ma vie professionnelle. Ma consommation de stupéfiants, la manière dont à 20 ans je fumais avec excès. Mon père a-t-il eu raison, tout ce temps, de me traiter comme si j'étais aussi pathologique que son ex-compagne ? Étaient-ce là les signes avant-coureurs ? Est-ce que je suis en train de vivre ma grande décompensation ? Celle qui va m'expédier tout droit à l'hôpital et signer le début d'une vie d'internements successifs entre deux phases d'accalmie léthargique ?

Je l'ignore. Et je ne peux pas aller consulter. Je ne peux pas entrer dans le cabinet d'un psychiatre et parler de mon « symptôme ». De ce qu'il s'est passé avec Targan. Un psy a forcément une obligation de signalement quand un crime est commis… Or, j'ai vérifié sur Internet, engager un contact sexuel avec un élève de secondaire, quand on est son enseignant, est passible en Australie de quatre ans d'emprisonnement. Depuis 2021, l'État de Victoria interdit même ce type de relation jusqu'à deux ans après l'obtention du diplôme par l'élève, estimant, à raison, que la potentielle emprise d'un prof sur son étudiant ne se défait pas par miracle le jour du bac.

– Bon, je suppose que tu sais ce que tu fais… soupire Kalvin. Mais si tu veux que j'arrête de te harceler de questions et de te couver comme une mère hélicoptère, j'ai deux conditions.

– Lesquelles ? demandé-je d'un air méfiant.

– D'une, ce soir, tu quittes ta chambre et tu dînes avec

Neelam et moi. Je viens chez vous, je vais préparer mes fameux cannellonis…

– OK, pas de souci, tout ce que tu veux, m'empressé-je de répondre.

Des cannellonis maison : je m'en sors à bon compte.

Je ne mérite pas de tels amis.

– … De deux, parce qu'en attendant que ta santé psychique s'améliore, il faut au moins que tu prennes soin de ta santé physique, samedi, tu m'accompagnes à l'escalade.

– À l'*escalade* ? répété-je avec une grimace écœurée. Mais, Kalvin… Tu as vu mes bras ?

Je brandis sous son nez mes triceps inexistants.

– … C'est du chewing-gum ! Je vais me rompre le cou !

– Tu croyais quoi ? rétorque-t-il avec un sourire sarcastique. Que ton tribut allait consister à manger de la bouffe italienne jusqu'à la fin de l'année ? Tu rêves, ma petite. La semaine prochaine, c'est les vacances d'hiver : je vais être sur ton dos tous les jours. Vélo, escalade, initiation au surf, footing… Je ne te lâcherai pas jusqu'à ce que tu ailles mieux.

Je sais qu'il est en effet capable de mettre sur pied cet entraînement militaire : le sport tient une place importante dans la vie de Kal ; depuis qu'il a commencé la testostérone, multiplier les activités physiques lui permet de bâtir de la masse musculaire et de sculpter son corps afin qu'il soit au plus près de ce dont il a toujours rêvé. Mon collègue, avec un regard désarmant de tendresse et de sincérité qui me brise le cœur, se penche pour prendre ma main dans la sienne, et ajoute :

– Jamais je ne te lâcherai, Quinn.

30

Quinn

Les cannellonis sont passés comme la semaine : difficilement. Mon estomac a dû rétrécir à force d'être nourri exclusivement de glutamate et de nouilles déshydratées. Par bonheur, c'est le début de quinze jours de vacances, durant lesquelles j'ai décidé de me soumettre sans râler au programme strict que m'a concocté Kalvin pendant que Neelam, la veinarde, est partie à Brisbane où il fait chaud rencontrer la famille d'Uma. Tout en enduisant mes mains de colophane, je tente de me consoler en me rappelant que j'ai une personnalité addictive : peut-être que je vais faire partie de ces gens qui finissent accros au sport ?

– Allez ! me crie Kalvin du haut de son perchoir en forme de dodécagone. Attrape les prises vertes, c'est les plus faciles ! Tu n'as qu'à les grimper comme une échelle, en gardant tout ton poids sur ton pied gauche.

– Euh… attends… On n'est pas censé m'attacher, avant ?

– Te harnacher ? Pour monter à deux mètres ?

Kalvin s'esclaffe, puis pousse de nouveau sur ses jambes musclées pour se hisser. Tout son corps est alerte. Il se met à trotter sur un bloc gris en forme de corniche puis, en trois bonds, il redescend par une autre face. On dirait Tom Cruise dans *Mission impossible.* Il atterrit tout sourire sur le matelas.

– Tu sais que tu n'es sûrement pas aussi nulle que tu le penses ?

– J'ai dû faire de la psychomotricité jusqu'à mes 7 ans parce que j'étais infoutue de faire une simple roulade, Kal.

– C'est un atout, ici, me rassure-t-il en me prenant par les hanches pour me hisser.

– D'avoir fait de la psychomotricité ?

– De ne pas rouler.

Deux heures plus tard, je me la pète en ayant réussi à emprunter trois voies différentes. Certes, dignes d'un jardin d'enfants, mais tout de même. Kal, lui, m'a laissée en compagnie de deux autres débutantes aussi flemmardes que moi pour aller se dépenser un peu avec quelques habitués de la salle. Je le regarde grimper, les yeux aussi vifs que son corps. Je le regarde, surtout, interagir avec les autres hommes. Je le connais suffisamment maintenant pour savoir que, pour lui, ces moments valent de l'or. Ces moments où il n'est qu'un mec parmi les autres. Rien qu'un gars de la bande. Faire du sport, c'est aussi pour lui être intégré à un groupe masculin autour d'une activité qui ne consiste pas, a priori, à parler des meufs pour les objectiver ou pour s'en plaindre – chose avec laquelle Kalvin a évidemment du mal, lui qui vit entouré de femmes et qui a été socialisé durant vingt-deux ans comme l'une d'entre elles.

Du coup, je le laisse tranquille et file, en toute discrétion, me chercher un latte au bar, en priant pour qu'ils aient bien du pur arabica et du lait de vache dans cet endroit. Raté. Chicorée et soja.

C'est alors que, au moment de prendre un selfie pour l'envoyer à Davey et frimer avec ma nouvelle hygiène de vie, je remarque qu'un attroupement s'est formé au pied du mur qu'escaladait Kalvin. Seuls quelques grimpeurs sont encore perchés, ils regardent vers le bas. Mon ami, lui, ne fait pas partie du lot. Alors, je fonce pour découvrir au centre du cercle qui s'est constitué autour de lui, Kalvin, son chausson gauche en moins et une grimace douloureuse au visage.

– Vous voulez qu'on appelle une ambulance ? demande une mère de famille venue avec son fils ado.

– Non, c'est bon, répond Kalvin en s'appuyant sur son talon pour se relever. Mon amie ici présente va me conduire aux urgences.

***

Après les six heures d'attente réglementaire, une interne mignonne devant laquelle Kalvin tente de se montrer digne dans la souffrance nous livre le diagnostic, sans appel.

– Vous voyez, ici ? C'est une fracture du cunéiforme. Un tout petit os, mais qui peut faire gros bobo.

Je pouffe. La jeune et jolie médecin s'adresse à mon ami comme s'il était un bébé : je pense que Kalvin peut d'ores et déjà renoncer à lui demander son numéro.

Il me foudroie du regard, ayant probablement eu la même pensée que moi.

– Hé ! Ne me fais pas ces yeux-là, je n'y suis pour rien ! Je t'avais bien dit qu'il valait mieux s'attacher.

– Se *harnacher*, me reprend mon collègue d'un air grognon. Putain ! C'est bien ma veine. Me casser le pied le premier jour des vacances !

– Adieu balades à vélo, initiation au surf et footing…

– Ne crois pas une seconde que je ne suis pas au courant que tu te réjouis !

– Moi ? demandé-je avec l'air aussi innocent que l'agneau qui tète encore sa mère.

Mais à ce jeu-là, Kalvin n'a aucun scrupule à tenter de me battre.

– Tu sais en revanche ce qui m'embête le plus, ma chérie ? C'est que je ne vais pas pouvoir conduire. Bouhouhou… *Qui* va devoir se taper les mille quatre cents bornes aller-retour jusqu'à Melbourne en seulement quarante-huit heures ?

31

Quinn

De toute façon, je n'ai pas le choix. Je n'ai pas le choix, je n'ai pas le choix…

C'est ce que je me répète depuis quatre jours. Je n'ai PAS le choix. Ce rendez-vous à Collarts est trop important pour l'avenir de Targan ; j'ai déjà assez foutu le bazar dans la tête de ce dernier sans en plus le lâcher au moment où il a vraiment besoin de moi. Alors, voici où nous en sommes, un mercredi du mois de juillet, à cinq heures trente du matin, en plein hiver austral : il pleut à verse, ma banquette arrière est jonchée de *junk food* pour nous occuper durant les huit heures de trajet, sans compter les pauses. J'espère au moins que Targan a pris goût aux podcasts, au cours des semaines où nous nous sommes…

Quoi ? Fréquentés ? Rapprochés ? Liés ?

Je fixe l'entrée du *trailer park* jusqu'auquel le GPS m'a conduite, cherchant à distinguer sa silhouette à travers les trombes d'eau. L'endroit, sans doute particulièrement fantomatique à cette heure, me colle des frissons. Des grillages et des caravanes posées sur un terrain vague. Me reviennent les lyrics qu'il semblait m'avoir adressés, lors de la battle : « *Raised in a trailer park, where we learned to prevail* ». Il avait beau avoir trouvé le moyen de me signifier d'où il venait, je ne m'imaginais pas ça. Cette glauquerie. Me revient également ce qu'il m'a dit, devant chez Uma, quand j'ai découvert qu'il dealait. « *Vous ne savez rien de ma vie, OK ? Si je vends, c'est que je n'ai pas le choix.* » D'une certaine façon, il doit penser qu'il ne l'a pas… Mais il se trompe. Tout, plutôt que courir le risque stupide de se retrouver derrière les barreaux.

La portière qui s'ouvre m'arrache un sursaut. Targan, que je n'avais pas vu arriver, entre et enlève la capuche du hoodie qu'il porte sous son gros manteau noir. Il secoue rapidement ses boucles brunes et s'essuie le front, avant de maugréer :

– Hiver de merde.

Situation de merde.

Quoi dire, après ce baiser et ces deux semaines de silence ? « Bonjour » ? « Bien dormi » ? « Paré pour l'aventure, wouhou » ?

– J'ai pris des donuts pour le petit déj, si tu veux. Ils sont à l'arrière.

Mon ton penaud est aussi ridicule qu'obscène.

J'ai pris des donuts, ils sont sur la banquette arrière de la voiture où j'ai abusé de toi. Sinon, la forme ? Un petit creux ?

– Ça va. Je vais plutôt finir ma nuit, si ça ne vous pose pas de problème.

Puis, sans attendre ma réaction, Targan se tourne, pose sa joue sur l'appuie-tête, rabat sa capuche et ferme les paupières. Moi, je mets le contact et braque mes yeux sur la route. Tant mieux s'il refuse de me parler, de même me regarder. Tant mieux s'il m'évite, tant mieux s'il me hait. Parce que je pense sincèrement que, sinon, je n'aurais pas la force de résister à ce qu'il provoque en moi.

32

Targan

Quand je me réveille, il est dix heures. Le soleil brille. La route file droit à travers le bush. Northon m'explique que le GPS lui a indiqué de quitter l'autoroute pour éviter un accident. Je lui propose de la relayer derrière le volant, ce qu'elle accepte. Je vire mon manteau, remonte les manches de mon hoodie et m'installe sur le siège conducteur. Comme le chauffage de son antiquité est évidemment détraqué, on est obligé d'ouvrir régulièrement les fenêtres, son podcast en fond sonore.

– On pourrait peut-être changer un peu, non ?

– Tu veux quoi ? Entretiens ? *True crime* ?

– Un peu de son, c'est possible ?

Elle opine, puis me tend son téléphone. Je cherche dans ses albums Spotify. Cigarettes After Sex. Pas ma passion en temps normal, mais le genre de musique idéale pour faire de la route. Seulement, aux premiers accords de guitare, je regrette aussitôt. Les fenêtres ouvertes, le vent qui fait voler ses cheveux, ce paysage, avec le soleil qui perce parfois entre d'énormes nuages gorgés d'eau… Ça pourrait presque donner l'impression qu'on est en vacances. En train de se faire un petit road trip à deux. Ou, mieux, de s'enfuir ensemble. Alors que la réalité, c'est qu'elle se sent coincée avec moi, dans cette bagnole dont elle m'a viré il y a quinze jours, après que je me suis jeté sur elle comme un gros chien de la casse.

Mes sentiments n'ont rien de cohérent. Colère de m'être fait jeter comme une merde. Honte quand je repense au fait que j'ai grimpé dans sa voiture sans y être invité – ou que je l'ai embrassée sans non plus m'assurer que c'était OK. Incompréhension face à la manière dont elle m'a rendu mon baiser, pour ensuite me prendre de haut. Vexation. Désir. Désespoir. Espoir. Bref, un vaste bordel qui ne rime à rien et ne mène nulle part. Heureusement, au bout d'un moment, c'est elle qui s'endort. Je la laisse pioncer, tête qui repose sur la ceinture de sécurité, jusqu'à ce que la faim et l'envie de pisser deviennent trop fortes.

En début d'après-midi, au beau milieu de l'arrière-pays, on trouve un snack de bord de route. On commande des hot-dogs qu'on mange en silence sur une table en plastique. Le soleil, depuis longtemps à son zénith, tape désormais assez pour qu'on se mette en tee-shirt à manches longues. Pour m'occuper les mains, je fume clope sur clope. Elle reste planquée derrière ses lunettes de soleil et joue à des jeux à gratter qu'elle a achetés quand je suis allé me chercher un paquet de Lucky. Autour de nous, rien que de l'asphalte qui file en ligne droite au beau milieu d'une terre orange et d'une végétation désolée.

– Tu veux que je reprenne le volant ? demande-t-elle en revenant des toilettes, donnant ainsi le signal du départ.

Ça tombe bien : vu la gueule du ciel, il allait bientôt se remettre à pleuvoir.

Il reste encore deux heures de route. Northon a conduit la plupart du trajet, aussi je secoue la tête. On regrimpe dans sa caisse. La musique redémarre. Un disque qu'elle a choisi, cette fois. Du rock. Je ne connais pas. En regardant par la fenêtre, elle fredonne.

J'aime tout, en cet instant. Le morceau. La lumière. Le paysage. Son timbre éraillé. J'aime tout sauf ce sentiment de culpabilité. D'humiliation. Sauf cette distance que je sens entre nous, qui a commencé à se creuser quand elle a découvert la nature de mon « job », et qui, depuis que je l'ai embrassée, me semble irrémédiable.

Je voudrais la réduire, cette distance.

Je le voudrais, putain, mais je ne sais pas par où débuter.

– Je sais que ça ne doit pas être facile, lâché-je soudain. Vous retrouver de nouveau dans cette caisse avec moi.

Elle baisse la tête et se mordille la lèvre, mais, pour me cacher ses yeux, elle rabat les lunettes noires qu'elle avait utilisées en serre-tête.

– Je voulais juste vous dire… Vous n'avez pas à flipper. J'ai reçu le message. Vous aurez peut-être du mal à le croire, vu ce qui s'est passé la dernière fois, mais je ne suis pas un forceur.

Dixit le mec qui a suivi sa prof sur un parking, est monté dans sa bagnole en marche et s'est ensuite jeté sur elle.

Très convaincant, frère, bravo.

– En tout cas, voilà, ajouté-je d'une voix précipitée. Je sais que vous auriez pu aller trouver Walker ou même les flics. Et je vous suis reconnaissant de ne pas l'avoir fait. Je ne vous emmerderai plus.

Cette fois-ci, sa tête se tourne vers moi. Je ne peux pas voir ses yeux, elle porte toujours ses lunettes. Mais sa bouche s'ouvre. Sa lèvre inférieure tremble imperceptiblement. Elle commence à bafouiller, avant de virer ses Ray-Ban.

– Tu penses que… ? Tu as cru que… ?

Un drôle de hoquet l'interrompt. Pas vraiment un sanglot, mais plutôt un bruit d'élastique qui lâche. Elle plaque une main sur sa bouche.

– Tu peux arrêter la voiture, s'il te plaît ? me demande-t-elle d'une voix faible.

Puis, voyant que je me tourne vers elle pour essayer de comprendre ce qui se passe, elle répète, d'une voix paniquée :

– Arrête la voiture, Tee, s'il te plaît !

J'obtempère, me gare sur le bas-côté et la regarde défaire sa ceinture, puis sortir précipitamment. Pliée en deux, elle se penche d'abord comme si elle allait vomir… Mais rien ne sort, à part de la salive. Alors, après un moment, elle se redresse. Elle s'essuie la bouche du revers de sa manche rouge. Je sors à mon tour et m'approche d'elle.

Évidemment, elle recule.

Je l'ai quasiment agressée il n'y a pas quinze jours. Je m'attendais à quoi ?

– S'il te plaît… N'avance pas.

Je brandis les mains dans les airs en signe d'apaisement. Je comprends qu'elle ne se sente pas totalement en sécurité avec moi – notre passif, et puis, bien sûr, mes « activités », qui inspirent rarement la confiance. Elle se détourne sans plus se soucier de mes faits et gestes. Soudain, alors qu'elle est tournée vers l'Outback australien aride et pelé, sa main quitte sa bouche, et elle pousse un cri rauque.

– FAIT CHIER, AAAARGHHH !

Je dois lutter de toutes mes forces pour ne pas essayer de l'approcher de nouveau, de la calmer. Pour me contenter de la regarder faire, sans comprendre. Sans avoir le droit d'agir. Mais finalement, elle se retourne vers moi, une main posée sur le front, comme si elle cherchait à évaluer si elle a de la fièvre. Puis elle déclare, d'une voix blanche :

– S'il y a bien une personne qui aurait été légitime à aller voir la police, Targan, c'est toi. S'il y a quelqu'un qui a été abusé dans cette voiture, c'est *toi*. Tu ne peux pas savoir, je n'en ai pas dormi depuis des nuits ! Je n'arrive pas à croire que j'aie laissé la situation m'échapper à ce point, je n'arrive plus à me regarder en face, je…

– Madame Northon, qu'est-ce que vous racontez ? Vous n'avez rien…

– Non, reste où tu es, m'ordonne-t-elle une nouvelle fois en brandissant sa paume ouverte entre nous. Je ne veux pas que tu approches. Je ne me fais pas confiance, là, tout de suite, pour faire le bon choix.

À nouveau, mon cœur fait un looping. J'essaye de ne pas surinterpréter ce qu'elle vient de dire. De ne pas une fois de plus entendre ce que j'ai envie d'entendre. Mais c'est difficile, quand tout en moi voudrait y croire.

– Targan, reprend-elle d'une voix un peu plus posée, tu sais ce qui se passerait, si cette histoire de baiser s'ébruitait ? Non seulement je perdrais ma licence d'enseignement, mais un procureur pourrait très bien se saisir du dossier et ordonner une instruction. Au terme de laquelle je serais jugée et condamnée, potentiellement à de la prison ferme. Tu sais pourquoi ?

Elle plonge ses yeux outremer dans les miens.

– Parce que la relation qui nous unit, toi et moi, est asymétrique. Le pouvoir est de mon côté. L'expérience est de mon côté. Et si je me servais de ce pouvoir, de cette expérience, pour te séduire – même si j'arrivais à te faire croire, grâce à ce pouvoir et à cette expérience, que tu as *envie* d'être séduit –, il s'agirait d'une agression. Notre. Relation. N'est pas. Symétrique.

– Je sais bien, que notre relation n'est pas symétrique ! m'agacé-je en balayant son objection d'un revers de la main.

C'est tout ce que je peux faire, étant donné qu'elle m'a littéralement interdit de bouger.

– Et je sais qu'en termes juridiques, ça suffit à caractériser l'agression. J'avais limite des petites roues à mon vélo quand #MeToo a éclaté, madame Northon ! Ce que je sais aussi, c'est que le droit, c'est un ensemble de règles créées pour tous. Qui ne prend pas en compte les spécificités de chacun.

Je le sais mieux que personne. Aux yeux de la loi, je suis comme n'importe quel membre des Kingz. Je suis comme Ryder : je fais partie d'une bande organisée. Je risque quinze ans si je tombe. Mais est-ce que vraiment Ryder et moi, on est pareil ? Pour mettre son business sur pied, il a dû éliminer la concurrence, parfois en ordonnant des exécutions sommaires. Pour le maintenir à flot, il lui est arrivé de distribuer des échantillons de crack ou de meth à des gosses de 12 ans, à des mères de famille. Moi, j'ai pris le relais de Rain pour qu'il puisse cantiner en prison et que son fils ait de quoi manger en attendant sa sortie. Oui, j'ai mes torts. Mais je deale pour que les miens ne crèvent pas la dalle et gardent un toit au-dessus de leur tête. Alors, est-ce que réellement je mérite d'être puni avec la même sévérité que Ryder ? Ou est-ce que mes circonstances personnelles font une différence ?

– En l'occurrence, reprends-je sans pouvoir ravaler mon

sourire, la situation, c'est que j'ai vraiment, *vraiment* très envie que vous le commettiez, ce délit.

Je sais, ce n'est pas le moment de faire des blagues. Mais quand même : toute cette situation est grotesque. J'ai 19 ans. Je suis sexuellement actif depuis que j'en ai 14. Je la veux. Je crois que j'ai mon mot à dire, non ?

– Ce n'est pas drôle, Targan.

Elle essuie une larme rageuse. Elle ne paraît pas trouver ça drôle, en effet.

– Je peux vous poser une question ?

Elle opine, l'air hésitant.

– Pourquoi vous m'avez embrassé, la dernière fois ? *Avant* de me jeter, je veux dire.

– Parce que… je ne sais pas, lance-t-elle en s'affaissant soudain. J'y ai pourtant beaucoup réfléchi, crois-moi, et j'ai plusieurs théories…

– Je voudrais bien les entendre, si vous êtes d'accord.

– Eh bien… déjà, parce que tu es beau, Targan. Tu dois le savoir, ça, non ? Et pas « beau » genre « pas mal » : « beau » genre la pièce entière arrête de respirer quand tu fais ton entrée. Ce genre de beauté, c'est enivrant. C'est du pouvoir. Ça vous désarme complètement.

Elle s'interrompt, avant de déclarer, comme une plaisanterie, une sorte d'*inside joke* dont je n'aurais pas les clefs :

– Par ailleurs, je ne suis pas réputée pour faire d'excellents choix, dans la vie.

Puis elle ajoute, plus sérieusement – *très* sérieusement :

– Je t'ai aussi et surtout embrassé parce que tu me touches. Parce que je te trouve talentueux, et créatif, et brillant. C'est LE truc qui m'empêche de complètement me flageller, depuis que ça s'est passé : le fait de savoir que, pour moi, tu n'es pas un objet. J'ai une immense estime pour toi, et de l'admiration aussi – pour qui tu es, pour ton art. Mais j'ai aussi des motivations plus sombres, se rembrunit-elle. Par exemple, le fait que ma jeunesse est en train de passer. Que tous les jours, j'enfile mon costume d'adulte pour aller incarner une figure d'autorité que je ne suis pas sûre d'être, et… eh bien, j'ai une certaine nostalgie de ce qu'un garçon comme toi peut représenter.

Garçon. Même si le mot me gifle, je ne le montre pas. Je veux à tout prix la laisser finir.

– Quand on a commencé à se voir souvent, toi et moi, pour ces cours de soutien… Tu dois comprendre que je n'étais dans ce pays que depuis quelques semaines. Ma vie était bien moins construite qu'aujourd'hui. Et j'imagine qu'elle était suffisamment… vide… pour que tu prennes une place que tu n'aurais pas dû prendre.

La laisser finir. Savoir.

L'encourager à parler, et enfin en avoir le cœur net.

– Vous voulez dire que si on s'était rencontrés à New York… ?

– Je ne pense pas que j'aurais accordé autant d'importance à nos échanges, non.

Je ne cille pas. J'encaisse.

J'ai eu ce que je voulais. À présent, je sais.

– OK, acquiescé-je. Je crois que je comprends.

Je comprends que Quinn Northon a débarqué dans ma vie comme une oasis en plein désert, une source à laquelle, assoiffé, j'ai eu maladivement envie de m'abreuver. Je comprends aussi que, dans *son* désert, j'ai été la même chose… Mais ce désert était transitoire. Moi, ce désert, c'est ma vie.

Elle avait raison : notre relation n'est pas symétrique. Pas parce qu'elle a le pouvoir ou l'expérience de son côté, mais parce qu'elle représente pour moi plus que je ne pourrai jamais représenter à ses yeux.

– Je suis prêt à repartir, maintenant, si vous l'êtes aussi. Et surtout, ajouté-je, je suis prêt à tout oublier. Le fait que vous me plaisez. Ce baiser. Que j'en sais un peu plus sur vous que sur une prof lambda. Que vous en savez plus sur moi que n'importe quel prof. Je suis prêt à le faire, si c'est ce que vous voulez.

Je me surprends à prier en silence. Prier fort un dieu auquel je ne crois pas pour qu'elle me détrompe. Qu'elle me dise qu'elle ne veut pas oublier. Prier pour une faille, n'importe laquelle, dans laquelle je pourrais laisser mon obsession de nouveau s'engouffrer.

Mais Dieu non plus ne croit pas en moi. Et, comme si elle me flinguait, Quinn Northon opine.

33

Quinn

Le reste du trajet s'effectue dans un paysage uniforme malgré les kilomètres. La route demeure anthracite, la terre orange, le feuillage des arbres vert-de-gris. Seul le ciel change, gorgé d'eau, chargé de nuages noirs derrière lesquels perce la lumière. On traverse des rideaux de pluie. On traverse des accalmies. Je pense à tout ce que cette route devrait être. Ennuyeuse et monotone. Inconfortable, étant donné l'état des sièges et le silence qui règne dans l'habitacle. Mélancolique, même, à cause de la porte que j'ai refermée entre nous de façon définitive. La porte que j'ai eu tant de difficulté à refermer.

Pourtant, en nous engageant sur le parking du motel à bas prix que j'ai réservé en banlieue de Melbourne, je me surprends à soupirer d'aise. Comme si je me sentais en vacances. Enfin arrivée à une destination de rêve après des heures de route.

Or, la destination n'a rien de rêvé. Nous sommes à deux pas de l'aéroport, sous les néons et un ciel pluvieux. Il fait 13 degrés. J'ai mal aux fesses, je donnerais n'importe quoi pour une douche chaude. Pour fermer les yeux sous le jet et de me défaire de cette impression qui ne m'a pas lâchée de la journée : celle d'être électrisée par la présence de Targan. De sentir dans la moindre de mes cellules jusqu'à ses respirations et ses silences.

Je suis dedans, jusqu'au cou.

Je dois me rendre à l'évidence, je suis *bien*, avec lui. Bien comme je n'ai pas le souvenir de l'avoir été avec quiconque.

Je ne me sens pas obligée de combler les blancs. De jouer un rôle. Ce qui est rudement problématique, étant donné que je suis censée tenir celui de l'enseignante. De l'adulte référente. De la grande personne qui sait où elle va.

Droit dans le mur, voilà où tu vas, me souffle ma petite voix.

J'en ai conscience. Pourtant, j'ai envie d'accélérer. Pied au plancher, quitte à en crever.

C'est pour ça que je dois à tout prix rester le plus loin possible de lui.

Bien sûr, je pensais ce que j'ai dit, lorsque nous nous sommes arrêtés sur le bas-côté, peu avant Middle Creek. J'ai passé des nuits entières à analyser le moindre de mes sentiments pour lui, à décortiquer chaque battement de mon cœur. Je suis lucide sur ce que j'éprouve. Oui, il me plaît parce qu'il est beau. Parce qu'il est passionnant et passionné. Et incroyablement talentueux. Aussi parce que, quand je suis avec lui, une certaine Quinn que j'avais soigneusement cadenassée remonte à la surface.

Ça peut paraître trivial, ça peut paraître anecdotique, autocentré… Je m'en contrefous. Moi, je sais l'importance que ça a. On n'a que rarement l'occasion d'être soi-même, dans une vie. De se confronter à qui l'on est vraiment.

Targan me donne envie de danser des nuits entières, de parler comme un moulin, de me taire et de tendre l'oreille pour écouter sa vision du monde. Je veux l'observer dans les moindres détails, capturer les petits riens qui font qu'il est lui et pas un autre. Quand je suis avec lui, appuyer sur l'obturateur me démange ; mon appareil photo me manque. Moi qui ai renoncé si aisément à mon art, j'ai envie de mitrailler Tee, de capturer son univers, de photographier les lieux et les gens qui lui sont chers. De capturer sa profondeur, sa complexité, son intensité.

Mais je la connais, cette Quinn qui vibre et vit à cent à l'heure, qui aime mille fois plus fort que la normale, qui se donne à fond. Elle est aussi la reine des promesses non tenues, des amitiés fusionnelles qui explosent en plein vol, des romances aussi passionnelles qu'invivables. Elle parle de « capturer » l'intensité ou la complexité des autres, et peu lui importe qui elle blesse dans le processus. Le meilleur service qu'elle puisse rendre à ceux qu'elle aime ? Se réfréner – et, quand c'est impossible, se tenir à l'écart.

– Tiens, ta clef, dis-je après les avoir récupérées à l'accueil. La 107, ça te va ?

Il la prend de mes mains, examine le numéro gravé, opine.

– On a accès à la piscine, pas vrai ?

Je déglutis, essayant de ne pas l'imaginer, immense et puissant, fendre l'eau longueur après longueur. Comme c'est peine perdue, je tente au minimum d'ajouter des accessoires ridicules – une bouée flamant rose, un bonnet de bain, un pince-nez. J'acquiesce.

– Si tu as besoin de moi, je suis…

Targan, presque par réflexe, pose une main sur ma bouche pour m'empêcher de parler. Je sens le sel de sa paume sur mes lèvres. Sa peau calleuse. Sa peau, chaude et vivante, qui me rappelle qu'il peut bien m'appeler « madame », qu'il peut bien me vouvoyer, qu'il peut bien me dire qu'on oublie tout, il existe déjà entre nos corps une familiarité que rien ne peut effacer.

D'ailleurs, il retire presque aussitôt sa main, gêné.

– Je suis désolé. Je crois que je préférerais… Je préférerais ne pas connaître votre numéro de chambre.

Il ne dit pas le reste, mais je l'entends quand même.

Je préfère ne pas être tenté de débarquer à votre porte au beau milieu de la nuit.

Je l'entends, oui. Parce que je ressens exactement la même chose.

– Si j'ai besoin de quoi que ce soit, j'ai votre numéro, ajoute-t-il en opinant pour me signifier que tout va bien aller.

Alors je tourne le dos, le laisse dans sa coursive et me dirige vers l'escalier, en tirant derrière moi ma mini-valise. Et en songeant qu'il se trompe : rien, à partir de maintenant, n'ira plus.

Parce que sur un bas-côté, quelque part entre Stawell et

Middle Creek, j'ai compris que j'étais tombée amoureuse de lui.

***

La douche est moyennement chaude, mais je suppose qu'on n'a que ce qu'on mérite dans la vie. En hoodie noir XXL et short baggy en molleton, je fais défiler l'offre VOD de la chambre, en hésitant entre *La Main*, *Midsommar* et *Barbare*. Soit trois films qui ne risquent pas de me mettre McKenzie et mes sentiments pour lui en tête – enfin, si je n'ai pas encore complètement perdu la raison. Alors que j'opte pour *La Main*, David daigne enfin me répondre.

> **Davey**
> Tu m'as appelé, Sis ? Je suis encore au boulot.

Ah oui ? Et moi, je suis en enfer.

De toute façon, qu'aurait fait mon petit frère ? Jamais je ne lui aurais raconté ce qui me taraude, me cogne dans le crâne, hurle dans mes tripes. Jamais je ne lui aurais dit : *Voilà, je crois que je suis en train de craquer complètement pour un gars. Il est sensible, talentueux, unique. Il est écorché vif, il n'arrive pas à se voir tel qu'il est – bref, il me rappelle moi à son âge… Parce que, oui, il a 19 ans et c'est mon élève : des conseils à donner à ta grande sœur, mon petit frère adoré ?*

En temps normal, j'adore être à l'hôtel. J'adore me retrouver seule dans des villes inconnues. En temps normal, j'aurais déjà séché mes cheveux et enfilé des vêtements civils pour partir explorer Melbourne. J'aurais déambulé dans la ville en prenant des photos. Je serais allée voir la plage. J'aurais dîné dans un resto bien noté, avec pour seule compagnie un bon bouquin. Enfin, je serais entrée dans un bar ou un club. Histoire de faire la fête, libre et anonyme.

Au lieu de quoi, je reste là, le ventre qui gargouille et le corps ankylosé. Je n'ose pas me mettre en mouvement. Prendre la voiture et laisser Targan seul ici. En partie parce qu'il est sous ma responsabilité – que se passerait-il si, par exemple, il avait besoin d'être conduit aux urgences ? Ou tout bonnement de s'alimenter ? En partie parce que je me sens *incapable* de m'éloigner de lui. Mon corps est un poids mort, écrasé par le manque, étouffé par le désir. Mes muscles me font mal comme si j'avais la grippe. Targan est ma fièvre. Ou peut-être juste que j'ai passé la journée assise en voiture et que ça m'a mise en vrac.

De toute façon, dehors, il continue de pleuvoir des trombes d'eau froide. Il est vingt-deux heures, Targan a probablement déjà mangé ; il y a un fast-food juste à côté. Moi, j'ai le ventre trop noué pour songer à avaler quoi que ce soit de consistant. J'ai envie de me masturber. D'un verre. D'une clope. Mais si je cède à ma première impulsion, je sais bien ce qui va me venir en tête (ou plutôt : qui). Si j'obéis à la deuxième, je suis terrorisée à l'idée de finir ivre, à toquer à la porte de la 107. Je me redresse lourdement, attrape un jean, enfile des baskets, puis je me traîne jusqu'aux ascenseurs, capuche rabattue sur le crâne. Objectif : la bodega du coin. Avec un billet de vingt flambant neuf dans la poche, prêt à être dépensé jusqu'au dernier cent en snacks divers et variés.

Je déambule dans les petites allées, prends un coca, un sachet de bretzels, un autre de M&M's. Puis, arrivée à la caisse, je décide que pour ce soir, rien que ce soir, je peux m'en autoriser une. Une cigarette. Ou même tout le paquet, s'il le faut. Parce que, si je ne cède pas à au moins un de mes vices, je vais devenir folle.

– Un paquet et un briquet, s'il vous plaît.

– Quelle marque ?

Je plisse les yeux pour examiner l'offre, avec un vague frisson, me souvenant de Marlboro Light achetées en boîte l'été, des Davidoff aux filtres blancs, de la boîte raffinée des Dunhill, de l'élégance des Vogue… Ça fait si longtemps !

– Lucky Strike, m'entends-je répondre. En paquet souple.

Puis je règle, sors de la bodega, m'arrête sous l'auvent sur lequel la pluie tombe, régulière. L'humidité froide me prend à la gorge. L'enseigne en néons du motel, de l'autre côté de la route, m'apparaît un peu floue. Impatiente, fébrile, je pose le reste de mes achats sur une table haute réservée aux clients et ne garde que le paquet de clopes. Je l'ouvre, consciente de l'énorme connerie que je suis en train de faire. Bien sûr, une part de moi se souvient à quel point ç'a été horrible d'arrêter. Du serment que je me suis fait, après trois mois d'abstinence, de ne jamais, sous aucun prétexte, retomber. Mais rien de tout ça n'a d'effet, sur une toxico. Or, c'est ce que je suis, en ce moment. Une grosse toxico qui, n'ayant pu s'offrir l'héroïne dont elle rêve, s'est soulagée en achetant une dose de crack au dealer du coin.

Je tapote donc le fond du paquet, coince le filtre orange entre mes dents, tire. J'allume. J'inhale. Et laisse la fumée de la Lucky pénétrer ma bouche. Caresser ma langue, descendre dans ma gorge, me remplir profondément. *Targan McKenzie, ceci est ton corps*, pensé-je. Parce que, au point où j'en suis, pourquoi ne pas blasphémer en prime ?

– Je croyais que vous ne fumiez pas.

Je me fige, laissant la volute se mouvoir dans les airs. Je n'ai pas besoin de me retourner pour savoir à qui appartient cette voix un peu sourde, profonde, masculine. Néanmoins, je me retourne, lentement – on veut toujours ralentir, au moment où le choc devient inéluctable. Je le découvre, sous l'auvent de la bodega, une bouteille d'un alcool quelconque enveloppée dans un sac en papier brun. À seulement deux mètres de moi.

Son regard se pose sur mes cheveux trempés. Sur ma bouche coupable. Puis il descend le long de mon bras pour apercevoir, dans ma main qui ne peut retenir un tremblement, le paquet souple de Lucky Strike. Une étincelle de compréhension passe dans ses yeux alors qu'ils reviennent se planter dans mes pupilles tourmentées.

– Je ne fume plus, non.

Il pose sa bouteille sur une autre table haute, fait un pas

vers moi. Sa main se tend pour prendre la cigarette de la mienne. Ce faisant, ses doigts effleurent le dos de ma main et je tressaille.

– Alors, c'est quoi, ça ?

– Appelons ça un instant de faiblesse, réponds-je avec un sourire penaud.

Sans me quitter des yeux, il balance la Lucky d'un geste désinvolte. Puis, sa main poursuit sa trajectoire dans les airs et vient se poser sur ma joue. Malgré moi, mes yeux se ferment. Mon visage entier s'abandonne à cette caresse. Soulagement. Supplice. Je déglutis.

– Regardez-moi.

Je secoue la tête et garde les paupières closes, même quand je sens son autre paume se poser sur mon autre joue.

– Quinn, regardez-moi.

Mon souffle se bloque et mes deux mains se placent sur les siennes – pour les dégager, crois-je d'abord. Sauf que mes pauvres mains n'ont plus la force. Mes mains n'essayent même pas. Plus futées que moi, elles savent qu'elles ont déjà perdu.

– Pourquoi vous refusez de me regarder ?

Cette fois, sa voix n'est plus qu'un souffle qui caresse mes lèvres que malgré moi j'entrouvre. Je veux l'avaler, ce souffle, comme la fumée d'une clope. Le faire descendre dans ma gorge, afin qu'il pénètre chaque alvéole de mes poumons. Pour garder en moi la menthe de son haleine, les parfums capiteux de vanille laissés par le bourbon sur la langue.

Le pouce de Targan se met à glisser sur ma lèvre inférieure. Lentement. Une lenteur douloureuse. Mon estomac se contracte, puis se dilate, avant d'exploser en des milliers de particules. Mes défenses, planches vermoulues d'une vieille cabane, s'effondrent. Mes jambes se dérobent. Je me concentre, non sur ce vertige, mais sur la pointe de ma langue, que je dois à tout prix empêcher de se tendre pour goûter la pulpe de son doigt.

– Je ne peux pas vous embrasser tant que vous gardez les yeux fermés, me glisse alors Targan.

Son ton est presque attendri. Comme s'il essayait de faire recouvrer le sens commun à une enfant déraisonnable.

– Je sais.

Pourtant, c'est à cet instant précis que j'ouvre enfin les yeux. Que mes mains quittent les siennes. Que je laisse mon visage se lever en direction du sien.

Targan est penché vers moi, semblable à un tournesol en quête de chaleur. Or, ma bouche brûle. Mes mains sont gelées, mais mon centre, lui, est en feu. Et quand nos lèvres se touchent enfin, sans que je sache réellement qui de nous deux a embrassé l'autre, c'est comme si mon corps entier entrait en éruption. Une chaîne de supernovae explosant les unes après les autres.

C'est si bon.

C'est si fort.

C'est si *violent*.

J'empoigne son tee-shirt et enfonce ma langue dans sa bouche. Sa main se referme sur ma nuque. Je me presse contre lui en haletant. Il chancelle. Nous tanguons. Mon dos heurte l'un des tabourets hauts de la terrasse de la bodega. Il grogne. Je gémis. Contre sa bouche. Je gémis de plaisir. Je gémis de détresse.

– On ne peut pas… Targan, on ne peut pas…

– Je sais, halète-t-il avant de reprendre mes lèvres. Le souci, c'est que je n'arrive pas à m'arrêter…

Alors, je mords sa bouche boudeuse, comme pour le punir d'oser dire tout haut ce que je ressens au fond de moi et que je voudrais garder sous clef. Il empoigne d'une main avide mes fesses. Je bascule la tête en arrière. Je l'invite à me dévorer, et je proteste pourtant :

– C'est mal…

– Ça ne peut pas être mal quand c'est aussi bon, objecte-t-il en partant à l'assaut de mon cou.

– J'ai huit ans de plus que toi… Je suis ton enseignante… C'est de l'abus de pouvoir.

Il rit contre mon cou, un rire qui se transforme en soupir douloureux tandis qu'il me presse contre son grand corps solide pour me faire sentir la bosse qui déforme son jean.

– Tu as vraiment l'impression d'être en train d'abuser de moi, là ?

L'entendre me tutoyer, pour la première fois depuis notre rencontre six mois plus tôt, achève de me faire chavirer. Je me rends complètement à son corps. Non, évidemment, cela ne ressemble en rien à un abus de pouvoir, ou si quelqu'un a le pouvoir, en cet instant, ce n'est pas moi. J'ai au contraire tout abandonné et me voilà désarmée, à la merci du désir le plus brûlant, le plus obsédant que j'aie connu dans ma vie. Mon bassin pousse vers le sien. Mes mains s'agrippent au col de sa veste à capuche. Une de mes cuisses, qu'il empoigne, se hisse à la hauteur de sa hanche. Mais ma tête rugit encore. Que j'ai tort, que ce que je fais est immoral, que mon comportement est fondamentalement dévoyé. Surtout, elle crie cette protestation, que je lâche dans un souffle – et qui, déjà, n'est plus un refus, mais une reddition. Un agrément. Un moyen de m'assurer de sa complicité.

– Si jamais ça s'apprenait… Je pourrais aller en prison…

J'ai conscience que ça devrait être le cadet de mes soucis. Qu'il y a mille autres objections à formuler. Que celle-ci, en plus d'être particulièrement égoïste, n'est même pas légitime. Ce que je cherche, en disant cela, n'est pas d'arrêter ce qui est en train de se produire, non : c'est d'obtenir la garantie de son silence. C'est manipulateur. Minable. Laid. Et je n'ai que ce que je mérite lorsqu'il refuse d'entrer dans mon jeu, de me jurer que jamais il ne dira rien. Quand à la place, il pose ses mains sur mes fesses et me soulève de sol pour m'emporter vers le motel en lâchant, avec cet accent nonchalant qui me colle des frissons :

– Alors, en ce cas, faisons en sorte que ça en vaille la peine.

***

Sous la coursive, mon dos percute le mur.

Mes mains fouillent dans ses poches en quête de la clef, palpant au passage son corps musclé.

La façon dont il me fait glisser contre lui pour me reposer. Dont il m'enlace par-derrière pendant que je déverrouille la porte, tout en m'empoignant les cheveux pour m'embrasser la nuque. Le halètement que je laisse échapper.

L'ambiance, une fois dans la chambre. Moite, incertaine, dangereuse. Aussi lourde que nos vêtements détrempés.

La lumière bleutée des néons extérieurs comme seul éclairage.

Toutes ces images, ces sensations que, je le sais déjà, jamais je n'oublierai.

Alors que Targan me plaque contre la porte tout juste close, je remarque comme ses lèvres, l'extrémité de son nez, le bout de ses doigts sont froids. Tout le reste est chaud. Incroyablement chaud. Il tient mes poignets au-dessus de ma tête tout en m'embrassant le cou. Il prend ma bouche, puis l'abandonne. Il trace le pourtour de mes lèvres de la pointe de sa langue. Il appuie contre le mien son corps immense et baraqué pour me faire sentir à quel point il me désire. Ma poitrine, contre son buste, est presque douloureuse. J'en veux plus. Je le veux nu. Je le veux sur moi, en moi.

Maladroitement, je tente de m'extraire de mon sweat-shirt qui colle à ma peau. Targan m'aide. Puis je dézippe le sien, qu'il tire et laisse tomber à ses pieds. Nos bouches se joignent une nouvelle fois tandis que nous frissonnons dans nos tee-shirts mouillés. Ses baskets valsent, puis les miennes. Ses doigts labourent mon crâne. J'agrippe ses cheveux souples. Nous valsons et mes fesses cognent contre le rebord du bureau placé sous les fenêtres.

Pendant qu'il déboutonne mon jean, je tâtonne pour tirer les rideaux. Il baisse mon denim, puis m'installe sur le plateau en contreplaqué pour m'en débarrasser complètement. En débardeur blanc, tanga rouge et chaussettes noires, je m'attaque à sa braguette. Lorsque je le caresse par-dessus son boxer, il frémit en se mordant la lèvre inférieure. Je l'observe par en dessous. Immense. Brun. Sa carrure de colosse, son visage de statue grecque me bouleversent et m'émeuvent. Ses boucles foncées. Son grain de beauté sous l'œil. Son nez légèrement pointu. Sa bouche pleine et large. De ma vie, je n'ai jamais vu un être aussi beau. Je n'ai jamais laissé courir mes mains sur une peau aussi veloutée. Je n'ai jamais caressé un corps aussi parfait.

J'empoigne l'ourlet de son tee-shirt pour le découvrir comme on déballerait un cadeau. Il m'aide et, alors que mes paumes se posent sur ses épaules, ma bouche part à la découverte de son torse sculpté. Le sillon entre ses pectoraux durs. Ses tablettes de chocolat. Sa ceinture d'Apollon. Le crâne dessiné sur son flanc. Ce serpent qui sinue de sa poitrine jusqu'au cou, que je me lève pour suivre de la pointe de ma langue. Targan en profite pour empoigner mes fesses, les malaxer, puis descendre mon tanga. Il me fait ensuite virevolter, telle la plume que je suis dans ses bras, jusqu'à ce que j'atterrisse sur le matelas, allongée sur le dos. Il allume d'un geste vif la lampe de chevet, puis s'agenouille devant le lit, me tire par les cuisses, m'approche du bord. Il lèche mon nombril, souffle sur mon bas-ventre, hume mon sexe, tandis que je me tortille et que ma poitrine se soulève à un rythme précipité. Enfin, sa langue m'ouvre, délicatement, et je me mets à gémir. D'abord lentement, profondément, puis de façon incontrôlable. Sa bouche qui m'englobe, qui m'aspire, qui joue avec mon clitoris. Mes mains qui se perdent dans ses cheveux, qui labourent ses trapèzes. Mes jambes qui trouvent naturellement leur place sur ses épaules, lui laissant un accès complet à mon sexe. Il y introduit un doigt, puis deux. J'ondoie dans sa direction, en haletant, en couinant, en songeant que je ne veux pas jouir, pas comme ça, pas trop vite, sans pouvoir cependant faire autre chose que m'abandonner au plaisir qui m'ouvre en deux.

Je suis terrassée. Offerte. Désemparée par la force de mon plaisir.

Je le veux plus que tout en moi.

D'une voix haletante, je le lui dis. C'est presque une supplique. J'ai besoin qu'il calme de tout son corps le vide qu'il a creusé durant ces six mois. Qu'il pèse de tout son poids sur moi.

Il se redresse et achève de se déshabiller tandis que je recule sur le matelas. Il grimpe ensuite sur moi avec la grâce et la lenteur d'un fauve. Il attrape mon débardeur et le relève pour accéder à ma poitrine. Il la caresse, la lèche, la mord. Je sens sa verge à l'orée de mon sexe. Je me tortille pour qu'il entre, mais il m'en empêche en posant une main ferme à l'intérieur de ma cuisse. Tandis que je suis immobilisée, tout en suçant toujours mon téton, il tâtonne et trouve un préservatif. Il déchire l'emballage de ses dents, sort la capote, la déroule. Puis il s'immisce entre mes cuisses et me pénètre.

Ma tête se renverse et mon souffle se bloque. Je me sens écartelée alors qu'il pousse au fond de moi. C'est la plus délicieuse des tortures, qui m'arrache un gémissement liquide. Targan s'enfonce en moi jusqu'à la garde, me remplissant complètement. Mes yeux s'écarquillent de le sentir autant – aussi loin, aussi fort, aussi dur. Puis, comme une vague, il se retire, et je retiens un cri de frustration entre mes lèvres serrées. Il attrape mes poignets, les cloue au matelas, et une fois de plus s'enfonce. Mes hanches pivotent pour l'accueillir tout entier. Cette fois-ci, c'est à son tour de grogner.

– Doucement, me recommande-t-il d'une voix éraillée à l'oreille. Si on n'a qu'une nuit, Quinn, je veux que ça dure.

Puis sa bouche quitte l'orée de mon oreille pour venir frôler délicatement la mienne. J'attrape ses lèvres avec violence et les mords.

– Si on n'a qu'une nuit, Targan, je ne veux pas qu'on se retienne.

Je prends son visage entre mes mains et ajoute, presque solennelle :

– Je veux te faire jouir et que tu me fasses jouir jusqu'à ce qu'on tombe d'épuisement.

Je place ensuite sa main sur ma gorge ; je renverse la tête et pousse mes hanches vers lui. Targan saisit mon invitation : il commence à aller et venir en moi, d'un mouvement rapide et souple. Chacune de mes terminaisons nerveuses est allumée, électrique. Son corps brûlant frôle le mien à chaque assaut, son torse dur caresse mes tétons plus durs encore, mon vagin palpite autour de lui. Je suis en train de mourir de plaisir. De me laisser terrasser. Je suis foutue, je le sais : c'est bon, bien trop bon.

Je ne suis pas une gamine, j'aime le sexe, j'ai eu des tas d'amants. Et aucun d'eux ne m'a jamais fait éprouver ce que je ressens là.

C'est bien simple, on s'emboîte à la perfection. On sait exactement comment bouger, quel geste faire à quel moment. Comme deux danseurs. Des musiciens qui jouent la même partition à deux voix. Et ça n'a rien de magnifique, au contraire, c'est terrifiant. Comme une effraction. Comme si Targan avait réussi à pénétrer les secrets et les désirs les plus sombres de mon cœur. Sous ses assauts, je ne gémis plus : je crie. Je ne me contrôle plus : je chute.

Une chute sans fin vers un abîme de plaisir.

J'y suis enfin. À ce que disait Neruda dans son poème. Ce paradoxe entre élévation et dégringolade. Cette zone secrète que partagent l'ombre et l'âme. Dans les bras de Targan, je touche le ciel, oubliant que du même coup, je touche le fond.

– Viens… le supplié-je alors que la jouissance menace d'exploser dans mes reins. Viens en moi…

Targan obtempère et, dans un ultime grognement, pousse pour jouir. Ensemble, nous laissons la tension s'échapper de nos corps enchevêtrés, nous laissons nos bouches se joindre, nos mains s'agripper, conscients qu'il nous faut nous tenir l'un à l'autre pour amortir le choc de cet orgasme.

Pour ne pas perdre totalement pied, pour nous relever plus vite.

Afin de profiter, jusqu'à l'aube, de cette unique nuit qui nous est donnée.

34

Targan

– Je suis désolé, mais non. Je ne joue pas ce jeu, Northon.

Je serais pourtant prêt à faire ce que tu veux, songé-je en la regardant, échevelée dans la nuit. *Mais ça ? Ne compte pas sur moi.*

Devant les grilles du *trailer park*, Quinn se mord la lèvre. Je la sens près de pleurer. Et je ne sais pas quoi faire, putain ! Je ne sais même pas si j'ai le droit de la prendre dans mes bras.

Comment est-ce possible ? Comment la nuit que nous avons passée, la journée que nous avons vécue, a pu nous mener à cette situation de merde ? Et comment est-ce qu'elle ose exiger de moi ce qu'elle vient de me demander ?

Dans ma tête, j'essaye de rembobiner le film, pour comprendre comment on en est arrivés là. Je nous revois dans la voiture, en train de rire. De marcher dans Collarts sans nous toucher, à part un occasionnel coup d'épaule par-ci par-là. Je nous vois dans le réfectoire du motel : elle prend une poignée de muesli pour me jeter les flocons dessus. En réaction à cette attaque fourbe, je tends le cou et les attrape au vol avec ma bouche, ce qui la fait rire. Je remonte plus loin encore, jusqu'à la revoir nue sous les draps, dans le soleil du matin. Le bourdonnement de sa respiration, à la lisière du ronflement. Son mascara qui a coulé pendant la nuit. Sa frange, sur laquelle je souffle.

Voilà : je décide de reprendre le film là.

***

Dix-sept heures plus tôt...

– Quinn... Quinn, réveille-toi.

Après avoir éteint l'alarme de mon portable, je souffle doucement sur sa frange, qui balaye son grand front.

– Allez, Quinn, sérieux, on va être en retard...

Sans ouvrir les yeux, elle s'étire et grogne et fait la même tête que Mia, bébé, quand elle s'apprêtait à démouler dans sa couche. Je ris.

– T'es vraiment pas du matin...

– Pas après une nuit blanche, non, bâille-t-elle en ouvrant enfin les paupières.

Puis elle me découvre, penché au-dessus d'elle, et fait une mine étonnée.

– Tiens ! Bonjour, vous.

– Bonjour, réponds-je avant de tendre le cou pour l'embrasser.

J'aime qu'elle ne se dérobe pas. Qu'elle ne me sorte pas une connerie genre « Attends, je ne me suis pas brossé les dents » en gloussant d'un air gêné. Ça m'exaspère, quand les meufs font ça : j'ai bouffé ta chatte et ton cul, je crois que je peux supporter ton haleine au réveil. Mais bon, pour être honnête, en général, je n'ai pas super envie d'embrasser les meufs le matin. D'ailleurs, je ne suis pas souvent là quand elles se lèvent.

En sentant ses seins se presser sur mon torse, ma gaule entre nous, la façon dont elle gémit imperceptiblement contre mes lèvres tout en orientant son bassin vers moi, la chaleur et la moiteur qui émanent d'entre ses cuisses, je dois lutter de toutes mes forces pour m'arracher à ce lit. J'y parviens en embarquant le drap – appelons ça des représailles. Elle râle et roule sur le ventre et agrippe l'oreiller et se plaint qu'elle a froid. Je ne sais pas comment elle fait pour avoir froid : la vue sur sa chute des reins est pourtant caniculaire. Je dois me forcer pour détacher les yeux et entrer dans la salle de bains. Je me passe un coup d'eau sur le visage, fouille dans ma trousse de toilette, en sors mon flacon de Ritaline, puis gobe deux comprimés. Il a fallu du temps pour trouver le bon dosage, au début j'avais des maux de tête et des insomnies, mais, depuis qu'on a baissé à trente milligrammes, ça va mieux. Je suis plus concentré la journée, moins irritable de manière générale, j'ai plus de motivation pour faire les trucs relous, comme mes devoirs ou le ménage… Ça m'a permis de diminuer ma conso de bédos. J'ai aussi dû arrêter le speed, pour éviter tout risque de surdosage, et ça, ça me fait bien chier.

Une fois douchés, le petit déjeuner avalé, on file à Collarts. On est pris en charge dès notre arrivée – enfin, je le suis. Une étudiante de deuxième année a été mandatée pour me faire visiter. Pendant qu'elle m'entraîne vers les bâtiments, je me tourne une dernière fois pour regarder Quinn, dans son long manteau noir, sous les arbres nus. Elle me fait signe qu'elle va m'attendre à la cafèt'. Je me retourne, et commence à prêter attention à ce que me dit Lisa.

– … ce qui est génial, c'est que c'est vraiment une formation professionnalisante. Je veux dire, jamais on ne te demandera une dissertation sur le son analogique : tu vas passer tes journées à mixer des maquettes, sonoriser des groupes live, tout ça. On est de petites promos, trente max, donc l'ambiance est géniale. Attends, je te montre…

Elle parle vite. Elle n'arrive pas tout à fait à me regarder en face. Elle se lèche parfois nerveusement les lèvres. Je sais ce que ça veut dire, quand les filles se comportent comme ça avec moi – surtout celles qui n'ont pas l'air d'être des séductrices nées et qui, la plupart du temps, s'en foutent probablement un peu des gars. Moi, je me sens bien loin de tout ça – j'ai le corps encore complètement engourdi par la nuit que Quinn et moi avons passée, et la moitié de mon cerveau resté bloqué dans cette chambre de motel. Lisa m'ouvre la porte d'un premier studio. L'autre moitié de mon cerveau, celle qui a consenti à m'accompagner sur le campus, se permet d'halluciner.

– Attends, la console, là, c'est une CSD-R7 Rivage de Yamaha ?

– On n'a que le meilleur, qu'est-ce que tu crois ? rétorque Lisa avec une pointe de fierté.

Puis, elle m'adresse un sourire en coin satisfait et complice.

– T'as l'air de t'y connaître, le nouveau. Tu veux que je te montre les studios de répétition ?

Lisa continue de me faire visiter les lieux, tout en m'expliquant comment fonctionne le programme. Elle est parvenue à se détendre ; je n'ai plus tant que ça l'impression d'être ce bouffon de Timothée Chalamet à un *meet & greet*. Je préfère. Elle m'explique qu'il y a en tout six trimestres de cours à valider, répartis sur deux ans. On peut en suivre certains en distanciel, en prenant le contrôle des consoles de son numériques via leur outil de visioconférence. Tous les cours, enregistrés et archivés, sont également consultables.

– Pratique, quand on a un job à côté. Mais bon, d'expérience, je te conseille vraiment le présentiel. Ne serait-ce que pour rencontrer les intervenants. On a de véritables légendes qui enseignent ici ! Et on est quand même là pour se bâtir un réseau. En plus, t'as le genre de… de présence qu'on remarque, ajoute-t-elle en rougissant. Je serais toi, j'en profiterais.

Elle rougit de plus belle. Et le sourire que je lui adresse pour lui signifier « relax » n'arrange rien.

Je n'aurais pas dû me saper comme ça, putain ! Une chemise noire et un pantalon de costard trouvés chez Tarocash, les étiquettes planquées à l'intérieur pour me faire rembourser en magasin dès que je rentre à Adélaïde. Aux pieds, les chaussures devenues trop petites que Tchango m'a achetées dans un magasin de bourges il y a deux ans, pour un récital.

C'est d'ailleurs sûrement parce que j'ai l'air d'un vrai fils à papa que Lisa a attendu la fin de la visite pour aborder l'aspect financier. Elle mentionne en passant les nombreuses résidences pour étudiants qui entourent le campus, tout en précisant que les chambres coûtent en général trois cents à trois cent soixante-dix dollars *par semaine*. Apprenant ça, j'avoue que je manque d'avoir une syncope.

– Ils ont des plans de financement, me rassure Lisa en voyant ma tronche. Moi, être ici ne m'a finalement coûté que trente-huit mille dollars sur deux ans, logement inclus.

J'essaye de ne pas montrer à mon guide que son petit discours d'encouragement a plutôt tendance à m'abattre. En plus, je n'ai pas envie de passer pour un clochard. Alors, j'acquiesce en souriant d'un air détendu… jusqu'à ce que Lisa m'annonce :

– Voilà, c'est là. Les admissions. Le doyen Mulvaney va te recevoir, à présent.

Je n'apprécie généralement pas les figures d'autorité. Heureusement, cinq secondes en présence de Rupert Mulvaney me suffisent à comprendre que ce dernier n'a rien à voir avec Walker. Le doyen de Collarts me reçoit en jean-baskets, avec une poignée de main franche. Il m'explique rapidement qu'il n'est pas là pour me faire l'article de son école. Lui est ici pour me présenter les informations pratiques.

– Notre processus de recrutement est sélectif, et surtout différent des autres établissements d'enseignement supérieur. Disons que nous avons… nos critères à nous. Ce qu'on recherche, ce n'est pas seulement le talent – ça, on estime que c'est le minimum. C'est aussi à constituer une promotion cohérente, où les personnalités de chacun s'équilibrent. Il va nous arriver d'avoir deux profils identiques super intéressants, et de laisser l'un des candidats de côté parce qu'ils ne sont pas complémentaires. On ne veut pas que les gens que nous formions se fassent de l'ombre entre eux. L'objectif, c'est que tout le monde intègre rapidement le marché du travail, une fois son diplôme en poche.

– Vous voulez dire, reformulé-je histoire de bien comprendre, que la sélection est parfois injuste ?

– Non, sourit-il, je veux dire qu'elle l'est *systématiquement*. Nous n'avons que les meilleurs qui se présentent, à Collarts. Et sur quatre cent cinquante candidatures brillantes par an, nous n'en retenons que trente maximum. Il n'y a aucune justice là-dedans, seulement de la chance. Mais, ajoute Mulvaney, si je peux me permettre d'être franc avec vous… j'ai demandé à votre prof de vous rencontrer parce que votre profil m'intéresse.

Le doyen se lève et vient s'asseoir sur le rebord de son bureau, comme le font les adultes quand ils veulent avoir une conversation à cœur ouvert – une de ces conversations qui implique généralement un: «Moi aussi, à ton âge…»

– J'ai vu des vidéos de vos performances sur YouTube, poursuit Mulvaney. Votre flow est millimétré, vos productions sont créatives, votre présence scénique est indéniable. La seule chose qui pèche un peu, ce sont les paroles, pas assez originales à mon goût. Il faut que vous trouviez *votre* style…

Je lui répondrais volontiers que j'ai plus de style avec mes lyrics que lui avec ses baskets issues du commerce équitable, mais Mulvaney ne m'en laisse pas le temps:

– … cependant, il est rare qu'un artiste veuille étudier dans la section «production». Généralement, ils visent tous le bachelor de Composition et Performance Musicale. Avoir un compositeur dans le groupe, quelqu'un qui a une compréhension intime de ce qu'est la création… Ce serait indéniablement un atout, pour une future promo. Les autres élèves auraient beaucoup à apprendre de quelqu'un comme vous. C'est pourquoi je me suis permis de demander à ma secrétaire de vous préparer, en plus du dossier d'admission, un plan de financement.

Hein?

Je rêve où… ce gars est en train de me dérouler le tapis rouge?

J'ouvre son plan de financement, et là, c'est la douche froide. D'abord, je regarde les frais d'inscriptions, exorbitants – soixante-deux mille huit cents dollars pour deux ans. Puis je passe aux solutions que Collarts propose. Leur bourse sociale est d'un montant de onze mille dollars max. Celle du conservatoire, cumulable, se situe à peu près dans les mêmes eaux. Le document mentionne également divers organismes qui distribuent des aides aux étudiants aborigènes – l'UTF, l'AIEF – et les prêts à taux zéro offerts par l'État. Je referme le dossier d'un geste brusque. Soudain, je me souviens de ce que j'ai toujours su: Collarts n'est pas pour moi. Trop loin. Trop cher. Même sans payer d'intérêts, je ne vais pas m'endetter pour faire joujou avec des consoles de son ! Il faut vraiment être Blanc et pété de thunes pour croire que ça a le moindre sens, de contracter un prêt pour mener pendant deux ans la vie d'artiste.

Je referme le dossier en remerciant Mulvaney et prends congé le plus vite possible. Dès que je quitte son bureau, je laisse un vocal à Quinn pour lui dire qu'on se rejoint à la voiture. J'avance dans le parc, entre les bâtiments modernes, en me sentant de plus en plus vénère. Qu'est-ce qui m'a pris, toute la matinée, de faire comme si ? Comme si tout ça était vrai, comme si je comptais réellement me présenter ? Comme si ce voyage n'était pas qu'un prétexte pour me retrouver avec Quinn depuis le début ? Comme si, depuis le premier jour où j'en ai parlé dans le bureau de Walker, Collarts n'était pas un mensonge ?

Qu'est-ce qui m'a pris d'y croire ?

C'est elle, ne puis-je m'empêcher de penser. *C'est son corps, c'est ses baisers, c'est cette nuit. C'est sa faute.*

Lorsque Northon m'aperçoit, au loin, elle se redresse et se détache de la Ford, contre laquelle elle se tenait appuyée en m'attendant.

– Alors, comment ça s'est passé ?

Je la dépasse, fais le tour de la voiture et grimpe sans un mot. Elle m'imite, boucle sa ceinture d'un geste hésitant.

– Targan, raconte-moi : comment ça s'est passé ?

– À ton avis ? je réponds, visiblement irrité.

Puis, je m'enfonce dans mon siège, bascule la tête en arrière et ferme les yeux.

– Démarre, s'il te plaît. On part d'ici.

– Tee…

– Démarre, Quinn. S'il te plaît.

Après vingt minutes de silence pesant, nous voici sur l'autoroute. Quelque part entre les infos trafic à la radio et le bulletin météo, j'ai commencé à m'en vouloir de lui en vouloir. Je ne crois pas que, au fond, Collarts soit le problème. Le vrai problème, c'est qu'on fait semblant pour tout, depuis qu'on a ouvert les yeux. Mais à présent, il nous faut rouler vers Adélaïde, où l'on sera au plus tard vers minuit. Et après ?

Après, rien. Elle a dit qu'on n'avait qu'une seule nuit, non ? Je savais à quoi m'en tenir. Il est peut-être temps que j'arrête de m'inventer des vies.

– Je ne pense pas que Collarts soit pour moi, je lâche finalement quand on dépasse Melton.

– Pourquoi ? demande-t-elle après une hésitation. Ça s'est mal passé ?

Je hausse les épaules.

– Je ne crois pas pouvoir partir aussi loin l'an prochain, c'est tout.

Elle prend une grande inspiration, cherche ses mots.

– Est-ce que tu pourrais peut-être… m'expliquer ce qui te retient ?

Le souci, c'est que son petit ton bienveillant de prof principale me refout instantanément la rage. Ce n'est pas à « Mme Northon » que je veux parler, là ! C'est à la meuf qui, il y a moins de douze heures, gémissait sous moi, sous ma langue, en me suppliant de ne surtout pas arrêter.

– Mais bordel, Quinn, tu le fais exprès ou quoi ? Tu as bien vu *où* je vis. *Comment* je vis. Je veux bien que tu évolues dans une petite bulle privilégiée, mais pas au point d'être totalement aveugle, quand même !

Son visage se crispe. Ses mains se resserrent autour du volant. Elle ne trouve apparemment rien à répondre à ça. Ça me rend encore plus dingue. Je sens que je suis à deux doigts de lui hurler dessus.

– Bon, écoute. Dépose-moi à la gare la plus proche s'il te plaît. Je ne peux pas faire ça.

– Faire quoi ? demande-t-elle d'une voix un peu tendue.

– Passer huit heures de plus dans cette voiture avec toi. Je ne peux pas, c'est clair ?

– Pourtant, il va bien le falloir, Targan.

Cette fois, son ton est sec. Aucun doute, elle a choisi son camp : c'est la prof qui parle. Celle qui essaye de poser des limites au petit con pénible du dernier rang.

– Comment on va faire en cours, lundi, si tu ne peux tout bonnement plus supporter ma présence ?

J'ai un ricanement mauvais.

– Bonne question, Quinn. Comment est-ce qu'on va faire ?

Après tout, ça, c'est son problème, pas le mien. Moi, je n'ai rien à perdre, à être avec elle.

Sauf que. Quand je la vois se mordre l'intérieur des joues, quand je vois ses yeux – si vifs cette nuit, presque tranchants – redevenir deux lacs mélancoliques, je me souviens justement des risques qu'elle a pris pour être avec moi rien que quelques heures. Et puis, elle n'y est pour rien, dans cette situation de merde. C'est ces règles à la con. C'est la vie.

– Excuse-moi, fais-je en posant ma main sur la sienne, sur le levier de vitesse. Je me comporte comme un vrai con. Je suis désolé, Quinn. Je savais à quoi m'en tenir. Ce qui s'est passé à Melbourne, je l'ai voulu autant que toi.

Ses yeux, posés sur la route, continuent de briller. Je la sens toute proche des larmes. Je soupire et pivote vers elle.

– Si je suis vénère, c'est parce que je comprends. Je comprends parfaitement que nous deux, c'est impossible. Je comprends pourquoi c'est impossible. Et ça me fout la rage – pas contre toi, mais contre les circonstances. Laisse-moi rager un peu, s'il te plaît. Au moins jusqu'à la rentrée ?

Elle laisse échapper un éclat de rire triste, et cesse une fraction de seconde de regarder à travers le pare-brise pour trouver mes yeux.

– OK, McKenzie. Au moins jusqu'à la rentrée.

Le trajet se poursuit, différent de celui effectué à l'aller. Pas de pluie. Pas les mêmes paysages. Pas la même tension entre nous, les mêmes non-dits. Pas la même nervosité, la même anticipation. Ce qui menaçait depuis des semaines est finalement arrivé. C'est arrivé, et c'est fini.

C'est peut-être pour ça que, en mangeant nos sandwichs d'aire d'autoroute dégueu dans l'inconfort de l'habitacle, on se met à se confier comme on ne l'a jamais fait avant. Comme si cette voiture était notre sas. Un caisson étanche entre la nuit à Melbourne et la vie à Adélaïde, où, pour quelques heures encore, nous pouvons prétendre que rien n'a changé par rapport à hier.

Je lui raconte mes sœurs. Jax, Tchango, ma mère. Mon salaud de père ; la violence et la terreur qu'il faisait régner de son vivant. Quinn me parle du sien. Du fait qu'elle n'a pas grandi avec. De la sensation qu'elle a eue, en allant habiter chez lui au début du collège, de s'installer dans le mausolée d'un roi d'Égypte – des dorures, du marbre partout, et pas un souffle de vie. Elle me parle de son petit frère, qu'elle a protégé comme on protège quand on est soi-même un enfant : pas assez, et mal. Elle me parle de Gemma, sa mère. De la maladie qui l'a privée de sa mère. Mais surtout, de la personne que sa daronne était avant – une femme qui aimait la musique et rire et danser et qui transformait chaque journée en fête.

– Elle savait coudre, retaper, rénover. D'une vieille commode, elle te faisait un meuble magnifique et original. Si un appareil électroménager se cassait à la maison, elle trouvait le moyen de le réparer avec deux trombones et du chatterton – jusqu'à la prochaine panne. C'était une femme incroyablement… compétente. Elle refusait l'idée qu'on vive dans un monde où l'on ne sait rien faire de ses dix doigts, excepté le job auquel on nous a préparés. C'était en quelque sorte une artiste de la vie.

– Tu parles d'elle au passé, lui fais-je remarquer. Elle est encore là, pourtant.

– Plus vraiment, me détrompe-t-elle en secouant la tête. Dans les phases de déprime, elle n'est plus qu'un trou noir : elle absorbe la lumière de quiconque l'approche. Et dans les phases de manie… Oui, pour le coup, elle reste excentrique, mais elle ne crée plus : elle détruit. Elle *se* détruit.

J'observe un silence méditatif. C'est désormais moi qui conduis – on a échangé nos places en arrivant près de Horsham.

– Je me demande… osé-je après un moment. Je me demande si, au fond, ce avec quoi bataille ta mère, ce n'est pas un combat qu'on doit tous mener. Trouver le point d'équilibre entre le désir de vivre à fond et l'abîme au bord duquel ça nous fait danser. Je veux dire, c'est toujours comme ça, non ? On voudrait profiter comme si demain n'existait pas, et pourtant, nos choix ont des conséquences avec lesquelles il faut bien vivre.

Elle opine, l'air grave. Sans doute que le parallèle avec notre situation ne lui a pas échappé. Je crois que, dans cette voiture, on est deux à être bien placés pour le savoir : on ne peut pas avoir l'ivresse sans la gueule de bois. La cigarette sans la dépendance.

On ne peut pas s'oublier sans risquer de se perdre.

– Quinn, je lance au bout d'un moment, rompant le silence méditatif qui s'est installé. Le mec qui m'a reçu ce matin… Rupert Mulvaney.

– Oui ? m'encourage-t-elle.

– Il a dit que ce serait possible. D'être admis, malgré mon redoublement. Il dit qu'ils regardent les notes, mais qu'ils prennent en compte plein d'autres critères : le parcours musical, la cohérence de la promo, la qualité de la démo qu'on envoie… Il a aussi dit que ça l'intéressait, d'intégrer quelqu'un qui aurait la double casquette artiste et producteur.

– Tee ! Mais… c'est formidable !

Je peux percevoir son étonnement alors qu'elle reçoit cette info après déjà cinq heures de route. Tout à l'heure, en voyant mon humeur de chien, elle s'est bien sûr imaginé que le rendez-vous s'était mal passé. D'une certaine façon, c'est le cas ; ça n'aurait pas pu plus mal se passer. Parce qu'à quoi ça sert d'entrapercevoir mon rêve, si je ne peux pas l'atteindre ?

– Je peux te poser une question, Quinn ?

– Mmm-hmm, bien sûr, fait-elle en opinant.

– Comment on fait pour partir ?

Comment on fait pour laisser derrière soi ceux qui ont besoin de nous ?

C'est à son tour de prendre son temps. De réfléchir intensément à ma question. À sa réponse.

– On le fait… commence-t-elle.

Puis elle se ravise et, en secouant la tête, elle m'avoue :

– Je ne sais pas comment on fait, McKenzie. Ni pourquoi on le fait. Longtemps, j'ai cru que j'y parvenais parce qu'il y avait la photo, cette forme d'expression plus vaste que moi. Je me disais que tout ce que je faisais, je le faisais pour mon art, parce que je croyais en l'art plus que tout. Mais récemment…

Elle laisse échapper un rire triste.

– Eh bien, je ne fais plus d'art, pas vrai ? Et je suis quand même là, à dix-sept mille kilomètres de ma famille… C'est donc que je dois être assez égoïste pour me choisir systématiquement.

– Tu n'es pas égoïste.

– Ça, tu n'en sais rien.

– OK, alors admettons que tu sois égoïste… Tu regrettes d'être partie de New York ? De t'être installée ici ?

Tu regrettes de m'avoir rencontré ?

Elle choisit soigneusement ses mots.

– J'ai fait ce que je pensais être le mieux pour moi à un moment donné. Et non, je ne le regrette pas. Quand on se sacrifie pour quelqu'un d'autre, non seulement on est perdant, mais on abîme une relation à laquelle on tenait visiblement beaucoup.

J'opine. Je crois que je comprends où elle veut en venir. C'est sûr que les sacrifices que j'ai pu faire pour ma mère ou Derain ont changé la façon que j'avais de les voir.

C'est à peu près à ce moment-là, dans ce silence solennel, que le ventre de Quinn gargouille de façon monstrueuse. J'essaye de faire comme si je n'avais rien entendu… Mais en apercevant, à la périphérie de mon champ de vision, son air mortifié, c'est plus fort que moi : un rire m'échappe. Quinn, les joues cramoisies, me donne une tape sur le bras.

– Arrête, ce n'est pas drôle !

– Un peu, quand même… Il est pas loin de vingt et une heures. Tu veux qu'on s'arrête quelque part pour manger ?

Toute la légèreté qu'il y avait dans son regard s'évanouit aussitôt.

– Si on fait ça, j'ai peur de ne pas avoir la force de repartir, Tee, m'avoue-t-elle d'un air las.

J'acquiesce, mais au fond, je me demande si ce serait si grave que ça. Qu'on décide de ne pas rentrer tout de suite. De disparaître, au moins jusqu'à lundi. Seulement, je n'ai pas envie de me prendre un stop. Alors, je ne dis rien.

Le reste du trajet continue paisiblement, entre gobelets de café avalés à des stations-service et discussion à bâton rompu. À vingt-deux heures, on fait le classement de nos films préférés – les siens sont *Mulholland Drive*, *My Own Private Idaho* et *Gummo* ; je me concentre pour me souvenir des titres et les streamers. À vingt-trois heures, elle décide de me prouver qu'elle connaît toutes les paroles de toutes les chansons jamais écrites par Lana Del Rey – et moi, je m'étonne que ça ne change rien à l'effet qu'elle me fait. Il est finalement minuit trente lorsque je me gare devant le *trailer park*. La réalité me revient d'un coup en pleine gueule. Le fait que tout ce qui se passe là – ce « tout » qui n'est presque rien – se produit pour la dernière fois.

Elle et moi, dans une voiture. En tête-à-tête. Cachés par la nuit.

Sentant que je dois aller vite, sinon je n'aurai la force de rien, je sors de la Ford, en fais le tour, ouvre le coffre. Quinn m'imite. Quand je me retourne, elle est postée face à moi.

– McKenzie, est-ce que… est-ce que tu veux bien juste me promettre une chose ?

J'opine. Tout ce qu'elle veut, bien sûr.

– Je veux que tu me jures… que tu ne laisseras pas ce qui s'est passé la nuit dernière foutre en l'air le reste de ton année. Ou même le reste de tes vacances, ajoute-t-elle avec un rire un peu faux. Je ne veux pas être un boulet à ton pied, un souvenir triste qui t'empêche d'avancer. Tu veux bien faire ça pour moi ? Passer à autre chose le plus vite possible ?

Elle pose une main sur ma joue. Je lâche mon sac de sport à mes pieds et ferme les yeux. Même si je me laisse aller à cette caresse, je suis furax.

– Putain, Quinn, qu'est-ce que tu racontes ? pesté-je entre mes lèvres serrées.

– S'il te plaît… C'est important pour moi, Tee.

En déglutissant, j'attrape son poignet et dégage sa main, puis me détourne.

– Je suis désolé, mais non. Je ne joue pas ce jeu, Northon.

Je serais pourtant prêt à faire ce que tu veux, songé-je en la regardant, échevelée dans la nuit. *Mais ça ? Ne compte pas sur moi.*

Elle se mord la lèvre et je sens que les pleurs ne sont pas loin. Je ne sais pas quoi faire, putain ! Je ne sais même pas si j'ai le droit de la prendre dans mes bras. Situation de merde… Ça va être ça, ma vie, désormais ? Être constamment près d'elle sans avoir le droit de l'approcher ? Je fais pourtant un pas de plus vers elle et l'attrape par le menton pour qu'elle relève ses grands yeux bleus vers moi.

– Quinn, maintenant, tu m'écoutes, OK ? Ce qui s'est passé à Melbourne, ce n'était pas un petit coup honteux qu'on efface parce que c'est plus commode. C'était beau, c'était important, c'était aussi juste pour une nuit – ça, on le savait tous les deux. Pour autant, il est hors de question que je le mette sous le tapis parce que ça t'arrange. D'accord ?

Son nez rougi coule un peu. Elle l'essuie du revers de la main et opine en serrant les dents, comme si le moindre mot de sa part risquait de libérer un torrent de larmes.

– Je ne regrette rien, Northon. Et si vraiment tu as envie de faire quelque chose pour moi, alors rends-moi service : ne regrette rien non plus.

Je sais pourtant qu'elle n'en fera rien. Elle a raison depuis le début : la situation entre nous n'est pas symétrique. La nuit dernière, sans doute la plus belle de ma vie, restera la plus grosse connerie de la sienne. Alors, sans attendre de sa part une réponse qui, de toute façon, ne saurait me satisfaire, je la prends par la taille et l'attire à moi, à une distance respectable. J'embrasse son front, en vérifiant quand même d'un coup d'œil circulaire que personne ne rôde dans l'obscurité. Puis je la relâche, fais volte-face pour ramasser mon sac de sport, et, sans me retourner, je rentre chez moi.

35

Quinn

– McKenzie ? répété-je en faisant mine de chercher parmi les rangs. Personne n'a vu McKenzie ce matin ?

La classe se jette un regard morne et vaguement ahuri pendant que je joue la comédie. Car non, je n'ai pas eu besoin d'aller au bout de la liste d'appel pour me rendre compte que la place au fond à gauche demeure vacante. Je m'en suis aperçue à la seconde où la cloche a sonné et, depuis, je me ronge les sangs.

Pendant les deux heures qui suivent, j'essaye de me figurer comment Walker réagirait en apprenant que Targan a séché. Songeant que c'est sûrement de ma faute. Si l'administration en venait à punir Targan en l'excluant, alors que le doyen de Collarts lui a laissé entendre qu'il avait toutes ses chances d'intégrer l'école de ses rêves, jamais je ne me le pardonnerais.

Tout de même, par prudence, je ne remets pas tout de suite ma liste d'appel dans la bannette de la CPE lorsque sonne la récré, je décide d'abord de sonder les autres profs.

– Vous avez des absents, ce matin ? demandé-je d'un ton badin en lançant la machine café. Il y a des problèmes de transports ? Ou c'est juste la rentrée qui en a découragé certains ?

– Non, rien, me répond Stéphanie, la prof de bio, l'air perplexe. Tu en as eu beaucoup de ton côté ? Moi, juste McKenzie, mais bon, c'est compréhensible, vu ce qu'il s'est passé ce week-end…

Mon cœur s'accélère. Que s'est-il passé, ce week-end ?

Je ne sais pas ce que Stéphanie lit sur mon visage, mais elle plisse les yeux et insiste :

– Tu sais, la fusillade. Tu n'as pas regardé les infos locales ?

J'entends soudain un sifflement dans mon crâne, comme si une bombe venait d'exploser tout près de moi. Je suis douloureusement consciente du bruit de ma respiration difficile. Des battements violents de mon cœur. De la sueur froide qui mouille le bas de mon dos, sous mon pull. Non, je n'ai pas regardé les infos locales, parce qu'*ici* n'est pas encore *chez moi*.

Je crois que je vais être malade.

Je n'ose pas poser la – les – questions fatidiques.

Quel rapport entre l'absence de Targan et une fusillade ? Il était sur place ? Il a été blessé ? Il est… ?

Heureusement pour moi, Stéphanie remarque que je suis livide et que je tremble de tous mes membres.

– Non, Quinn, non ! me rassure-t-elle immédiatement. McKenzie n'a rien ! Mais apparemment, il y a eu un règlement de compte là où il habite et un gamin a été blessé. Un de ses proches. Du coup, il semblerait qu'il veille le gosse.

Ce que m'apprend Stéphanie me calme, certes, mais ne me tranquillise pas. Ce gosse que Targan veille… se pourrait-il qu'il s'agisse de Jax, son neveu ? Le bout de chou avec qui je l'ai aperçu sur la plage, quelques jours avant la fin des vacances d'été ?

– Stéphanie, est-ce que tu sais à quel hôpital il est ?

– Alors là, m'avoue-t-elle, aucune idée…

Je fouille dans mon sac pour en sortir ma tablette et je lance une recherche Google. Un article finit par m'apprendre que la victime, âgée de 14 ans, a été transportée dans la nuit de samedi à dimanche au Royal Adelaide Hospital, après deux blessures par balles infligées dans un règlement de compte entre gangs.

Je décide de foncer à l'hôpital. Sans vraiment réfléchir à ce que je vais faire là-bas, ni pourquoi j'y vais. Tout ce que je sais, c'est que j'ai besoin de voir Targan. De voir de mes yeux que ce n'est pas lui qui a été touché. C'est irrationnel :

j'ai pourtant lu les articles. Mais je ne comprends pas ce qu'il fait là-bas, qui il veille, je ne sais pas comment il va… Alors, je fonce.

Une fois à l'accueil du service de chirurgie, évidemment, je me fais éconduire : je ne connais même pas le nom de la victime, difficile de me faire passer pour un membre de la famille… L'infirmière, à mon avis, me soupçonne d'être une journaliste.

– N'insistez pas ! De toute façon, le petit est inconscient et il reçoit déjà trop de visites. Si vous ne voulez pas faire demi-tour, je peux toujours appeler la sécurité afin qu'ils vous escortent, menace-t-elle.

Aux abois, je jette un regard impuissant dans le couloir… Et je vois soudain trois grands types baraqués devant la porte, trois aborigènes d'environ mon âge, en jeans baggy et tee-shirt XXL, à l'air aussi nerveux que sinistre. Mais ce qui me frappe, c'est l'énorme tatouage qu'arbore l'un d'entre eux sur son avant-bras.

Un serpent.

Un serpent sinueux dont la tête repose sur sa paume.

Le même serpent que celui de Targan.

Le temps se fige alors que je crois être au seuil d'une révélation. Oui, il me semble être juste au bord de comprendre quelque chose… Mais mon cerveau n'a pas le temps d'aller jusqu'au bout de son idée : j'aperçois soudain une grande silhouette penchée, tout de noir vêtue, un bonnet enfoncé sur son crâne, sortir de la chambre. Targan a des cernes violacés sur sa peau brune, si marqués qu'on ne distingue même plus son grain de beauté. Sa bouche, elle, est pâle et sèche. Une de ses mains, couvertes de tatouages et de bagues en argent, tient un gobelet de café avec tant de négligence que ce dernier est sûrement vide. L'autre est passée autour de l'épaule d'une petite dame qui pleure dans son mouchoir et qu'il aide à marcher – probablement la mère de la victime. À voir la façon dont il prend soin d'elle… Dont lui-même a l'air dévasté… Mon cœur explose. Sans plus me soucier de l'infirmière et de ses menaces, je fonce sur lui.

– Targan !

À mon cri, sa tête tourne de 90 degrés. Il m'aperçoit et ses sourcils s'arquent dans une expression désemparée et douloureuse.

– Quinn… laisse-t-il échapper avant de se corriger. Je veux dire, madame Northon. Qu'est-ce que vous faites là ?

Mais ni sa question ni l'infirmière furieuse qui me suit en pestant qu'on est trop nombreux n'interrompent ma course ou la manière naturelle dont celle-ci se termine : dans les bras de Targan. Au début, je n'ai conscience de rien si ce n'est du soulagement que je ressens à le sentir contre moi, immense, chaud, vivant. Ses bras musclés se referment sur ma silhouette. Son menton repose sur mon épaule. Il prend une grande inspiration, et moi aussi. Je me repais de son odeur. Je la laisse s'infiltrer partout en moi et dénouer la peur panique que j'ai eue de le voir étendu dans un lit d'hôpital.

Seulement, il me faut à peine trois secondes pour réaliser qu'on nous regarde. Moi, Quinn – je veux dire : Mme Northon – dans un manteau en cachemire beige, des richelieus vernis au pied, en train d'étreindre ce géant ténébreux et tatoué qui me dépasse d'une tête. Qui est dans sa vingtaine et qui s'habille comme une rock star, quand j'ai l'air d'une trentenaire BCBG. La femme qu'il consolait avant mon irruption, et ses potes gangstas à la mine pas commode ont l'air de se demander qui je suis ou ce que je fous là. Or, je ferais mieux d'éviter qu'ils posent des questions.

– Tu as cinq minutes ? J'ai à te parler. C'est en rapport avec… ton absence au lycée, mens-je en lui faisait signe de me suivre vers l'escalier.

Nous descendons d'un demi-palier, puis je fais volte-face. Targan s'adosse à un mur. La porte coupe-feu se referme dans un bruit retentissant.

– Que s'est-il passé ? demandé-je alors que ma voix se réverbère dans cette cage d'escalier déserte. Tout va bien ? Tu n'as rien ?

Targan lève le menton et ferme ses yeux d'un air douloureux.

– Rien ne va, Quinn. Justin est un gamin, il s'est fait trouer la peau et c'est en partie ma faute.

Je me poste face à lui et pose une main sur sa joue.

– Est-ce que tu peux m'expliquer ce qui s'est passé ? En quoi est-ce ta faute ? Et qui sont ces types ?

Les paupières de Targan restent closes. Il lâche une sorte de ricanement sans joie – il souffle par le nez alors que sa lèvre supérieure esquisse une moue écœurée. Même avec ma main toujours sur sa joue, j'ai pourtant l'impression de ne pas le toucher du tout.

– McKenzie… insisté-je.

Soudain, il ouvre ses yeux gris extraordinaires et les plante dans les miens.

– Celui avec le bandana, c'est Ryder. C'est le chef des Kingz Brown. Les deux autres sont ses lieutenants. Et Justin, dans le lit, c'est une nouvelle recrue. On est passé rassurer sa mère sur le fait qu'on prendrait ses frais médicaux en charge et, surtout, qu'on ne laisserait pas ce crime impuni.

– « On » ? demandé-je d'une voix soudain fragile, presque enfantine.

Targan se redresse, se libérant ainsi de la caresse de ma main, et tire sur le col de son tee-shirt pour dévoiler le serpent niché dans son cou.

– Les Kingz. Justin a le même tatouage depuis deux mois. C'est l'un des nôtres désormais. Et en l'attaquant, lui, ils nous ont tous attaqués.

Ma main a maintenant toute latitude pour se plaquer contre ma bouche. J'écarquille les yeux et regarde Targan d'un air horrifié. Sa moue vaguement méprisante devient franchement cruelle.

– Oh ! Allez, madame Northon, ne me dites pas que vous ne vous en doutiez pas un peu ? Vous croyiez quoi ? Que j'achetais des taz sur le dark Web pour les revendre, comme une sorte d'autoentrepreneur de la défonce ? Vous ne m'avez pourtant jamais paru naïve. Et vous avez bien vu d'où je viens.

Chaque vouvoiement est un poignard qu'il m'enfonce et

il le sait. Je ne comprends pas pourquoi il s'imagine qu'il a besoin de me faire plus mal qu'il ne m'en fait déjà en m'apprenant à demi-mot qu'il est membre d'un gang.

– Targan, je…

– Je dois y aller, me coupe-t-il en me contournant.

Son attitude défiante ne me trompe pas : je connais Tee. Chez lui, la colère est une énergie puissante et motrice. Je l'arrête en lui attrapant le bras, sachant que ce n'est pas spécialement à moi qu'il en veut, là. C'est à la terre entière. Que ce n'est pas notre petite histoire qui le préoccupe, présentement : c'est ce gamin entre la vie et la mort.

Et, à cause de sa rage profonde, Targan pourrait bien faire une connerie.

– Jure-moi que tu ne vas pas te lancer dans une expédition punitive, exigé-je en faisant volte-face. Ce serait stupide et inconscient.

Il s'arrête, tressaille, se retourne. Me fusille du regard.

– Qu'est-ce qui vous fait croire que j'ai le choix ? crache-t-il entre ses dents.

– Je me fiche que tu aies le choix ou non, répliqué-je d'un ton sans appel. Seulement, je te l'interdis.

– Ah oui ? Et vous êtes qui, pour m'interdire quoi que ce soit ?

Je suis celle qui refuse de te perdre, ça te va ?

Je le regarde avec un rictus mauvais, et c'est à mon tour de souffler par le nez tout en secouant la tête.

– Je suis la personne qui t'a accompagné jusqu'à Melbourne et qui sait ce qui t'attend là-bas. Dans seulement quelques mois, McKenzie ! Collarts est ta chance, alors ne la fous pas en l'air maintenant. Tiens bon jusqu'à décembre prochain. Tiens bon, et tu partiras.

– Mais tu ne comprends rien, Quinn ! Tu ne sais rien ! Jamais je n'ai envisagé d'entrer à Collarts ! C'était juste un mytho que j'ai sorti à Walker pour qu'il me lâche la grappe, OK ?

Il me coince contre le mur et frappe par-dessus mon épaule. Par réflexe, je ferme les yeux et mon visage se fronce.

– Jamais je ne quitterai Adélaïde, crache-t-il en se penchant pour se mettre à hauteur de mon visage. Et tant que mon cousin est en prison, je ne peux pas non plus quitter les Kingz. J'ai besoin de ce fric pour faire bouffer les miens.

Entendant ça, je me redresse soudain, décidée à ne pas me laisser intimider. Je le repousse et le défie du regard.

– Tu te trouves des excuses. Tu as ta bourse. Certains de tes après-midi de libres. Si tu le voulais, tu pourrais trouver un job, gagner de l'argent de façon légale pour aider ta mère, si c'est vraiment ça que tu veux.

Targan se détourne et ôte d'un geste vif son bonnet, qu'il coince dans la poche arrière de son jean et passe sa main virile et couverte de bagues dans ses boucles sombres.

– Laisse tomber, tu veux ? De toute façon, tu n'as pas à t'inquiéter pour moi, je ne risque rien. Si Ryder le décidait, je serais déjà dehors en train de chercher un membre des MT-18 pour égaliser le score et venger les Kingz. Mais il a besoin que je reste en vie pour écouler la marchandise à Heathford. Je suis le seul à avoir un tel accès à la jeunesse privilégiée d'Adélaïde. Alors, tu vois ? Je suis en sécurité.

– En sécurité ? répété-je, hallucinée. En sécurité ? Et si tu te fais prendre ? Si Walker te vire ou, pire, prévient la police ?

– Eh ben, j'irai à l'ombre un temps ! explose-t-il. Et un autre me remplacera ! Mais au moins, je saurai que, dehors, on prend soin de ma famille.

Soudain, tout se met en place. Je comprends pour quoi il fait tout ça. Pour *qui* il le fait.

– … Tu as remplacé Derain, lâché-je dans un souffle. Au sein du gang. Quand il a été condamné. C'est pour ça que tes notes ont dégringolé…

– Tu ne sais pas de quoi tu parles, Quinn.

Le ton de Targan sonne comme un avertissement. Mais je m'accroche à lui et le force à me regarder, certaine que j'ai raison.

– Ce n'est pas juste pour aider ta famille que tu fais ça : c'est aussi pour la sienne. C'est pour prendre soin de Jax.

– Il faut bien que quelqu'un s'en charge, non ? s'agace-t-il.

Tu dois comprendre une chose, c'est que, sans moi, jamais Derain ne se serait fait coffrer.

– Je ne saisis pas : c'est toi qui l'as balancé ? rétorqué-je tout en connaissant parfaitement la réponse.

Un mec aussi têtu que lui ? Bon courage pour le faire parler, Monsieur l'Inspecteur.

– Non, répond Targan avec un rictus douloureux, mais j'aurais tout aussi bien pu le faire… Il s'est fait serrer pour cambriolage. Un cambriolage où *j*'étais censé monter la garde. Mais les flics… Je les ai vus arriver trop tard. Et dès qu'ils se sont garés devant la maison, je me suis enfui. Comme un lâche. C'est à cause de moi qu'il est tombé ! Si j'avais fait mon job, on n'en serait pas là. Alors, qu'est-ce que je suis censé faire, Quinn ? Le laisser tomber une deuxième fois ? Laisser Jax crever la dalle ?

Pour la première fois, je comprends pourquoi Targan prend tous ces risques inconsidérés pour son avenir. Je comprends qu'il ne le fait pas pour l'argent de poche ou arrondir les fins de mois, mais parce qu'il n'a pas trouvé d'autre solution.

Il est seul.

Seul à devoir faire face à l'injustice fondamentale du système carcéral, qui, en enfermant des hommes et en les privant de revenus, laisse du même coup leurs familles, des femmes et des enfants souvent sous emprise ou victimes de violences, sans ressources. Seul, avec le sentiment viscéral que ce qui s'est produit est sa faute et qu'il doit réparer.

Il est probablement seul depuis longtemps. Suffisamment pour que Derain, qui a six ans de plus que lui, l'ait mêlé à ses embrouilles depuis son plus jeune âge. Ma priorité, là, est de briser cette solitude. Pour à terme, rompre cette emprise.

Une nouvelle fois, j'agrippe l'avant-bras plié de Targan pour le baisser, puis je l'attrape par la mâchoire pour le forcer à regarder en bas, vers moi.

– Écoute-moi bien, Tee. Je ne te juge pas. Je comprends que tu as fait comme tu peux pour aider ton cousin et ton neveu… Mais Derain ne va pas rester éternellement en prison ! Il va sortir, et alors tu seras libre !

J'ai conscience de l'amoralité totale de mes propos. Mais, honnêtement ? Je m'en contrefous. Tout ce qui compte à mes yeux, c'est Targan et son avenir.

– … Seulement, d'ici là, tu dois rester vivant. Continuer d'avancer. Préparer la suite.

Il secoue la tête, yeux fermés.

– La suite, pour moi, ce n'est pas Collarts, Quinn.

– Tu te trompes, le grondé-je à voix basse. Je t'ai entendu, j'ai entendu ta musique, tu te souviens ?

Je prends son visage entre mes mains.

– Pour l'instant, tu as d'autres priorités. Mais à un moment donné, il va bien falloir que tu te choisisses, déclaré-je en faisant référence à notre conversation au retour de Melbourne. Si tu ne le fais pas pour toi, alors fais-le au moins pour ton art.

Il a un rire silencieux, un peu amer, et il secoue imperceptiblement la tête.

– Dis-moi, Quinn : pourquoi je me choisirais, quand toi non plus, tu ne me choisis pas ?

Je reçois sa question comme une gifle, méritée, que je n'ai d'autre choix qu'encaisser. Je force son front à se poser contre le mien et ferme les yeux. C'est à moi de secouer la tête.

– Je t'ai choisi, Tee, le détrompé-je. Mon corps t'a choisi dès que je t'ai vu au Beatz. Mon cœur, lui, l'a fait moins d'une semaine plus tard, quand j'ai écouté en cachette ton devoir sur Maya Angelou. Je t'ai choisi, Tee. Je te choisis. Comprends-le : ce n'est pas parce qu'on n'a pas le droit, toi et moi, que je ne te veux pas…

Disant cela, je me rends compte que je suis en train d'aller trop loin. D'enchaîner Targan à moi, par des promesses implicites que je ne peux pas tenir. Cette histoire est impossible et le seul choix juste, c'est de n'entretenir aucun espoir. Je le sais d'autant mieux que j'ai été dans sa position – l'élève amoureuse d'un prof qui n'avait rien à lui offrir. Or, la moindre des choses, quand on n'a rien à donner, c'est de ne pas prendre.

Alors, je rouvre les paupières, me détache de lui, me racle la gorge, et déclare d'une voix rauque :

– Je dois y aller, Tee. Je n'aurais pas dû venir ici.

Je commence à le contourner, mais cette fois, c'est lui qui me retient, ses doigts se referment sur mon bras. Il me pousse, pour que je lui fasse de nouveau face. Il plonge dans mes yeux, pour y lire la permission que je ne veux pas donner. La permission que je ne peux m'empêcher de donner.

Et quand il la trouve enfin, il laisse fondre sa bouche sur la mienne. Dure, hésitante, passionnée.

Au début, ce n'est rien qu'un baiser. Un baiser maladroit, interdit, volé à la va-vite dans une cage d'escalier. Des dents qui se cognent. Des lèvres qui se goûtent. De la salive qui s'échange. Des langues qui se rejoignent, car elles ne peuvent plus faire autrement. Un baiser désespéré, parce qu'interdit. Délicieux parce que défendu.

Mais très vite, ce baiser devient une possession, corps et âme. La main de Targan se referme sur ma nuque. Mon bassin part à la rencontre du sien. Ses mains viennent se placer sur ma taille et d'un coup, je décolle du sol et valse contre le mur, atterrissant dans l'angle de la cage d'escalier. Targan tire sur la ceinture de mon manteau, qui s'ouvre, pendant qu'il part à l'assaut de mon cou. Je bascule la tête en arrière, puis la remets en place pour retrouver sa bouche. Je sens sa langue, son odeur, ses épaules sous mes doigts, et son torse sous mes mains. Je sens ses dents à la base de mon cou. Je sens sa main qui presse ma poitrine aux tétons durcis et sensibles. Je halète. Je cherche mon souffle. Je cherche son sexe.

– Emmène-moi chez toi, haleté-je en plaquant ma main sur son érection.

– Je ne peux pas, Quinn, grogne-t-il dans mon cou.

– Si, tu peux. Ça ne te sert à rien de rester ici. Ça n'aide pas Justin. Il a besoin de calme pour se remettre, argumenté-je en dévorant sa bouche.

Targan laisse échapper un rire contre mes lèvres.

– Tu ne comprends pas. Je peux pas parce que chez moi, il y a deux adorables pestes qui sont plus branchées Barbie que YouPorn…

Puis, il soupire en sentant ma langue dans son cou.

– Chez toi ? demande-t-il d'une voix saccadée.

– Coloc, fais-je en secouant négativement la tête, ce qui se transforme en baiser esquimau. Hôtel ?

Je le sens se raidir. Puis il me repose et s'écarte.

– Une voiture, énonce-t-il en me tournant à moitié le dos. Un motel. Et maintenant, l'hôtel. On peut dire que tu le traites de mieux en mieux, ton sextoy humain.

– Tee…

C'est maintenant à mon tour de lui attraper le bras pour le retenir, le forcer à me faire face.

– Tu sais bien que ce que tu viens de dire est injuste. Tu le sais, non ?

– Injuste ? crache-t-il. Pour toi ou pour moi ?

– Pour nous.

– Parce qu'il y a un « nous », maintenant ?

Comme je le relâche et ne réponds rien, Targan revient se poster devant moi.

– Qu'est-ce que tu veux de moi, Quinn ?

Je le contemple, immense, irrésistible, et je lâche un rire sans joie.

– Ce que je veux de toi ? Mais tout ! m'emporté-je. En tout cas, bien plus qu'une nuit à Melbourne ! Tu crois que ce que je cherche, là, c'est juste à t'emmener ailleurs pour un petit cinq à sept ? Je veux te garder en sécurité, Targan ! Je veux être là pour toi !

Je veux te laisser enfouir tes problèmes en moi. Je me passe la main sur le visage pour me calmer, avant de reprendre.

– Le problème n'est pas ce que j'attends de toi. Le problème, c'est que tu ne peux rien attendre de moi en retour. Et ça, c'est injuste. Si tu savais à quel point je me hais pour ça…

– Alors, pourquoi tu es venue, hein ? s'emporte-t-il à son tour. Qu'est-ce que tu fous là, si tu n'as rien à m'apporter ?

Le silence absolu que j'oppose à cette question vaut tous les aveux du monde. *Je suis venue parce que je n'avais pas le choix. Je devais être avec toi.* Targan me regarde, inquisiteur, puis incrédule. Ses pupilles se dilatent. Il semble entendre soudain tout ce que je tais.

– Putain, peste-t-il entre ses dents en se recoiffant nerveusement. Fait chier.

Puis, relevant la tête vers moi, il me tend sa paume ouverte.

– OK, cède-t-il. Emmène-moi. On y va.

36

Quinn

– Arrête de braquer ton objectif sur moi, grogne-t-il.

Torse nu, à califourchon sur lui, qui s'était assoupi le bras replié au-dessus de sa tête, j'appuie sur l'obturateur.

– Quinn, si tu veux une photo dédicacée, il suffit de le demander.

Pour le punir de son arrogance, je le pince. Lui m'attrape par la hanche et me fait pivoter, puis me cloue au matelas. Je referme mes jambes nues sur sa taille en riant. Il fait remonter sa main sur ma cuisse.

– Qu'est-ce que c'est que cette jupe et cette culotte ? grommelle-t-il.

– Le signe qu'il est l'heure de se lever. Neelam ne va pas tarder à rentrer.

Targan enfouit son visage dans mon cou et laisse échapper un cri de frustration. Contre mon sexe, je sens le sien. Dur. Nu. Et je dois lutter de toutes mes forces pour ne pas simplement écarter ma culotte sur le côté et l'inviter à me pénétrer.

Mon addiction.

Mon symptôme.

Ma perte.

Mon tout.

Deux semaines que durent ces rendez-vous clandestins, quasiment quotidiens, entre mon appartement ou la caravane de Derain. On fait l'amour. On vide des verres. On se raconte nos vies. Je le prends en photo. Il me fait écouter ses maquettes.

Je sais depuis le début que son talent musical ne se limite pas au hip-hop, j'en ai eu plus d'une fois la démonstration. Mais c'est en passant tout ce temps volé avec lui que j'ai réellement découvert l'étendue de ses compétences. Le piano, dont il m'a fait un récital un soir où nous sommes entrés en catimini dans le conservatoire où il étudie. Le chant, où sa voix profonde et chaude – si chaude – prend toute son ampleur. Ses larges mains, qui manient avec précision et souplesse les baguettes de batterie.

J'ai acquis plusieurs convictions, durant ces deux semaines. La première, c'est qu'un jour, il sera célèbre. Il draguera des centaines, peut-être des milliers de personnes à ses shows. Il aura l'argent, la reconnaissance, la lumière braquée sur lui. La deuxième, c'est que Targan mérite mieux que ce que je lui offre – rester enfermé dans une chambre ou une autre, à l'abri des regards. Moi, je voudrais tout avoir avec lui, tout vivre. Qu'on aille à des concerts, à des expos, au resto, au ciné. Mais je ne le peux pas, je ne le pourrai jamais. Et ça me frustre autant que ça me fait culpabiliser.

C'est l'une des raisons pour lesquelles je ne renonce pas à l'envoyer à Collarts, de force s'il le faut. Il *doit* partir pour Melbourne. Loin de moi et de cette clandestinité minable qui est tout ce que j'ai à lui offrir. Loin des Kingz Brown et de leur influence néfaste. Loin de Derain, qui, dans quelques mois, sera sorti de prison.

– Au fait, lancé-je en lui balançant son tee-shirt, ce morceau que tu m'as fait écouter tout à l'heure… Il serait parfait pour la démo que tu dois envoyer à Mulvaney d'ici fin octobre, non ?

Tee grimace et sort du lit.

– Tu as le don pour casser l'ambiance, tu le sais, ça ? me glisse-t-il en m'enlaçant par-derrière et en embrassant mes cheveux. Tu tiens vraiment à ravoir cette dispute ?

– Ça n'a pas à être une dispute, contre-attaqué-je en frémissant de le sentir dur et encore nu contre mes fesses. Il ne tient qu'à toi d'arrêter de résister et de préparer ton dossier d'admission, McKenzie.

– Sauf qu'une bonne dispute, c'est le plus sûr moyen d'aboutir à une réconciliation passionnée, rétorque Targan en me penchant brusquement en avant.

Je halète en posant mes deux mains à plat sur le bureau. Je ressens ce tiraillement familier dans le bas-ventre : celui du désir impérieux auquel il est vain de tenter de résister. Lentement, en profitant au passage pour caresser mes fesses, il remonte ma jupe, baisse ma culotte.

– Peut-être que, lassée de me disputer sans cesse avec toi au sujet de Collarts, je vais au contraire décider de faire un temps la grève du sexe, déclaré-je d'une voix saccadée et pas du tout crédible.

– Ah oui ? se moque-t-il en passant la main sur mon sein gauche, en laissant mon téton dur coulisser entre ses doigts pendant que je me mords les lèvres pour retenir un gémissement. Dans ce cas, tu n'oublieras pas de m'envoyer ton préavis.

Puis, de son genou, il écarte mes cuisses. J'entends le bruit d'un emballage de capote qui se déchire, suivi de celui du latex qu'on déroule et qui claque. Dès que je le sens à l'orée de mon sexe, je tends mes reins, impatiente de l'accueillir plus vite. Il entre en moi sans effort, comme toujours, parce que, pour lui, je suis toujours prête, et s'enfonce jusqu'à la garde.

– Ahhhh… gémis-je en rejetant la tête en arrière.

Il en profite pour empoigner mes cheveux, avec délicatesse. Puis il commence à aller et venir, et tout mon corps marque le contretemps du sien, partant à sa rencontre. Je suis terrassée de le sentir autant, si profondément. Lorsque le rythme s'accélère, j'adopte son tempo : ses hanches se mettent à claquer contre mes fesses, et ce bruit, si érotique, achève de me faire perdre la tête. Je jouis vite, fort, en étouffant comme je le peux mon cri, et alors Targan jouit en plaquant son torse contre mon dos. Mes jambes me portent à peine. En tournant la tête, je suis soulagée de trouver sa bouche. Je grogne au moment où il se retire, car, au fond, je voudrais toujours qu'on ne fasse plus qu'un.

Je ne sais pas pourquoi.

Je n'ai jamais connu ça.

Ce désir, tout le temps. Il m'obsède, même quand il est avec moi.

Il me redresse, me fait pivoter, et prend ma mâchoire dans sa main pour lever mon visage vers le sien, avant de m'embrasser encore. Il a réussi son coup : je ne pense plus à Collarts, je ne pense qu'à lui. Mais, soudain…

– … Ouais, je crois qu'il en reste trois dans le frigo. Au pire, tu iras à la supérette, claironne la voix de Neelam.

Ma colocataire ! Et elle a de la compagnie ! Targan et moi nous regardons les yeux écarquillés. Puis nous passons à l'action, récupérant mes fringues et les siennes, éparpillées dans la chambre, pour se les jeter et les enfiler à toute allure.

– Tiens, Quinn est là ? lance Kalvin.

Oh, non ! pas lui. C'est pire que tout…

– Je croyais qu'elle allait chez le médecin cet aprèm, puis qu'elle avait un rencard, poursuit mon collègue. Quinn ? Quinn ?

Au moment où la porte de ma chambre s'ouvre, Targan a repris sa place derrière moi, tandis que je suis penchée sur le bureau… Sauf que, cette fois, nous sommes habillés et que ma main manipule sagement la souris de mon ordinateur pendant que je regarde l'écran les yeux plissés et l'air concentré.

– … Ah ! tu vois ? Qu'est-ce que je te disais ? Les étudiants étrangers peuvent aussi prétendre à une bourse. Oh ! Salut, Kalvin !

– Yo, monsieur Sachs, lance Targan avec un petit salut, son index et son majeur se décollant de sa tempe. Ça a l'air d'aller mieux, votre cheville.

– C'était mon pied, mais merci, répond Kal, un peu désarçonné. Je… euh, pardon, je ne m'attendais pas à trouver Quinn – Mme Northon – ici, explique-t-il à Targan avant de s'adresser à moi. Tu n'avais pas un rendez-vous ?

– Il m'a plantée à la dernière minute, l'enfoi… je veux dire, le sale type, mens-je en affectant des manières de prof. Du coup, c'est Targan, mon rendez-vous. Il avait des questions à me poser sur NYU. Il va peut-être tenter d'intégrer leur département musique, en parallèle de Collarts.

– C'est vrai ? s'illumine Kalvin. Mais c'est super, ça !

J'ai soudain honte en voyant le visage clair et franc de Kal, en sentant son enthousiasme sincère à l'idée que j'« aide » un élève en qui il a toujours cru… C'est une honte accablante. Je sens d'ailleurs mon cou s'enfoncer entre mes épaules, ma silhouette se ratatiner. J'ai l'impression d'être une personne machiavélique qui manipule toutes les forces en présence. Mais c'est encore pire quand Neelam apparaît derrière Kalvin, balaye du regard la chambre, puis fronce le nez, comme si elle venait de… de remarquer. L'odeur. De sexe.

C'est pire, parce qu'elle, je ne crois pas qu'elle soit dupe un instant.

Ses sourcils se froncent, tandis qu'elle regarde Targan la bouche pincée. Elle le reconnaît, évidemment. De la soirée chez Uma. Pourtant, elle choisit de faire comme si de rien n'était.

– C'est l'un de tes élèves ? Sympa. Je suis Neelam, la colocataire de *Mme Northon*, fait-elle en s'éloignant en direction du salon.

Nous autres lui emboîtons le pas. Puis le fauteuil de Neelam fait volte-face et ses yeux se plissent, donnant à son regard un air cruel.

– Bon, l'étudiant. Tu restes dîner ?

***

– … Et alors là, le policier a braqué une lampe dans ma direction et a hurlé : « Les mains en l'air », s'esclaffe Kalvin tandis que nous sommes tous hilares. Et moi, par réflexe, je lui ai obéi…

– Alors que tu te cachais l'entrejambe ? demande Neelam en pleurant de rire.

– Je sais ! gémit Kal d'une voix suraiguë tout en s'essuyant les yeux. Mais j'aurais voulu t'y voir, aussi… Moi, les forces de l'ordre exigent quelque chose, j'obtempère.

Personnellement, je tape la table du plat de la main en suffoquant. Targan, lui, rit comme à son habitude. Ses lèvres charnues étirées n'émettent aucun son, ses épaules se soulèvent par saccades et ses yeux étincellent.

Puis Kalvin, en recouvrant son calme, se lève pour débarrasser les assiettes et Targan l'imite.

– Laisse, lui ordonne Neelam. On a M. Sachs pour nous servir, Quinn et moi. Tu ferais mieux de filer, ajoute-t-elle. Il est tard et il y a école demain.

Elle le dit de cette façon pour le faire sourire. C'est une plaisanterie où elle s'amuse innocemment du décalage avec la soirée qu'on vient de passer, de la bonne entente qui a régné entre elle et Tee. N'empêche, c'est inconfortable.

– Qu'est-ce que tu lui as fait ? me glisse Kalvin, intrigué, pendant que je ramène deux assiettes à la cuisine. Il est métamorphosé ! Je savais que ses notes avaient remonté, mais là… Il faudra que tu me donnes ta technique.

Je me contente de sourire d'un air probablement gêné et je m'essuie les mains sur ma jupe. Puis je lance à Targan :

– Attends, je te raccompagne !

J'avance avec lui jusqu'à la porte, en ayant douloureusement conscience de son bras qui se balance juste à côté du mien, de sa main que je voudrais saisir. J'enfile mon manteau en même temps que lui son gros blouson. Je lui tends son écharpe, en m'empêchant de justesse de la lui passer amoureusement autour du cou.

Quand Neelam lui a proposé de rester pour dîner et qu'il a accepté, j'ai d'abord été catastrophée, pensant que cette soirée allait être un désastre. Que Neelam soupçonnait quelque chose, qu'elle cherchait à me piéger. Que Targan risquait au mieux d'être mal à l'aise, et au pire de trahir ce qu'il y a entre nous par accident. Mais, si le début a été un peu étrange – accepter une bière et observer Targan se voir imposer un soda, écouter les questions infantilisantes de Kalvin et Neelam – très vite, tout est devenu… effroyablement naturel. On a parlé, on a ri, on a écouté de la musique.

Il a appris à connaître mes amis comme eux ont appris à le connaître. L'ambiance était chaleureuse, détendue.

Un aperçu de ce que la vie pourrait être.

Aurait pu être, si Targan n'avait pas redoublé. Ou que lui et moi nous nous étions rencontrés un peu plus tard – dans quelques mois seulement. Avec une infinité d'univers parallèles potentiels, ils doivent bien exister quelque part, ces Targan et ces Quinn qui peuvent être ensemble. C'est la théorie des cordes. Parfois, rien que de songer à eux suffit à soulager un instant mon cœur condamné.

Une fois dehors, alors qu'il défait l'antivol de son vélo, nous nous regardons dans le blanc des yeux, avec une sorte de sourire extatique et un peu débile. Il y a tant de choses que je voudrais lui dire et que je n'ai pas le droit de lui dire, étant donné que je ne lui offre aucun avenir. Tant de choses que je voudrais faire, là – comme l'enlacer, le couvrir de baisers, passer ma main dans ses cheveux soyeux. À la place, je le regarde enfourcher son vélo puis déclare, sans ciller.

– J'ai très envie de t'embrasser.

– J'ai très envie de t'embrasser aussi, réplique-t-il sans pourtant faire un mouvement.

Et nous restons là, notre aveu faisant office de baiser ; ces mots volants entre nous comme une douce caresse. Mais il y a aussi d'autres mots qui volettent entre nous. Ceux que je ne dois jamais prononcer. Ceux que j'ai pourtant de plus en plus de mal à retenir. Qui menacent de jaillir à chaque fou rire, à chaque discussion, à chaque étreinte, et qui se font de plus en plus pressants.

Ceux que j'ai si souvent dits avant, à d'autres, sans jamais, je le réalise à présent, les penser vraiment. Ceux que je ne dirai jamais à cet homme-ci.

Trois petits mots de rien du tout, auxquels je pense tout le temps.

37

Targan

– S'il te plaît, Nick… depuis combien de temps tu nous connais, mon cousin et moi ?

Le patron du Beef Shack passe sa lavette à toute allure sur une table circulaire, sans parvenir à enlever toutes les traces de gras et de bière.

– Depuis assez longtemps pour savoir que c'est une mauvaise idée d'embaucher Derain.

– Mais tu n'as pas réellement besoin de l'embaucher ! protesté-je. Juste de lui fournir un contrat de travail. Si jamais il ne fait pas l'affaire, tu pourras le dégager pendant sa période d'essai.

– Lui fournir un contrat, lui fournir un contrat, tu en as de bonnes, toi… dit Nick en cheminant de nouveau vers la cuisine de son resto. Tu crois que c'est aussi simple ? Je fais comment, si j'ai réellement besoin de quelqu'un entre-temps ?

– Je peux bosser en attendant qu'il soit libéré, offré-je au vieux restaurateur bourru.

Nick est un ancien boxeur, copain d'enfance de feu mon connard de père. Inexplicablement, lui est cool – pour un daron.

– Au black s'il le faut ! Allez, Nick… L'audition pour sa conditionnelle est dans trois semaines seulement. Sans perspective de job, il n'a aucune chance que le juge la lui accorde.

Nick soupire, pose la caisse pleine de pains à sandwichs sur un plan de travail, sort de sa poche arrière un calepin et un stylo.

– OK, gamin : est-ce que par hasard t'as le numéro de sécu de ton crétin de cousin sur toi ?

***

En arrivant à la caravane de Derain, j'ouvre le vieux PC dans lequel je garde planquée la came de Ryder. J'en enveloppe une partie autour de mon ventre avec du cellophane, je fourre le reste dans mes chaussettes.

C'est bientôt fini, pensé-je.

D'ici trois semaines, Derain aura peut-être une date de libération conditionnelle. Avec un peu de chance, il sortira pendant le printemps, au plus tard à l'été. Il fera ce qu'il veut avec les Kingz, franchement, ça ne me regarde plus… Moi, je serai loin.

Je serai loin, me répété-je en fourrant le dossier d'inscription pour Collarts dans mon sac à dos. Puis je gobe mes trente milligrammes de Ritaline quotidiens, enfile mon uniforme et enfourche mon vélo, direction le lycée.

La matinée est calme, rien de notable. Je parviens à suivre en cours, comme c'est le cas depuis le début du traitement. Oui, je dois m'accrocher, mais au moins, ce n'est plus le brouhaha dans ma tête.

À la pause, dans les couloirs, j'aperçois M. Sachs – Kalvin. On se sourit – vite fait, en scred, comme si l'on partageait un secret. Et peut-être que la soirée chez Quinn la semaine dernière en est bien un. J'ignore quelles sont les règles, concernant la socialisation entre enseignants et élèves – par exemple, les dîners. À quoi ça me servirait de les apprendre ? Je les ai déjà toutes brisées.

Pas de Quinn à l'horizon. Comme le mardi on n'a pas cours ensemble, je sais que je vais devoir ronger mon frein jusqu'à treize heures trente pour la voir. Puis je filerai à mon cours de batterie. J'en profiterai pour croiser Tchango, lui demander une lettre de recommandation, avant de rentrer bosser sur ma démo. Toute la semaine, toutes les nuits s'il le faut.

Il est finalement treize heures quarante-cinq quand je franchis le seuil de la classe de Quinn. J'ai voulu m'assurer qu'il ne restait aucun élève, ni dans sa salle ni aux abords. En levant la tête et en m'apercevant, elle ne peut retenir un sourire. Du coup, moi aussi, je souris. Je souris pour son carré blond, pour ses lèvres rouges, pour sa blouse en satin beige ; je souris pour la grâce de sa nuque, son port de tête, ses sourcils broussailleux et ses yeux tragiques.

– Targan ! lance-t-elle à la cantonade pour justifier ma présence auprès d'éventuelles oreilles indiscrètes. Tu voulais me parler ? Tiens, tu peux pousser un peu la porte…

Je laisse un entrebâillement de dix centimètres environ – le strict minimum pour ne pas contrevenir au règlement –, puis je viens me poster face à elle, entre le bureau et le tableau noir. Ses bras pendent le long de son corps. Les miens aussi. On ne sait pas quoi faire de nos mains, avec lesquelles on voudrait se toucher. Mon index, d'ailleurs, ne peut s'empêcher d'effleurer discrètement l'os de son poignet. Quinn tressaille, exhale, et, j'imagine, bloque sûrement comme moi toute image mentale de cette caresse s'aventurant un peu plus loin. Sentant que je joue avec le feu, je retire ma main et me mords la lèvre inférieure. On se bouffe des yeux. La tension dans la pièce est palpable. Probablement pour éviter qu'on ne se jette l'un sur l'autre, Quinn se racle la gorge et s'écarte, puis entreprend de ranger ses notes et un paquet de copies dans son cartable.

– Il y a quelque chose en particulier dont tu voulais discuter avec moi ?

J'opine et fouille dans mon sac, avant de contourner son bureau pour lui faire face. Puis, je pose sur la table les papiers, l'en-tête orienté vers elle. *Australian College of the Arts*.

– Je me demandais, madame Northon, si vous seriez d'accord pour m'écrire une lettre de recommandation, m'enquiers-je avec un sourire en coin.

Son air abasourdi fait vite place à un sourire éclatant. Elle serre même les poings en laissant échapper un petit « hiiii » d'excitation. Je dois lutter de toutes mes forces pour ne pas la prendre dans mes bras et la faire tournoyer dans les airs.

– McKenzie, est-ce que c'est vrai ? Vraiment vrai ? Tu vas le faire ?

J'opine, en souriant devant sa joie.

– Qu'est-ce qui t'a décidé ?

– Une meuf. Il y a toujours une meuf, non ?

Elle secoue la tête en souriant. Elle ne peut s'empêcher de se pencher par-dessus le bureau pour poser sa main sur la mienne. Ses yeux bleus brillent d'un tumulte de joie, de soulagement, et d'une autre émotion que j'ai du mal à identifier.

– Je suis heureuse que tu sautes le pas. Ça va être génial.

– Oui, ça va être génial, répété-je.

Mon pouce caresse discrètement le sien. Elle ne se dérobe pas. À la place, elle sourit. Puis, comme si elle lisait mes pensées, elle formule à voix haute ce que justement j'étais en train de me dire :

– Plus que cinq mois…

Plus que cinq mois, oui. Pour valider mon diplôme, bosser durant les vacances d'été, mettre du blé de côté. Et, admission à Collarts ou pas, quitter Adélaïde pour démarrer notre vie ensemble.

Quinn me retire subitement sa main et recommence à s'affairer, l'air sombre cette fois. Décontenancé, je fais le tour du bureau et lui demande à l'oreille, à voix basse :

– Northon, qu'est-ce qui se passe ?

J'aurais envie de la prendre par les épaules pour la forcer à se retourner, à me regarder, mais je ne le peux pas. Tout ça à cause de cette situation, de ce foutu interdit.

– C'est rien, fait-elle en secouant la tête. J'étais seulement en train de penser que c'est loin, Melbourne…

Rassuré, je sens mes lèvres s'étirer.

– Oui, c'est loin : c'est justement ce qui en fait l'endroit parfait, pour deux personnes qui veulent recommencer à zéro.

À ces mots, Quinn se fige. Ses yeux s'écarquillent et elle a un mouvement de recul. Je l'interroge du regard… Elle laisse tomber ce qu'elle était en train de faire et m'attrape le poignet ; elle me tire vers le tableau noir, pour nous mettre à l'abri d'éventuels observateurs.

– Targan… tu sais que je ne peux pas venir à Melbourne avec toi, n'est-ce pas ?

Mes yeux s'ouvrent en grand… Puis se plissent, alors que je sens mon visage se fermer.

– Qu'est-ce que tu racontes ? sifflé-je entre mes dents.

***

Quinn

– Qu'est-ce que tu racontes ? siffle-t-il entre ses dents.

Il m'observe, comme si vraiment il ne comprenait pas. Puis, constatant que je suis diablement sérieuse, il crache, à voix basse :

– Mais alors c'est quoi, le plan, depuis le début ? M'envoyer à sept cents bornes de toi ? Me rendre visite durant les vacances scolaires ?

Je ne sais pas comment lui faire entendre la vérité : qu'il n'y a pas de plan, il n'y en a jamais eu. Que c'est pour ça que notre relation est interdite, parce qu'elle est sans issue. Déséquilibrée, entre une personne encore en âge d'espérer, et une autre assez mature pour savoir quand les choses sont impossibles.

– Mais enfin, Targan ! protesté-je, moi aussi à voix basse. Tu ne te rends pas compte ! J'ai mon travail, ici. Des amis. Un appart…

– Ça ne t'a jamais empêché de tout plaquer sur un coup de tête, avant.

– Justement ! m'agacé-je. Au cas où tu ne l'aurais pas remarqué, je vais avoir 28 ans : j'ai passé l'âge de tout plaquer sur un coup de tête. De toute façon, mon visa en Australie dépend de ce travail !

Il se détourne, presque écœuré.

– Arrête… lance-t-il. Personne ne te demande d'agir sur

un coup de tête et tu le sais. Tu peux simplement trouver un nouveau job à Melbourne. Prendre le temps de me rejoindre, si nécessaire. La situation ne sera plus la même à la rentrée, tu t'en rends compte ? On *pourra* être ensemble si on le veut.

Oui, il a raison. On le pourra.

C'est en prenant conscience que ce qu'il propose serait en effet possible que la véritable raison de mon refus me frappe de plein fouet.

– Et de quoi on aurait l'air, hein ? lui demandé-je, le ton déjà un peu plus haut qu'un instant plus tôt. Qu'est-ce qu'on dirait aux gens ? Ceux de ton école, mes nouveaux collègues ? « Oh, on s'est rencontrés pendant que j'étais sa prof l'an dernier et on s'est enfui ensemble. » Pas facile, ce récit, pour construire une vie. On serait traités en parias, Targan ! Les gens te regarderaient toujours comme une victime, et moi, comme… comme…

– Comme quoi, Quinn ? me demande-t-il, visiblement exaspéré. Vas-y. Dis-moi ce que tu penses être – ce que tu penses que notre histoire est, exactement ?

– Je n'en sais rien ! craché-je entre mes dents, me fichant soudain d'être au lycée, me fichant de tout. Et tu n'en sais rien non plus, Targan ! Peut-être que nous sommes deux amants maudits comme dans les films… Mais peut-être aussi que je suis complètement dérangée, détraquée, incapable de gérer mes pulsions et de ne pas détruire tout ce que je touche !

Il secoue la tête, la lèvre supérieure retroussée en une moue méprisante.

– Oh, s'il te plaît… Arrête de me traiter comme un symptôme, Quinn, crache-t-il d'un ton froid. Tu crois que je ne vois pas l'histoire que tu te racontes ? J'ai un scoop pour toi : tu n'es pas ta mère. Tu n'es même pas *comme* ta mère. Et tu n'es pas avec moi parce que tu as un « épisode » !

Ce qu'il dit me frappe en plein cœur. Parce que, bien entendu, il a vu derrière mes craintes et qu'il sait parfaitement quelle en est l'origine. Également parce que je voudrais tant qu'il ait raison. Que notre relation soit cette belle histoire d'amour à laquelle il croit dur comme fer. Mais je ne peux pas m'empêcher de nous imaginer dans dix ans. Il aura environ l'âge que j'ai aujourd'hui ; moi, je serai dans la dernière ligne droite pour avoir des enfants. Qu'est-ce qu'on fera, à ce moment-là ? On les aura, ces gosses ? Avec une mère quadra et un jeune père sexy, musicien et couvert de groupies ? Puis, qu'est-ce qu'on leur dira, à ces mômes hypothétiques, de la façon dont on s'est rencontrés ? Comment est-ce qu'on leur inculquera la moindre règle, après les avoir toutes brisées ?

Face à mon silence, Targan prend une grande inspiration pour se calmer. Il pose sa main sur son front et expire, apparemment épuisé. Il secoue la tête, l'air navré, avant de relever vers moi ses stupéfiants yeux gris.

– Comment tu fais pour ne pas voir ? me demande-t-il, complètement désarmé.

– Ne pas voir quoi ?

– Qu'on s'aime, Quinn. Que je t'aime. Qu'une histoire comme la nôtre, ça n'arrive qu'une fois dans une vie.

Je reçois cette déclaration comme un uppercut. Parce qu'il ne cille pas. Parce qu'il sait, en effet – il n'a, nous concernant, pas l'ombre d'un doute. On s'aime. Il m'aime. Et, plus important encore, JE l'aime. C'est justement pour ça que je me demande s'il ne vaut pas mieux le laisser partir, commencer sa vie d'adulte loin de moi et de ma capacité de nuisance. Un cœur brisé avant 20 ans, ça vaut mieux qu'une vie de galère à jouer les infirmiers pour une fille à la santé mentale instable. Non ?

Sauf que. On parle ici d'un homme qui, bien qu'âgé de huit ans de moins que moi, a une compréhension de notre relation plus fine que la mienne. Un homme qui n'a pas eu besoin que je prononce les trois mots magiques pour savoir ce que j'éprouve pour lui. Tout concourt à me laisser penser que Targan est bien mieux équipé que moi, pour faire les choix le concernant… Mais la réalité, c'est que, moi, je ne sais pas quoi faire. Je ne sais plus ce qui est juste. Je ne sais plus ce qui est bien. Je sais simplement ce que je ressens. Aussi, je lui prends la main, rassemble mon courage et ouvre la bouche, sans parvenir à croire ce que je vais dire… Mais, avant que je n'aie eu le temps de prononcer un mot, la porte de ma salle de cours s'ouvre en grand.

– J'ai entendu des éclats de voix, est-ce que tout va bien ? demande Kalvin, tout en toisant Targan d'un regard sévère.

Il a l'air d'un prof tout prêt à organiser un conseil de discipline si nécessaire. Puis ses yeux se baissent. Jusqu'à la main de Tee dans la mienne. Avant de remonter à nos visages. Effarés. Rouges. Coupables.

Alors que Kalvin comprend. Il devient blême. Et, sans un mot, il quitte la salle. Laissant la porte qui nous dissimulait béante derrière lui.

38

Quinn

– Mais enfin, tu ne peux pas m'affirmer que tu ne vois pas de problème ?

Posté au beau milieu de mon salon, Kalvin éructe. Le visage ruisselant de larmes, je me laisse tomber sur le canapé.

– Je ne dis pas ça, Kalvin… fais-je la main posée sur mon front, en secouant la tête. Je dis même tout l'inverse depuis deux heures. Et tu ne m'écoutes pas…

Je plante mes deux coudes sur les cuisses et me masse les tempes. J'ai l'impression d'être coincée sur un carrousel. Depuis près de deux heures que mon collègue a débarqué chez moi, je répète les mêmes choses, en boucle et en vain, puisque, pour Kalvin, rien de ce que je dis n'a d'importance.

– Peut-être que ce n'est pas que je ne t'écoute pas, lâche-t-il, ivre de rage, entre ses dents serrées. Peut-être que je n'ai plus aucune confiance en ce que tu me racontes. Tu y as pensé, à ça ?

– Bien sûr que j'y ai pensé ! protesté-je en me relevant. Qu'est-ce que tu crois ? C'est justement ce que j'essaye de te dire, Kalvin : je te comprends ! Mais…

– « Mais » rien du tout ! me coupe-t-il. Il n'y a aucune excuse à ce que tu as fait !

– Je n'essaye pas de me trouver des excuses ! Tu crois que je ne sais pas que ma relation avec Targan est inadmissible ? Destructrice et autodestructrice ? Que je ne pense pas aux conséquences pour lui, ou même pour moi ? J'y pense *tout le temps* !

C'est au tour de Kalvin de se prendre la tête entre les mains.

– Alors, pourquoi tu l'as fait ? me demande mon ami, à la fois effaré et désespéré. Pourquoi tu t'es mise dans cette situation ? Pourquoi tu m'as placé *moi* dans cette position ?

C'est évidemment le moment que choisit Neelam pour rentrer, en compagnie d'Uma, avec sur les genoux un sac en papier kraft dont s'échappe une odeur alléchante et qui, vu sa taille, doit contenir à manger pour un régiment. Nous n'avions même pas entendu ses clefs se glisser dans la serrure, tant nous étions occupés à nous hurler dessus.

– On n'avait pas décrété que cet appartement était un *safe space*, au moins pour les meufs handi, racisées et lesbiennes qui payent les traites ? Qu'est-ce qui se passe, ici ? blague ma colocataire, dans l'espoir vain et inconscient de détendre l'atmosphère ; d'apaiser une tempête qui ne peut pas l'être.

Kalvin se tourne vers moi, bras croisés.

– Tu lui expliques ou c'est moi ?

J'ignore sa question, plus ou moins rhétorique – qu'importe qui le dira à Neelam, quoi qu'il arrive, le mal est fait, tout est foutu. J'entreprends plutôt de répondre à la sienne.

– Jamais je n'ai voulu que tu te retrouves mêlé à tout ça, Kal. Quant à la question de pourquoi je l'ai fait… Je n'ai pas de réponse. À part que j'ai essayé de résister, très fort. De me tenir à l'écart. Je n'ai pas vu comme, progressivement, mes défenses se sont fragilisées… jusqu'à ce qu'elles cèdent complètement et qu'il soit trop tard pour faire marche arrière.

– Il n'est jamais trop tard pour faire marche arrière ! s'emporte-t-il. Tu aurais pu assumer tes erreurs ! Parler à ta hiérarchie. Démissionner. Mieux : rompre !

Je baisse la tête. Cette fois, il n'y a rien à répondre. Oui, j'aurais dû assumer. Avouer mon erreur. C'est ce que je me suis dit tout l'après-midi, pendant que j'essayais désespérément de joindre Kalvin au téléphone. Jusqu'à ce que finalement, par miracle, sur les coups de dix-neuf heures trente, il décroche et m'annonce sans préambule :

– J'arrive chez toi. Ne bouge pas.

Oui, j'ai passé une bonne partie de la journée à reprendre le fil de l'histoire, à revisiter les moments où je me suis retrouvée à un embranchement. La soirée au food truck, lorsque j'ai compris que j'étais attirée par lui. Le bal d'hiver, quand j'ai compris que lui aussi était attiré par moi. Notre baiser sauvage dans ma voiture. Autant d'occasions manquées de m'ouvrir à quelqu'un, de dire la vérité sur ce que j'étais en train de vivre et d'obtenir de l'aide. Afin de sauver ce qui pouvait encore l'être plutôt que de courir à ma perte – ou à celle de Targan.

– Je sais que quelque chose ne tourne pas rond chez moi, lui avoué-je. Je suis comme Jason… Non, je suis pire que Jason. Lui n'était qu'un connard ordinaire face à une femme adulte et libre de ses choix. Mais Targan… Je sais qu'il n'a que 19 ans. Qu'il ne peut pas saisir les implications de notre histoire. Que pour cette raison, au moins, *jamais* je n'aurais dû tomber amoureuse de lui. Qu'il faut être sincèrement dérangée pour…

– Bon, ça suffit, décrète une voix ferme. Uma, bébé, tu peux attraper ça et retourner m'attendre à la voiture, s'il te plaît ? J'arrive tout de suite.

Je relève la tête et observe Uma prendre la porte, son sac de bouffe dans les bras, ravie d'échapper à la suite de ce pugilat. Neelam, elle, pousse son fauteuil jusqu'à Kalvin et moi. Elle a cet air de Neelam quand elle veut en découdre – les sourcils froncés, la gueule pas commode. Je suppose qu'elle a compris, à présent, de quoi nous étions en train de parler, et qu'elle va me foutre à la porte… Mais à ma grande surprise, c'est en face de Kalvin qu'elle se poste.

– Je ne sais pas comment tu as découvert ce qui se passait entre Quinn et Targan et, honnêtement, là n'est pas la question…

– Tu veux dire que tu étais au courant, Neel ? l'interrompt Kalvin. Elle t'en a parlé et tu ne m'as rien dit ?

Ma colocataire lève les yeux au ciel. Les miens sont écarquillés, comme ceux de Kal. Je sentais bien qu'elle avait des soupçons… Mais de là à savoir ?

– Je ne t'en ai pas parlé parce que je ne voulais pas te mettre dans une situation professionnelle intenable. Apparemment, certaines n'ont pas les mêmes scrupules... ajoute-t-elle en me fusillant du regard.

– Quinn ne m'a rien dit, Neelam, la détrompe-t-il. Je les ai surpris. Et toi ? ajoute-t-il en croisant les bras. Comment l'as-tu découvert ?

– J'en ai eu la certitude l'autre soir, quand Targan est resté dîner, lui répond Neelam. Mais ça faisait un bout de temps que je m'en doutais. J'ai une excellente mémoire des visages, ajoute-t-elle en roulant vers le canapé – vers moi. Quand je l'ai vu chez Uma, je l'ai tout de suite remis : le rappeur qu'on avait vu au Beatz... Toi, tu étais déjà parti avec cette fille, j'ai oublié son nom.

Neelam se poste à côté de notre sofa et fait ensuite pivoter son fauteuil vers Kalvin, l'air accusateur.

– Certes, j'avais plus d'éléments que toi... Mais tu devais t'en douter, non ?

Sans que je comprenne pourquoi, l'équilibre de la discussion semble à cet instant se modifier subtilement. Comme si ce n'était plus moi qui étais sur la sellette, mais Kalvin. Ce dernier s'en rend compte également.

– M'en douter ? répète-t-il comme s'il s'agissait d'une accusation. Et comment aurais-je pu le soupçonner, hein ? C'est tellement... inimaginable ! Ce n'est qu'un gamin !

– Alors là, je t'arrête tout de suite, contre-attaque Neelam. Le mec qui était chez nous il y a moins d'une semaine, à qui tu avais limite envie de proposer de devenir ton nouveau pote d'escalade ? Celui que j'ai moi-même vu sur scène il y a huit mois ? Ce n'est pas un gamin, loin de là, et tu le sais pertinemment.

Je suis probablement aussi stupéfaite que Kalvin. Sans voix. La différence, c'est que mon collègue, lui, semble déterminé à trouver les mots.

– Mais... enfin... Neelam... C'est... c'est... c'est son *élève* !

– Je ne dis pas le contraire, concède ma colocataire tout en avançant vers lui. Je ne dis pas qu'il n'existe pas, dans cette relation, une dynamique de pouvoir vraiment problématique. Je ne dis pas non plus que Targan est un adulte accompli, attention. Mais « gamin » ? C'est faux. Or, si tu es si sûr que tes reproches sont justes, je ne vois pas pourquoi tu te sens obligé d'exagérer la culpabilité de Quinn.

– Tu ne dirais certainement pas ça si Quinn était un homme et Targan une jeune fille !

– Si Targan était une jeune *femme* de 19 ans, le corrige-t-elle subtilement, non, je ne dirais pas ça. Car à la question de l'écart d'âge et de statut s'ajouterait aussi celle du genre. Ce serait, ne t'en déplaise, une situation différente, au moins à cet égard-là.

– Une femme ne peut donc pas abuser d'un homme ? lance Kal à sa meilleure amie avec une grimace méprisante. C'est ce que tu es en train de dire ?

Elle se poste de nouveau face à lui.

– Tu caricatures mes propos. Une fois de plus, si tu es si sûr de tes arguments, je ne vois pas pourquoi tu en as besoin. Tout ce que je dis, c'est que, dans une relation, la dynamique de genre importe. Tu le sais mieux que personne, non ? ajoute-t-elle en le défiant du regard. Après tout, tu as été socialisé pendant plus de vingt ans en tant que femme.

Je sens Kalvin ulcéré. Ébranlé. Enragé. Quant à moi, je suis tellement sidérée par le fait que Neelam ne me jette pas hors de chez elle avec toutes mes affaires que je n'arrive pas à dire quoi que ce soit.

Mais, même si Neelam nuance ma culpabilité, elle ne m'absout pas, et elle a raison. Car, si je n'ai pas le pouvoir qu'aurait eu un homme mûr sur une jeune fille, reste le pouvoir que me confèrent mon âge, mon expérience et mon statut. Je le sais. Pas seulement de façon théorique – je l'ai ressenti, aussi. Pas plus tard que tout à l'heure, quand Targan est tombé des nues en découvrant que je n'avais pas prévu de le suivre à Melbourne.

– Ils s'aiment, Kalvin, ajoute Neelam d'une voix pleine d'indulgence.

D'indulgence, non pas pour Targan et moi, mais pour son

ami. Comme si Kalvin se montrait capricieux et déraisonnable, à refuser de comprendre.

– Si tu n'as pas compris ça l'autre soir, alors je ne sais pas ce qu'il te faut. Sans compter que, tu l'as dit toi-même pendant que Quinn le raccompagnait, Targan est métamorphosé. Quand une relation fait autant de bien à quelqu'un, pourquoi devrait-elle être réprouvée ?

Neelam pivote, afin de pouvoir m'inclure dans la discussion, même si c'est toujours à Kal qu'elle s'adresse.

– Les règles et les lois, on le sait toi et moi, sont faites pour prendre en compte la plupart des cas... Mais pas tous, pas toujours. Certains individus passent entre les mailles des filets de la société. On nous oublie. On n'a rien prévu, pour nous.

– Attends, Neelam, tu n'es quand même pas en train d'essayer de comparer ce qu'a commis Quinn, un *crime*, au handicap ou à la transidentité ?

– Non. Je dis seulement que s'écarter de la norme n'est pas un crime *en soi*. Il faut prendre en compte chaque situation. Étudier le contexte. Depuis tout à l'heure, je t'entends traiter Quinn comme une sorte de... pédocriminelle ! Or, Targan n'est pas un enfant ! À aucun moment, qu'on le regarde ou qu'on lui parle, on ne se doute de l'âge qu'il a. Et quand bien même on s'en douterait, il est majeur. Il est également sensible, doué, passionnant et passionné... et notre amie en est tombée amoureuse. Il aurait pu obtenir son diplôme du premier coup, poursuit-elle, et personne alors n'aurait rien trouvé à redire à leur relation. C'est seulement ça qui change. Est-ce que ça te paraît assez pour vouer Quinn aux gémonies comme tu le fais ?

Kalvin lève les yeux au ciel et secoue la tête.

– Tu sais comment on dit « dix-neuf », dans notre belle langue, Neelam ? *Nineteen*. Avec le mot *teen* dedans. Qui signifie, jusqu'à preuve du contraire, « adolescent »...

– ... et pourtant, la majorité est fixée à 18 ans.

– C'est pourquoi les relations enseignant/élève sont encadrées par des lois spécifiques qui restent valables à la majorité de l'élève !

– Oui, pour prévenir les risques de manipulation et d'abus ! Pour protéger les victimes de toutes formes de pressions qu'elles pourraient subir !

– Comment sais-tu que Targan n'a pas subi de pression ?

– J'ai, je crois, démontré que je suis plus observatrice que toi, rétorque-t-elle d'un ton sans appel. La question est : *toi*, comment sais-tu qu'il en a subi une ? Lui as-tu parlé, avant de t'embarquer dans ta grande croisade pour la justice ?

– Ce n'est pas mon rôle, Neelam ! s'emporte de nouveau Kalvin. Je ne suis pas là pour démêler la vérité ou réunir des éléments de *contexte*. Je suis là pour veiller à appliquer la loi et protéger les élèves en suivant les protocoles prévus !

Neelam toise son meilleur ami, presque son frère, comme si elle était horrifiée.

– Attends… tu n'es quand même pas en train de dire… que tu comptes faire un signalement ?

Kalvin la regarde en secouant la tête, désemparé.

– Je crois que tu ne te rends pas compte, Neelam. Les charges qui pèsent sur Quinn sont sérieuses. En tant qu'enseignant, j'ai des responsabilités. En tant qu'homme trans aussi. Tu sais très bien comment sont les gens ! Si jamais je suis lié de près ou de loin à une affaire d'abus sexuel, ils n'hésiteront pas à m'ériger comme épouvantail ! À me prendre comme exemple de la « dégénérescence » et de la « perversion » de la communauté tout entière ! Alors, quand bien même j'entendrais ce que tu me dis depuis tout à l'heure, je n'ai pas le luxe de briser le protocole.

Il a raison. Bon sang, je n'avais pas envisagé les choses sous cet angle.

– Neelam, interviens-je enfin. Je crois que Kalvin est dans le vrai. Il n'y a pas d'autre option.

Kalvin se tourne vers moi. Pour la première fois depuis qu'il a débarqué vers vingt heures, il me regarde de nouveau dans les yeux. Sans air de suspicion. De méfiance. De doute. Il me regarde dans les yeux, et il acquiesce.

– Je ne veux pas menacer ta réputation et ton poste, expliqué-je à mon ami. Tu es un excellent enseignant et ce serait une immense perte pour les élèves si tu venais à être mis à pied par ma faute.

Sans compter qu'il a raison. Un homme trans lié, même de loin, à une affaire de détournement de mineur ou assimilé? Ce serait un déferlement médiatique sans précédent, et le recul, aussi certain qu'injuste, d'avancées sociales durement acquises.

Je me tourne vers Neelam, puis vers lui, infiniment soulagée. Soulagée parce que, après des mois de chaos, de confusion, à patauger dans un maelstrom de sentiments contradictoires, j'ai enfin pris ma décision. Je sais enfin ce qui est juste.

– Je parlerai à Walker demain, première heure.

Kalvin me regarde droit dans les yeux et ses prunelles vibrent. J'ai soudain l'impression que mon ami va se mettre à pleurer. Sans doute que, moi aussi, si je pense trop à ce qui m'attend, je vais me mettre à pleurer.

– Ne t'en fais pas, Kal, dis-je, autant pour le rassurer que me rassurer. Ça va aller.

Je sens la main de Neelam attraper la mienne et, avec un sourire que j'aurais voulu moins triste, je baisse la tête vers mon amie. Mais celle-ci ne me regarde pas, non: elle fixe Kalvin, d'un air d'abord effaré, puis dégoûté. Sans lâcher ce dernier des yeux, c'est à moi qu'elle s'adresse lorsqu'elle ouvre la bouche.

– Tu ne comprends pas, Quinn. Il ne fait pas cette tête parce qu'il s'inquiète. Il la fait parce qu'il a déjà parlé.

Je cligne des paupières en la regardant, sans comprendre. Sa tête pivote et son regard se lève vers moi.

– Tout comme il n'a pas cherché à connaître la version de Targan avant de prendre sa décision, il n'a pas attendu de s'expliquer avec toi: il a déjà vu Walker. Pas vrai? ajoute-t-elle en se retournant, l'air furibard, vers son meilleur ami.

Puis elle pousse son fauteuil vers lui, tandis que Kalvin se met à bégayer.

– Je... j'ai réagi dans la panique, je...

– Tu te rends compte des conséquences? crie-t-elle. Elle va tout perdre! Elle risque la prison, bon sang!

Des larmes commencent à rouler sur le visage convulsé de colère de ma colocataire.

– Tu ne pouvais pas simplement attendre de parler à ton *amie* ?

– Neelam… interviens-je d'un ton suppliant en faisant un pas vers eux.

Je n'arrive plus à penser clairement. Tout ce que je veux, c'est que ça s'arrête. Que cette dispute nucléaire dont je suis la cause prenne fin !

Neel fait pivoter son fauteuil vers moi en secouant la tête, comme si elle refusait d'entendre ce que j'ai à dire. Que ce n'est pas la faute de Kalvin. Encore moins la sienne. Peut-être que, comme elle semble le penser, ce n'est pas non plus la mienne… mais, en tout cas, ça ne pouvait que finir mal. Dès le premier échange entre Targan et moi, la seule issue a été la souffrance.

– Tu dois aller trouver Targan, Quinn, me dit mon amie en attrapant ma main. Immédiatement. Tu dois te mettre d'accord avec lui sur ce que vous allez raconter à l'administration, à la police, et vite ! Vous n'avez que quelques heures pour accorder vos violons et limiter la casse. Tu dois aussi, énumère-t-elle, prendre contact avec ton syndicat et te dégoter un avocat disponible pour ton entretien avec Walker demain. Quoi qu'il arrive, ne te rends pas au lycée sans représentation juridique. Et ne reviens pas ici !

Je prends soudain la mesure des conseils qu'elle me donne. Ce qu'ils impliquent.

Concernant Walker, tout ce que je lui dirai pourra être utilisé contre moi dans le cadre d'une procédure pénale. Concernant la police, elle pourrait très bien m'attendre demain au lycée. Elle pourrait très bien venir ici ce soir même pour me placer en garde à vue !

J'opine, gravement, tout en sentant la panique monter et me serrer la gorge, les larmes me piquer les yeux. Neelam se tourne une nouvelle fois vers Kalvin.

– Quant à toi… Je veux que tu dégages, glisse-t-elle entre ses dents.

– Neelam, la supplié-je en fondant finalement en larmes. Il n’y est pour rien !

Tout n’est que ruines. Un champ de ruines. Par ma faute.

Mais Neelam ne m’écoute pas. Je la connais : elle a dit ce qu’elle avait à dire et elle estime que le sujet est clos. Alors, constatant que Kalvin ne bouge pas et l’observe, pétrifié, elle se met à hurler :

– TU NE M’AS PAS ENTENDUE ? CASSE-TOI, J’AI DIT !

39

Targan

Mon téléphone vibre et le message s'affiche.

Quinn Northon
Je suis devant.

Je me lève, ouvre la porte de la caravane de Derain. Elle entre et enlève la capuche de son hoodie.

– Personne ne t'a vue ? m'enquiers-je en refermant la porte derrière elle.

– Personne, non. De toute façon, ça n'a plus aucune importance.

Je me retourne et découvre, choqué, l'état de son visage. Rouge. Tuméfié. Comme si le chagrin l'avait passée à tabac. Affolé, je l'attire délicatement près de moi. Ma main vient se placer à l'arrière de son crâne. J'encourage son front à reposer contre mon torse. Puis, je la laisse sangloter, tout en murmurant deux ou trois paroles apaisantes.

– Hé… Ça va aller… Ça va aller…

Je ne sais même pas pourquoi je dis ça, étant donné que j'ai consacré les dernières heures à me ronger les sangs. Quand Kalvin Sachs nous a surpris ce midi, j'ai tout de suite compris que la situation venait de basculer, irrémédiablement. Quinn lui a couru après, mais il n'a rien voulu entendre. Elle a ensuite passé des heures à essayer de le joindre, sans succès. Moi, je suis resté auprès d'elle, à tenter de la calmer – sans succès non plus –, jusqu'à ce que Sachs lui envoie un texto pour lui dire qu'il débarquait chez elle.

Ensuite, j'ai attendu.

J'ai réfléchi, et j'ai attendu.

J'ai réfléchi à la manière dont j'allais nier, si la police et Walker me posaient des questions sur ma relation avec Quinn. Puis j'ai pensé à toutes les preuves qui pouvaient exister. La vidéosurveillance du motel où l'on a passé la nuit à Melbourne. Les photos de moi qu'elle a prises. Ce morceau sur lequel je bosse, truffé de références à notre histoire. J'ai tout listé. Afin qu'on puisse tout détruire si nécessaire. Qu'on soit prêt à réagir, à la protéger, à protéger notre secret.

– Ça ne va pas aller, renifle-t-elle. Pas du tout.

J'attrape son menton, lève son visage vers moi. Ses yeux et sa bouche gonflés. Ses cheveux blonds en pagaille.

– Kalvin a déjà parlé à Walker, m'annonce-t-elle. Il est trop tard.

Il a fait *quoi* ?

Sombre merde ! Grosse balance ! Je serais déjà en train de lui démolir la gueule, si ça ne risquait pas de confirmer ses accusations. Je relâche Quinn pour sortir de ma poche arrière cette fameuse liste d'objets et de souvenirs à détruire.

– Ne t'en fais pas, la rassuré-je, il ne peut rien prouver. C'est sa parole contre la nôtre et nous sommes deux. Il nous suffit de…

– Je ne vais pas nier, Targan m'explique-t-elle en essuyant ses paupières congestionnées du revers de la main.

– Hein ? Qu'est-ce que tu racontes ?

Si elle ne nie pas, elle est foutue. Elle croit quoi ? Que je ne le sais pas ce qu'elle encourt ? Je me suis renseigné, moi aussi.

– Je compte dire la vérité. J'ai déjà contacté un avocat, ajoute-t-elle. Il va m'accompagner lorsque je parlerai à Walker demain.

Alors que je commence à protester, à lui dire que c'est des conneries, qu'elle ne peut pas laisser Sachs et Walker la lui faire à l'envers comme ça, elle plaque une main sur ma bouche pour couper court.

– Non, Targan. La seule personne qui a tort, dans cette histoire, c'est moi. Pas Kalvin. Pas Walker. Pas toi. Moi. Et il est temps que j'assume.

– Mais pourquoi t'es là, alors ? explosé-je en dégageant sa paume. Pourquoi tu débarques chez moi, si t'as déjà pris ta décision et que tu ne comptes même pas m'écouter ?

– Parce que je t'aime, Targan, lâche-t-elle, le souffle court. Je t'aime et je devais te le dire. Avant que…

Je ferme les yeux et laisse ces mots me lacérer en entier. Ma chair, mon être, tout. Je les ai tellement attendus ! Pourquoi faut-il qu'ils sortent enfin, uniquement pour me faire encore plus mal ?

Je me mets à secouer la tête d'un air obstiné.

– Non. Tu n'as pas le droit de faire ça. De me dire ça maintenant. Pas alors que ton projet, c'est…

En sentant sa main fraîche se poser sur ma joue, je rouvre les yeux et plonge dans ses iris bleu jean.

– Tu n'as rien à foutre en prison, Quinn. S'il y a une personne au monde qui est bien placé pour le savoir, c'est moi.

– Je n'irai pas en prison, Targan, tente-t-elle de me rassurer. Je perdrai ma licence d'enseignement, oui. J'écoperai d'une lourde amende, sûrement d'une peine avec sursis. Mais tu es majeur. Tu étais consentant. Toi et moi, c'est une histoire d'amour. Et je veux avoir l'occasion de le prouver.

Son autre main se pose sur mon autre joue. Elle m'adresse un sourire qui lui ressemble – paradoxal. Plein d'espoir, alors même que jamais les raisons de désespérer n'ont été aussi nombreuses.

– Ce matin encore, je pensais qu'il n'y avait aucune issue pour toi et moi. Mais il y en a une : me confronter à la justice. Raconter notre histoire, te laisser la raconter, et leur prouver qu'on n'a rien fait de mal.

– … Sauf que le système pénal ne fonctionne pas comme ça, Quinn ! m'emporté-je une nouvelle fois en dégageant ses mains. C'est quoi, cet idéalisme, là ? Ça sort d'où ? Qu'est-ce qui te prend ?

– C'est la seule issue pour moi, Tee ! crie-t-elle à son tour. J'ai besoin d'entendre… que j'ai le droit… de faire ça, dit-elle en se hissant sur la pointe des pieds pour embrasser ma joue. Et ça, ajoute-t-elle en recoiffant une de mes boucles. Et ça…

Elle pose cette fois sa bouche contre ma bouche et je ferme les paupières, douloureusement. Je sens les larmes monter. Moi qui n'ai même pas pleuré à l'enterrement de mon père, je suis à deux doigts de chialer.

– On n'a pas besoin que quiconque nous donne le droit, Quinn, rétorqué-je dans un murmure. Moi, je sais ce qu'il y a entre nous.

Ce que je voudrais, c'est qu'elle le sache aussi. Qu'elle arrête de s'imaginer qu'elle me force ou quoi.

– De toute façon, on n'a pas le choix, raisonne-t-elle contre mes lèvres. Ce qui est fait est fait. Alors, autant l'accepter et en tirer le meilleur parti.

– Comment tu peux dire ça? protesté-je tout en recoiffant une mèche de ses cheveux blonds.

Elle s'abandonne à la caresse et c'est elle qui, à son tour, ferme les yeux.

– Comment tu veux tirer parti d'une situation qui risque de nous séparer?

Cette fois, elle rouvre ses grandes billes couleur denim ravagées par le chagrin, pour me regarder avec plus de tendresse que jamais.

– Targan, écoute-moi bien. Je ne sais pas grand-chose. Je ne sais pas si j'ai le droit de t'aimer, si j'ai le droit d'accepter que tu m'aimes, si j'ai le droit de vouloir faire l'amour avec toi, de rêver de tes mains sur moi quand tu n'es pas là… Mais je sais que rien ne pourra me tenir éloignée de toi. Tu sais comment je le sais? ajoute-t-elle avec un rire entre ses larmes. Parce qu'on n'en serait pas là, si j'étais capable de me passer de toi.

Je laisse moi aussi échapper un rire, malgré mon envie de chialer. Puis je renifle et me penche pour embrasser le coin de ses lèvres. Pour boire ses larmes.

– Alors quoi? lui demandé-je. Une dernière nuit, et advienne que pourra?

– Pourquoi pas? réplique-t-elle en haussant les épaules. Une connaissance à moi m'a poussée, ces derniers mois, à réfléchir à mes projets pour l'apocalypse… Et maintenant, je sais que ça me va, si c'est avec toi que je regarde le monde finir.

Cette référence à notre conversation, le soir où nous sommes allés voir le coucher de soleil sur la terrasse de Renata, est la plus belle déclaration qu'elle pouvait me faire. Parce qu'elle me prouve que, comme moi, elle se souvient de tout. Chaque échange, chaque moment partagé, bien avant qu'on ne commette ce « crime » que tout le monde lui reproche…

Alors, sans plus débattre avec elle, je la soulève du sol et la porte sur ce lit où je lui ai fait l'amour des dizaines de fois. Où j'espère pouvoir le lui faire encore des milliers de fois. Sans savoir si nous aurons plus que cette nuit et sans ignorer que je ne pourrai jamais m'en contenter. Je m'allonge et ondule sur elle, tout comme elle ondule sous moi. Elle tire sur mon sweat-shirt pour qu'il passe par-dessus ma tête. Elle en profite pour embarquer mon tee-shirt au passage, puis commence à me labourer le dos de ses ongles. Je voudrais la déshabiller, mais l'idée de détacher ma bouche de la sienne est une torture. Être déjà en elle, mais que ça dure pendant des heures. Me montrer doux, même si j'ignore si j'en suis capable.

Je voudrais ne pas lui en vouloir, mais je crois que je lui en veux.

J'ai envie de lui faire du bien, mais je me demande si je n'ai pas trop mal pour ça. Puis, je ne me demande plus rien, parce que nos corps ont complètement pris le relais, avec cette logique qui leur est propre, depuis le début. Pendant qu'elle se dégage elle-même de son hoodie gris sombre, ma main plonge dans son jogging en molleton assorti, directement sous la dentelle de sa culotte. Sa fente est humide et chaude et n'attend que mes doigts. Je commence à la caresser, et la tête de Quinn se renverse en arrière. Elle s'éloigne de ma bouche, halète, se mord la lèvre inférieure… Puis sa main vient empoigner ma queue par-dessus mon jean. Cette fois, c'est à mon tour d'exhaler. Tendu et dur, je descends son jogging et sa culotte pendant qu'elle me débraguette. Je vire mes chaussures du bout des pieds, elle fait de même. Tandis qu'elle se débarrasse de son tee-shirt, j'attrape son mamelon dans ma bouche. Je lèche, je suce, je mords, guidé par seulement deux boussoles : mon désir pour elle et le plaisir qu'elle manifeste en gémissant. Je remets mes doigts en elle, empoigne ses cheveux, laisse ma langue courir dans son cou. Elle baisse mon fute et mon boxer, agrippe mes fesses, me dit que je suis beau. On était habillés il y a cinq secondes à peine, et nous voilà nus. Il fait froid dans la caravane, mais nos corps se tiennent chaud. On brûle, et je songe que c'est peut-être à cause de ça que les autres trouvent à redire de notre relation : parce qu'elle nous rend incandescents. Parce que, dans leur tiédeur ordinaire, ils ne peuvent pas comprendre une flamme si forte. Je tâtonne en quête d'une capote. Elle déclare d'une respiration saccadée qu'elle m'aime, qu'elle m'aime comme une dingue, qu'elle me veut en elle, tout de suite. Je déroule le latex, l'attrape par les hanches et, en essayant de modérer mes ardeurs, j'entre en elle.

La sensation est, comme toujours, ahurissante. Animale. Addictive. Le plaisir, avec elle, a quelque chose de violent. Comme si je n'étais jamais tout à fait sûr d'en revenir indemne. Comme si jouir par elle, c'était prendre le risque de me perdre à chaque fois. Sa langue contre ma langue, ses seins contre mon torse, ses hanches qui viennent à la rencontre des miennes – c'est trop bon. Ses mains dans mes cheveux, sa respiration saccadée, ses yeux qui deviennent flous – comment m'en passer ? Au moment où elle se cambre pour me recevoir, je remarque que maintenant, c'est moi qui pleure. Rien qu'une larme, qu'elle recueille sur son pouce... Avant d'enfoncer son doigt dans ma bouche, puis de m'embrasser comme si sa vie en dépendait. J'ai sur ma langue le goût de mon propre sel. De mon immense malheur. Qui est aussi mon plus grand bonheur.

Alors oui, dehors, le monde peut bien s'effondrer : là où nous allons, elle et moi, rien ni personne ne peut nous atteindre.

40

Quinn

– Je n'arrive pas à croire que vous ayez fait ça ! éructe Walker. Pire encore : je n'arrive pas à croire que vous ayez décidé de mêler des avocats à cette affaire…

Maître Argyre coupe le proviseur pour le recadrer :

– Mme Northon a le droit d'être représentée afin de se défendre des accusations qui lui sont faites.

– … Accusations qu'elle ne nie même pas ! s'indigne Walker. Elle a confirmé elle-même les dires de M. Sachs !

– Oui, mais tant qu'elle n'a pas été reconnue coupable par un tribunal compétent, la présomption d'innocence prévaut.

– Un tribunal, répète Walker en se prenant la tête entre les mains. Quand le conseil d'administration va apprendre ça…

Soudain, il bondit sur ses pieds et se met à faire les cent pas.

– Non, décrète-t-il. Pas question. Un scandale comme ça ? Ça nous priverait de bon nombre de nos subventions. Je refuse que le conseil entende parler de cette regrettable affaire !

À ces mots, je me redresse, le cœur gonflé d'espoir et de reconnaissance envers l'avocat que mon syndicat m'a recommandé.

– … Je préfère que nous réglions cette histoire à l'amiable. Le contrat de Mme Northon s'achève début décembre, avec les premières épreuves du bac, dans seulement huit semaines. Mieux vaut attendre cette date qu'engager une procédure de licenciement pour faute grave qui me contraindrait à un signalement à la police.

– C'est vrai ? demandé-je, les yeux écarquillés.

– Bien entendu, afin d'éviter tout nouveau dérapage qui me rendrait complice de cette situation inadmissible, je devrai m'assurer qu'il n'y a plus de rapports inappropriés entre vous et l'élève McKenzie…

La manière dont il prononce ces mots, avec dédain, me donne envie de hurler. Et bien sûr, l'idée de me séparer totalement de Targan pendant huit semaines est douloureuse… Mais si ça veut dire qu'ensuite, nous pourrions être ensemble, ça vaut le coup !

– Je vous garantis, monsieur Walker, que je ne vous placerai pas dans cette position. Je me tiendrai à l'écart de McKenzie jusqu'à la fin de mon contrat – dans l'enceinte de l'établissement et en dehors. Je peux même organiser son transfert dans un autre court de littérature, si…

– Vous ne m'avez pas bien compris, Quinn, siffle Walker. Je ne fais pas ça pour vous arranger. En ce qui me concerne, vous avez perdu tout crédit et toute sympathie à mes yeux. Profondément, je réprouve ce que vous avez fait. Non, plus : je le méprise…

Walker attrape le relevé de notes de Targan posé sur son bureau, avant de le jeter d'un geste théâtral.

– Ces notes remontées par miracle ! Votre attitude prédatrice ! Votre incapacité à incarner l'autorité ! Tout ça me révulse. Et je ne compte pas me fier à votre « bonne parole », non : je vous garde parmi nous à contrecœur, en revanche, McKenzie dégage.

– Quoi ?

Je frappe du plat de mes mains le bureau de Walker. Mon avocat essaye de me retenir, de me pousser à me rasseoir, mais c'est peine perdue.

– Vous ne pouvez pas faire ça ! C'est parfaitement injuste ! D'une, vous savez pertinemment que je n'ai pas gonflé les notes de Targan…

À mon tour de m'emparer du bulletin avant de le jeter pour souligner mon énervement.

– … L'amélioration de ses résultats concerne quasiment toutes les matières ! De deux, vous sacrifieriez volontairement l'avenir d'un élève que vous considérez pourtant comme ma victime… pour quoi ? Préserver votre réputation ? Éviter d'avoir à gérer une situation épineuse avec vos donateurs et le ministère ?

– Cette façon d'agir que vous semblez juger bien discutable vous épargne la prison, je vous signale, répond Walker d'un ton glacial.

– Alors, je préfère aller en prison ! Et surtout, plus simplement : je préfère démissionner. Je peux vous remettre ma lettre sur-le-champ, si c'est ça qu'il vous faut !

Walker ricane d'un air méprisant.

– Qu'est-ce que vous voulez que je fasse de votre démission, Quinn ? Réfléchissez un peu. Vis-à-vis du ministère, peu importe que la personne qui couche avec ses élèves soit une prof d'Heathford ou une ex-prof. Le problème éthique reste le même. Mais au moins, tant que vous êtes mon employée, j'ai le moyen de surveiller vos agissements.

C'est pas vrai, c'est pas vrai, c'est pas vrai…

Je ne peux pas laisser Walker faire ça ! Le laisser compromettre l'avenir de Targan à deux mois de la remise des diplômes. Compromettre son rêve, enfin assumé, d'intégrer Collarts. De partir d'ici. De découvrir sa place dans le monde.

– Et si je trouve un moyen de vous convaincre que, vraiment, je n'aurai plus aucun contact avec McKenzie à partir de maintenant ?

– Vous ne m'avez pas écouté, Quinn : à mes yeux, vous n'avez plus aucun crédit, et rien de ce que vous pouvez me promettre n'a le moindre effet.

Mais Walker a raison sur un point : je ne l'écoute pas. À la place, je lance un appel et mets mon téléphone sur haut-parleur, afin que le proviseur entende. Qu'il comprenne que je ferais n'importe quoi, je dis bien *n'importe quoi* pour Targan.

– American Airlines, j'écoute ? lance une hôtesse enjouée à l'autre bout de la ligne.

– Bonjour, oui… Il me faudrait un billet pour New York. Aujourd'hui. Au départ d'Adélaïde, Australie.

– Très bien, madame, je vous demande de patienter pendant que je recherche votre vol.

À travers le haut-parleur, nous entendons des doigts pianoter à toute allure sur un clavier.

– Je suis désolée, madame, mais tous nos vols en partance d'Adélaïde pour New York ce jour sont complets.

Merde.

Paniquée, je relève la tête et croise les yeux de Walker. Il m'observe et semble… intéressé. J'ai soudain bon espoir que ce que je suis en train de faire infléchira sa décision.

– Quelle autre destination pouvez-vous me proposer, vers les États-Unis ?

– Nous avons un vol d'Adélaïde pour San Francisco, un autre pour Charlotte en Géorgie, et enfin un pour Cincinnati.

– Et, euh… y a-t-il des correspondances pour New York, depuis ces trois destinations ?

Nouveau pianotage.

– Non, tout est complet dans les jours qui viennent, mais je peux me charger de réserver une voiture de location pour votre arrivée à Cincinnati, ainsi qu'une chambre d'hôtel aux abords de l'aéroport pour que vous puissiez vous reposer un peu avant de prendre la route. Cela vous conviendrait-il ?

Mes yeux ne quittent plus ceux de Walker. Le proviseur me met au défi d'aller jusqu'au bout.

– Oui, c'est bon, dis-je. On fait comme ça.

– Les derniers billets sont uniquement disponibles en classes « premium » ou « affaires ». Que choisissez-vous ?

– Euh… premium.

– Très bien. J'ajoute une chambre pour une personne à l'Holiday Inn de Cincinnati. Concernant votre véhicule, vous préférez une boîte automatique ou une boîte manuelle ?

– Une…

L'image de ma vieille Ford surgit devant mes yeux, de façon absurde. Comme si ce tas de boue allait me manquer autant que tout ce que je laisse derrière moi.

Ma carrière. Deux amis qui ont été absolument formidables avec moi. L'homme que j'aime.

– … boîte manuelle.

– Très bien. Le billet, la chambre et la voiture auprès de notre partenaire Hertz, cela fait donc un total de cinq mille vingt-cinq dollars. Je vous écoute pour le numéro de carte ?

Je coupe le haut-parleur et communique à l'hôtesse mes coordonnées bancaires, savourant l'ironie qui veut que je quitte ce pays où j'étais venue remettre de l'ordre dans ma vie encore plus paumée et plus fauchée que je n'y suis entrée. Même légèrement endettée, cette fois-ci. Mais pas assez, heureusement, pour que ma banque refuse cet ultime paiement.

Je raccroche et, de nouveau, cherche Walker des yeux.

– Alors ?

– Alors ? Votre détermination force le respect, Quinn. À moins qu'il ne s'agisse d'un nouveau moment d'égarement ?

Non, il s'agit d'amour. Mais je n'ai pas que ça à faire de le lui expliquer ou de me justifier. Au moins, j'ai eu raison hier en parlant à Targan : me confronter enfin au jugement de la société concernant notre situation m'a soudainement ouvert les yeux. Je l'aime. Il avait raison : il n'est pas un symptôme, une manière sophistiquée et tordue de me détruire ou une pulsion que je n'ai pas su contrôler.

Il est la première personne au monde pour qui je donnerais tout. Pour qui je renoncerais à tout… Ma carrière, ma réputation, ma vie sociale, ou encore cette chère liberté que j'ai si jalousement protégée ces vingt-sept dernières années.

– Je me fiche de votre opinion. Ce que je vous demande, c'est : est-ce que vous gardez Targan à Heathford jusqu'à la fin de l'année ?

– Si vous montez dans cet avion et jurez de ne plus avoir de contact avec lui ? Oui, en ce cas c'est d'accord, McKenzie pourra rester dans l'établissement jusqu'aux épreuves du bac.

Je me tourne vers mon avocat, décidée à rentabiliser les honoraires que me coûte sa présence – car moi non plus, je n'ai pas spécialement confiance en Lee Walker, surtout après cet entretien.

– … Et y aurait-il un moyen de mettre cet arrangement par écrit ?

***

Une fois sortie de la Heathford Academy, je fonce jusqu'à mon appartement. Je dois être à l'aéroport dans cinq heures : je n'ai pas une minute à perdre. Je m'arrête pourtant en chemin dans l'un des Western Union de la ville, pour récupérer le mandat cash que vient de m'envoyer Davey.

Merci, petit frère, je te revaudrai ça. Et je te rembourserai avec les intérêts.

Après avoir compté les quatre mille sept cents dollars – trois mois de loyer et de charges –, je les range dans une enveloppe sur laquelle j'inscris le nom de Neelam. Je la dépose sur la table basse du salon, puis je me dirige vers la chambre. Avec mes valises ouvertes sur le lit, je suis consciente que je ne pourrai pas tout emporter, loin de là. Je me surprends à empaqueter à la hâte les affaires que j'ai achetées ici plutôt que celles avec lesquelles je suis arrivée – nouvelles fringues, nouveaux livres, nouveau plaid, jeu d'échecs et autres objets chinés aux puces… qui témoignent de la personne que j'ai été en Australie. Ces souvenirs, je le sais, me seront précieux pour tenir le coup et me rappeler pourquoi je m'inflige ça.

Tout le reste, Neelam peut le donner à l'Armée du Salut : je le lui indique sur le bloc-notes dont on se sert pour se laisser des mots. Je lui explique également que je dois partir d'urgence pour les États-Unis, j'ajoute que je l'aime, que tout va bien aller et que je l'appellerai plus tard pour lui expliquer. Puis, à quatorze heures quarante-cinq, je ressors de ce qui fut brièvement – et pourtant, fondamentalement – mon « chez-moi », donne un tour de clef, puis jette mon trousseau, avec celui de ma voiture, dans la boîte aux lettres.

Je hèle un taxi et lui ordonne de me conduire à l'aéroport. La question de passer voir Targan avant ne se pose pas, elle ne s'est pas posée une seconde. D'une, l'accord que Walker et moi avons signé l'exclut, et je ne veux plus prendre aucun risque avec l'avenir de Tee. De deux, je le connais : tout le temps du monde ne suffirait pas à le convaincre du bien-fondé de ma décision. Pire, il pourrait tout compromettre pour rester avec moi. Faire lui aussi un coup d'éclat et quitter le lycée. Alors, ce matin, j'ai fait le seul choix qui me semblait juste pour lui et son avenir : j'ai choisi de ne pas lui annoncer mon départ ou de lui en donner les raisons.

C'est pour supporter cette résolution qu'à l'aéroport, j'investis quarante-cinq dollars que je n'ai pas dans un whisky cinquante ans d'âge. Afin d'y noyer mes larmes silencieuses. Et de lever mon verre à la fin d'un monde.

***

J'atterris vingt-trois heures plus tard, après m'être assommée de Valium et de deux autres whiskys. J'ai somnolé par intermittence, tout en alternant avec des romances en VOD afin de justifier auprès de mes voisins de rangée mes larmes intarissables. En faisant la queue pour récupérer ma voiture avant de filer à l'hôtel, je rallume mon portable. Je compte me mettre au lit dès que j'arrive, reprendre un cachet, dormir d'une traite, puis conduire jusque chez Davey, qui m'a évidemment proposé sa chambre d'amis avec vue sur Central Park le temps que je me retourne. Ça aide, d'avoir un petit frère brillant qui lui au moins, réussit sa vie.

Dans le premier message qu'elle m'a envoyé hier, Neelam m'injurie copieusement en me demandant ce que c'est que ce bordel. Mais, comme elle me traite au passage de face de pet, j'en déduis qu'elle m'aime encore. Dans le deuxième, elle constate que je suis sur messagerie depuis une dizaine d'heures : elle commence à comprendre que j'étais sérieuse en disant que je rentrais aux States. Son troisième message est un SMS.

Neelam Kanwar
Je suis avec Targan.
Tu ne l'as pas prévenu
que tu rentrais ?
Qu'est-ce que tu fous,
à la fin ? Qu'est-ce
qui s'est passé avec
Walker ? C'est quoi,
la suite, Quinn ?

J'ouvre ensuite les messages affolés que Tee m'a envoyés durant mon vol – j'ai déjà lu ceux dont il m'a bombardée entre la fin de mon entretien avec Walker hier et mon embarquement.

Targan McKenzie
Quinn, qu'est-ce que
c'est que ce bordel ?
Tu fous quoi, là, à ne
pas me répondre ?

Quand tu me laissais
en vu, même si j'avais
envie de t'arracher
les yeux, ça passait
encore... Mais là, tu
n'ouvres même plus
mes messages ?! Tu te
rends compte que je
n'ai aucune idée de si
tu es vivante ou non ?

Northon, je suis
malade d'inquiétude.
Je ne te demande rien,
juste un signe.

Je suis incapable d'écouter la dizaine de vocaux qu'il m'a laissée, en revanche. Si j'entends sa voix, ce timbre, cet accent que je chéris plus que tout, je vais craquer : recommencer à pleurer, le rappeler tout de suite, acheter sans attendre un billet retour – en classe affaires s'il le faut.

Mais une fois dans ma Toyota, je prends soudain conscience que je ne peux pas non plus faire ce que j'avais prévu : tout expliquer à Neelam – mon entrevue avec Walker, les raisons de mon départ précipité. Sa première réaction, en ne parvenant pas à me joindre, a été d'aller trouver Targan… Comment être certaine que, le voyant souffrir de mon absence et de mon silence, elle ne va pas tenter de le soulager avec la vérité ?

De : quinnnorthon@gmail.com
À : neelamkanwar@yahoo.com.au
Objet : (aucun objet)

Bonjour Neelam,
Je viens d'atterrir, je vais de ce pas me reposer un peu. Je voulais te faire savoir que tout va bien. Pour d'évidentes raisons, j'ai pris la décision de quitter le territoire avant que Walker n'ait eu le temps de faire un signalement à la police.
Je te remercie de l'accueil que tu m'as fait à mon arrivée en Australie. Tous ces mois, tu as été une amie précieuse. Hélas, je ne peux plus aujourd'hui honorer cette amitié : étant donné les circonstances pénibles dans lesquelles j'ai dû partir, je préfère couper tout contact et oublier ces huit mois de ma vie.
J'espère que tu comprendras. J'espère aussi que tu ne tiendras pas Kalvin pour responsable de ce qui s'est produit ces dernières quarante-huit heures. Mes erreurs ne lui ont pas laissé le choix. Mais aujourd'hui, voilà où nous en sommes, et nous accrocher à cette éphémère amitié ne ferait que raviver constamment de pénibles souvenirs.
Mes affaires t'appartiennent désormais. Donne-les ou vends-les, à ta guise.
Une nouvelle fois, merci pour tout.
Quinn

Je ne réfléchis pas plus au moment d'appuyer sur envoi qu'au moment de sélectionner l'un de ses anciens mails, où elle me transmettait un justificatif de domicile, et de cliquer sur « bloquer Neelam Kanwar ». Je répète l'opération sur

Insta, puis LinkedIn, et enfin sur mon téléphone. Je fais de même avec Kalvin, en priant pour que ces deux-là se retrouvent, même sans bénéficier de mon intervention.

Le message que je dois écrire ensuite, je décide de ne pas le reporter. De profiter d'être exténuée, sur les nerfs, déjà usée par le voyage et la fatigue, afin de rester dans une sorte de brouillard qui m'empêchera de prendre tout à fait conscience du mal que je vais lui faire. Car c'est un mal nécessaire – indispensable, même. Je dois à tout prix lui passer l'envie de sauter dans un avion pour venir me retrouver. De foutre en l'air ses chances d'obtenir son diplôme.

De: quinnnorthon@gmail.com
À: tmcknz@gmail.com
Objet: (aucun objet)

Tee,
Comme Neelam te l'a déjà appris, j'ai dû rentrer précipitamment aux États-Unis. Je sais que tu comprendras ce choix: c'était la seule façon d'éviter de manière certaine une mise en examen.
Là n'est cependant pas la seule raison qui a motivé ma décision.
L'irruption de Kalvin, l'autre jour, nous a empêchés de terminer notre conversation.

Je cesse un instant de taper et ferme les yeux en repensant à sa déclaration. Son premier «je t'aime», lancé au détour d'une phrase, comme une évidence ou une information anodine. *«Comment tu fais pour ne pas voir? Qu'on s'aime. Que* je *t'aime. Qu'une histoire comme la nôtre, ça n'arrive qu'une fois dans une vie?»* Mes doigts recommencent à pianoter sur le clavier.

Si Kalvin n'avait pas débarqué à ce moment-là, je lui aurais répondu que, moi aussi je l'aime. Mais qu'il avait vu juste: j'ai peur.

Peur de moi, d'abord. Toute ma vie, j'ai entendu à mon propos que j'étais irréfléchie, impulsive, autodestructrice. Que j'avais des comportements borderline. Selon les dires de mon cher père, j'étais tout le portrait de ma mère – et dans sa bouche, ça n'avait rien d'un compliment. Je lui aurais dit que oui, je suis terrorisée. Par cette histoire, par la possibilité d'être avec lui. Parce qu'il a raison, une rencontre comme la nôtre ne se produit qu'une fois au cours de l'existence – et encore, si l'on est chanceux. Aussi, quand elle advient, on n'a pas le droit de merder. De laisser la vie nous séparer.

Or, merder, c'est ma spécialité.

Je lui aurais dit que j'ai peur parce que je sais, au fond, que je ne pourrai jamais être heureuse sans lui. Mais que j'ignore tout de la façon d'être avec lui. Que, malgré nos huit ans d'écart, c'est moi qui ne suis pas prête. Que je crains, avec toutes mes névroses, de le freiner dans la vie. Que, malgré sa maturité, je pense qu'il est trop jeune pour avoir conscience du boulet que je suis.

J'essuie une larme, puis reviens en arrière pour relire ce que j'ai écrit.

L'irruption de Kalvin, l'autre jour, nous a empêchés de terminer notre conversation, mais si nous avions eu le temps de la finir, je t'aurais annoncé que je préfère qu'on en reste là. Non que je t'aie menti : j'ai des sentiments pour toi, Targan. J'en ai eu dès que j'ai commencé à te connaître. Mais, tu le verras dans les prochaines années, les sentiments vont et viennent. Tu as tort de penser qu'une histoire comme la nôtre, c'est celle d'une vie entière. Tu vas aimer encore, Targan, des dizaines de fois. Tu vas te dire à chaque fois que c'est un miracle, que c'est mieux encore que la précédente, que c'est sans doute véritablement la première fois. De même que je vais aimer à nouveau.

Dans dix ans, quand nous serons devenus deux étrangers l'un pour l'autre, peut-être songeras-tu un matin à me chercher sur Internet. Peut-être trouveras-tu une photo ou un post, peut-être seras-tu pris un instant par le désir de m'écrire…

avant de réaliser que ce n'est pas moi que tu souhaites retrouver, mais le garçon que tu étais à l'époque où tu m'aimais. Tu prendras alors conscience que ce garçon n'existe plus.
Je sais tout ça justement parce que près de dix ans nous séparent déjà.
Aussi, je t'aime, mais je suis partie. Je t'aime, mais je te quitte. Je t'aime, mais je sais que je finirai par t'oublier. Je t'aime, et bientôt je ne t'aimerai plus.
Pour ton propre bien, essaye d'en faire de même.
Q.

Quand je presse sur envoi, j'ai les yeux fermés, brûlés par des larmes acides. J'ai puisé, pour écrire ce mail, dans tout ce que je croyais savoir de l'amour avant de rencontrer Targan – qu'on est fait pour avoir mille vies, mille histoires ; qu'on se remet toujours d'une peine de cœur ; que le temps guérit tout. Je sais aujourd'hui que j'ai eu tort. Tout ce que j'ai vécu avant lui, je ne l'ai vécu que pour être menée à lui.

Alors, si nous avions eu le temps de finir notre conversation, l'autre jour dans ma salle de classe, je lui aurais dit : *D'accord, oui, tu as raison ; j'arrête mes conneries, on se fiche de tout ça ; je viens avec toi à Melbourne. Nous deux, c'est tout ce qui compte. TU es tout ce qui compte.*

Au lieu de cela, je suis ici, aux États-Unis, dans une chambre d'hôtel où je viens de lui mentir, puis de le bloquer.

Pour qu'il ait une chance de réaliser ses rêves sans que je les tue dans l'œuf.

Puisqu'il est tout ce qui compte.

41

Neelam

Adélaïde, le 4 octobre

Chère Quinn,

Non, pas « chère ». Pourquoi « chère » ? Au nom de quoi devrais-je enrober ma colère de formules de politesse ? Quinn-tout-court, c'est déjà bien plus que tu ne mérites, face de pet.

Tu as sans doute été étonnée de reconnaître mon écriture sur l'enveloppe. Surprise ! Trouver l'adresse de ton père n'a pas été difficile, c'est une figure relativement publique dans ton pays. Et puis, les boomers ne sont jamais sur liste rouge, je ne sais pas si tu l'as remarqué.

Tout ça pour dire que j'ai bien réceptionné

ton mail et ta fin de non-recevoir sous forme de blocage. Si tu as sincèrement cru que ça allait me décourager, tu t'es fourré le doigt dans l'œil jusqu'à l'omoplate, ma petite. Tu en as peut-être fini avec nous, ma très chère Quinn, mais moi, je n'en ai pas fini avec toi.

La lettre que tu m'as écrite est le plus gros ramassis de conneries que j'aie vu de toute ma vie. Quelle lâcheté ! Non mais sérieux, pour qui tu te prends ? Tu crois que tu peux vraiment dire aux gens qui t'aiment, qui t'ont fait une place dans leur vie et dans leur taudis : « Euh, déso, ça m'arrange pas trop qu'on ait une relation, là, donc si tu n'y vois pas d'inconvénient, je vais te rayer de mon existence » ? Tu crois vraiment que c'est comme ça que ça marche ?

Ne t'en déplaise, Quinnie, on a une relation. Tu es ma coloc, même à 17000 kilomètres de là. La personne avec qui, pendant près d'un an, chaque soir en rentrant du travail, je me suis servi un verre ou préparé une tisane avant de débriefer ma journée. Avec qui j'ai dansé chaque vendredi en me maquillant pour célébrer le début du week-end. Je t'ai tendu des mouchoirs et t'ai versé de la tequila quand tu avais le mal du pays. Tu m'as escortée jusqu'à la cuvette et tenu les cheveux à chaque bo bun suspect et à chaque cuite. Je n'ignore rien de l'odeur que tu laisses aux toilettes le matin, après ton café, et tu connais toute la gamme de mes flatulences. T'es la seule meuf avec qui j'ai eu une vie de couple sans jamais être en couple. Pire ! T'es la seule meuf avec qui j'ai vécu vingt ans de mariage, et ce, en seulement quelques mois.

Alors, arrête tes conneries.

Pour l'instant, que tu restes aux États-Unis, je le comprends. Mais sache que ta chambre est toujours disponible. Elle va le rester. Elle t'attend. Et moi, j'attends de tes nouvelles.

Sinon, je viendrai en personne au 1136 Fifth Avenue te botter les fesses.

Ton ex-femme,
Neelam

P.-S. J'ai donné quatre-vingt-dix pour cent de tes affaires et je n'en ai gardé que dix pour cent, pour les regarder brûler. C'était sympa.

***

Adélaïde, le 27 octobre

Chère Quinn,

Je suis tombée sur Targan, aujourd'hui. Enfin... sans doute ai-je cherché à tomber sur lui, étant donné que je suis allée prendre un café aux abords d'Heathford, ce qui est d'autant plus idiot que je fais tout depuis près d'un mois pour éviter Kalvin (eh oui ! tes conseils et tes recommandations, comme tu le vois, tu peux te les mettre où je pense – mais j'y reviendrai).

Tu seras ravie d'apprendre que Tee va bien. Qu'il a lui aussi bien réceptionné ton courriel et qu'il a pris acte de ta très courageuse décision de le bloquer. Il a des nouvelles de Kal, lui, puisqu'il croise ce dernier tous les jours à Heathford – et qu'il doit réfréner une furieuse envie de lui casser la gueule. Il n'y parvient apparemment qu'en pensant à Collarts, son objectif – tu seras heureuse d'apprendre que, malgré le désarroi dans lequel l'a laissé ta désertion, il a soumis son dossier.

Oui, ne mens pas, tu seras heureuse d'apprendre cela. Car moi, tu ne me trompes pas. En dépit de tes efforts, je vois clair dans ton jeu.

Tee m'a montré le mail que tu lui as envoyé, Quinn. Il aurait pu me le réciter, tant à force de le relire il en a mémorisé et intégré le moindre mot.

Mais qu'est-ce que tu fous, on peut savoir ? Ce que tu as écrit là n'est qu'un tissu de conneries. Quand on met son existence entière en jeu pour quelqu'un, qu'on place sa carrière, son équilibre, ses relations sociales sur la sellette, on ne peut pas s'en sortir avec un simple « Toi et moi, ce n'était rien et ça va finir par passer ». Et ne t'avise pas de me brandir Jason en contre-exemple (le jour où tu daigneras répondre) ! Parce que oui, tu as également tout risqué pour le Cafard – la différence, c'est que tu ne le connaissais pas. À la seconde où tu as vu qui il était vraiment, tu as fait comme le préconise la grande Ariana : « Thank u, next. »

Dans le cas de Targan, le connaître de mieux en mieux ne t'a amené qu'à l'aimer de plus en plus. Quinn, le couple avec qui j'ai dîné une semaine seulement avant cette séparation funeste mérite un happy end ! J'ignore comment, vraiment – et pour cela, on peut remercier Kalvin le Rat, qui aurait pu attendre au moins cinq minutes avant d'aller se plaindre au dirlo. Mais je t'avoue que ton silence radio n'aide pas franchement à trouver un plan !

Oh, au fait, tu te demandes sûrement d'où me vient cet incurable romantisme ? Uma m'a proposé de l'épouser et j'ai dit oui. Rapide ? C'est plutôt toi qui es longue à la détente, Quinnie.

Du coup, me rétorqueras-tu, pourquoi est-ce que je m'obstine à garder ta chambre vacante, au lieu de revendre la maison et d'emménager avec ma fiancée ? Je te l'ai dit, patate : je t'attends. Moi, quand je donne mon cœur, c'est pour la vie. Alors s'il te plaît, ne le brise pas.

Ta mauvaise conscience,

Neelam

***

Adélaïde, le 17 novembre

Chère Quinn,

Si je ne m'abuse, la semaine dernière, tu as eu 28 ans, alors : joyeux anniversaire en retard ! J'espère que ta petite tête de Scorpion ascendant Lion va s'assouplir un peu avec l'âge.

Tu vas exulter, mais j'ai enfin fini par t'écouter. Non, je ne veux pas dire par là que j'ai arrêté la weed : je continue de penser que mon pétard quotidien vaut mieux qu'une demi-bouteille ou un quart de Lexo. Mais j'ai parlé à Kalvin. Pas volontairement, tu noteras : c'est ton homme qui m'a piégée. Tee m'a fait miroiter une matinée à la plage. Comme tu le sais, je n'y vais jamais parce qu'avec mon fauteuil, c'est une vraie galère. Mais McKenzie m'a juré qu'il connaissait le mec de la buvette, que je pourrais laisser mon quatre roues là-bas ; il a offert de me porter jusqu'à mon transat et de m'escorter à l'eau... Alors je me suis dit : à quoi ça sert d'avoir un ami bâti comme un quarterback, sinon à se faire soulever comme une princesse Disney (en tout bien tout honneur, tu t'en doutes) ?

Seulement, c'était un piège : après un petit bain et rien qu'un article de mon « People magazine », Kalvin a débarqué. Avec une offrande d'un genre particulier : de gros manuels scolaires, des fiches de révision, des QCM, pour aider Targan à préparer ses épreuves du bac. Ils ont passé la journée à bûcher pendant que je métabolisais de la vitamine D. Apparemment, ça fait déjà quinze jours qu'ils travaillent sans cesse. Si vraiment Kal parvient à assurer un dix de moyenne au gamin, je suis prête à envisager de passer l'éponge sur ce qu'il a fait.

Le soir, lorsque nous avons dîné tous les

trois, il s'est produit une chose étrange : pour la première fois, on a parlé de toi. Pas de ton absence, non, mais de souvenirs qu'on a avec toi. Et j'ai senti... comment dire ? Qu'un deuil était en train de se faire. Ton départ n'est plus un cratère dans nos vies, une béance immense et indicible : on commence à avoir les mots.

Il commence à avoir les mots, Quinn. Là où, il y a encore une semaine, il n'avait que ses poings fermés et ses mâchoires serrées. Bientôt, sans doute, il sera capable de dire : c'est fini.

Alors, si tu as prévu de revenir, je pense que c'est le bon moment.

Ta bad bitch préférée,
Neelam

42

Quinn

– Non, non, non! s'agace Davey. Je l'ai dit vingt mille fois : pas d'écriture argentée sur du blanc d'Oxford ! Ça jure terriblement. Tu n'as aucun goût ou quoi ?

Je range dans son enveloppe le prototype d'invitation calligraphiée dont j'étais pourtant si fière et roule les yeux.

– OK, très bien. Apprends-moi tout du bon goût, je t'écoute.

– C'est bien simple : le blanc d'Oxford est un blanc chaud, qui s'accorde avec les nuances allant de l'or au bronze. Pour ton encre, il te faut un blanc froid. Par exemple, un vélin teinte dentelle.

– C'est incompréhensible que personne dans cette maison ne se doute que tu es gay… marmonné-je entre les dents tout en me grattant le cou.

Mon affreux pull de Noël me démange, mais c'est un cadeau que nous a fait Merriam, la gouvernante de notre père, il y a sept ans. Depuis, je le porte religieusement à chaque fois que je vais chez Gavin durant la période des Fêtes. Ça fait plaisir à Merriam – après tout, elle m'a quasiment élevée.

– Mais c'est qu'elle stigmatise ! s'écrie Davey en plaquant une main horrifiée sur sa bouche. L'affreuse homophobe !

Puis, après ce quart de seconde de flamboyance, il reprend sa mine d'expert-comptable hétéro pour continuer de m'apprendre les bonnes manières.

– D'ailleurs, c'est pareil : ta façon d'écrire, là, avec toutes ces cursives… C'est quand même un peu vulgaire, non ?

– Eh, oh ! m'énervé-je soudain. Elle va me lâcher, la Gestypo ? Je te signale que j'ai travaillé des heures sur cet échantillon, alors…

Notre dispute s'interrompt brusquement quand Gavin Northon fait son entrée dans le salon. Tout de suite, la température semble baisser de 3 degrés.

– Tiens, vous êtes là, vous deux, sourit-il de son air de pasteur luthérien. Qu'est-ce que vous fabriquez ici ? On avait prévu de dîner ensemble, ce soir ?

– On est venu décorer le sapin, explique mon petit frère, le brillant avocat, d'un air penaud en brandissant une guirlande. Puisque Thanksgiving est enfin passé…

– Oui, d'ailleurs, désolé de ne pas avoir pu être là, s'excuse notre père en se raclant la gorge. Je promets en revanche qu'à Noël, je serai présent. Je ne manquerais la réception pour rien au monde !

À ces mots, je me lève en m'époussetant les genoux, ce qui est idiot – le personnel fait le ménage tous les jours dans ce penthouse, peu de chance qu'il y ait des saletés sur mon jean. C'est à mon tour de me racler la gorge.

– D'ailleurs, à ce propos, papa… Je sais qu'un réveillon avec cent vingt invités, dont beaucoup de tes relations de travail, ce n'est pas optimal pour notre mère, mais… verrais-tu un inconvénient à ce qu'elle sorte de Bellevue pour le brunch du lendemain ? Afin qu'elle puisse passer la matinée de Noël avec nous trois ? Je crois que ça compterait beaucoup pour elle de ne pas être complètement seule, durant les Fêtes. En tout cas, ça compterait aussi beaucoup pour Davey et moi.

Mon père se rembrunit.

– Enfin, Quinn, tu as conscience du sacrifice que tu me demandes ? Je ne prends jamais de congés, je me réjouis de passer Noël avec mes enfants… Et tu voudrais que je consacre ce peu de repos à m'occuper de Gemma ? Votre mère n'est pas mon problème, elle ne l'est plus depuis près de vingt-cinq ans ! Tu es assez adulte pour le comprendre, non ? Ou c'est une fois de plus ton syndrome de Peter Pan qui parle et refuse d'entendre ?

Je plisse instantanément les yeux. Puis je trouve la force – la rage, plutôt – de ne pas courber l'échine.

– En ce cas, Père, désolée, mais je serai à Bellevue pour le réveillon. Je viendrai le lendemain bruncher avec toi et Davey, mais ce bal en blanc destiné à impressionner tes clients, je m'en contrefous. Je refuse de laisser maman toute seule le 25 *et* le 24 décembre.

– C'est bon, pas besoin de faire une scène, rétorque Gavin, à qui mon ton ulcéré n'a pas échappé. Je sais que tu adores me contrarier, et je sais que, par-dessus tout, tu adores causer des drames… Mais là, je n'ai pas l'énergie pour ça. Je vais me coucher. Éteignez derrière vous s'il vous plaît.

Et Gavin fait volte-face pour quitter, raide comme la justice, le salon qui n'a de familial que le nom. Seulement, une voix retentit pour le retenir, pour le provoquer – pour une fois, il ne s'agit pas de la mienne.

– Tu ne lui parles pas comme ça.

Gavin Northon se tourne au ralenti vers Davey, qui se tient à son tour debout, les poings serrés – lui aussi vêtu d'un des affreux pulls de Noël de Merriam, ce qui n'aide pas à lui donner le moindre crédit. Moi-même, je pivote vers mon frère, bouche bée.

– David Samuel Alexander, tu as quelque chose à me dire, peut-être ?

– Mais, je viens de le dire, Père : tu ne lui parles pas comme ça !

Apparemment, David Samuel Alexander persiste et signe. Bon, bon, bon… Voilà qui devrait être intéressant.

Davey avance d'un pas, prêt à s'engager dans une bataille perdue d'avance – je le sais, je la mène depuis vingt-huit ans.

– Depuis qu'on est petits, tu ne cesses de t'adresser à Quinn comme si tout ce qu'elle faisait était déraisonnable ou insensé. Tu n'arrêtes pas de sous-entendre qu'elle est aussi malade que notre mère, mais tu sais quoi ? C'est faux. Et c'est irrespectueux envers l'une comme envers l'autre !

– Oh, vraiment ? rétorque Gavin. Puisque ta sœur va si bien que ça, tu peux peut-être m'expliquer pourquoi elle m'a coûté pas moins de cent quatre-vingt-dix dollars hebdomadaires en honoraires de psy entre ses 12 et ses 19 ans ? Ce qui, si mes calculs sont bons, fait dans les cent mille dollars... ?

– Je ne sais pas, papa. Peut-être parce que c'est dur de grandir avec une mère bipolaire. Et que c'est encore plus dur de grandir avec un père qui vous fait sentir que vous êtes aussi instable qu'elle ! explose David. Or, tu as toujours traité Quinn comme si elle était maman, mais ce n'est pas le cas !

– Ce n'est pas toi qui as dû t'adapter à ses fantaisies, objecte notre père, qui bout littéralement. Les tatouages, la décision d'être « artiste », les études abandonnées, les départs à l'autre bout du monde sur un coup de tête...

– C'est parce qu'elle n'en veut pas, de ta façon de vivre ! lance mon frère, ulcéré. Et moi non plus, je n'en veux pas ! Ton existence archi conventionnelle, ton petit cadre parfait dont jamais rien ne dépasse, est-ce que ça te rend heureux ?

– Davey, interviens-je en m'approchant de lui.

Je l'attrape par le bras et le tire pour qu'il pivote vers moi, cesse cette confrontation avec Gavin qui ne va nulle part, mais mon frère reste immobile et inflexible.

– ... Laisse tomber, poursuis-je. Ça n'est pas ton problème. Et c'est inutile.

– Ah bon, tu crois vraiment que ça n'est pas mon problème ? demande-t-il en daignant enfin me regarder. Alors, dis-moi, si ce qui se passe ici concerne seulement votre relation, à Gavin et toi, pourquoi n'ai-je toujours pas trouvé le courage de lui dire que... D'avouer que...

Mon cœur s'accélère. Je comprends instantanément ce que Davey essaye de faire, ce qu'il essaye de dire ; je comprends d'où provient son désir de se jeter pour une fois dans la mêlée et de confronter notre père. Qui profite justement de ce soudain aparté pour s'enfuir – comme toujours face aux rapports humains.

– Allez, je vois que vous avez vous aussi des choses à vous dire... Je vous laisse discuter entre vous. Bonne nuit, les enfants.

Et il tourne les talons. Jusqu'à ce que Davey, s'adressant à son dos, hurle soudain :

– Je suis gay, papa !

Gavin se fige dans sa course. Se raidit. Serre les poings. Mais il ne se retourne pas.

– Je suis gay et je le sais depuis toujours. Toi aussi, tu le sais : c'est pour ça que tu es en train de fuir !

– Davey, qu'est-ce que tu racontes ? lui demande enfin notre père en se retournant. Tu m'as présenté des tas de petites amies depuis le lycée…

– Des camarades ou des collègues que j'ai maintenues dans des rapports ambigus pour *te* faire plaisir, crache mon petit frère. Et je m'en veux infiniment pour ça. Mais tu sais quoi ? Je t'en veux plus encore. Alors, le 24 au soir, je serai à Bellevue moi aussi. Pour le reste, à toi de voir : soit le lendemain, je peux venir ici avec l'homme que je fréquente, soit Noël, cette année, ce sera sans moi.

– Tu fréquentes quelqu'un ? demandé-je, émue comme tout. Que tu veux nous présenter ? Mais… pourquoi tu ne m'en as pas parlé avant ?

– Je pensais que ce n'était pas forcément le bon moment pour te l'annoncer, étant donné le truc que tu traverses et dont tu refuses même de parler, m'explique mon petit frère en se tournant vers moi. Mais oui, il s'appelle Gabriel, il travaille dans la tech et on se voit depuis cinq mois.

– Oh, Davey… je suis si heureuse pour toi !

Mon père, silencieux depuis cinq minutes, interrompt notre effusion de l'un de ses raclements de gorge. Puis il décrète, comme si c'était suffisant :

– David, c'est noté. Amène ton ami au brunch. Bonne nuit.

Évidemment, la discussion ne s'arrête pas là. Une fois le sapin décoré (Gavin mérite après tout un cookie pour n'avoir rien dit d'ouvertement homophobe à son fils et ne s'être montré odieux que par omission), mon frère et moi passons le reste de la soirée dans un bar de son quartier pour qu'il me raconte tout de ce fameux Gabriel. De mon côté, je lui parle enfin de Targan. Si au début, David est un peu choqué, puis déstabilisé, il comprend rapidement qu'il s'agit de ma Grande Histoire, celle dont je ne serai toujours pas remise dans vingt ans, celle à laquelle je penserai encore au crépuscule de mes jours, façon Rose dans *Titanic*. Il finit également par comprendre pourquoi, malgré la force et l'intensité de mes sentiments, je suis ici, avec lui, et pas là-bas, avec Tee. Il comprend surtout que, malgré ma réputation de rebelle, comme lui, je reste terrorisée par le jugement de notre père. J'ai constamment l'impression de vivre sous le regard de l'œil de Moscou. Et, avec les années, j'en suis arrivée à ne plus écouter mes désirs ou mon instinct : simplement à imaginer les réactions qu'aurait Gavin en apprenant que j'ai fait ceci ou cela. Or, comme quoi qu'il arrive, Gavin me juge, je suis sans cesse paralysée.

Finalement, après une bouteille de sancerre, Davey et moi décidons de convoquer notre père chez ce brave Dr Hamond le plus vite possible. Qu'il le veuille ou non, cette fois-ci, la thérapie familiale, il n'y coupera pas.

Lorsqu'il nous reçoit le mardi suivant, le Dr Hamond préconise dans un premier temps trois séances par semaine. Afin de faire repartir une communication qui, je cite, est parmi les « plus bouchées de toute sa carrière ». Durant les quinze jours qui suivent, il en supporte, des larmes, des cris, des griefs et des révélations… Notamment celle de ma relation avec Jason, lorsque j'avoue enfin à Gavin les raisons de mon départ en Australie. Évidemment, pour un père, il n'est jamais facile d'apprendre que sa fille a eu une relation avec un homme plus âgé. Surtout sous l'œil vigilant d'un psy qui y voit probablement l'occasion rêvée de brandir le complexe d'Œdipe.

– Quinn, soit honnête, c'est à cause de quelque chose que j'ai fait ? Ou que je n'ai pas fait ? Qu'est-ce qui t'a poussée à te lancer dans une histoire avec un homme de vingt ans ton aîné ? Censé incarner une figure d'autorité, qui plus est ?

– Non, papa, ça n'a rien à voir avec toi ! Jason était juste… charmant. Et j'avais envie d'être charmée. Que veux-tu ? ajouté-je avec un haussement d'épaules et un rire tragique. Je dois être accro à l'amour, parce que c'est mon truc : les histoires impossibles. Si ça a l'air pourri et d'avance condamné, je ne peux pas m'empêcher de me laisser embarquer…

Cependant, la véritable bascule a lieu dix jours et quatre séances plus tard, quand David finit par lâcher que, s'il a mis si longtemps à parler de son homosexualité en famille, c'était par peur que Gavin l'envoie en thérapie de conversion. Que notre père veuille le « soigner », comme il a voulu me soigner moi ou notre mère.

– Tu crois que j'aurais pu faire ça ? À mon enfant, mon petit dernier ? David… je suis peut-être sévère, buté, effrayant même, et sans doute très conservateur à tes yeux… Mais jamais je ne ferais une chose pareille ! Ton orientation sexuelle n'est pas une maladie, je le sais pertinemment ! Quant à toi, Quinn, je comprends que tu aies eu l'impression que j'ai passé ma vie à te pathologiser. Tu dois entendre que tu es ma fille, ma seule fille, et que, de tes 3 à tes 12 ans, je ne t'ai quasiment jamais vue ! Je n'ai aucune idée de ce que tu as traversé en t'occupant de Gemma… Alors oui, j'ai sans doute développé une sorte d'hypervigilance au moindre de tes comportements. Mais c'est parce que j'ai peur que nos choix, à ta mère et moi, t'aient laissé des séquelles. J'ai peur que tu souffres, tu comprends ? Une peur panique. Une peur… de parent. Tu comprendras, quand tu auras des enfants à ton tour.

Les larmes me montent aux yeux en entendant ces mots. Ou plutôt, en entendant ce qu'il y a *derrière* ces mots. L'amour. L'amour inconditionnel, imparfait, incommunicable, d'un parent pour son enfant.

Peut-être est-ce la première fois que mon père me sous-entend ainsi qu'il m'aime.

Ou peut-être est-ce la première fois que je suis capable d'en prendre conscience.

Toujours est-il qu'une fois sorti du cabinet, Gavin, qui doit lui aussi se rendre compte que nous venons de passer un cap, au lieu de héler un taxi pour foncer au bureau comme à son habitude, nous propose de déjeuner en famille, puis d'aller faire nos courses de Noël. Avec Davey, on se jette un regard surpris, mais on accepte évidemment. Puis, avant de passer la porte tournante de Roberto's, sur la Cinquième Avenue, mon frère me retient.

– Tu sais, je dois te remercier. Si tu n'avais pas passé toutes ces années à me montrer l'exemple en ruant dans les brancards, je pense que jamais je n'aurais trouvé le courage de faire mon coming out ou de forcer papa à entreprendre cette thérapie.

– Je pense que si, Davey, réponds-je, une main gantée sur sa joue. Tu as toujours été le plus courageux de nous deux. Mais je suis soulagée et heureuse que tu puisses enfin être toi-même avec papa.

Puis, je prends mon frère par le bras pour l'entraîner à l'intérieur du resto.

– Te rends-tu compte que, pour une fois, les Northon vont aborder la nouvelle année sans aucun secret ?

Entendant cette remarque, Davey pile.

– Eh bien, en réalité, Quinn, il reste encore un secret dans notre famille. C'est d'ailleurs pour en parler avec toi que j'ai dit à papa d'aller réserver la table et que je t'ai prise à part…

Je sens une légère anxiété monter en moi, que je tente de masquer. La journée a été riche en émotions, je ne suis pas certaine d'être apte à recevoir une révélation de plus. Puis, je rassemble mon courage : si c'est pour Davey, je dois trouver la force.

– De quoi s'agit-il, petit frère ? Tu peux tout me dire, tu le sais.

– Quinn, tu ne le vois pas ? demande-t-il en m'attrapant par les épaules. Le secret en question, c'est le tien !

Puis, constatant que je le regarde l'air perplexe, Dave poursuit.

– De ce que nous avons compris avec papa quand tu nous en as parlé, tu n'es pas la première étudiante à avoir succombé aux avances de Jason Miller. Et tu n'es sûrement pas la dernière. Bien sûr, en tant que victime, tu fais ce que tu veux… Mais si tu décidais de parler à l'administration de NYU, tu pourrais sans doute protéger de nombreuses jeunes femmes.

Je me décompose.

– Davey, tu ne te rends pas compte de ce que tu dis. Je ne peux pas faire ça !

– Pourquoi ? Par peur des représailles de Jason ? Je suis au courant que tu as recommencé à travailler sur ton mémoire de master, j'ai vu le fichier ouvert sur ton ordinateur. Eh bien, tu sais quoi ? Qu'il essaye de t'intimider, celui-là, et ton avocat de frère se chargera de faire de sa vie un enfer.

– Dave, ce n'est pas ça…

– Alors quoi ? C'est la crainte que NYU ne te croie pas ? Les temps ont changé, Quinn. Et quand bien même, que risques-tu à essayer ? Le plus important, c'est que papa et moi te croyons, quoi qu'il advienne. Nous te soutiendrons. Nous savons que tu n'as rien fait de mal.

– Tu ne comprends pas ! explosé-je. Je ne peux pas dénoncer Jason alors que j'ai fait la même chose que lui !

Davey me regarde, les yeux ronds. Il met bien dix secondes à faire les liens, à comprendre que je parle de ce fameux Targan qu'il n'a vu qu'en photo, puis à réagir.

– Mais… Quinn… Qu'est-ce que tu racontes ? Ce n'est pas du tout pareil, enfin !

– Ce n'est pas pareil, en effet, opiné-je. J'avais 26 ans quand j'ai rencontré Jason. Targan, lui, était à peine majeur quand je l'ai séduit.

– Sauf que tu ne l'as pas « séduit », Quinn ! s'enflamme mon frère. Pas au sens que tu donnes à ce verbe, en tout cas. Vous êtes tombés amoureux ! C'est infortuné, mais enfin, ça arrive ! Ça n'a rien à voir avec Jason qui, sciemment, t'a menti. Qui a omis des pans entiers de sa vie pour te convaincre qu'il était une autre personne. Qui a fait de même avec d'autres femmes que toi ! Jason Miller est un prédateur, Quinn. Et je sais que tu refuses de te considérer ainsi, mais tu as été sa victime.

J'ai un reniflement méprisant.

– Victime… Tout de suite, les grands mots…

– Tu m'as dit qu'il t'a fait croire qu'il était disponible. Divorcé. Sans enfants, Quinn ! Il parlait même de faire un bébé avec toi. Tu imagines ? Si tu avais eu le temps de tomber enceinte avant de découvrir le pot aux roses ? C'est complètement tordu !

Là, Davey marque un point. Je me mordille la lèvre, songeuse.

– Quinn, je suis avocat, alors je connais la loi mieux que quiconque. Et, mieux que quiconque, je sais que la loi n'incarne pas la morale. La loi est un système arbitraire par lequel l'État assure la paix sociale. En l'espèce, ici, à New York, elle stipule qu'un viol est un rapport sexuel obtenu par la contrainte ou la force. Mais, d'un point de vue moral, que dire d'un rapport sexuel obtenu par des mensonges répétés ? Peut-on vraiment estimer que tu as consenti à ta relation avec Jason, puisque tu ne savais même pas qui il était ?

C'est la phrase de trop. Celle qui fait que, soudain, toutes mes défenses vacillent. Que je me retrouve à essuyer rageusement une larme qui roule sans autorisation sur ma joue. Normalement, évoquer Jason ne me provoque que de la colère. Là, je me sens… vulnérable. Ce qui me fait prendre conscience que Davey a touché une corde sensible. Sans réfléchir, j'ouvre les bras, pour faire comprendre à mon petit frère que j'ai besoin d'un câlin.

Oui, Jason ne m'a pas forcée. Il ne m'a pas violée. Il ne m'a même pas agressée. Pourtant, ce consentement que je lui ai donné n'était pas éclairé. C'est à un homme qui n'a jamais existé que j'ai dit « oui ». Tous ces mois où je ne savais pas trop ce que j'éprouvais vis-à-vis de celui que j'ai du mal à qualifier d'ex, je m'en rends compte maintenant, je me suis sentie… abusée.

– Davey, reniflé-je dans son écharpe. Il y a un billet de cinq, dans la poche de mon manteau. Voudrais-tu le prendre, s'il te plaît ?

Sans desserrer son étreinte, mon frère obtempère et me met le billet sous le nez, pensant sûrement que je voulais le récupérer pour une obscure raison – me moucher dedans, par exemple. Mais je le détrompe en le fourrant dans sa poche.

– Considère ça comme un acompte sur honoraires : tu es désormais mon avocat. Alors, maintenant que je t'ai embauché… Accepterais-tu de me représenter, durant le rendez-vous que je compte prendre avec l'administration de NYU ?

***

Il est dix-sept heures trente lorsque nous arrivons au penthouse les bras chargés de paquets, après avoir savouré des *cacio e pepe* exquis. Notre projet ? Passer le reste de l'après-midi devant de vieux films en noir et blanc, en buvant du lait de poule avec un supplément cognac. La journée a été riche en émotions et nous avons grandement besoin, moi la première, de nous vider la tête devant un bon vieux Frank Capra sur écran géant. Seulement, Merriam en a décidé autrement. La gouvernante m'attend de pied ferme, une enveloppe posée sur un petit plateau d'argent.

– Elle est arrivée il y a déjà quatre jours… grommelle-t-elle. Vous devriez dire à l'expéditeur d'arrêter de vous écrire ici ! Vous ne voulez pas lui donner l'adresse de votre frère ? Ou, mieux, prendre votre propre appartement ? Il est peut-être temps, non ?

Évidemment, je n'écoute pas ses recommandations : j'ai l'habitude que Merriam râle, et elle a l'habitude que je cherche à la rendre chèvre. En m'emparant de l'enveloppe, j'avertis mon père et Davey que je les rejoins dans la salle de projection, puis je la décachette… Ma main tremble un peu quand je déplie la missive. Je me mets à la parcourir en diagonale, en quête de l'information que je cherche… Quand enfin je la trouve, je plaque une main sur ma bouche, puis je laisse retomber mon autre bras, au bout duquel pend misérablement le courrier. Avant de laisser libre cours à des pleurs intarissables.

43

Targan

– Alors là, pas question ma vieille.

– D'une, tes « vieilles », tu te les gardes. De deux, pas le choix : c'est la tradition.

Neelam m'observe avec son air inflexible tout en me tendant le ridicule chapeau carré à pompon aubergine. Assorti à ma robe.

Le rêve.

Encore une super idée de ce gros con de Walker, ça – organiser une cérémonie de remise des diplômes à l'américaine. Dans tous les autres bahuts, on se pointe fringué normal, on écoute un bref speech du major de promo, on récupère son petit papier et l'on rentre chez soi. Là, je vais devoir traverser la scène en toge. Le mieux, dans tout ça ? Ca$h et Angus ont insisté pour venir. C'est sûr, ils vont prendre des photos et les faire tourner parmi les Kingz.

D'un autre côté, bientôt, les Kingz ne seront plus qu'un lointain souvenir. J'aurai mis assez de kilomètres entre Ryder et moi pour qu'il ne puisse plus jamais m'atteindre. Alors, j'arrache des mains de Neelam le chapeau et le pose sur ma tête.

– Contente ?

– Un peu. D'autant que ça te va bien, ce petit look Dark Academia. Mais surtout, ajoute-t-elle en me prenant la main et en me regardant soudain d'un air solennel, je suis fière, Tee.

On reste là, à se fixer comme deux cons, sans rien dire. Qu'est-ce qu'on pourrait ajouter ? On a tous les deux traversé un deuil et l'on s'est soutenus. Désormais, elle est fiancée, je suis diplômé ; on est sur le point de voir nos vies radicalement changer. Bien sûr, rien n'est réparé, surtout pour moi ; je suis un accidenté grave et je garderai probablement des séquelles à vie. Mais j'ai survécu et je vais de l'avant.

– T'es vraiment trop sentimentale pour moi, Neelam. Allez, va rejoindre Kal.

– Tu veux dire, M. Sachs ?

J'enfonce un doigt dans sa joue pour l'embêter.

– Arrête de m'infantiliser. Dans une heure, je l'appelle Kal, comme tout le monde.

– Tu n'avais qu'à pas me traiter de « vieille ». On se voit à la fête ?

Je confirme d'un hochement de tête : on se voit à la fête.

Je passe les trente minutes suivantes dans un état de curieuse agitation. Je ne sais pas de quoi je flippe. Qu'ils oublient de m'appeler ? Qu'ils m'annoncent qu'en fait ils se sont plantés et que j'ai été recalé ? Quand enfin j'entends mon nom, je quitte les coulisses pour monter sur les gradins, et je ne peux m'empêcher de me tourner pour examiner la foule. J'aperçois Kal et Neelam, au premier rang, non loin de ma mère et de mes sœurs. Tchango, assis sagement au milieu de la quatrième rangée. Angus et Ca$h, qui, bien entendu, foutent un bordel monstre quand je récupère le diplôme roulé en cylindre : ils se lèvent de leurs sièges, gueulent et sifflent… Je pivote vers eux, sans parvenir à m'empêcher de sourire. Je dois lutter pour ne pas leur dresser mon plus beau majeur… Mais soudain, mon sourire fond comme un masque de cire. Un court instant, je suis certain de l'apercevoir au loin. À l'extérieur de l'enceinte de l'établissement, derrière les grillages. Une blondeur. Une silhouette. Des lunettes de soleil. Je me mets à chercher Neelam du regard, complètement affolé… Le temps de revenir au jacaranda en fleurs contre lequel j'ai cru la voir adossée, plus rien. Une fois de plus, j'ai rêvé.

***

Quatre heures et autant de bières plus tard, les températures commencent enfin à baisser. J'ai viré ma robe académique. En jean et tee-shirt, j'avance vers Ryder et la poignée d'autres Kingz qui viennent d'arriver au food truck de Renata, pour les accueillir avec respect. Ryder est au courant, bien entendu, que je pars à la fin de l'été, il a été l'un des premiers que j'ai avertis. Il est également au fait que Derain sort dans dix jours, avec apparemment la ferme intention de reprendre sa place au sein de l'organisation. Ryder va récupérer son soldat et moi, je récupère ma liberté. Les conneries de Derain, ça ne doit plus être mon problème. Ça ne peut plus l'être. Je dois cesser de lui sauver la mise à mes dépens. Je dois penser avant tout à Jax, puisque son père est incapable de voir plus loin que le bout de son nez. En m'assurant un avenir, j'assure également celui du gamin. D'où, entre autres, ma décision de partir le plus loin possible de tout ça.

– J'imagine que ce sont des adieux, mec, fait Ryder en me gratifiant du check habituel du gang.

– J'imagine, oui, confirmé-je en lui tendant une bière. Et je veux te dire que je te suis reconnaissant de t'être montré compréhensif.

– Tranquille, répond Ryder. De toute façon, à quoi tu pourrais bien me servir, maintenant que tu n'es plus dans ce bahut de petits bourges ?

Je souris et acquiesce. J'arrondis les angles. Même s'il y a bien une cinquantaine de personnes avec qui je préférerais passer du temps, on parle un peu. Des sujets de mecs. Résultats sportifs. Naissances. Incarcérations. Décès. Soudain, une voix retentit derrière moi.

– À mon tour de te piéger, petit con.

Je pivote en souriant. Ryder en profite pour retourner voir les autres. Je me demandais quand elle arriverait. Je la découvre à côté de Kal… puis, je me décompose.

Derrière Neelam et mon ancien prof, presque tassée, vêtue d'une robe jaune encore plus clair que ses cheveux, le visage dissimulé par de grosses lunettes noires, se trouve Quinn. À défaut de pouvoir la fixer droit dans les yeux, je bloque sur sa bouche, muette, sans comprendre. Je me demande même, pendant un quart de seconde, si je n'hallucine pas. Mais elle enlève ses lunettes et lève vers moi deux iris bleus suppliants qui me foudroient.

Bordel.

J'avais presque oublié à quel point elle est belle. Comme si ma mémoire avait sous-estimé son pouvoir, dans mes souvenirs.

Le souci ? Ma mémoire n'a pas occulté les nuits blanches à croire que j'allais crever de son absence. Ou, au minimum, devenir fou.

Mes yeux reviennent à Neelam, puis se posent sur Kalvin, puis de nouveau sur Neelam… Finalement, tout ce que je trouve à dire, c'est :

– Non.

Et, en bon roi de l'éloquence, je fais volte-face et me barre dans la direction opposée.

Seule Neelam a le cran – ou l'inconscience, je ne sais pas trop – de me suivre. Mais évidemment, je vais plus vite qu'elle. Semer ma pote en fauteuil ? Pas super fair-play. Ramener la fille qui m'a brisé le cœur à la fête qui officialise mon nouveau départ ? Super pas fair-play.

Malheureusement, c'est le moment que choisit ma daronne pour se mettre en travers de mon chemin. Littéralement.

– On peut savoir où tu vas ? me lance-t-elle l'air soupçonneux en arrêtant ma course du bout des doigts.

– Pas maintenant, m'man, grogné-je en tentant de la dépasser.

– Tu n'as pas vu que ton amie essayait d'attirer ton attention ?

– Il l'a parfaitement vu, madame McKenzie, répond Neelam en parvenant enfin à mon niveau. Seulement, parfois, il manque d'élégance… ou même de la plus élémentaire empathie.

C'est la remarque de trop : je fais volte-face pour la confronter.

– C'est toi qui me dis ça ? explosé-je. Entre toutes les personnes ? Putain !

Toute ma colère contenue depuis près de trois mois se déverse enfin.

– Comment tu oses me faire ça, Neelam ? Tu étais là ! Tu as vu dans quel état je me suis retrouvé ! J'ai bien failli crever, bordel !

J'ai des flashs, soudain. Les premières semaines. Les nuits sans parvenir à dormir, malgré les somnifères et l'arrêt provisoire de la Ritaline. Les vomissements intempestifs. Le teint cireux. L'abus de bédos et d'alcool pour m'assommer. Les heures à tourner en boucle. À me demander comment. Pourquoi. À chercher sur Internet le moindre signe de Quinn. À revisiter chaque souvenir, pour trouver un signe avant-coureur, un indice, n'importe quoi. À avancer dans la vie comme un éclopé. Le survivant kéblo d'une attaque à la bombe.

Neelam a été là pour tout ça. Elle a été plus présente que quiconque. Je crois même que, en étant la personne avec qui j'ai pu parler de Quinn tous les jours, elle m'a sauvé.

– Pourquoi tu me fais ça, Neel, merde ? Alors que j'essaye de passer à autre chose ?

Je suis au supplice. Je me sens trahi. Parce qu'une part de moi sait que j'ai déjà perdu. Si Quinn est là, je me rends : je ne peux pas résister. Or, je dois à tout prix résister. Une meuf qui fait ça… Disons simplement que j'ai survécu la première fois. Mais je ne suis pas sûr que je pourrais en encaisser une deuxième.

– Parce qu'elle est, comme moi, certaine que tu ne dois surtout pas passer à autre chose, lance la voix derrière moi.

Je me retourne, lentement, et regarde ma mère en clignant des yeux. De quoi elle parle, elle ? *Pourquoi* elle parle ?

– Quoi que tu en penses, poursuit ma mère, tu es mon fils et je te connais. Je t'ai vu toucher le fond ces dernières années. La mort de ton père… L'arrestation de Derain… Tu étais en train de foutre en l'air ta vie, Targan. Mais elle est arrivée et elle t'a sauvé ! Alors oui, j'aurais peut-être préféré qu'elle ne soit pas ton enseignante, qu'elle n'ait pas huit ans de plus que toi… Mais cette Quinn t'aime, ajoute-t-elle en me tendant une enveloppe. Et tu l'aimes. Et, plus important que tout, vous vous faites du bien. Suffisamment de bien pour que, même au cœur de ta détresse, tu parviennes à t'accrocher en cours, à valider ton examen, à être accepté dans une école prestigieuse. Quinn t'a rendu plus fort, Targan.

Je ne réponds rien à ce qu'elle vient de dire, trop stupéfait pour ça. Je regarde simplement l'enveloppe dans sa main.

– Qu'est-ce que c'est ?

– Prends, dit la voix de Neelam derrière moi. Et lis. Tu décideras ensuite de ce que tu veux faire.

Un peu sonné par cette alliance que je n'avais pas vue venir, je me rends bien compte que je n'ai pas le choix. Pas si je veux qu'elles me lâchent. Pas si je veux des réponses.

Alors, j'arrache le courrier des mains de ma mère, et m'y plonge.

***

New York, le 3 novembre

Ma très chère Neelam,

Comment commencer cette lettre alors que je pleure en t'écrivant ? En te recommandant d'abord d'en faire des confettis après l'avoir lue (ou de l'utiliser pour alimenter le feu de joie que tu fais avec mes affaires, tiens.) Puis en te félicitant de l'excellente nouvelle que tu m'annonces ! Si tu savais ce que je donnerais, pour te tenir dans mes bras... Tu vas faire une mariée magnifique. Probablement invivable, mais magnifique.

Ma chère colocataire… Je suis désolée de l'enfer que je t'ai fait traverser – que je vous fais traverser. Mais j'ai eu peur que, si je t'expliquais les vraies raisons de mon départ, toi qui as dans la vie l'honnêteté comme unique boussole, tu ne puisses t'empêcher de les communiquer à Targan. Or, je pense que le mensonge qui est le mien (et dans lequel tu as vu clair, bien sûr) est indispensable à l'heure actuelle.

Tu parles d'un plan pour que nous connaissions un happy end : je n'en ai pas. Je sais seulement que Tee doit obtenir son diplôme, et que la condition qu'a posée le proviseur de Heathford, pour qu'il ne soit pas expulsé, était que je quitte le territoire et cesse tout contact avec Targan.

J'ai bien sûr, en montant dans l'avion qui m'éloignait de vous, pris ce bannissement pour une tragédie… Désormais, je me demande si, au fond, il ne s'agirait pas de la plus grande chance de mon existence. Celle de faire enfin les bons choix. Pour Targan. Pour moi. Pour tout mon entourage.

Je vais être honnête : dans un premier temps, je me suis dit que ces semaines allaient me servir à tester mon amour pour McKenzie.

Mettre de la distance entre cette passion et moi, voir si cet amour résisterait au silence, à l'absence, aux milliers de kilomètres qui nous séparent. Je me suis juré que, si mes sentiments faiblissaient, je m'en tiendrais à ma décision de partir; que je resterais loin de lui et plus jamais ne le contacterais.

Mais une fois installée chez mon petit frère, passé le choc émotionnel de ce départ précipité, j'ai rapidement compris que le problème n'avait jamais été McKenzie ou la force de mes sentiments pour lui… Le souci, c'est moi, Neelam. JE ne m'aime pas. Vraiment pas. Chaque choix que je fais, je le jauge et le remets en question. Or, le doute amène l'instabilité. Et je refuse de laisser Targan vivre sur mes sables mouvants.

Alors, j'ai finalement décidé de mettre ce temps à profit pour… me réparer. Réparer mes erreurs. Préparer la suite.

Première étape : obtenir mon diplôme. Oui, tu as bien lu ! Cafard ou pas Cafard, je vais l'écrire, ce foutu mémoire. Une fois qu'il sera rédigé, je trouverai bien un moyen de convaincre le doyen de la faculté de me laisser le soutenir… Des mémoires rendus en retard, des soutenances décalées, ça arrive tout le temps, non ? Je sais que je n'ai pas le droit à l'erreur, surtout avec Jason dans mon jury : ce dernier va fatalement essayer de me recaler. Mais je suis prête à lui tenir tête et à me battre pour obtenir ce à quoi j'ai le droit.

Deuxième étape : accepter que mon ancienne galeriste, Valeria, monte une expo avec mes œuvres qui n'avaient pas trouvé acquéreur. Pour me refaire une santé financière, certes, mais surtout pour en finir avec mon numéro de drama Quinn. Oui, j'ai décidé il y a maintenant un bout de temps de mettre l'art entre parenthèses. Parce que j'ai dû affronter dans ma carrière des échecs et des revers que je n'étais pas prête à encaisser. Pour autant, dois-je renier ce que j'ai produit avant ? Tourner le dos à ces années où j'ai été indubitablement heureuse ? Et dois-je, sous prétexte que je n'ai rien créé depuis un certain temps, me murer dans l'entêtement à ne plus jamais produire ? À toutes ces questions, j'ai trouvé la réponse : non, évidemment. La photographie fait partie de moi. Elle a été, dès mon adolescence, ma manière de donner quelque chose au monde. Et, contrairement à ce que je me complais à croire, j'ai des choses à donner. Je ne suis pas parfaite, certes, mais je ne suis pas non plus un monstre. J'ai les capacités, moi aussi, de contribuer à cette grande aventure qu'est l'humanité, dans laquelle on est tous enrôlés de force et obligés de faire au mieux.

Je veux me réconcilier, Neelam. Avec mon passé, mon présent, mes aspirations, ma famille – avec vous. Et c'est pour ça que je décide de briser mon silence, pour te dire que je t'aime, que tu me manques, que je compte revenir.

Mais je t'en conjure, ne me fais pas regretter mon choix : ne dis rien à Targan. Il est sur le point d'atteindre le difficile objectif qu'il s'est fixé, et la véritable tragédie serait qu'il y renonce pour venir me rejoindre. Car, si je sais à présent que je serai un jour de retour, j'ignore exactement quand. Je dois être prête, Neelam, vraiment prête. Vraiment solide. Pour ne plus jamais lui faire vivre l'enfer de mon incertitude ; celui que je lui ai déjà fait traverser en n'assumant pas mon attirance puis mes sentiments ; en ne démissionnant pas à la minute où j'ai senti qu'il se passait quelque chose entre nous. Mes doutes nous ont menés dans ce cul-de-sac, et c'est uniquement par l'absence de doutes que nous en sortirons. Or, malgré tout ce que j'ai entrepris en seulement un mois ici, je ne le suis pas encore – prête. Je le sens : quelque chose continue de me ronger, même si j'ignore quoi.

Alors, je te demande deux choses : le secret et du temps. Tu détestes le premier et estimes toujours manquer du second, je sais que c'est beaucoup exiger de toi. Je n'ai jamais prétendu que j'étais facile à aimer. Mais je sais que tu m'aimes malgré tout. Et c'est pour honorer cette amitié que j'y arriverai, je te le jure. Je vais aller mieux. Je reviendrai. À temps pour ton mariage, promis.

Ton obligée,
Quinn

44

Quinn

– Alors, comme ça, tu as eu ton diplôme, toi aussi ?

– Pas encore, détrompé-je Targan. Mais j'y travaille. J'ai déjà le plan de mon mémoire et j'ai fini la rédaction de la première partie, trente-sept pages en tout. Tu veux connaître le sujet ?

– Vas-y, balance, répond-il avec un haussement d'épaules.

Tous deux adossés à un banc, sur le belvédère, nous contemplons la vue d'Adélaïde plutôt que de nous regarder. J'ai quand même remarqué, du coin de l'œil, son crâne rasé. Ça le vieillit. Ça le durcit. Ses boucles me manquent. En même temps, qu'est-ce qui ne m'a pas manqué, chez lui ?

– « La ludification des pratiques d'enseignement de la littérature auprès des élèves de secondaire atteints de TDA/H ».

Je guette brièvement sa réaction. Son visage se contracte. J'ignore si c'est parce qu'il est touché ou au contraire gêné que j'aie choisi sa neurodivergence comme objet d'étude.

J'aimerais lui dire que, pour trouver la force de me lancer dans un travail d'aussi longue haleine sans être sûre de pouvoir atteindre mon objectif, il fallait que ce travail parle de lui, même de façon détournée. Que ce mémoire m'a permis, ces dernières semaines, de poursuivre avec lui une conversation silencieuse. De combler son absence. À chaque étape, j'ai eu l'impression qu'il m'accompagnait, qu'il me conseillait : cela m'a donné le courage de faire plus, de faire mieux. Pour que le TDA/H ne soit plus considéré comme un désagrément à gérer dans les salles de classe, mais comme une occasion de repenser la pédagogie scolaire pour tous.

Seulement, j'ai bien trop peur qu'il me rétorque que, si je n'étais pas partie, alors jamais je n'aurais eu besoin de combler un quelconque manque ou d'entretenir avec lui des conversations imaginaires.

– Ça a l'air intéressant, se contente-t-il de me répondre sans me donner le moindre indice sur ce qu'il ressent.

Puis, après un long silence, il ajoute :

– Et pour le reste ? Tu as trouvé ce que tu voulais ?

– Pas tout à fait, mais presque, réponds-je en haussant les épaules. Disons que je vais au fond des choses. Avec mon père et mon frère, on a même entamé une thérapie familiale, figure-toi. Je crois que je n'avais jamais fait quelque chose qui soit à ce point new-yorkais !

Je ris. Il ne rit pas. On ne peut pas dire que ça me surprenne. La moindre des choses, c'est qu'il m'en fasse baver un peu.

– Targan… Il faut que je t'avoue quelque chose.

– Pas la peine, Quinn, lâche-t-il, avant de sortir un paquet de cigarettes de la poche de son jean.

Il en extrait une Lucky, l'allume.

– J'imagine que tu vas m'expliquer que ta thérapie t'a aidée à y voir plus clair, explique-t-il en recrachant la fumée, toujours sans me regarder. Que maintenant que tu as repris ta vie en main, tu comprends que notre histoire a été une erreur, mais qu'il peut encore en sortir quelque chose de positif. Je suppose, ajoute-t-il en me jetant soudain un regard gris qui me glace, que tu es venue jusqu'ici pour me demander l'autorisation de te servir de moi comme étude de cas pour ton diplôme ?

Puis, d'une pichenette impatiente, il balance sa cigarette à peine entamée.

– Tu te trompes… lâché-je avec un filet de voix, tout en essayant d'avaler la pilule, amère.

Désormais, il me voit comme le monde entier. Comme je me voyais moi-même il y a peu. Il pense que je l'utilise. Que ces trois derniers mois, j'ai agi en ne pensant qu'à moi.

– … J'imagine que ce que tu veux, surtout, c'est te rassurer, poursuit-il. Désormais, tu vas bien, et moi aussi je vais bien, ce qui prouve que tu as eu raison depuis le début de me jeter comme tu l'as fait, sans aucune considération pour la façon dont ça aurait pu me détruire…

– Tu te trompes ! fais-je cette fois d'une voix plus forte, plus sèche, qui a pour effet de le couper dans son élan.

Mes jointures sont blanches à force de serrer le dossier du banc contre lequel nous sommes appuyés.

– J'ai des dizaines de raisons d'être ici aujourd'hui, Targan, mais me rassurer ou te demander un service n'en font pas partie ! Si je suis venue, c'est avant tout parce que je te *dois* des choses. À commencer par des explications.

– Cette lettre aurait suffi, réplique-t-il en dégainant celle que j'ai écrite à Neelam. Pas la peine de faire le déplacement.

– Cette lettre ne dit pas tout ! éructé-je en lâchant enfin mon banc pour me planter face à sa petite gueule butée. Elle ne dit pas d'où je viens, ce que j'ai traversé moi aussi, ce que j'éprouve pour toi… Et surtout, elle ne donne pas les raisons pour lesquelles je me suis à ce point plantée ! Pourquoi j'ai foutu en l'air la grande histoire d'amour de ma vie !

Cet emportement subit a au moins comme vertu de couper la chique à Targan, qui me regarde désormais, silencieux et interloqué.

– Tu dois comprendre, Tee… quand je t'ai rencontré, j'étais à un moment vraiment très étrange de ma vie.

– Si tu veux parler de ta mère, je sais que…

– Non, McKenzie, ce n'est pas ça, fais-je en secouant la tête. Il y a quelque chose dont je ne t'ai jamais parlé. D'une part parce que, il y a quelques semaines, je n'en avais pas encore mesuré l'importance. D'autre part, parce que j'aurais trouvé malvenu d'aborder le sujet avec toi. Mais… quand je t'ai rencontré… je sortais tout juste d'une histoire. Une histoire, ajouté-je en rassemblant mon courage, avec mon prof.

Targan blêmit, puis lâche, d'une voix sourde :

– Laisse-moi deviner : Jason ?

– Comment tu sais ? réponds-je, stupéfaite.

– Je me suis demandé qui c'était, lorsque j'ai lu son nom dans la lettre, dit-il en brandissant une fois de plus le courrier que j'ai écrit à Neelam.

Puis il le range dans sa poche arrière. Et il baisse la tête, comme abattu.

– Alors c'est pour ça…

Il laisse sa phrase en suspens, avant de relever ses yeux vers les miens.

– C'est pour ça que tu ne voulais pas m'entendre, quand je te disais que notre histoire ne me faisait pas de mal : tu as aimé cet homme, et il t'a fait du mal.

J'opine douloureusement.

– C'est à cause de lui que je suis partie en Australie…

– Que tu as lâché ton master, complète Targan qui fait enfin les liens. Ce qui veut dire que vous veniez juste de rompre quand tu m'as rencontré.

Une nouvelle fois, j'opine. Targan aussi a un mouvement de la tête, de bas en haut, à mesure que sa mâchoire se contracte.

– Le mec dont tu étais amoureuse t'a plaquée, alors tu es partie à l'autre bout du monde pour l'oublier, et quand tu as vu que la distance ne suffisait pas à réparer ton cœur brisé, tu as décidé toi aussi de te taper un élève. Et pour quoi, hein ? Pour voir ce que ça faisait ? Pour te sentir plus proche de lui, pour mieux le comprendre ? Ça t'a aidée, de te servir de moi pour psychanalyser ton ex ?

– Hein ? Quoi ? Mais… mais non, tu n'y es pas du tout ! réponds-je, interloquée. C'est *moi* qui ai quitté Jason ! Je l'ai quitté parce que c'est une ordure, un manipulateur de premier ordre, narcissique, jouissant d'abuser de sa position de pouvoir… Il m'a fait croire que j'étais la première étudiante avec qui il ressentait ce genre de connexion, or devine quoi ? Surprise ! Il avait une conquête par promo. Il m'a fait croire qu'il était divorcé et sans enfants, alors qu'il était marié avec *deux* enfants…

Les mots se bousculent dans ma bouche tandis que je sens la rage monter en moi.

– Jason est un prédateur de la pire espèce. Il a senti tout de suite mes failles et mes fragilités, et il en a joué. Il savait que mon père m'infantilisait, quoi que je fasse, alors il a flatté ma maturité. Il savait que je rêvais d'une histoire qui fonctionne, qui me prouve que j'étais apte à aimer et à être aimée, alors il m'a tout de suite parlé de vie commune, de mariage, de bébés… Même si je n'étais pas prête, j'étais flattée que quelqu'un me voie pour une fois comme une fille « sérieuse », une future mère. Je suis tombée amoureuse, non pas de lui, mais de l'image qu'il projetait de moi ! Prise dans mon ego trip, j'ai ignoré tous les red flags. Le fait qu'il refuse qu'on s'ajoute sur les réseaux sociaux, « pour préserver le mystère ». Qu'il passe tous ses week-ends dans le comté d'Albany, auprès de sa « vieille mère mourante ». Il me disait que notre rencontre était magique, unique, que peu de gens auront un jour la chance de vivre une histoire comme la nôtre. Il parlait d'âme sœur, de l'univers qui avait conspiré à nous réunir… Cet homme rationnel, un scientifique, m'affirmait que lui et moi, c'était le *destin*. Et à cause de cette foi qu'il a fait mine d'avoir en nous deux, chaque fois que je doutais de lui, que j'avais un soupçon, je culpabilisais en pensant que c'était mon côté autodestructeur qui tentait une fois de plus de me saborder…

Je halète tant la colère fait palpiter mon cœur. Colère contre Jason, mais surtout contre l'idiote que j'ai été.

– Je ne l'ai jamais *googlé*, Targan ! En quatre mois de relation, je n'ai même pas tenté d'aller lire sa fiche Wikipédia. J'étais tellement convaincue de tout foutre en l'air, si je cessais de croire en lui comme il disait croire en moi !… Puis, j'ai fini par tomber sur un courrier qui leur était adressé, à sa femme et lui, et qu'il avait laissé traîner dans la garçonnière où il vivait la semaine… Et j'ai dénoué l'écheveau. J'ai enfin fait mes recherches. Lorsque j'ai découvert ses mensonges, je l'ai plaqué dans la minute ! Puis j'ai plaqué mes études. Et j'ai plaqué ma vie.

Je suis désormais hors d'haleine.

– Quand je t'ai rencontré, McKenzie, je n'étais pas « encore amoureuse » de Jason : je le *haïssais*. Et quand j'ai fait ce que je croyais être la même chose que lui, je me suis haïe à mon tour ! Mais, reprends-je après un bref instant, je sais désormais que c'était différent. Pas uniquement parce que mon amour pour toi est sincère. Mais parce que tu me connais.

– Qu'est-ce que… Qu'est-ce que tu viens de dire ?

Targan me regarde, en clignant les paupières. J'approche, le regard implorant et débordant d'amour, et pose une main sur sa joue.

– Tu me connais. Tu connais mes failles. Tu as vu le pire de moi, et pourtant tu es là. Tu m'écoutes même quand je ne le mérite pas. Tu refuses de me blesser, même quand je te rends fou de rage.

– Non, qu'est-ce que tu as dit *avant*, insiste-t-il, tout en s'abandonnant à ma caresse. Juste avant.

J'éclate d'un rire teinté de désespoir.

– Quoi ? Que je t'aime ?

Je me hisse sur la pointe des pieds, force sa tête à se pencher vers moi, et pose mon front contre son grand front têtu. Il ferme les yeux. Moi aussi. Ça me chavire de retrouver son odeur. Cigarette. Menthe. Insouciance. Liberté.

– Bien sûr que je t'aime. Je t'ai toujours aimé. Plus important encore, j'ai toujours *su* que je t'aimais. La seule personne que je n'aimais pas, dans l'histoire, c'était moi.

– Et maintenant ? demande-t-il en déglutissant.

– Maintenant ? Je me déteste un peu moins. Il me reste un long chemin à parcourir, Tee, admets-je en relâchant ma prise sur sa nuque et en reculant de quelques pas. Mais je crois que je suis à un point de ma vie où je peux faire cette route. J'ai le bon entourage pour ça. Les bonnes relations familiales. Les bons amis. Le bon psy.

– Dans ce cas, vive New York et ses psys, j'imagine, déclare-t-il d'un ton amer. Yey !

Malgré son signe victorieux du poing, il garde l'air défait.

– Pour tout te dire, confessé-je, je compte poursuivre par Zoom. Ça me coûtera moins cher que de faire les allers-retours depuis Melbourne trois fois par semaine…

Immédiatement, et pour la première fois depuis que nous nous sommes isolés pour parler, Targan se redresse. Je le retrouve, mon lion. Vertical, sublime, intransigeant.

– Ne te fous pas de moi, Quinn, dit-il alors que ses yeux gris lancent des éclairs. Parce que j'ai beau être désolé de tout ce que tu as vécu avec ton ordure d'ex, tu n'as pas intérêt à jouer avec moi.

– Je ne me fous pas de toi, juré-je en revenant me poster face à lui.

Il me domine à présent de toute sa hauteur. Je ne fais pas la fière, étant donné tout le mal que je lui ai fait. Je sais que Targan a dans son cœur la générosité de me pardonner. Mais a-t-il la capacité de continuer à m'aimer ?

– Tu m'as écrit noir sur blanc que je devais t'oublier.

– Je sais.

– … Que *tu* allais m'oublier.

– Targan, je sais.

– … Ça m'a brisé le cœur…

– Je SAIS ! Je *sais* ce que j'ai fait, OK ? crié-je, au désespoir. Et je sais à quel point tu m'en veux ! Tu crois que je ne m'en veux pas, moi ? Si je n'avais pas fait les pires choix possibles dès le premier jour avec toi, jamais on ne se serait retrouvés dans cette impasse dont la séparation était la seule issue ! C'est pour ça que je *devais* changer ! Pas juste pour moi. Pour *toi*.

Il ricane en secouant la tête.

– Et ça a marché ?

– Un peu. Je pense. J'ai l'impression, en tout cas, réponds-je dans mes petits souliers.

– Tant mieux, répond-il en me tirant le bras pour m'approcher de lui. Parce que cette fois-ci, Quinn, je suis prêt à le pardonner… Une fois, pas deux.

Je le regarde en clignant des yeux, le cœur affolé, sans oser tout à fait y croire… Pourtant, Targan laisse courir le revers de ses doigts sur ma joue. Puis il prend mon visage entre ses mains. Et quand il pose ses lèvres sur les miennes… mon cœur chancelle, pantelle, explose. Je me mets à rire contre sa bouche et à pleurer en même temps. J'ai le vertige et le tournis. Je voudrais lui faire mille déclarations et mille serments, mais d'un autre côté, je préfère me taire à jamais et l'embrasser. Et lui prouver. Que je l'aime. Que c'est lui. Que plus jamais je ne me défilerai face à cette évidence.

– Putain ! hurle soudain Neelam. YES ! Kalvin, qu'est-ce que je t'avais dit ? Je l'ai eu ! Mon *happy end*.

– C'est NOTRE *happy end*, Neel, grogne Targan sans cesser de m'embrasser.

– OK, si tu veux : ce *happy end* est autant à toi qu'à moi… déclare-t-elle, comme si elle acceptait la concession.

Tee rit contre ma bouche, puis se détache enfin pour se tourner vers nos amis.

– Il est à Quinn et moi… Mais je veux bien t'en prêter un peu.

– Trop aimable, grimace Neel. N'empêche : c'est peut-être toi qu'elle galoche, mais c'est avec moi qu'elle vit.

– Dans tes rêves, répond mon bad boy préféré avec son accent irrésistible. Qu'est-ce que tu en penses ? ajoute-t-il en prenant mon visage dans ses deux grandes mains et en plongeant ses yeux gris sublimes dans les miens. On officialise ?

D'un autre côté, avec ses cheveux ras, on voit encore mieux son regard et son grain de beauté.

J'opine en souriant comme une idiote, puis me retourne vers Kalvin et Neelam.

– On emménage ensemble. À Melbourne.

– Ah ! Tant mieux, Miss America va enfin récupérer toutes ses merdes…

– Je croyais que tu avais brûlé mes affaires, Neelam ?

– Seulement dix pour cent, comme je l'ai écrit dans ma lettre. Tout le reste encombre encore ma maison, que je vais *enfin* pouvoir mettre en location.

– On devrait payer des gens pour vivre dans ce taudis,

fais-je alors que nous retournons tous les quatre vers la fête.

– Tu t'en es bien contentée, toi.

– Parce que je suis dérangée. Et que personne d'autre ne voulait de moi.

– On se demande bien pourquoi… me charrie Neel en levant les yeux au ciel.

***

– Moi aussi, ravie d'avoir fait votre connaissance !

Je regarde Mme Harris, l'ancienne voisine de Targan, s'éloigner en dodelinant à cause de sa « mauvaise hanche » dont je sais désormais à peu près tout. De loin, mon regard croise celui de Tee, qui est au beau milieu d'une partie de jeu du post-it avec ses sœurs et son neveu. Il me regarde et articule « désolé ». Je lui souris en retour et lui fais signe que ce n'est rien. Je peux bien parler à toutes les Mme Harris du monde, ce soir : je suis au septième ciel.

Je n'arrive pas à y croire ! Il me pardonne. Il veut bien me laisser une seconde chance. D'après Neelam, que j'ai mise au courant de mon retour dès que j'ai lu la lettre où elle m'apprenait que Targan avait été accepté à Collarts, et Jannali, avertie par Neelam de ma présence à la remise des diplômes, rien n'était moins certain.

Maintenant, tout ce qu'il me reste à faire, c'est rentrer à New York le temps d'organiser, cette fois, un véritable déménagement… Puis de contacter tous les établissements secondaires de Melbourne, afin de trouver au plus vite un travail qui renouvelle mon visa. Avec un sourire qui va d'une oreille à l'autre, je me tourne vers la tireuse à bière laissée à disposition des invités et je me sers un verre.

Soudain, j'entends tchiper derrière moi. Je me retourne et regarde le grand gars qui me fait face en me jaugeant. Mes yeux se posent sur le serpent sur son avant-bras.

– On se connaît, non ? me lance Ryder. T'es la meuf de l'hôpital. Celle qui a mis toutes ces idées dans la tête de Targan. Quinn, c'est ça ? Je croyais que tu avais fini par le tèj.

– De quelles idées tu parles ? demandé-je avec un sourire crispé et franchement pas engageant.

Néanmoins, je tends la main au chef des Kingz : je sais qu'on ne plaisante pas avec les gens comme lui.

– Tu sais : lâcher ses potes, Adélaïde, sa famille, son clan…

– Son… clan ? C'est comme ça qu'on dit, de nos jours ? ne puis-je m'empêcher d'ironiser, sur la défensive.

Tout doux, Quinn.

Ryder ricane, la bouche fermée.

– C'est qu'elle a des griffes ! Et une grande bouche, aussi. Tiens, je parie qu'il y a de la place pour deux, là-dedans…

Son sous-entendu dégueu m'arrache une grimace. Et puis, si je suis prête à supporter beaucoup de la part de ce truand, notamment parce qu'il me fait flipper, la mention vaguement menaçante de sa bite dans ma bouche n'en fait pas partie.

– Qu'est-ce que tu veux, Ryder ?

– Toi, qu'est-ce que tu veux, pouffiasse ? Tu pars, tu reviens, tu laisses mon gars sur le carreau… Tu cherches quoi ?

C'est à mon tour de ricaner d'un air méprisant.

– Ça va peut-être te paraître difficile à comprendre, Ryder, mais on ne cherche pas tous à obtenir des choses de Targan.

– Tu vois, d'expérience, quand une meuf dit ça, je sais que c'est faux. Une *bitch* veut toujours soit te contrôler, soit te piquer ton fric.

– Au risque de me répéter : on ne cherche pas tous à profiter des autres, dans la vie, Ryder…

– Tu dis ça pour moi ? rétorque le chef des Kingz avec un sourire en coin. Tu penses que je profite de mon gars sûr ? Tu dois me confondre avec un autre. Je suis celui qui aide Tee depuis bientôt deux ans. C'est grâce à moi s'il en est là aujourd'hui, et s'il perce un jour, ce sera aussi grâce à moi… J'ai des droits sur le succès de McKenzie.

– Targan ne doit rien à personne, contre-attaqué-je. S'il y est arrivé, c'est en dépit de nous tous.

– Et pourtant… réplique Ryder. L'année prochaine, à Melbourne, il va continuer de vendre pour moi, Quinn. Il ne le sait pas encore, mais je te le dis : au lieu d'emménager avec une pétasse, il va vivre avec Derain. Son cousin fera les allers-retours jusqu'à Adélaïde tous les week-ends pour le réapprovisionner. Et, dans son école pour artistes blindés qui cherchent l'inspiration, il va vendre mes produits, qui partiront comme des petits pains.

Je regarde Ryder comme s'il avait perdu la tête… Puis, décidée à ne pas me laisser impressionner par son numéro de gangster, j'éclate de rire.

– Tu crois réellement que Targan va accepter ça ? C'est que tu ne le connais vraiment pas. Ça fait des mois, tu m'entends, des mois qu'il en a sa claque de ton emprise, craché-je en m'approchant à mon tour d'un air menaçant. Du cul-de-sac où toi et Derain l'avez placé. Mais c'est fini, Ryder. Il ne se laissera plus faire. *Je* ne laisserai plus faire.

– Ah oui ? Le souci, c'est que tu ne seras pas là…

Ryder sort de sa poche arrière un téléphone et me le tend, déverrouillé. Mes yeux se posent, écarquillés, sur des photos de moi. Des photos intimes. Prises par Targan il y a quelques mois. Je les fais défiler et tombe aussi sur des captures d'écran de nos messages, qui ne laissent planer aucune équivoque sur la nature de notre relation. Décidée à ne pas me laisser déstabiliser, je rends son appareil au chef des Kingz.

– Oui, eh bien ? Qu'est-ce que tu essayes de faire ? Me menacer de rendre ces photos publiques ? Je ne suis plus enseignante à Heathford, Targan a obtenu son diplôme, il est majeur et même sa famille est au courant pour nous… Tu peux bien faire ce que tu veux de tout ça, je m'en fous.

– Ça tombe bien, sourit Ryder, parce qu'un de mes hommes a envoyé « tout ça » il y a un peu moins d'une heure au procureur de la République. Mais sans doute que tu as raison… Targan est majeur, il n'est plus au lycée et la justice, débordée, peut très bien décider de ne pas intervenir. C'est un risque à prendre, tu me suis ? Seulement, ce n'est peut-être qu'une question de jours avant qu'une instruction ne soit ouverte pour viol sur mineur par un dépositaire de l'autorité. Et quand tu seras dans le collimateur de la justice, ma belle, il sera trop tard pour décamper. Alors, écoute mon conseil et casse-toi pendant qu'il est encore temps. Fais ce que tu sais si bien faire : saute dans un avion et barre-toi. Ryder et Derain s'occupent du reste.

Je reste à toiser Ryder, poings serrés, mâchoire fermée, en haletant et en sentant la rage enfler en moi… Je voudrais me jeter sur lui, quitte à me faire laminer. Je pense un instant que je vais le faire… mais je repère alors Targan, toujours avec ses sœurs. Que se passerait-il, si je faisais un esclandre ? Il demanderait des explications. Apprendrait ce que Ryder a fait. Et il m'ordonnerait de tout de suite rentrer à mon hôtel pour faire mes bagages.

Puis il ferait les siens et il viendrait avec moi.

Jamais il ne me laisserait le quitter, je le sais. Il l'a dit, non ? « Une fois, pas deux. »

Je suis anéantie de me rendre compte que, contrairement à ce que je lui ai affirmé il n'y a pas deux heures, rien n'a changé, depuis le jour où Walker a découvert notre histoire. Targan ne doit surtout pas partir, renoncer à cette école qui peut l'amener jusqu'aux sommets. Et moi, une fois de plus, je ne peux pas rester.

Sauf que je me trompe. Quelque chose a changé. *J'ai* changé.

Une nouvelle fois, je regarde Targan en train de faire l'idiot, son post-it collé au beau milieu du front, pour faire rire les gamins. Si je ne sais vraiment pas comment réagir à ce que Ryder vient de m'apprendre, je sais comment je ne dois surtout plus réagir.

– OK, très bien Ryder, fais-je avec un pli amer de la bouche, comme si le chef des Kingz avait gagné. Tu veux que je m'en aille ? Je me casse.

Puis, convaincue que je dois à tout prix gagner du temps, après m'être assurée que personne ne regarde dans ma direction, je fais volte-face. Je m'éloigne à toutes jambes. Pressée d'endormir la méfiance de Ryder en disparaissant de cette colline sur laquelle aucun de mes proches ne doit chercher à me retenir.

45

Quinn

– Quinn, lance-t-il en tambourinant à la porte de mon motel. Quinn, ouvre-moi tout de suite.

J'obtempère et découvre, stupéfaite, que Targan a amené Neelam avec lui.

– Désolé, m'explique-t-il en surprenant le regard affolé que je pose sur mon ancienne colocataire. Elle m'a vu m'éclipser quand j'ai reçu ton texto, et tu la connais…

– … Un vrai pot de colle, complète Neelam alors que je m'écarte pour les laisser entrer.

Dès la porte de ma chambre refermée, c'est à leur tour d'avoir un regard stupéfait. Pour mon lit. Pour la valise que j'étais en train de remplir. Le visage de Tee se déforme sous l'effet de la colère.

– On peut savoir ce que tu fous, Northon ?

J'avance vers lui, attrape ses bras d'un air implorant, et lui explique tout. Ma conversation avec Ryder. Les intentions de ce dernier et de Derain. Les conséquences que cela aura si je reste.

– Le connard, putain, je pourrais le tuer ! éructe Targan lorsque j'ai fini mon récit.

Je le retiens, de toutes mes forces, et tente de le raisonner.

– Tu ne peux pas t'en prendre à Ryder, Targan. Il est dangereux, il a des armes, il a des hommes, il…

– Mais je ne parle pas de lui ! s'agace Tee en se dégageant. Je parle de Derain ! Putain, il n'a aucune conscience de tout ce qu'il me doit ? De tout ce que j'ai déjà sacrifié pour lui ?

Les yeux furieux de Targan se posent une nouvelle fois sur

ma valise. Sa mâchoire se contracte. Puis, en une fraction de seconde, il semble prendre une décision.

– OK, voilà ce qu'on va faire. Ton billet de retour à New York est pour quand ?

– Je… Je ne l'ai pas encore pris.

Targan opine, puis se précipite sur mon iPad. Il se pose sur le bord du lit, le temps de pianoter sur le clavier, avant de se relever et me tendre la tablette, ouverte sur la page d'American Airlines. Je vois qu'il a coché un aller simple pour JFK demain, dix heures dix-sept.

– Quoi qu'il arrive, je veux que tu grimpes dans cet avion, déclare-t-il sans plus d'explications. Tu avais raison, tu ne peux pas rester ici, et moi, je ne peux pas simplement tout lâcher pour te suivre. On va devoir faire autrement. Neelam, ajoute-t-il en se tournant vers ma meilleure amie, ou peut-être la sienne. Ton job, c'est de t'assurer qu'elle soit devant cette foutue porte d'embarquement à neuf heures cinquante au plus tard. Je peux compter sur toi ?

Neelam opine, l'air grave. Et moi, je gémis.

– Targan, qu'est-ce que… ?

Mais McKenzie me coupe d'un baiser. Un baiser tendre, désespéré, urgent. Lèvres closes contre mes lèvres closes, comme une pieuse prière.

– Ce n'est pas un au revoir, OK ? me jure-t-il à voix basse, son front posé contre le mien. Et c'est encore moins un adieu. Tu dois me faire confiance, sur ce coup.

Puis, malgré les efforts que je fais pour le retenir, malgré les suppliques, malgré mes mains qui s'accrochent comme des serres à ses poignets, ses bras, ses épaules, Targan s'écarte de moi et fait volte-face. Avant de quitter ma chambre de motel sans m'avoir dit quand on se reverra.

46

Quinn

Les yeux bouffis, le visage enflé, je fais la queue au portique de sécurité, Neelam à mes côtés. Éplorée derrière mes lunettes noires en plein jour, je ne cesse de renifler. Les autres passagers se retournent régulièrement pour nous proposer de passer devant. Il faut dire qu'on doit avoir fière allure : la veuve sicilienne et la handi… Neelam répond pour deux, d'un ton à chaque fois un peu plus impatient :

– Non, ça va, je vous assure, c'est elle qui fait la queue. Moi, je suis juste là pour le soutien moral.

Mais Neelam ayant, on le sait, la patience d'un ratel qui vient de tomber sur une ruche, elle finit par s'énerver sur un couple de petits jeunes emplis de sollicitude.

– BON, de toute façon, j'ai le cul posé dans un FAUTEUIL dont je ne compte a priori pas sortir par MIRACLE. Ça va, je peux ATTENDRE !

Puis, bien que son humeur massacrante ne fasse que redoubler mes sanglots dignes d'une Juliette découvrant Roméo sur son lit de mort, elle se tourne vers moi.

– Ma biche, tu te calmes, OK ? Il a dit que vous alliez vous revoir. Tu le connais aussi bien que moi : s'il l'a dit, c'est que c'est vrai.

J'enlève mes lunettes de soleil pour la regarder droit dans les yeux.

– Jure-moi que tu ne le laisseras pas renoncer à Collarts. Jure-le, Neelam !

– Tu sais bien que s'il a pris une décision, je ne pourrai pas m'y opposer : ce petit con est encore plus têtu que moi. Mais, ajoute-t-elle en me voyant me décomposer, je te jure que j'essayerai.

Puis elle ajoute, d'un ton rassurant :

– Vous vous verrez durant les vacances. Ce n'est pas si mal. Les étudiants en art ne foutent rien, de toute façon. Ton gars sera sûrement fourré à New York six mois par an.

J'opine courageusement. Six mois, c'est peut-être une exagération... Mais si le système d'enseignement supérieur australien ressemble à l'américain, entre les vacances d'été et les pauses inter-semestrielles, nous pourrions en effet avoir plus de quatre mois par an ensemble. Ce n'est pas énorme, mais ce n'est pas rien. Ça pourrait être pire.

Seulement, la méthode Coué ne fonctionne pas aussi bien que je l'espérais et je fonds de nouveau en larmes.

– Là, calme-toi... fait Neelam en me frottant le dos.

– Avancez, mademoiselle, s'il vous plaît, lance un agent de sécurité. Vos poches sont vides ? OK, écartez les bras...

Je m'exécute, puis me penche pour étreindre Neelam. Nous n'avons pas un mot, ni l'une ni l'autre. Nous n'en avons pas, car chaque parole serait un mensonge.

– Mademoiselle, veuillez franchir le portique de sécurité.

Elle ne peut évidemment pas me jurer qu'elle viendra me voir souvent. Outre le coût des billets, voyager en fauteuil est une vraie galère ; elle ne va pas passer son temps à sauter dans un avion sur un coup de tête. Quant à moi, je ne peux pas lui promettre de revenir pour son mariage. Bien sûr, je ferai en sorte d'y être... J'ai après tout, en la personne de mon frère, un super avocat, et si aucun mandat d'arrêt en mon nom n'est émis, je reviendrai. Mais rien n'est moins sûr.

– Mademoiselle, s'il vous plaît !

Je la relâche, prends une grande inspiration en la contemplant une dernière fois. Puis, après un petit geste pathétique de la main, j'obéis à l'agent de sécurité et franchis le portique.

Une fois de l'autre côté, je range mes affaires avec une lenteur qui exaspère les autres passagers. Je n'y peux rien, je suis dans un état catatonique. Tellement à côté de mes pompes que j'en arrive à me perdre pour rejoindre ma porte d'embarquement – la 8, qui est pourtant, comme la logique le veut, située quelque part entre la 7 et la 9. Et quand enfin j'arrive au bon endroit…

Bon sang, qu'est-ce qu'il fait là ?

Pétrifiée, je lâche mon bagage cabine et mon sac à main, dont le contenu se déverse sur la vilaine moquette bleu-gris. Le geste surprend les autres passagers et occasionne un court silence au milieu du brouhaha. Ce qui attire son attention. Assis sur une chaise métallique, Targan relève la tête… Mes yeux s'écarquillent alors que je découvre les strips posés sur la base de son nez, sur son arcade sourcilière ; alors que je constate que sa pommette gauche est d'un noir violacé.

Pas besoin d'être un génie pour comprendre d'où lui vient cette gueule : d'une manière ou d'une autre, il s'est expliqué avec Ryder. Puis mon regard se pose sur *la tonne* de bagages amoncelée à ses pieds, et je me mets à secouer la tête. *Non, non, non…*

Je cours vers lui, il se lève.

– … Dis-moi que ce sont tes affaires pour tes vacances d'été, fais-je en atterrissant dans ses bras. Non, mieux : jure-le-moi. Parce que tu ne peux pas renoncer à Collarts pour me suivre, Tee. Tu ne le peux pas.

Ses bras musclés refermés autour de moi, il me berce tout en embrassant mon crâne.

– Si, je le peux, me détrompe-t-il d'une voix douce. Je viens avec toi. Tu ne m'en empêcheras pas.

Tout mon visage se convulse alors que mes larmes silencieuses se transforment en sanglots. Je m'accroche à son tee-shirt en hoquetant. Je refuse qu'il fasse ça ! Je refuse qu'il laisse tomber sa passion, ses projets, juste pour me suivre. Je refuse d'être comme Ryder ou Derain, un parasite.

Je refuse d'être celle qui gâchera sa vie.

Je le repousse violemment.

– Non, tu ne viendras pas ! Je ne veux pas de toi ! crié-je comme une possédée. Tu m'entends ? Je n'en ai rien à foutre de toi, je… j'ai quelqu'un, à New York. Toutes ces semaines, pendant que tu te morfondais, moi, j'ai couché avec un autre ! Je ne te veux pas…

J'ai beau me débattre et frapper son torse de mes poings fermés, Targan me maîtrise et me serre à nouveau contre lui, jusqu'à ce que je laisse tomber cette pathétique tentative de le repousser. Il sait pertinemment que je mens. Qu'il n'y a que lui.

– Je suis en train de gâcher ta vie… sangloté-je, impuissante à le raisonner.

Son visage tuméfié en est la preuve. D'ailleurs, c'est à mon tour de lui prendre le menton, afin d'examiner l'étendue des dégâts.

Dents serrées, il éloigne les doigts qui viennent d'effleurer le bleu sur sa pommette.

– Ça va, ça fait moins mal que ça n'en a l'air. Je te dirais volontiers que Ryder non plus n'est pas beau à voir, ajoute-t-il avec un rire sans joie, mais, comme je ne suis pas suicidaire, je l'ai laissé me démolir sans broncher. Il était déjà assez énervé que son plan tombe à l'eau et il a la fâcheuse manie de porter un flingue sur lui… Enfin ! Au moins, comme ça, pas de retour en arrière possible.

Je me rends compte que c'est vrai : si Targan a contrarié le chef des Kingz, il n'est plus en sécurité à Adélaïde. Peut-être même à Melbourne.

Et mes sanglots repartent de plus belle.

– Qu'est-ce que tu vas faire ? me désolé-je. À New York ? Qu'est-ce que tu vas devenir à cause de moi ?

Il sourit et prend ma main pour embrasser les jointures de mes doigts, avec une tendresse bouleversante.

– Je ne vais pas te mentir, ça ne va pas être facile tous les jours. Je n'ai pas réussi à obtenir tous les financements que j'espérais, il me reste vingt-deux mille dollars à trouver rien que pour la première année, et à cause de ça, je vais devoir passer les mois qui viennent à trimer quinze heures par jour dans le premier resto qui voudra bien de moi. Mais…

Il sort un papier plié en quatre de la poche arrière de son jean.

Je l'ouvre.

Avant même de lire en diagonale, mes yeux s'arrêtent sur l'emblématique en-tête : NYU Steinhardt.

Cher Targan McKenzie,

C'est avec joie que nous vous annonçons que vous avez été admis au sein de la faculté de Steinhardt en section Techniques et Composition Musicales…

J'arrête instantanément de lire et lève vers lui des yeux ronds.

– Tu… tu as été accepté à NYU ? Mais… Comment ?

– L'idée m'est venue la fois où Neelam et Kalvin ont failli nous surprendre dans ta chambre, tu te souviens ? Alors, quand j'ai postulé à Collarts, j'en ai profité pour tenter aussi NYU. Ça faisait quelques semaines seulement que tu étais partie et je me disais… qu'il fallait que je mette toutes les chances de mon côté pour te retrouver. C'est même ce qui m'a permis de tenir, de continuer les cours, de préparer ma démo : l'idée que, si je me donnais à fond, j'avais peut-être une chance, une infime chance, de te rejoindre. Et puis… Et puis, quand j'ai reçu ce courrier d'acceptation, des semaines après ton départ, j'ai réalisé que tu ne voulais sûrement pas que je te rejoigne. Que tu ne m'avais donné aucun signe allant dans ce sens. Or, à part pour toi, ça n'avait aucun sens d'aller à New York. Trop loin, trop cher. Alors j'ai dit oui à Collarts et non à NYU. Mais hier…

Un sourire en coin se dessine sur ses lèvres.

– … après t'avoir laissé au motel, je les ai appelés pour savoir si ma place était toujours disponible. Comme la rentrée chez vous n'est que dans neuf mois et que je faisais partie des admissions anticipées[1], ils ne l'avaient pas encore réattribuée… Alors, après un bref détour pour faire mes bagages, dire au revoir à ma mère et à mes sœurs, puis m'expliquer avec mon abruti de cousin et son boss, me voilà, conclut-il en embrassant de nouveau mes doigts.

Son sourire s'élargit, devient franchement éclatant, à mesure que je réalise que c'est vrai, vraiment vrai. Il part avec moi ! Pas juste pour me suivre, mais pour construire sa vie – pardon : *notre* vie ! Un rire s'échappe de ma gorge ; je m'accroche à son cou et me hisse sur la pointe des pieds pour l'embrasser – mâchoire, menton, coins de la bouche, tout ce que je peux atteindre. Il rit à son tour.

– Et Ryder, alors ?

– Il va faire quoi ? répond Targan, bravache. Prendre l'avion une fois par semaine, de la guedro plein les poches, pour m'approvisionner à New York ? Moi parti, son plan tombe à l'eau.

– Mais ta famille ? m'inquiété-je. Et celle de Derain ? Elles ne risquent pas des représailles ?

– Tu as vu trop de films de gangsters, me répond Targan, presque attendri. Les flics ferment les yeux sur les activités de Ryder, entre autres parce qu'il garantit une certaine paix parmi la communauté Kaurna. Quand il y a des règlements de comptes, c'est juste des dealers qui se descendent entre eux, mais si les Kingz commencent à toucher des civils, là, les forces de l'ordre vont devoir s'en mêler. Et crois-moi, Ryder sait que ce n'est pas dans son intérêt.

– Alors, tout ça, c'est quoi ? demandé-je en désignant le monceau de valises et de sacs de voyage.

– Mes fringues. Quelques bouquins. Mes instruments. Ma vie entière, empaquetée pour toi.

Je le regarde amoureusement, avant de réaliser :

1. Les admissions anticipées sont une première vague d'attribution des places aux élèves les plus brillants, qui a lieu généralement un an avant la rentrée. Elle permet aux grandes universités d'ajuster leur offre pour la seconde vague d'admissions, qui elle, a lieu au printemps précédant la rentrée.

– Mais… pourquoi tu ne les as pas enregistrés au comptoir American Airlines ? Ils ne vont pas te laisser grimper dans l'avion avec tout ça !

– Alors, euh, oui, ça c'est le détail amusant : comme avec mes deux cent soixante-quinze dollars d'économies, je n'avais pas la provision sur mon compte pour prendre un billet pour New York… Mais que je voulais quand même accéder à la zone d'embarquement pour te surprendre et, surtout, ne pas prendre le risque de te rater…

Il sort un billet d'avion de sa poche arrière et me le tend.

Je l'examine.

– Mais… on ne va pas à Bangkok ! protesté-je.

– Je sais, mais c'est tout ce que je pouvais me permettre à l'heure actuelle. Je veux que tu saches, ajoute-t-il en me prenant le menton, que je compte te rembourser chaque cent. Je vais bosser dur, je vais réussir au-delà de ce que tu peux imaginer, et on va avoir une belle vie, Northon. Mais d'ici là, ajoute-t-il d'un air embarrassé, j'ai besoin d'un coup de pouce…

Un coup de pouce pour son billet d'avion. Un coup de pouce pour notre installation, le temps qu'il trouve un job. Fier comme il est, je sais ce que ça lui coûte de me demander ça, à moi, la « petite bourge ». Et je sais que cette vulnérabilité, c'est LA preuve qu'il est prêt à tout pour être avec moi. Même à me demander de l'aide.

– Allez, magne-toi, fais-je en prenant sa main. On doit te prendre d'urgence une place pour ce vol. L'embarquement…

– … commence dans quarante-cinq minutes et ne termine pas avant dix heures dix, ça va, on a le temps, me taquine-t-il pour masquer à quel point il est soulagé que j'accepte.

– Le temps de quoi ? protesté-je. Tu crois qu'on a plus urgent à faire qu'aller au comptoir d'American Airlines pour changer ton billet, puis mettre tes bagages en soute, peut-être ?

– Oui, répond-il en s'arrêtant net pour prendre mon visage entre mes mains. On a ça.

Et, alors que ses lèvres pleines se posent sur les miennes, devinez quoi ? Les futurs passagers du vol 815 pour New York, qui n'ont pas perdu une miette de la scène, et qui ont probablement vu eux aussi leur lot de comédies romantiques, décident de rendre hommage à la grande tradition des scènes d'aéroport : ils se tournent vers nous afin d'applaudir à tout rompre notre *happy end*.

Sauf qu'ils se trompent, songé-je en riant contre la bouche de Targan. Neelam aussi se trompait, hier, en employant cette expression. Ce à quoi ils assistent, là, n'a rien d'un *happy end*.

Targan et moi ? Ce n'est que le début.

ÉPILOGUE

Quinn

– Allez… Poussez, poussez, poussez, poussez…

Dents serrées, je donne tout, vraiment tout, malgré la péridurale qui m'empêche de sentir si je fais comme il faut.

– STOP !

Depuis deux minutes aussi longues qu'une éternité, l'agitation de la salle d'accouchement a fait place à un calme clinique, glaçant. Pourtant, le personnel a été multiplié par trois. Une des nouvelles infirmières présentes me pose une poche de perf.

– C'est quoi ? demandé-je l'air anxieux.

Elle ne répond pas.

– C'est quoi ? insisté-je en regardant cette fois la sage-femme qui est avec moi depuis le début.

– C'est rien, juste quelque chose pour vous détendre.

– Mais je ne veux pas être détendue, protesté-je. Je veux être lucide pour…

Targan me coupe en posant sa main sur la mienne. Le message que je lis dans ses yeux gris est limpide. *Ne perds pas d'énergie à parlementer. Garde tout ce que tu as pour notre fille*. Et, alors que les drogues affluent en masse dans mon sang, engourdissant tout sur leur passage – la peur, l'angoisse, le bout de mes doigts, même mes sentiments –, l'obstétricien qui a été dépêché en urgence reprend ses instructions.

– Poussez, poussez, poussez, poussez…

– Ça ne passe pas, siffle la sage-femme en lui reprenant les cuillères.

– Poussez, poussez, poussez… l'ignore-t-il.

C'est alors que je vois. Entre mes cuisses. Deux jambes bleues sur lesquelles il opère des tractions, en vain. Un petit corps qui refuse de quitter le mien.

Un corps bleu océan. Bleu de méthylène. Cyanosé. Et alors, quelque chose lâche en moi, comme une amarre. Je me sens m'éloigner irrémédiablement de la rive. J'ai beau m'accrocher à la voix du médecin, à ses consignes, je comprends qu'il est trop tard.

Après tout, j'aurais dû le savoir, songé-je avec un calme étonnant, un calme de glace. Que rien de vivant ne pouvait sortir de moi. Pas après les années à prendre toutes les drogues qui passent, à fumer comme un camion, à me taper tout ce qui bouge. Pas après les lignes de coke accroupie dans les chiottes de bars et les mecs dégueu à qui l'on dit oui par flemme de dire non. Encore moins à mon âge. 37 ans, grossesse gériatrique : on m'avait avertie.

Le médecin tire sur les jambes bleues de ma fille, qui se détendent comme celles d'un lièvre, et si je pousse de toutes mes forces, c'est parce que je veux que cette torture cesse : celle de devoir accoucher de ma défunte enfant. Je veux écourter cette scène. Épargner à Targan, dont le cœur est probablement brisé, ce spectacle tragique.

– Tu t'en sors très bien, chérie, me glisse d'ailleurs celui-ci la voix pleine de larmes, avant d'embrasser ma tempe.

Puis enfin, ils sortent Alma, l'enveloppent dans un linge blanc. Avec un détachement dans lequel je reconnais l'effet des opioïdes qu'on m'a administrés en douce, je les regarde l'emporter hors de la salle d'accouchement.

– Elle va bien ? demande Targan avec une tension palpable.

Je caresse sa main de la mienne, le cœur atomisé par sa question, par son déni.

Face au silence du personnel hospitalier de Cedars-Sinaï, il insiste.

– Est-ce que ma fille va bien ?

Mais la sage-femme l'ignore et revient se poster à mon épaule.

– Il va falloir expulser le placenta, maman, OK ? Encore un peu de courage.

Soldate résignée, j'opine, pendant qu'une larme de Targan s'écrase sur le dos de ma main. Et une nouvelle fois, je pousse.

Alors que la terrible « délivrance » se produit, l'infirmière qui était partie un peu plus tôt, emportant Alma, revient avec entre ses bras un petit corps habillé des vêtements que nous avions amenés à l'hôpital. Un petit corps pâle, qui pousse des gémissements de chaton blessé et qu'elle me place entre les bras, sans que je comprenne ce qu'il se passe.

– Comme la tête restait coincée au niveau du bassin, on a dû lui casser la clavicule pour l'aider à sortir, mais ne vous en faites pas, à cet âge-là, ça se remet tout seul. La fracture est immobilisée à l'intérieur du body, ajoute-t-elle en nous couvrant d'une couverture en polaire. Cette petite guerrière a eu du mal au début, mais maintenant, elle respire bien. Attendez, mettez-la contre votre peau, près du sein, comme ça… D'ailleurs, elle s'appelle comment ?

Targan regarde Alma, puis moi, puis de nouveau Alma, avec un air abasourdi, puis euphorique, puis inquiet à cause de cette histoire de clavicule.

– Elle est vivante, chérie, lâche-t-il d'une voix étranglée d'émotion. Alma est vivante, Alma va bien !

Alors que je demeure abasourdie, il reporte son attention sur l'obstétricien mutique, qui, placé entre mes jambes, me recoud.

– Vous ne pouviez pas le dire, putain ?

C'est alors que ça se produit. Je tire la main de Tee, pour qu'il assiste au miracle : l'amour de notre vie, bouche grande ouverte comme un python avant l'attaque, cherche maladroitement mon sein. Quand elle le trouve, elle se met à téter vaillamment.

– Tee, regarde…

Un nouveau médecin interrompt notre contemplation fascinée en faisant une entrée bruyante après avoir poussé la porte battante d'un coup de hanche.

– C'est quoi, cette équipe de tournage, dehors ? Ils sont avec vous ? nous demande-t-il d'un ton accusateur. Il va falloir qu'ils dégagent de mon couloir.

– Je vais leur dire de partir, le tranquillise Targan avant de se mettre en branle.

Mais je l'arrête d'un geste.

– Attends… Ils étaient venus pour la filmer, alors j'aimerais qu'ils la filment. J'aimerais garder une trace de ce moment.

Puis, je me tourne vers Alma pour m'adresser à elle.

– Tu es d'accord, petit ange ? J'aimerais qu'on filme ta venue au monde et notre rencontre.

Alma Roxanne Tarni McKenzie, évidemment, ne répond rien. Tel le petit mammifère obstiné qu'elle est, elle continue de téter.

Lorsque ma poche des eaux a rompu, net, en plein tournage de la finale de *Rythme + Flow*, la production a évidemment dépêché une équipe de tournage pour suivre le juré le plus populaire de la saison et sa femme à l'hôpital, où cette dernière devait accoucher. Mais, dès que les choses se sont compliquées, ils ont été mis à la porte et remplacés par une armée de soignants.

Je dois dire que j'avais oublié jusqu'à leur existence. Après la peur que nous venons de vivre, je n'ai pas plus grand désir que partager notre joie et notre bonheur avec le monde entier. Alma est là ! Alma est vivante ! Après deux ans d'essai et trois fausses couches, Targan et moi sommes parents !

– Tu es sûre ? me demande Targan, inquiet, tout en fourrant dans sa bouche une de ces gommes à la nicotine qu'il s'autorise encore en cas de coup de stress, bien qu'il ait totalement arrêté la clope il y a quatre ans.

– Tant qu'ils ont un maquilleur pour arranger les dégâts… ris-je en désignant ma face épuisée. Toi, tu en penses quoi ?

Targan se rassoit au bord du lit, puis nous contemple, Alma et moi, le regard débordant d'amour.

– Je veux pouvoir montrer cet instant au monde entier, décrète-t-il. Que chaque gamin qui vient d'un *trailer park* puisse se dire : moi aussi, je peux avoir ce que je veux. Les disques de diamant. La femme de mes rêves. Une famille.

Je sais que, disant ça, le numéro un du classement Spotify depuis deux semaines consécutives, mesure le chemin parcouru. Oui, il y a eu des galères. Son enfance en Australie, son passé dans un gang. Notre rencontre et les obstacles que nous avons dû surmonter. Notre arrivée difficile à New York, à jongler entre le manque de temps et le manque d'argent, entre ses études et les miennes.

Quand ma plainte contre Jason a été déboutée par le doyen de l'université « faute de preuves », que la seule concession faite par l'administration a été de l'exclure de mon jury de master, ça a été dur. Une fois mon diplôme obtenu, quand, dans l'attente d'une titularisation, j'ai dû enchaîner les remplacements à plus de deux heures de transports en commun, dans le New Jersey ou à Staten Island, tandis que Targan jonglait entre les cours et son job dans un resto, ça a été dur. Puis, quand, alors qu'il était en troisième année, j'ai voulu prendre un congé sabbatique pour redonner une chance à la photo, ça a été dur. Quand, après son diplôme, il a passé dix-huit mois à être musicien de studio, métier qu'il détestait, afin de financer l'autoproduction de son premier album, ça a été dur. Et quand cet album est sorti dans l'indifférence générale, alors que ma nouvelle expo recevait des critiques dithyrambiques et que les acheteurs affluaient, ça a été dur.

Quand je n'ai pas obtenu cette bourse de la fondation Guggenheim sur laquelle nous comptions pour vivre, ça a été dur. Quand le titre composé par Targan pour Future s'est classé numéro un alors que ses propres sons peinaient à réunir dix mille auditeurs par mois, pour son ego et pour sa foi, ça a été dur. Quand, enfin, au troisième album, il a percé, mais qu'avec la célébrité et le succès sont arrivés les *haters*, les paparazzis, la fin de la vie telle que nous la connaissions, ça a été dur. Et quand, après six ans à lutter pour nous construire une existence assez stable pour devenir parents, nous avons découvert que donner la vie n'est pas toujours aussi simple qu'on l'imagine, ça a été dur.

La grossesse a été dure. Croire que nous avions perdu Alma, à l'instant, a été si dur que je n'ai même pas les mots.

À chaque étape, ç'a été dur.

Mais c'est ça, le secret : ce n'est pas parce que c'est dur que ce n'est pas beau. Que ça ne débouche pas sur des bonheurs immenses.

La vie n'est pas une course, avec une ligne d'arrivée vers laquelle se ruer : c'est un chemin sinueux et accidenté au cours duquel il faut trouver de la joie. Celle-ci, tel un panorama sublime, attend en embuscade au détour de chaque déconvenue et de chaque galère. Voilà une certitude que je veux passer le reste de ma vie à transmettre à Alma.

– Dis-leur qu'on tournera une fois installés dans notre chambre, décrété-je. Du bonheur, on en a suffisamment pour le partager avec la terre entière, toi et moi.

– Tu veux dire : toi et moi et *elle*, me corrige Tee en se penchant vers notre fille avec un air d'adoration.

Puis il caresse sa petite joue du revers de son doigt.

– Tu en dis quoi, toi, Alma ? La caméra ne t'effraye pas ? Prête à faire connaissance avec le monde entier ?

Mais Alma n'a pas besoin de nous répondre, nous savons qu'elle est prête. Comment pourrait-il en être autrement ? C'est notre fille. Et, même si elle l'ignore encore, elle est venue au monde comme nous : suffisamment armée pour tout affronter.

Extrait

Lina Parker

SUMMER BELONGS TO US

1

Théa

Celui-ci, un peu plus à gauche... Celui-là, un peu plus à droite...

Je m'attelle à disposer les petits feuilletés aux saucisses à équidistance les uns des autres, comme s'il s'agissait d'une œuvre d'art et qu'ils n'allaient pas être engloutis en quelques secondes par la vingtaine d'étudiants de l'autre côté de la porte.

À entendre les exclamations bruyantes et les rires, ils sont tous surexcités de célébrer la fin de l'année scolaire, et notre emménagement dans mon coin préféré de San Francisco : Haight-Ashbury.

Au départ, mon frère voulait plutôt qu'on cherche vers Union Square et sa vie nocturne de folie, mais j'ai argumenté comme une forcenée en lui vendant la verdure du Buena Vista Park, les façades colorées, la relative proximité avec la fac, et surtout l'aspect « petit village » du quartier. « Comme à Carmel... » : j'étais sûre de toucher une corde sensible en invoquant le lieu où l'on se réfugie toujours pour les deux dernières semaines de juillet, mais je n'en reviens quand même pas d'avoir obtenu gain de cause et de me retrouver dans cet appart.

Orson, c'est bien le seul avec qui j'ose m'affirmer un minimum, du haut de mes 17 ans trois quarts. Je suis et resterai sa petite sœur adorée qu'il se donne pour mission de protéger, mais bizarrement, il n'y a que lui qui me laisse me comporter comme une « adulte en devenir » plutôt que comme le bébé de la famille.

Et je pense que s'il ne m'avait pas encouragée à affirmer aux parents que j'étais assez grande pour prendre ma semi-indépendance à ses côtés, je m'ennuierais encore dans ma chambre d'ado à l'heure qu'il est, à attendre sagement que mon père crie « à table ! ». En tout cas, je ne serais certainement pas en train d'inaugurer le four de notre coloc, sans la moindre supervision parentale pour vérifier que rien ne finit brûlé – ni la nourriture ni moi.

Mais je ne serais pas non plus en train de me planquer dans la cuisine en mettant bien plus de temps qu'il n'en faut à disposer tout un tas de petites excuses feuilletées sur un plateau afin de ne pas aller affronter les potes de mon frère…

Pourquoi est-ce qu'il faut que mes potes à moi arrivent quasi systématiquement en retard, même pendant les vacances ?!

Au moins, s'ils étaient là, je ne commencerais peut-être pas ma première fête dans mon premier chez-moi en me sentant comme une invitée. Pire, comme la +1 d'un invité, un membre rapporté qui n'a que deux options : réussir à sociabiliser avec des inconnus ou être réduit à coller la seule personne qu'il connaît pendant toute la soirée.

Et comment dire que sociabiliser n'est pas mon fort, même avec des pas-si-inconnus, et que je préfère encore rester toute la nuit dans cette cuisine que me retrouver gluée à mon frère, comme la gamine que je suis et que je souhaite très fort réussir à ne plus être…

J'essaye donc de gagner encore un peu de temps en continuant mon travail inutilement minutieux, lorsqu'un message arrive sur mon téléphone. Je me jette dessus avec une rapidité qui m'avait désertée depuis que j'ai commencé à confectionner mes petits-fours : c'est Quinn qui répond enfin à mon S.O.S. d'il y a trente minutes.

Quinn
T'inquiète, je suis presque prête, je finissais de manger. Mais je suis là dans 15 minutes ! Allez, 40 max de max !

Je connais ma meilleure copine : son « max de max » est toujours très relatif. Si on est déjà très différentes physiquement – moi, avec ma peau brun clair et mes longs cheveux curly, elle, « aussi blanche qu'un fantôme malade », d'après ses termes, avec une coupe courte d'un bleu pétant –, niveau personnalité, on est de pures opposées. J'ai tendance à m'excuser d'exister, tandis que, pendant quatre ans, elle a adoré débouler dans les couloirs du lycée comme si elle était à un défilé. J'aime le fait d'avoir un groupe de trois amis à San Francisco, un groupe de trois à Carmel-by-the-Sea, et que ces chiffres restent fixes et solides d'année en année. Elle est du genre à sympathiser avec la fille qui essaye des fringues dans la cabine à côté de la sienne et à prendre le numéro de tout le monde à la fin d'une soirée où elle s'est fait dix nouveaux potes.

Et surtout, surtout : je suis la ponctualité incarnée quand elle est la ponctualité piétinée, bousillée, réduite à néant. Et maintenant qu'elle a pris l'habitude de manger chez elle avant de venir aux soirées, pour être sûre de ne pas « mourir de faim », j'ai l'impression que ça lui fait une raison de plus pour arriver en retard.

Je tente donc une traduction réaliste de son message :

Théa
C'est-à-dire dans 1 h 30 ?

Quinn
Voilààà, plus ou moins !

À ce stade, c'est tout un banquet qu'il faudrait que je cuisine si je veux attendre qu'elle se pointe pour sortir de ma cachette… Je relance Ally et Marcus, soupire nerveusement, puis lance un « salut ! » que je veux détaché au couple qui débarque dans la cuisine, vestes sous le bras et un pack de bières à la main.

– Salut ! On peut mettre ça au frais ? T'es Théa, la sœur d'Orson, c'est ça ? me demande la fille avec un grand sourire.

– C'est ça, réponds-je d'une voix un peu haut perchée, en leur ouvrant la porte du frigo.

Je cherche comment relancer la conversation, mais rien ne me vient. Tous les potes de mon frère ont à peu près son âge, donc seulement deux ans de plus que moi, mais ça ne m'empêche pas d'avoir le sentiment qu'on vit dans des mondes différents. À la rentrée, j'irai à la même fac qu'eux, et je pourrai peut-être m'en sortir en leur parlant des profs ou de leurs compétitions que je serai allée voir, car beaucoup sont dans l'équipe de natation, comme mon frère… mais pour l'instant, qu'est-ce que je pourrais bien leur dire ?

Que je flippe à mort de débarquer sur ce campus qu'ils aiment tant ? Que je vais démarrer un bachelor en économie et gestion pour rassurer ma mère, parce qu'il y a apparemment des débouchés dans plein de domaines, et que je n'ai encore aucune idée de ce que je veux faire plus tard ? Que tandis qu'ils mènent leurs vies de jeunes adultes, moi, je m'accroche encore à mon adolescence, car l'envie de m'en débarrasser ne surpasse pas la terreur de la laisser de côté ? Que pendant qu'ils font des soirées démentes, moi, je fais des soirées pyjama ?

Sauf celle-ci, mais vu comment c'est parti, j'aurais peut-être dû insister pour que mon frère organise cette pendaison de crémaillère sans moi début juillet…

– Merci pour la bière ! Je peux prendre vos affaires ? finis-je par lancer en les attrapant déjà, contente d'avoir de quoi occuper mes mains.

Je quitte ma première planque pour ma seconde planque : ma chambre, là où on entrepose les sacs et les vestes des quelques frileux qui ne sont pas venus en tenue d'été. Mais alors que je pensais qu'ils allaient me fausser compagnie, le mec embraye :

– Du coup, t'as enfin réussi à faire bouger Orson pour qu'il quitte son petit nid douillet ?

Le fait que mon frère puisse être considéré comme quelqu'un qui s'accroche à papa-maman ne m'avait jamais vraiment traversé l'esprit. Je suis sûre que s'il est resté habiter chez nos parents jusqu'à ses 20 ans, c'est uniquement parce qu'il aime passer du temps en famille, et non pas par crainte du changement. S'il a fini par déménager à l'autre bout de la ville, c'est surtout pour moi, finalement : pour m'accompagner dans ce grand saut en avant que je n'aurais jamais fait sans lui. Alors, que son pote pense que c'est l'inverse qui s'est produit, que *je* suis celle qui ose, celle qui tente, et non pas celle qu'on pousse à oser, à tenter, ça me fait sourire, et me rassure un peu : c'est qu'il n'y a pas marqué « gamine » sur mon front !

Du moins, pas dans les cinq premières minutes d'une rencontre, juste avant que l'illusion tombe et que je me fasse cerner…

Alors que je cherche quoi répondre, sa copine renchérit :

– Vous avez grave de la chance de vous entendre assez bien pour faire une coloc ensemble ! Si on faisait ça, avec ma sœur, je pense qu'on péterait un câble au bout d'un mois à peine…

– Peut-être que ça sera le cas pour nous aussi, je te redis ça dans deux semaines et demie… plaisanté-je.

Bien sûr, je n'en pense pas un mot. On ne s'engueule presque jamais, avec Orson, et si on a réussi à se supporter à travers sa crise d'ado et la mienne, on devrait réussir à ne pas s'entretuer maintenant. Surtout qu'on ne sera presque pas ensemble à la coloc dans les prochaines semaines : la deuxième semaine de juillet, comme d'habitude, j'irai chez ma tante à San José, puis ça sera direction la maison de vacances familiale, où je le croiserai sûrement à peine. Il n'y a pas beaucoup d'endroits pour sortir, à Carmel, mais mon frère les a tous trouvés et depuis qu'il a sa fausse carte d'identité, il s'applique à y aller régulièrement en prétextant mille et une choses auprès des parents. Il adore nous laminer aux jeux de cartes tout l'après-midi et traîner avec moi à Pieces of Heaven, notre glacier préféré qui porte bien son nom… Mais dès que le début de soirée pointe le bout de son nez, il s'évapore.

Et quelque chose me dit que cette année, avec Jasper qui se greffe à notre évasion carmelienne, ça sera encore un autre niveau…

Comme à chaque fois que mes pensées dérivent vers *lui*, je sens mon cœur accélérer discrètement sa course.

Officiellement, la raison pour laquelle mon frère a brisé la tradition des « vacances en famille à quatre » en invitant son meilleur pote est la suivante : Jasper et lui pourront profiter de la grande piscine pour rester au niveau pendant l'été et ainsi augmenter leurs chances de mener leur équipe de natation à la victoire lors des premières compétitions de la rentrée.

Officieusement, je les soupçonne de surtout vouloir continuer à faire la fête ensemble…

Donc, vraiment, zéro chance d'un « pétage de câble » imminent entre Orson et moi à force d'être enfermés ensemble. Mais je ne veux pas avoir l'air d'une rabat-joie avec une réponse trop terre à terre…

Je continue d'échanger quelques mots avec le couple tout en refermant la porte de ma chambre, quand mon frère, installé par terre sur un coussin, m'interpelle depuis le salon :

– Ah, mais t'es là !

Il me fait de grands signes pour que je me joigne à la fête, et me désigne la petite place libre sur le canapé, entre la fille avec laquelle il était en pleine discussion, et… Jasper.

Cette fois, c'est un « boum boum boum » violent qui martèle ma poitrine. Depuis deux ans que mon frère le connaît, on pourrait penser que je me suis habituée à le voir dans les parages, mais l'effet Jasper Trempling est toujours le même.

Cœur qui se déchaîne. Jambes qui flageolent. Gorge qui s'assèche, bouche qui menace de se verrouiller et qui devient presque incapable de sortir autre chose qu'un « salut » quand il arrive et un « salut » quand il repart.

Je le vois plus souvent que certains membres de ma famille, mais je lui parle moins qu'au livreur de pizza qui sonnait chez mes parents tous les mercredis à vingt heures et avec qui on a fini par sympathiser.

Pourtant, je ne compte plus les fois où je l'ai observé du coin de l'œil depuis l'autre bout de la table quand mes parents lui proposaient de rester dîner, les fois où j'essayais de toutes mes forces de ne pas rougir quand il me posait une question directe sur le lycée et où je répondais par monosyllabes, les fois où je me suis retrouvée devant Netflix avec lui et mon frère à chercher des commentaires intelligents ou drôles à faire sur le film, comme eux, sans jamais oser les formuler.

Surtout au début de l'année, lorsque mon frère a rompu avec Evy, qu'il broyait un peu du noir et que Jasper s'est mis à venir de plus en plus, soit en coup de vent avant qu'ils repartent ensemble à une soirée, soit plusieurs heures, jusqu'à ce qu'il ait complètement détruit Orson à leur jeu vidéo du moment.

Mais peu importe la fréquence de nos « rencontres », dès que je le vois, c'est toujours comme si c'était la première fois. Je suis toujours autant frappée par son visage expressif, par son sourire contagieux, par sa décontraction naturelle... par sa beauté rayonnante. Dès que je le regarde, tout ça me saisit comme cet après-midi de mes 16 ans, quand je l'ai vu franchir le seuil de la porte et qu'il a aussitôt remplacé les héros de séries dans mes rêveries d'adolescente. En un battement de cils, c'était fait : le nouveau pote de fac de mon frère, avec son aura lumineuse et ses yeux pétillants, avait évincé les personnages dark et tourmentés dont on pouvait parler pendant des heures avec mes amies.

Sur le canapé, Jasper se tourne rapidement et me fait un signe de la main agrémenté d'un clin d'œil en guise de salut. C'est sûrement le mec le plus populaire de sa promo à la fac, et pourtant, il respire la simplicité et la sympathie. Si on était dans une comédie romantique, il ferait clairement concurrence à Peter Kavinsky[1]. Ce qui ne m'empêche pas d'être aussi intimidée que si je me tenais face à un mec tirant la gueule avec l'air de vouloir me dépecer.

Jasper Trempling… pas aussi inaccessible que tous ces bad boys sur nos écrans, mais presque.

Car le pote de mon frère a beau être super friendly, toujours me saluer avec le sourire et chercher à dire un mot gentil, la réalité reste la même : quand il me regarde, il voit ce que tout le monde voit – une fille pas encore femme, une petite sœur, une lycéenne toute timide.

– J'arrive ! balancé-je en reportant une seconde mon attention sur Orson avant de battre en retraite dans la cuisine.

Je prends quelques instants pour calmer mon pouls furieux et souffler un grand coup. Puis, d'une main dont j'essaye de contrôler les légers tremblements, j'attrape le plateau avec mes petits feuilletés désormais tièdes, et retourne dans le salon.

Dans la cour des grands… qui ne m'a jamais semblé aussi hors de portée.

Déjà disponible dans toutes les bonnes librairies !

1. Le héros de la comédie romantique *À tous les garçons que j'ai aimés*, livre de Jenny Han adapté en film et diffusé sur Netflix.

Pour ne rien manquer des éditions Addictives,
suivez-nous sur les réseaux sociaux.

Autrice : Chloe Wilkox

Edisource – Éditions Addictives
1 bis, avenue de la République – 75011 Paris
Imprimé par CPI Firmin Didot 16, rue Firmin Didot, 27650
Mesnil-sur-l'Estrée
Dépôt légal : juillet 2025 – Achevé d'imprimer : juin 2025
N° d'impression : 183591
ISBN : 978-2-37126-753-4
Contact sécurité produit : conso@edisource.fr
Réf. contrat : ZQUI_001